Für Daphne und Colin Hydes,
die ihr Happy End so sehr verdient haben

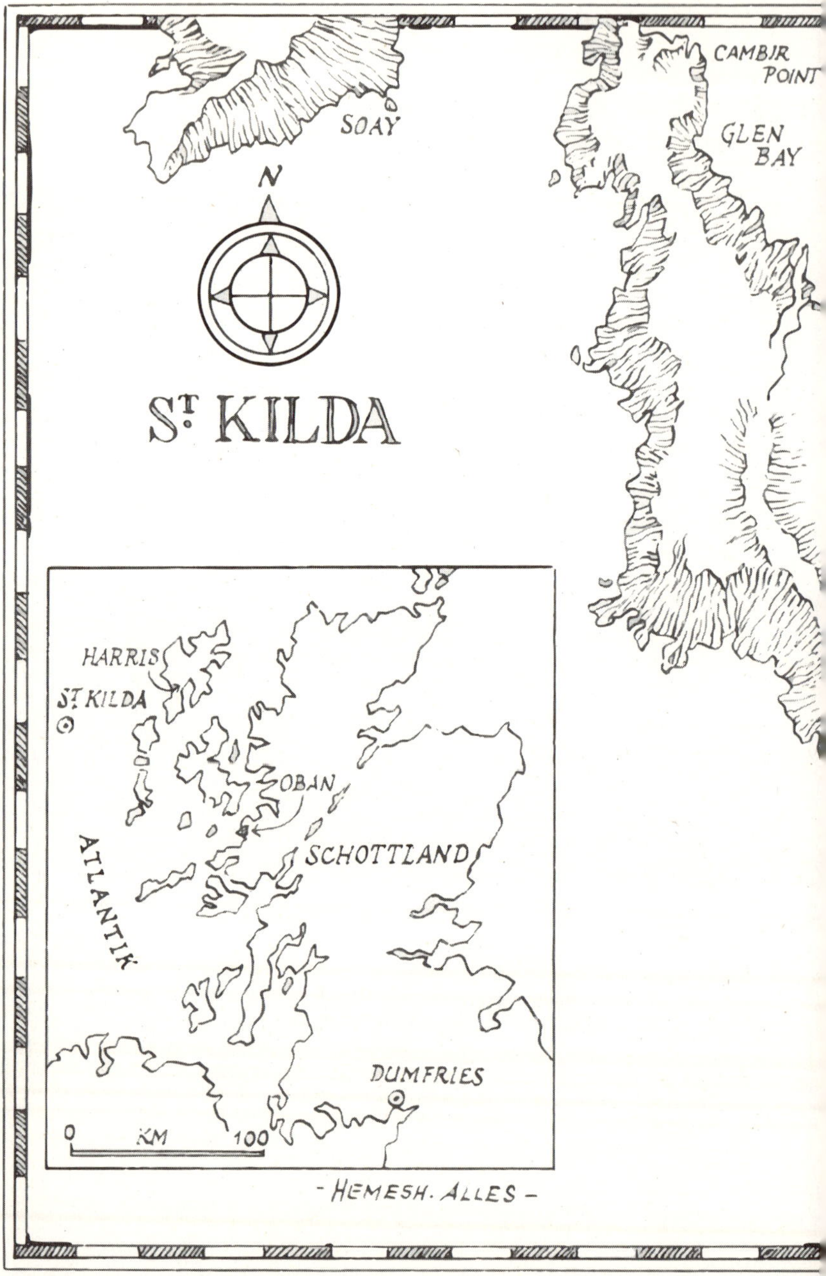
CAMBIR POINT
GLEN BAY
SOAY
N
St. KILDA
HARRIS
St. KILDA
OBAN
ATLANTIK
SCHOTTLAND
DUMFRIES
0 KM 100
- HEMESH. ALLES -

BORERAY
AMAZON'S HOUSE
CONACHAIR
MAD ANNIES HAUS
FLORAS HAUS
MHAIRIS HAUS
AN LAG
OISEBHAL
EFFIES HAUS
VERWALTER HAUS
AM BLAID
COFFIN-CLEIT
STURM-CLEIT
VILLAGE BAY
HARRIS →
RUAIVAL
DÚN
0
0.5
1
KILOMETER

Earth's crammed with Heaven
But only he who sees takes off his shoes

Die Erde ist voller Himmel,
Doch nur wer das erkennt, zieht seine Schuhe aus.
(Elizabeth Barrett Browning)

Prolog

3. November 1926
Village Bay, St. Kilda

Es regnete, aber Regen sollte Glück bringen.

Nicht dass Jayne es nötig hatte. Sie heiratete den schönsten, größten Mann der Insel, einen Mann, bei dem sie Schmetterlinge im Bauch hatte, wenn sie ihn ansah. Seine Augen hatten die Farbe des Junihimmels, und sein glänzend schwarzes Haar trug er ein wenig länger als üblich – »zottig«, hatte Mad Annie es einmal genannt, »wie ein Schaf in der Mauser«. Er hatte breite, kräftige Schultern und lange Arme und Beine und war zwei Köpfe größer als alle anderen Männer, abgesehen von Angus MacKinnon.

Niemand bestritt, dass Norman der schönste Mann auf der Insel war, und Jayne erinnerte sich noch daran, wie sie vor Überraschung kaum hatte antworten können, als er sie im Sommer nach der Kirche angesprochen und gefragt hatte, ob sie einen Spaziergang mit ihm machen wolle. Sie war sich so sicher gewesen, dass er die neue Krankenschwester fragen würde, denn die Frauen redeten beim Wäschewaschen am Bach über keine andere. »Frisches Blut!«, hatte Ma Peg erfreut ausgerufen, und »eine Frau von Welt!«, hatte Mad Annie mit seltener Bewunderung gesagt, als Lorna vor Kurzem auf die Insel gezogen war. Die Krankenschwester war sechsundzwanzig und damit vier Jahre älter als Norman, gebildet und klug und hübsch in ihrer Ernsthaftigkeit. Sie konnte den Menschen auf so viele Arten helfen, die Jayne – die gerade achtzehn geworden war und sich in nichts besonders hervortat – nicht zur Verfügung standen. Allen war klar, dass Lorna für den beliebtesten Junggesellen aus dem Dorf die bessere Partie war … Und dennoch hatte er Jayne gewählt!

Ihr erster gemeinsamer Spaziergang war von Verlegenheit geprägt gewesen, das ließ sich nicht leugnen. Jayne hatte die erstaunten Blicke von Rachel MacKinnon und Christina MacQueen sehr wohl bemerkt, als sie und Norman sich von den anderen abgesondert und in Richtung Klippen gegangen waren. Keiner von beiden hatte etwas zu sagen gewusst, und entweder hatten sie gleichzeitig das Wort ergriffen oder waren beide in Schweigen verfallen. Aber er hatte darauf geachtet, dass sie in Sichtweite des Dorfes blieben. Die Leute würden reden, und er wollte Jaynes Ruf nicht gefährden – auch wenn sie keine Familie mehr hatte, die das kümmerte.

Nach dem Tod ihrer Mutter war ihr Vater nach Australien gegangen und hatte ihre beiden jüngeren Brüder mitgenommen. Er hatte Jayne nicht geglaubt, als sie ihm gesagt hatte, dass sie nicht mitkommen wolle, und selbst als er an Bord des Walfängers gestiegen war, der ihn zum Festland brachte, hatte er noch erwartet, sie würde von diesem »Unsinn« ablassen und ihm folgen. Aber schließlich hatte er auch seine Frau nie verstanden und welche Bürde Mutter und Tochter an ihrer Gabe zu tragen hatten: Hinaus in die Welt zu gehen und in einer größeren Gemeinschaft zu leben, hätte das Risiko bedeutet, dass ihre Visionen zunahmen, und die waren in einem Dorf mit weniger als vierzig Einwohnern schon schwer genug zu ertragen. Also hatte er Jayne nur mit sprachloser Bestürzung angestarrt, als sie mit bleichem Gesicht zwischen den anderen an der Küste stehen geblieben war und ihm nachgewinkt hatte.

Als das Schiff die Landzunge umrundete, waren alle in kleinen Gruppen zurück zu ihren Cottages gegangen und hatten die Lücke, die nun in ihrer Mitte klaffte, schon fast vergessen. Doch Ma Peg hatte Jayne in ihrer selbstgewählten Verlassenheit zitternd an der Küste stehen sehen, ihr die Hand gereicht und sie zum Abendessen mit zu sich genommen – und dort war Jayne geblieben. Zwei Jahre später – diesen Sommer – war Lorna gekommen und in Jaynes ehemaliges Zuhause gezogen, und so hatte sich das Rad des Insellebens weitergedreht, ein bisschen anders als zuvor und doch gleich.

Aber heute würde Jayne ausziehen. In einer Stunde würde sie Mrs Norman Ferguson sein, und heute Nacht würde sie neben ihrem Ehemann im Cottage Nummer zwei schlafen. Er lebte dort mit seiner jüngeren Schwester Molly; die beiden waren zu Waisen geworden, als er fünfzehn Jahre alt gewesen war und Molly gerade neun, und er passte gut auf sie auf. Keiner der Jungen aus dem Dorf hätte es je gewagt, Molly an den Haaren zu ziehen oder ihr einen Kuhfladen vor die Tür zu legen!

In den letzten Monaten waren die beiden Mädchen einander nähergekommen, trotz ihres Altersunterschieds. Molly hatte Jayne gefragt, ob sie noch einmal mit Norman spazieren gehen würde, auch wenn er kein gefühlvoller Mensch sei. Sie hatte ihr erzählt, was ihn interessierte, damit sie beim nächsten Mal ein Gesprächsthema hatten – und das hatte funktioniert, hatte die Förmlichkeit zwischen ihnen abgemildert, sodass ihre Spaziergänge häufiger geworden waren.

»Hier, wusste ich's doch, dass ich es noch irgendwo habe.« Ma Peg richtete sich langsam von der Truhe auf, in der sie gewühlt hatte, eine Hand auf dem Rücken, in der anderen ein dünnes Nachthemd, zerknittert und vergilbt. Soweit Jayne erkennen konnte, waren seine einzigen Vorzüge, dass es aus feinerer Baumwolle bestand als ihre üblichen Kleidungsstücke – die Sommerhemden eingeschlossen –, und dass es ein schwach fliederfarbenes Blumenmuster aufwies. »Das habe ich in meiner Hochzeitsnacht getragen.« Ma Peg drückte sich das Nachthemd gegen den kräftigen Körper. »Natürlich war ich damals noch wesentlich schlanker«, bemerkte sie kichernd. »Damals hat es mir wie angegossen gepasst. Ich weiß noch genau, wie Hamish mich angesehen hat …« Ihre Miene wurde weich bei der Erinnerung.

Jayne wartete angespannt. Sie brauchte mehr. Heute Nacht würde Molly hier bei Ma Peg schlafen, sodass Jayne und Norman ihre erste gemeinsame Nacht allein verbringen konnten, und Jayne hatte keine Ahnung, was auf sie zukam. Sie hatte versucht, Ma Peg zu fragen, was sie tun sollte, und ihre Antwort hatte gelautet, sie solle den Dingen einfach ihren natürlichen Lauf lassen – aber wenn sich zwischen ihr und Norman noch nicht einmal ein Gespräch auf natürliche Weise entspann, wusste sie nicht, wie *das* funktionieren sollte.

Ihr Gesicht musste ihre Unsicherheit verraten und die alte Frau dazu veranlasst haben, auf alle viere zu gehen und die Truhe zu durchsuchen.

»Achte nur darauf, dass du im Feuerschein stehst, Lassie.« Ma Peg sah sie mit einem wissenden Lächeln an. »Dann kommt er direkt zu dir.«

Jayne war verwirrt. »Im Feuerschein?«

»Du wirst schon sehen.« Ma Peg nickte und drückte Jayne das Nachthemd in die Hand, gerade als die Tür aufging und Mhairi MacKinnon hereinschaute.

»Molly und er sind gerade losgegangen«, berichtete sie aufgeregt. Zusammen mit Flora hatte sie in den letzten vierzig Minuten Wache gehalten und das Cottage des Bräutigams genau beobachtet, als müssten sie dafür sorgen, dass er nicht davonlief (auch wenn Jayne sich fragte, wie man das auf einer zwei Meilen langen Insel inmitten des Atlantiks bewerkstelligen sollte), und Effie Gillies war bei der Kirchentür »stationiert«, um sicherzugehen, dass er auch wirklich hineinging. Armer Norman! Jayne lächelte. Die Mädchen würden schon dafür sorgen, dass er sie heiratete, ob er nun wollte oder nicht.

»O Jayne! Du siehst so hübsch aus wie eine Fee!«, stieß Mhairi hervor.

Wirklich? Ma Peg hatte ihr das hellbraune Haar mit hundert Strichen gebürstet, damit es glänzte, und ihr dann Butterblumen und Gänseblümchen hineingeflochten. Auf den Inseln gab es keine Bäume, deshalb war eine Blütenkrone noch nie eine Option gewesen, aber jetzt war auch nicht die Jahreszeit für Wildblumen. Butterblumen und Gänseblümchen waren das Einzige, was ihnen zur Verfügung stand, und die Mädchen hatten den ganzen Vormittag damit zugebracht, welche zu pflücken.

»Lass mich mal!« Flora drängte sich an Mhairi vorbei, darauf erpicht, Jayne zu betrachten. »Oh! Du bist die schönste Braut, die ich je gesehen habe!«

Jayne wollte nicht darauf hinweisen, dass sie die einzige Braut war, die Flora je gesehen hatte, denn das Mädchen hatte verzückt die Hände vor der Brust verschränkt, und ihre grünen Augen leuchteten vor Aufregung. Mit ihren fünfzehn Jahren war Flora schon eine erstaunliche Schönheit, und sicher war ihr ein leichteres Leben bestimmt als das, was St. Kilda ihr bieten konnte. Jayne hatte das Gefühl, dass Floras Hochzeit weit spektakulärer sein würde als alles, was diese kleine Insel je gesehen hatte.

»Danke«, sagte sie ruhig. Sie musste dem Wort der Mädchen vertrauen, dass sie … vorzeigbar war. Manchmal fand sie die Aussicht, einen so gutaussehenden Mann zu heiraten, beängstigend, und sie musste sich daran erinnern, dass *er* derjenige war, der *sie* gewählt hatte; dass er etwas in ihr gesehen hatte, das ihm gefiel. »Du bist ein feines junges Mädchen«, sagte Ma Peg immer, wenn sie abends am Feuer saßen, strickten und über die Ereignisse des Tages plauderten, aber Jayne fiel es schwer, das zu glauben, nachdem sie ihr Leben lang übersehen worden war. Die Leute hielten Abstand zu ihr, genauso wie sie es bei ihrer Mutter getan hatten. *Sie haben einen bestimmten Blick, wenn sie uns an-*

schauen, Kind. Sie lächeln, aber sie sind immer misstrauisch, haben Angst vor dem, was wir gesehen haben könnten.

Jayne hatte immer das Gefühl, als würde sie einen Schleier tragen. Das, was die Menschen als Erstes von ihr sahen, war ihre »Gabe« des Zweiten Gesichts, die ihr immer einen Schritt vorauszueilen schien, sodass sie sich stets in ihrem Schatten bewegte. Sie wusste nicht, wie es sich anfühlte, wenn einem die Sonne ins Gesicht schien.

»Effie Gillies, wie siehst du denn aus!«, schimpfte Ma Peg, als ein paar Minuten später Effie in das Cottage stürmte. »Deine Füße sind schwarz!«

»Aye, es regnet«, erwiderte Effie keuchend und sah vollkommen unbekümmert aus.

»Und hättest du nicht wenigstens eine Haarbürste benutzen können?«

Das Mädchen runzelte die Stirn. »Warum? Ich bin doch nicht diejenige, die heiratet.«

»Also wirklich«, murmelte die alte Frau und schüttelte verzweifelt den Kopf.

»Was ist das?«, fragte Effie neugierig, als sie das Nachthemd in Jaynes Händen sah.

Jaynes Wangen röteten sich, als wäre für jede im Raum ersichtlich, dass sie damit heute Nacht ihren Ehemann verführen sollte.

»Das geht euch überhaupt nichts an!«, schimpfte Ma Peg, nahm Jayne das Hemd ab und hob tadelnd den Zeigefinger. »Ihr solltet längst in der Kirche sein!«

»Aye. Und ich bin gekommen, um euch zu sagen, dass Norman schon dort ist – und dass er seinen Anzug trägt.«

»Das will ich hoffen!«, erwiderte Ma Peg säuerlich und betrachtete noch einmal prüfend die Braut.

Jayne konnte sich nicht erinnern, wann sich zuletzt jemand so intensiv um sie gekümmert hatte. Bestimmt nicht mehr, seit ihre Mutter gestorben war.

»Jetzt ab mit dir, Effie, und nimm diese Gören mit.« Ma Pegs Blick fiel auf die verschmitzten Gesichter von Flora und Mhairi. »Wir kommen in ein paar Minuten nach. Sorgt dafür, dass eine von euch an der Tür steht, um Jayne die Stiefel auszuziehen. Ich bin zu alt, um mich dauernd zu bücken.«

»Ich kann das …«, begann Jayne, aber Ma Peg fiel ihr ins Wort.

»Unsinn. Wer hat je von einer Braut gehört, die sich selbst die Stiefel ausgezogen hat. Außerdem will ich nicht, dass dir die Blumen aus dem Haar fallen.«

»Bis dann, Jayne! Wir werden extra laut für dich singen!«

Jayne ging in die Küche und hörte das Kreischen und Lachen ihrer Freundinnen draußen auf der Straße, wo sie Arm in Arm über die Pflastersteine sprangen. Die ganze Insel war bereit für ein Fest, ungeachtet des Wetters. Ma Peg hatte Jayne ihre Lieblings-Haferküchlein zum Frühstück gemacht – als Abschiedsgeschenk –, und die Teller standen noch da und warteten darauf, zum Bach gebracht und abgespült zu werden. Jayne spürte den Drang, der Gewohnheit zu folgen und es zu tun – die Frauen hatten heute wenig Zeit gehabt, ihren täglichen Aufgaben nachzugehen, so sehr waren alle damit beschäftigt gewesen, das Essen vorzubereiten. Die Männer hatten am Morgen ein Lamm geschlachtet, das jetzt draußen am Spieß gebraten wurde, unter Schafshäuten, die über Wäscheleinen gespannt waren, um den Regen abzuhalten. Nach dem Ehegelübde würde es ein Festessen geben, und danach würden sie auf einem Ceilidh tanzen.

Und dann würde sich die Tür von Nummer zwei schließen, und es würde keine Blicke mehr geben, die ihnen folgten, und auch keine geplanten Gespräche. Jayne und Norman würden allein sein. Sie würde im Nachthemd im Feuerschein vor dem Mann stehen, der sie gleichzeitig verunsicherte und faszinierte. Dann würde er sie küssen – zum ersten Mal, denn er war ehrenhaft und zurückhaltend –, und sie versuchte vergeblich, sich seinen Mund auf ihrem vorzustellen. Flora, in ihrer frühreifen Art, hatte ihr gezeigt, wie man es am eigenen Arm üben konnte. Als ob dieses Mädchen Bescheid wüsste! Jayne hatte gelacht und sie weggescheucht, aber heute Nacht im Bett, allein in der Dunkelheit, hatte sie es dennoch ausprobiert.

Ma Peg kam wieder herein, zufrieden, dass die Mädchen schon auf dem Weg zur Kirche waren. Sie sah Jayne mit großmütterlicher Zuneigung an und rückte ein paar Gänseblümchen in ihrem Haar zurecht.

»Er ist ein Glückspilz, dieser Norman Ferguson.«

»Nein, ich bin die Glückliche.«

»Ha! Das hätte er gern, dass du das glaubst, so viel ist klar.« Ma Peg kicherte. »Dieser Mann ist sowieso schon ziemlich von sich überzeugt.« Sie verschwand im Schlafzimmer und kam einen Augenblick später mit dem Nachthemd zurück. »Das dürfen wir nicht vergessen«, sagte sie mit wissendem Blick, als wäre die Verführung bereits in allen Einzelheiten abgesprochen.

Jayne hielt Ma Peg den Arm hin, um ihr die Stufe hinunterzuhelfen, und sie gingen zusammen die verlassene Straße hinunter. Natürlich standen die Türen aller Cottages offen, Feuer flackerten mit kleiner Flamme, und der Geruch von verbranntem Torf mischte sich mit dem Duft des Lammbratens, der langsam über dem Feuer schmorte.

Die Flut war da, das Meer von einem dunklen Grau, aber ausnahmsweise ging kaum Wind. Dünner Nebel hing über den Gipfeln des Oisebhal und des Ruiaval, die die Village Bay flankierten wie zwei Wachposten. Leichter Regen fiel, und Jayne hoffte, dass er sich wie Tau auf ihre Wangen legen, wie Diamanten an ihren Wimpern glitzern würde.

Vor Nummer zwei blieben sie stehen, und Jayne lief mit dem Nachthemd hinein und legte es auf das ungemachte Bett. Sie biss sich auf die Unterlippe und fühlte ihr Herz schneller schlagen bei dem heimlichen Besuch. Sie war noch nie in seinem Schlafzimmer gewesen und erlaubte sich, sich kurz umzuschauen: Seine Kletterhosen aus Tweed hatte er nachlässig auf einen Binsenstuhl geworfen, abgestreift, als er in seinen Sonntagsanzug geschlüpft war; eine Decke, die Molly gestrickt hatte, lag über dem Fußende des Betts; und sein herber Duft hing in der Luft, als hätte er gerade erst das Zimmer verlassen. In einer Stunde würde dieser Raum auch ihrer sein … Sie wünschte sich, die Zeit würde schneller vergehen und sie in die Zukunft zaubern.

Es dauerte weniger als zwei Minuten, dann waren sie bei der Kirche, und als sie an der Tür standen, verstummten drinnen die Gespräche.

Molly wartete mit leuchtenden Augen auf sie. Jayne wusste, dass sie durch ihre Heirat nicht nur einen Ehemann gewann, sondern auch eine Schwester. Von heute an würde sie eine Familie haben. Sie würde dazugehören.

»Du bist eine noch schönere Braut, als ich es mir in meinen Träumen vorgestellt habe«, flüsterte Molly, als sie sich daranmachte, ihr die Schuhe auszuziehen.

Jayne lächelte schüchtern. Sie wusste, dass sie keine besondere Schönheit war, aber die Begeisterung der Mädchen war ansteckend, und so fing sie langsam an zu glauben, dass sie – möglicherweise, vielleicht – heute hübsch aussah.

Keine Musik spielte, um die kurze Pause zu überbrücken, als Molly sich mit den Schnürsenkeln abmühte. Jayne sah sich in der vertrauten, winzigen weiß getünchten Kapelle um, die völlig schmucklos war bis auf die Gänseblümchen in Jaynes Haar.

Sie sah die Reihen der Dorfbewohner, die auf sie warteten, und konnte jeden Einzelnen von hinten erkennen. Das war ihr Leben; sie kannte die Geschichten und Geheimnisse all dieser Menschen.

Einige räusperten sich, jemand putzte sich die Nase … und dann wurde es still.

Jayne sah, dass Norman sich umdrehte, sah seine schönen blauen Augen mit den dunklen Wimpern, als er sie betrachtete, und die Schmetterlinge in ihrem Bauch begannen zu flattern. Er lächelte sie nicht so strahlend an, wie die

Mädchen es getan hatten, aber er war ja auch kein junges Mädchen und außerdem kein gefühlvoller Mensch.

Ma Peg drückte ihren Arm, und ihr wurde bewusst, dass sie irgendwo unterwegs die Rollen getauscht hatten und sie nicht mehr Ma Peg stützte, sondern umgekehrt.

»Bist du dir sicher?«, flüsterte Ma Peg und hielt sie fest, während sie über die Köpfe ihrer Nachbarn hinweg auf den Pfarrer blickten, der am anderen Ende des Ganges neben dem Bräutigam stand. Auch er wartete.

Jayne nickte. Noch nie war sie sich einer Sache so sicher gewesen, und sie machte einen kühnen ersten Schritt, begierig darauf, ihrem Schicksal entgegenzugehen.

1. Kapitel

Jayne

Vier Jahre später, Ende August 1930
Village Bay, St. Kilda

Jayne starrte auf das bescheidene Kreuz hinunter. Es war aus Treibholz gezimmert, das vor langer Zeit an ihre Küste gespült und seitdem im Coffin-Cleit aufbewahrt worden war, bereit für den nächsten Todesfall.

Obwohl sie sich viel Mühe damit gegeben hatten, war es kaum genug, um die Erinnerung an ein Mädchen zu ehren, das so strahlend gewesen war. Mit Effies Farben hatten Jayne, Flora, Mhairi und Effie Mollys Namen darauf gemalt, mit Blumen zwischen den verschnörkelten Buchstaben und dem winzigen Bild eines St. Kilda-Zaunkönigs, dessen Gesang Molly so geliebt hatte.

Jayne sank zu Boden und berührte das üppige Gras. Leuchtende Butterblumen schienen ihr zuzunicken, aber noch jetzt wurde ihr bei diesem Anblick ganz elend … Sie erinnerte sich, als wäre es gestern gewesen, wie die Gänseblümchen und Butterblumen in ihrer Hochzeitsnacht zu Boden gesegelt waren, aus ihrem Haar geschüttelt wie Regentropfen, eine nach der anderen, bis nichts Schönes mehr da gewesen war …

Sie wandte den Blick ab, fassungslos, ihre junge Schwägerin hier zurückzulassen. Es fühlte sich an, als würde sie Molly noch einmal verlieren. Hier hatte sie wenigstens den Trost gehabt, ihr Grab besuchen zu können, und Jayne hatte sich angewöhnt, regelmäßig zum Friedhof zu gehen und sich mit ihrem Strickzeug neben das kleine Kreuz zu setzen. Die hohe Mauer, die den ovalen Platz umgab, schützte sie vor Windböen und neugierigen Blicken. Fast jeden Tag saß sie hier und hielt das Mädchen, das sie wie eine Schwester geliebt hatte, auf dem Laufenden, was im Dorf geschah, und sie unterhielten sich, wie sie es immer am Küchentisch getan hatten: Flora und Mhairi verbrachten den Sommer mit der Schafherde drüben in der Glen Bay, Crabbit Mary war – endlich – schwanger, und das Baby konnte jeden Moment auf die Welt kommen. Donald hatte drüben auf Boreray beim Auskämmen der Schafe einen schweren Sturz erlitten, erholte sich jedoch gut, und Effie hatte sich in den Sohn eines Grafen verliebt, der ihr – wie konnte es anders sein – das Herz gebrochen hatte …

Seit Mollys Tod war so viel Leben vonstattengegangen, selbst hier auf ihrer winzigen Insel, wo normalerweise nie etwas passierte. Jayne konnte sich schlichtweg nicht vorstellen, was sie auf der anderen Seite des Ozeans erwartete, und sie konnte kaum glauben, dass die Evakuierung überhaupt stattfand. Als sie im Mai die Nachricht erhalten hatten, waren alle verblüfft gewesen. Natürlich, sie hatten sich in den Wochen nach Mollys Tod auf ein »Alle-oder-Keiner« geeinigt, nachdem Lorna – angetrieben von Schuldgefühlen oder Wut – argumentiert hatte, dass niemand in diesem Alter an einer Lungenentzündung sterben sollte, und dass

Molly, hätten sie Hilfe bekommen und über die richtige Ausstattung verfügt, noch leben könnte. Hatten sie nicht alle mehr verdient? Etwas Besseres?, hatte Lorna gefragt.

Ausdrücke wie *mehr* und *besser* kamen im Wortschatz der Inselbewohner nicht vor, so dachten sie nicht; aber Lorna war ja auch keine gebürtige St. Kildaerin, sondern hatte sich diesen Wohnort selbst gewählt. Die Diskussion hatte sich über viele lange, dunkle Winterabende hingezogen, und irgendwie war es dann zu einer Petition gekommen, in der die Inselbewohner um die Evakuierung aufs Festland baten.

Die St. Kildaer waren sich uneins gewesen. Die Älteren wollten bleiben, aber die jüngere Generation lockten die Annehmlichkeiten der anderen Seite. Es war unbestreitbar, dass die Einwohnerzahl mit sechsunddreißig auf ein kritisches Level gesunken war. Die Hälfte der St. Kildaer war alt oder noch nicht erwachsen, und sie brauchten starke junge Männer, die auf die Klippen klettern und die Vögel jagen und die Eier einsammeln konnten, von denen sie alle lebten. Sie brauchten starke junge Frauen, damit zukünftige Generationen von St. Kildaern geboren werden konnten, zumal Mhairi nun mit einem Farmer auf Harris verlobt war und Flora mit ihrem Gentleman aus Glasgow. Effie war ein Wildfang und für die Ehe so wenig geeignet, wie der Wind sich in eine Kiste sperren ließ. Der Verlust von Molly war aus vielen Gründen schmerzlich.

Jayne war zusammengebrochen, als sie zum ersten Mal Mollys Gesicht in einer Vision gesehen hatte; es hatte sich angefühlt, als würde sie innerlich zu Staub zerfallen. Mit niemandem hatte sie darüber sprechen, ihren Schrecken teilen können. Auch wenn alles in ihr danach geschrien hatte, die Zukunft irgendwie zu beeinflussen, das Schicksal auszutricksen und verzweifelte Warnungen auszusprechen, wäre es gewissenlos und grausam gewesen, das zu tun. Ihre Mutter hatte sie vor dem nutzlosen Versuch gewarnt, jemals ändern zu wollen, was vorherbestimmt war.

Der Schrecken des Tages, an dem Molly gestorben war, lag noch in der Luft, wenn sie am Grab saß, Erinnerungen blitzten auf und quälten sie. *Daran, wie sie Molly vom Fußboden aufgehoben und zu ihrem Bett gebracht hatten … An Norman, der bei der plötzlichen Verschlimmerung blass geworden war und zu einem Gott betete, an den er nicht glaubte … Lorna, die mit grimmigem Blick fieberhaft arbeitete … Die alles verschlingende Dunkelheit, die sie umgab, eine wogende Energie, die Molly wegtrug, als wäre sie nur ein Bündel Lumpen …*

»Komm schon, Moll!«, hatte Lorna ihre Patientin beschworen und immer schneller gearbeitet, während ihnen die Zeit davonlief …

»O Gott!« Norman hatte es auch gespürt. »Moll, nein!«

Die Pausen zwischen den flachen, keuchenden Atemzügen hatten sich ausgedehnt, bis Molly nur noch gelegentlich verzweifelt nach Luft schnappte. Dann unheilvolle Stille – ohrenbetäubend.

»Moll?« Normans brechende Stimme, die den großen Mann plötzlich ganz klein wirken ließ. Er hatte geschworen, seine Schwester zu beschützen, und dabei an einen reichen Ehemann und ein Haus auf dem Festland gedacht. Damit, dass

Schafe in einem Schneesturm sie in Gefahr bringen würden, hatte er nicht gerechnet.

Lorna, die sich mit aschfahlem Gesicht zu ihnen umdrehte. »Sie ist gegangen.«

»Nein!« Norman hatte Molly in seine Arme gerissen. »Wach auf, Moll!« Sein verzweifeltes Stöhnen, als ihr Kopf zurücksank, als schrecklicher Beweis.

Das Knarren der Tür, Schritte … David MacQueen, der stehen blieb bei dem Anblick, der sich ihm bot; Jayne, Lorna, Norman und Molly, erstarrt wie Marmorstatuen. Seine Beine gaben nach, er taumelte rückwärts, das Gesicht verzerrt wie eine Maske in einer griechischen Tragödie – Augen und Mund weit aufgerissen –, während Norman einen Laut ausstieß, der klang, als würde ihm die Seele entrissen. Aber es war noch schlimmer.

Man kann ohne Seele leben. Aber ohne Herz?

Norman hatte Jayne angesehen, und der Schmerz in seinem Blick hatte sich in Wut verwandelt – weil sie das alles gewusst hatte. Vorhergesehen und nicht verhindert. Niemanden gewarnt hatte.

Ihr war ganz schwach geworden, sie hatte gewusst, dass es Konsequenzen geben würde. Die gab es immer …

»Dachte ich es mir doch, dass ich dich hier finde.«

Die Stimme drang in ihre Erinnerungen und schob sie in die Tiefen ihres Bewusstseins zurück. Als Jayne aufblickte, sah sie David vor sich, eine dunkle Silhouette vor dem hellen Himmel, die Sonne im Rücken, sodass er zu glühen schien.

»Natürlich«, sagte sie lächelnd, als er sich zu ihr setzte, wie immer mit angezogenen Knien, und den Hügel hinunterblickte auf die Bucht. Sie wusste, dass er genauso empfand wie sie. Molly zurückzulassen, würde das Schwerste sein, wenn sie von hier fortgingen. Egal, was für Annehmlichkeiten sie anderswo erwarteten, hier war der einzige Ort, an dem sie sich in Frieden fühlten.

Seit Mollys Tod vor neun Monaten war hier ihr Treffpunkt. Natürlich hatten sie das nicht beabsichtigt; keinem von ihnen wäre jemals in den Sinn gekommen, sie könnten Freunde werden (zumal David ein paar Jahre jünger war als Jayne). Aber sie hatten beide das Bedürfnis gehabt, sich Molly nahe zu fühlen, und so zog es sie Tag für Tag hierher. Zuerst hatten sie sich bemüht, einander Raum zu geben – David war Mollys Liebster gewesen, Jayne ihre Schwägerin. Aber nach einer Weile hatten sie angefangen, gemeinsam hier zu sitzen und sich über die Vergangenheit und das Mädchen, das sie beide geliebt hatten, zu unterhalten. Die Erinnerungen zu teilen, war ihre Form zu trauern geworden, ein neues Ritual. Jayne erzählte von der stillen Vertrautheit, mit der sie zusammen gekocht, am Bach Wäsche gewaschen oder vor dem Kamin gestrickt hatten. In Davids Erinnerungen war mehr Lebhaftigkeit: Sie hatten beim Ceilidh miteinander getanzt, Molly mit geröteten Wangen und glänzenden Augen; in der Kirche hatten sie einander schöne Augen gemacht; sie hatten Nachrichten in ihren Gebetsbüchern versteckt. Er erinnerte sich an ihren letzten gemeinsamen Tag, an dem sie sich in Mollys Zimmer heimlich geküsst hatten. Obwohl Norman sie dort nicht sehen konnte, hatten sie der Versuchung widerstanden, in dem falschen Glauben, sie hätten eine gemeinsame Zukunft und alle Zeit der Welt. Aber was hatten ihnen ihre Geduld und ihre Tugend letzten Endes genützt?

»Lässt der Wahnsinn da unten langsam nach?«, fragte Jayne jetzt und fuhr mit dem Stricken fort.

Alle packten seit Tagen. Mad Annie hatte auf der Straße geübt, ihr Spinnrad auf dem Rücken zu tragen, bereit, damit an Bord zu gehen. Effie hatte die Kletterseile überprüft und nichts davon hören wollen, dass diese auf dem Festland nicht gebraucht wurden. Ma Pegs Fensterscheiben glänzten, obwohl in zwei Tagen niemand mehr hindurchsehen würde.

»Es wird immer schlimmer«, murmelte David und schüttelte den Kopf. »Old Fin beharrt darauf, dass er vor dreißig Jahren einen Sovereign im Schornstein versteckt hat, aber er kann ihn nicht finden …«

»Wie ist er denn vor dreißig Jahren an einen Sovereign gekommen?« Jayne runzelte die Stirn. Auf der Insel herrschte Tauschwirtschaft; die Familien halfen sich gegenseitig mit häuslichen Aufgaben oder Erledigungen. Reiche Besucher, die ihnen einen Shilling für ein Foto oder Wollsocken anboten, waren erst seit dem Weltkrieg mit dem Schiff auf die Insel gekommen.

»Er sagt, er hat ihn beim Armdrücken mit einem Kapitän gewonnen.«

Jayne musste lächeln. Old Fin hatte seinen Lebensabend erreicht, aber vor dreißig Jahren …? Es gab nicht viele Männer, die es mit den kräftigen Armen eines St. Kildaers aufnehmen konnten. Da das Überleben der Inselbewohner vom Felsklettern abhing, war es nicht ratsam, einen von ihnen zum Armdrücken herauszufordern.

»Er glaubt, dass er ihn nun endlich brauchen wird, und hat den kleinen Murran in den Schornstein geschickt, damit er ihn sucht.« David verdrehte die Augen. »Rachel war davon nicht gerade begeistert.«

»Ich glaube, ich habe den Radau gehört.« Jayne nickte lächelnd. Das bedeutete eine Extrarunde Wäschewaschen, bevor sie an Bord gingen. »Hast du Norman irgendwo gesehen?« Ihr Mann war in den letzten zwei Tagen kaum zu Hause gewesen.

»Aye, unten beim Verwalterhaus. Hing mit Frank Mathieson zusammen, als wären sie dicke Freunde. Ich glaube, Norman ist hier der Einzige, der nicht froh sein wird, ihm den Rücken zu kehren.«

»Aye. Ich verstehe das auch nicht«, murmelte sie, aber vielleicht tat sie es doch. Für alle anderen Dorfbewohner war der Mieteintreiber des Landlords, der MacLeod auf der Insel vertrat, ein Tyrann. Er spielte den großen Herren, und einige der Männer waren davon überzeugt, dass er sich eine beträchtliche Summe in die eigene Tasche steckte, indem er das, was er bei ihnen einkaufte, zu einem weit höheren Preis weitergab. Aber ihr Ehemann war ehrgeizig: Das hatte er schon bewiesen, indem er seiner Schwester ihren Herzenswunsch verwehrt hatte, David zu heiraten. Die Nachricht von der bevorstehenden Evakuierung hatte ihn mehr gefreut als jeden anderen. Ohne Molly war er noch unzufriedener mit dem Leben auf der Insel, und jetzt sah er eine

Chance auf das »Mehr« und »Besser«, das Lorna ihnen versprochen hatte.

Anders als alle anderen betrachtete Norman den Verwalter als seinesgleichen; er hielt sich selbst für einen Mann von Welt und nicht für jemanden, der irgendwo verwurzelt war. Der Verwalter war schon viel herumgekommen, und obwohl Norman zu stolz war, um sich Rat zu erbitten, sog er Mathiesons aufgeblasene Prahlereien auf wie ein Schwamm. Er lernte von ihm, wollte so viel wie möglich wissen.

»Da kommt Mhairi«, murmelte David, den Blick auf den Hang des Oisebhal gerichtet. Jayne erkannte die entfernte Gestalt, die auf die Schafhürden am An Lag zustrebte, an ihrem flammend roten Haar. Eine kleine Herde Schafe trottete vor ihr her, die von zwei Hunden zusammengetrieben wurde, einer davon Poppit. Automatisch suchte Jayne den Hang nach Effie ab, denn die war nie von ihrem Hund getrennt. Sie stand etwas weiter oben, wo sie mit ausgebreiteten Armen die Tiere in das richtige Gehege scheuchte. Effies Bewegungen waren beschwingt, und Jayne konnte sogar von hier unten erkennen, dass sie froh war, wieder bei ihrer Freundin zu sein. Mhairi und Flora hatten erstmals den Sommer auf den weiter entfernten Weiden verbracht, und wenn schon Jayne ihre Gesellschaft vermisst hatte, musste Effie sich so einsam gefühlt haben wie ein Geist.

Sie beobachtete, wie sich die nervösen Schafe in kleinen Gruppen gegen die Steinmauern drängten. Jetzt bewegten sie sich leicht und frei, ganz anders als damals im November, am Tag des Schneesturms … Wie konnte etwas so Harmloses so tödlich enden? Zuerst hatte es ausgesehen, als würden sie Mhairi verlieren, aber die stand nun dort oben in der Sonne, während Molly hier unter der Erde lag. Diese Wendung des Schicksals war ein Schock für alle außer Jayne gewesen.

Abrupt wandte sie den Blick ab. David tat dasselbe, und sie wusste, dass sie den gleichen Gedanken hatten. Das kam oft vor.

»Was machen wir, wenn wir auf dem Festland sind und nicht mehr hierherkommen können?«, murmelte David.

Die Brust wurde Jayne eng bei dieser Frage, die sie sich in stillen Stunden schon oft selbst gestellt hatte. Aber ihre Stimme klang ruhig, als sie antwortete. »Wir werden weiterhin reden, du und ich, nur an einem anderen Ort. Wir werden einen besonderen Platz für unsere Gespräche finden, einen Platz, den Molly geliebt hätte.«

Sie lächelte ermutigend, aber er runzelte die Stirn. »Aber was, wenn sie uns nicht zusammenbleiben lassen?«

»Sie haben gesagt, sie würden es versuchen, und ich … ich habe beschlossen, ihnen zu glauben«, antwortete sie nach kurzem Zögern, unfähig, sich die Alternative vorzustellen. Sie wusste, dass er, genau wie sie selbst, niemanden hatte, mit dem er sonst über Molly reden konnte. Die Dorfbewohner, ihre Freunde, lebten ihr Leben weiter; Molly blieb in liebevoller Erinnerung, aber ihr Name wurde schon jetzt seltener erwähnt. Wenn sie die Insel erst verlassen hätten, würde Molly noch weiter von ihnen entfernt sein. Eine Jahreszeit folgte der anderen, und auf St. Kilda, wo man so hart arbeiten musste, um zu überleben, konnten sich die Menschen nicht mit dem Tod aufhalten.

»Aber wenn nicht, Jayne?«, beharrte er.

Sie schluckte. »Dann können wir uns hoffentlich schreiben und unsere Gespräche auf diese Weise fortsetzen.«

Er sah sie an, und ihr wurde klar, dass das keine zufriedenstellende Lösung war. So viel von dem, was sie miteinander teilten, fand ohne Worte statt; ihr Schweigen, wenn sie zusammensaßen, war voller Gedanken und Erinnerungen. Wie sollte man das alles zu Papier bringen? Zum ersten Mal wurde ihr bewusst, dass sie nach Molly auch noch David verlieren könnte. Das Leben konnte sie ebenso leicht auseinanderbringen, wie es der Tod vermochte. Ihre neue Freundschaft war wie eine Glaskugel, stark und zerbrechlich zugleich. Hier trieb sie auf dem Wasser – aber würde sie auf dem Festland zerspringen?

Er sah sie an, als erriete er ihre Gedanken, doch dann wandte er sich abrupt ab und umklammerte seine Knie fester. Eine Weile sprach keiner von ihnen. »Jayne, ich bin hier heraufgekommen, weil … also, es gibt etwas, das ich dir sagen wollte.«

»Ja?«

»Ich habe mich gefragt, ob wir hier bei ihr bleiben könnten in der letzten Nacht? Ich … ich möchte sie nicht alleine lassen.«

»Du meinst, wir sollen hier *schlafen*?«

»Unter den Sternen, aye. Molly wird nie wieder in unserer Gesellschaft sein, und ich kann die Vorstellung von ihr hier ganz allein – in völliger Stille – kaum ertragen.«

Jayne spürte, wie ein Schluchzen auch in ihrer Kehle aufstieg. Molly, vollkommen verlassen. Es würde kein menschliches Leben mehr hier geben, nur noch Knochen in der Erde.

»Also?«, drängte er.

Sie zögerte. Wie sollte sie ihrem Mann erklären, dass sie ihre letzte Nacht auf St. Kilda nicht in ihrem Ehebett verbrachte? Sie wusste, dass er es nicht gut aufnehmen würde, aber sie sah das Flehen in Davids Augen und nickte. Für ihn, für Molly, würde sie es möglich machen. Norman konnte sich ihnen anschließen, wenn er wollte – schließlich war Molly seine Schwester gewesen –, obwohl er kein gefühlvoller Mensch war, wie Jayne nur zu gut wusste. »Ich glaube, das wäre eine schöne Art des Abschieds«, murmelte sie.

»Gut. Ich bin froh, dass du einverstanden bist.« Er stand auf und klopfte sich ein paar Grashalme von der Hose. »Ich muss gehen. Pa will, dass ich ihm helfe, den Webstuhl runterzuholen.«

Die sperrigen Webstühle, die fast einen ganzen Raum einnahmen, wurden den Sommer über unter den Dachsparren aufbewahrt, und sie herunterzuholen bedeutete, dass der Umzug kurz bevorstand. Morgen würde die *Dunara Castle* in der Bucht ankern, und dann würden sie damit anfangen, ihren Hausrat und ihre Tiere an Bord zu bringen. Am darauffolgenden Tag würde die *HMS Harebell* anlegen, um die Dorfbewohner abzuholen, und dann wäre die Evakuierung in vollem Gange.

Jayne ertrug die Vorstellung nicht, wie die Insel dem Schweigen anheimfallen würde. Nach zweitausend Jahren menschlicher Besiedlung wäre ihr uralter Felsen dann Wind und Wellen überlassen, den Vögeln und den Schafen. Es würden keine Abendnachrichten mehr auf der Straße ausgetauscht werden, kein Rauch von Torffeuern würde mehr aus den Schornsteinen aufsteigen. Niemand würde Seeleute, die Schutz vor einem Sturm suchten, am Strand willkommen heißen.

Sie sah David nach, als er an den vielen anderen grob gezimmerten Kreuzen vorbeiging, die hier in der Erde steckten. Er war jetzt vollständig erwachsen, groß und schlaksig, und sein lässiger Gang war selbst aus der Entfernung unverkennbar. Sein beinahe schwarzes Haar kräuselte sich im Nacken, und seine blauen Augen blickten immer freundlich. Jane wusste, dass seine Zukunft verheißungsvoller war, als er es sich im Moment vorstellen konnte. Im Herzen war er immer noch an Molly gebunden – auch weil ihn hier sonst nichts hielt –, aber auf dem Festland würde es jede Menge Mädchen geben, denen ein so hübscher junger Mann gefiel. Er hatte eine Perspektive, auch wenn ihm das jetzt noch nicht klar war, und es versetzte Jayne einen Stich, wenn sie an Molly dachte. Sie würde ihn an die andere Seite verlieren.

Sie beide würden das.

»Du bist zurück«, sagte sie und blickte auf, als Norman hereinkam. Nach den langen und anstrengenden letzten Tagen im Freien war er sonnenverbrannt, und sein Leinenhemd hing an ihm herab wie ein Lumpen. Er sah gut aus, aber auch wenn ihr Herz bei seinem Anblick immer noch einen Taktschlag aussetzte, zuckte ihr Körper vor ihm zurück.

Von ihrem Stuhl aus sah sie zu, wie er sich über den Eimer beugte, um sich zu waschen, und wie seine Muskeln sich in müheloser Eleganz anspannten. Ihre Ehe hatte ein heikles Gleichgewicht erlangt, eine seltsame Spannung zwischen Misstrauen und Verlangen, Verzweiflung und Resignation. Im Laufe der Jahre war ihr klar geworden, warum er sie, die einfache Jayne, gewählt hatte: Sie war kaum mehr als ein Schatten im Raum, ein warmer Hauch im Bett. Genau aus diesem Grund hatte er sie geheiratet, weil sie das absolute Minimum war und in seinem Leben keinen Raum einnahm.

»Das klingt, als hätte ich eine andere Möglichkeit«, antwortete er und spritzte sich Wasser ins Gesicht, dann fuhr er sich mit der nassen Hand durch die Haare.

»Ich meinte nur, dass ich dich in den letzten Tagen kaum gesehen habe.«

»Mir scheint, du bist die Einzige, die Zeit zum Rumsitzen hat.« Er blickte kurz in ihre Richtung. Hatte er gesehen, wie sie mit David auf dem Friedhof gesessen hatte? Er verabscheute David, weil er untrennbar mit dem Moment von Mollys Tod verbunden war. Da hatte Norman die Kontrolle über seine Gefühle verloren, und David war Zeuge seiner Schwäche geworden. Sie wusste, dass Norman ihm das nie verzeihen würde. »Alle anderen beeilen sich, fertig zu werden, aber du sitzt auf deinem Hintern und stopfst Socken.«

Jayne sah sich in dem blitzsauberen Cottage um. Sie besaßen wenig – anders als Menschen mit einer großen Familie –, aber sie hatte ihre Decken, Leintücher und Kleider zusammengefaltet und in der Truhe verstaut, das Geschirr poliert, bis es glänzte. Der Herd war gereinigt, ihr Spinnrad und ein Paket mit Garnrollen standen bereits neben der Tür. Die Pfannen schimmerten sauber, das Butterfass war geschrubbt … Aber es war besser, sich nicht zu verteidigen.

»Also, dein Essen ist fertig«, sagte sie stattdessen, stand auf und öffnete die Ofenklappe. Sie hatte geröstete Papageientaucher vorbereitet, einen Leckerbissen zum Abschied. Lorna hatte ihr erzählt, dass man dieses Gericht auf der anderen Seite nicht ohne Weiteres bekam – warum auch, wenn man täglich beim Metzger zwischen Lamm-, Rind-, Hühner- und Schweinefleisch wählen konnte? Jayne hatte mit großen Augen zugehört und sich gefragt, ob sie vielleicht eines Tages mit so etwas wie Sehnsucht an ihre kärgliche Inselkost zurückdenken würden. Es war schwer vorstellbar.

»Später. Ich muss Mathieson bei ein paar Arbeiten helfen.«

Sie richtete sich erneut auf. »Schon wieder? Hast du ihm nicht vorhin schon geholfen?«

»Aye, bevor ich das Sturmvogelöl für uns von oben geholt habe.«

»Aber was hat Mr Mathieson zu tun, dass er so viel Hilfe braucht? Er ist doch bestimmt nur hier, um die Mietzahlungen einzusammeln und den Umzug zu überwachen?«

»Jayne, ich weiß, dass du simpel gestrickt bist, aber selbst du kannst doch sicher verstehen, dass er im Auftrag von MacLeod einiges erledigen muss? Hirta wird aufgegeben, und er muss die Cleits auf der ganzen Insel überprüfen, um sicherzugehen, dass nichts zurückbleibt. Wir können froh sein, wenn wir das in der kurzen Zeit zu zweit überhaupt schaffen.«

»Dann können die anderen Männer doch bestimmt mithelfen? Es ist nicht fair, wenn die ganze Arbeit an dir hängen bleibt.«

Jetzt sah er sie an. »Sie haben keine Zeit. Alle anderen haben Familien, um die sie sich kümmern müssen.«

Sie nahm das Schweigen wahr, das auf seine Worte folgte, die indirekte Anklage, weil sie nicht in der Lage war, ein Kind zu gebären. Jayne wandte den Blick ab. Er war immer schnell bereit, seine Fäuste einzusetzen, aber oft verursachte seine Zunge noch größeren Schmerz. Sie sei *unfruchtbar, vertrocknet, unnütz*, das waren die Beleidigungen, die noch in ihr nachhallten, wenn die Male an ihrem Körper schon längst verblasst waren. Sogar Crabbit Mary und Donald hatten schließlich geschafft, woran sie selbst scheiterten – dabei wusste jeder, dass die beiden es kaum zusammen im selben Raum aushielten, geschweige denn in einem Bett.

»Wen habe ich schon, außer dir?« Er zuckte die Achseln und ging ins Schlafzimmer.

Jayne starrte zu Boden, lauschte auf seine Schritte, die verstummten, als er stehen blieb. Dann fing er an, im Raum hin und her zu laufen, und merkte, dass alles eingepackt und nichts mehr an seinem Platz war. Einen Augenblick später stand er wieder in der Tür. Jayne war es schon immer als grausame Ironie erschienen, dass er am schönsten war, wenn die größte Gefahr von ihm ausging.

»Wo ist mein Messer?«

»Wozu brauchst du das?«

Norman bedachte sie mit einem finsteren Blick. »Keine Fragen, Frau! Wo ist es?«

Sie eilte zur Tür, drängte sich an ihm vorbei und spürte seinen Blick, als sie ihn dabei streifte. Für einen Augenblick dachte sie, er würde sie am Handgelenk packen und zurückhalten, wie er es manchmal tat, aber dann war sie schon an ihm vorbeigeschlüpft, erreichte die Truhe und öffnete sie. Das Messer, zusammen mit Normans Kletterseil, lag zuoberst auf den Leintüchern und Decken. »Hier.«

Er nahm es ihr aus der Hand, und sein Blick lastete immer noch schwer auf ihr. Er war in den letzten Nächten so spät ins Bett gekommen, dass Jayne sich nicht einmal sicher war, dass er überhaupt da gewesen war, und im Morgengrauen aufgestanden, bevor sie aufwachte. Sie wusste, dass er mit sich rang. Er war ein Mann mit Bedürfnissen, aber auch mit Ehrgeiz, und wenn er eine Gelegenheit sah, sich beim Verwalter einzuschmeicheln, würde er sie nicht verstreichen lassen. Nicht einmal dafür.

»Halt das Essen bereit, bis ich zurückkomme«, murmelte er schließlich.

Sie wollte ihn schon fragen, wann das sein würde, wiederholen, dass das Essen längst fertig war, aber sie tat es nicht, sondern sah nur zu, wie er das Messer in seinen Hosenbund steckte und das Cottage verließ. Er würde zurücksein, wann es ihm passte. Mehr musste sie nicht wissen.

Das Bett knarrte, als Norman sich auf sie legte, sein keuchender Atem dicht an ihrem Ohr. Sie fixierte den gewohnten Fleck an der Decke und wartete, wusste, dass die Sache in wenigen Augenblicken für diese Nacht erledigt sein würde. Ihr Körper war passiv fügsam, als Norman schneller wurde, anfing zu stöhnen und sich selbst verlor, ein hilfloser Tyrann, und schließlich innehielt und über ihr zusammensank. Ein paar Sekunden lang drückte sein Gewicht sie tiefer in die Pferdehaarmatratze, dann stützte er sich hoch und rollte sich mit einem Seufzen zur Seite.

Sie sprachen nie während des Akts, und auch nicht danach, und es vergingen kaum zwei Minuten, bis sie hörte, dass er langsamer und tiefer atmete. Jayne zog die Decke eng um ihre Schultern und drehte den Kopf zum Fenster. Der Vorhang war dünn, konnte das Licht des Vollmonds nicht abhalten, und sie versuchte, sich ihre kleine Landmasse aus seiner Perspektive vorzustellen, ein schillerndes Staubkorn im nachtschwarzen Ozean. Das half ihr, sich ihre eigene Unbedeutendheit vor Augen zu führen, als könnte die Kleinheit irgendwie den Schmerz und die Einsamkeit verringern, die sie so oft überwältigten. »Es ist nichts«, flüsterte sie dann in die Dunkelheit. »Wir sind nichts.«

Sie schloss die Augen und versuchte zu schlafen, auch in dem süßen Vergessen zu versinken, das ihr Mann genoss, der nie von bösen Träumen oder unruhigen Nächten geplagt wurde. Aber es wollte sich keine Ruhe einstellen. Sie fühlte sich merkwürdig angespannt, und als sie erneut in die Dunkelheit blinzelte, wusste sie auch warum.

Der Raum begann zu verschwimmen, goldene Schatten flackerten vor ihren Augen.

O Gott, nein …

Sie versuchte, sich zu bewegen, als wäre diese Sache etwas, dem sie ausweichen konnte, aber das Unheil senkte sich über sie wie ein Mantel aus Blei und drückte sie nieder. Ihre Finger begannen zu kribbeln, und in ihr breitete sich eine Schwere aus, als würde sich ein fremder Geist ihrer Seele bemächtigen.

Die Zeit stand still.

Sie nahm nichts anderes mehr wahr als ihren eigenen Herzschlag, als die Zukunft vor ihr inneres Auge trat, in rätselhaften Bildern, wie ein kurzer Blick hinter einen Schleier. Am Anfang war es immer schwer, das Gesehene zu verstehen. Das, was sich vor ihr abspielte, war oft nur ein vager Eindruck, der erst deutlicher wurde, wenn der Moment näher rückte. Aber diesmal erschien ein vollkommen klares Gesicht, und Jaynes Angst war noch größer als in dem Moment, als sie Molly gesehen hatte – weil ihr klar wurde, dass das alles verändern würde. Sie standen kurz vor ihrer Abreise, aber das Schicksal war noch nicht mit ihnen fertig.

Der Tod kam wieder nach St. Kilda.

2. Kapitel

Jayne beobachtete von den Felsen aus, wie die Männer die letzten Tiere an Bord der *Dunara Castle* brachten. Sie waren zwei Tage lang mit dem Boot hin und her gerudert, um die Schafe vom An Lag nach und nach überzusetzen, und Hamish hatte sich ein blaues Auge geholt, weil ein besonders wütendes Mutterschaf ihn dabei getreten hatte. Jetzt banden sie die Kühe, die laut protestierten, wenn sie ihnen das Seil um die Hörner schlangen, hinter dem kleinen Boot an. Jayne hatte noch nie etwas so Merkwürdiges gesehen, und sie fragte sich, wie die Tiere das Ganze wohl wahrnahmen; sie hatten keinen Bezug zu dem historischen Ereignis, dessen Teil sie waren. Sie wussten nicht, dass es den Anfang vom Ende bedeutete.

Vor jeder Haustür standen jetzt Truhen, Webstühle und Spinnräder, die Schiefertafeln im Schulhaus waren geputzt, die Küchenöfen kühlten langsam ab. Jede Familie hatte nur noch einen Kochtopf, eine Waschschüssel, Betten, Tisch und Stühle zur Verfügung; den Rest ihrer Besitztümer hatten sie zum ersten Mal in ihrem Leben eingepackt. Die Dorfbewohner fühlten sich wie in einem Schwebezustand – nicht mehr ganz hier, aber auch noch nicht fort. Alle schauten immer wieder hinaus auf die Bucht, wie um sich zu vergewissern, dass das Frachtschiff noch da war, oder um Ausschau zu halten nach der *Harebell*, die auch sie morgen wie von Zauberhand verschwinden lassen würde. Halb schienen sie mit einer Nachricht zu rechnen, dass alles vorbei sei, ein Missverständnis; sie würden doch hierbleiben.

Aber die Wahrscheinlichkeit dafür wurde mit jeder Stunde kleiner. Inmitten der brummenden Geschäftigkeit im Tal begriffen die Menschen langsam, dass dies nun wirklich der letzte Tag in der Heimat ihrer Vorfahren war.

Dass keine Aussicht auf Regen bestand, machte den Umzug leichter. Der Himmel war strahlend blau, die Spätsommersonne schien auf das ruhige Meer. Jayne sah sich um, während sie strickte – betrachtete die Butterblumen und Grasnelken auf der Wiese, hörte die in den Deichspalten versteckten Zaunkönige laut singen –, und fand, dass die Insel nie schöner gewesen war. War das ihr Lebewohl? Ihre Entschuldigung für den vergangenen harten Winter (und all die anderen davor), der ihnen so viel genommen hatte? Oder vielleicht der Versuch, sie zurückzuhalten, indem sie sie mit Wärme, Trost und einer schönen Aussicht verzauberte?

Nur die Seevögel blieben ungerührt, bildeten zu Tausenden ein weißes Gitter am Himmel und kreischten, wenn sie herabstießen und nach Fischen tauchten, die sie zu ihren Kolonien auf den Klippen brachten. Für sie würde das Leben jetzt auch einfacher werden. Ab morgen würden sie nur noch Jäger und keine Beute mehr sein, keine Menschen an Seilen würden ihnen mehr ihre Eier stehlen oder versuchen, ihnen den Hals umzudrehen.

Jayne hörte Schritte, das Rascheln eines Rocks, und sah Rachel MacKinnon auf sich zukommen. »Eins von den

Dingen, die ich auf dieser Insel vermissen werde, ist der vertraute Anblick von dir auf einem Felsen«, sagte sie mit ihrem freundlichen Lächeln.

Jayne grinste. »Rachel! Keine Kleinen?« Rachel hatte neun Kinder, das jüngste war erst zwei Jahre alt, und wenn man sie einmal ohne eins davon antraf, dann wirkte es, als würde ihr ein Körperteil fehlen.

Rachel setzte sich auf den glatten Stein neben Jayne, und ihre braungebrannten Füße und schlanken Fußgelenke schauten unter dem Rock hervor. Ein Ausdruck von Ruhe trat auf ihr Gesicht, als sie mit einem zufriedenen Seufzen auf das Meer hinausschaute. Sie warf sich das rote Haar zurück und sah Jayne an. »Ian hat sie mit zu The Gap genommen für einen letzten Blick über die Insel … Damit sie eine Erinnerung haben, hat er gesagt, aber eigentlich tut er es für sich selbst.«

»Aye. Bei Norman ist es genauso. In den letzten Tagen war er beinahe die ganze Zeit unterwegs.« Ein paar Stunden nach ihrem nächtlichen Ritual hatte sie gehört, wie er aufgestanden war, in dem Glauben, sie schliefe noch. Für einen Mann seiner Größe hatte er sich sehr leise bewegt, nur das Klacken des Riegels an der Haustür hatte ihr verraten, dass er noch bei Mondschein wieder hinausgegangen war. »Er sagt, er hilft Mathieson, aber immer, wenn ich ihn sehe, steht er an einem Hang und genießt die Aussicht.«

»Dabei war er auch einer von denen, die unbedingt gehen wollten!«

»Das stimmt.« Jayne nickte. »Ich glaube, der Gottesdienst heute Abend wird ziemlich ergreifend werden.«

»Aye.« Rachel beobachtete, wie die hilflose Kuh der Familie Gillies an Bord gezerrt wurde. »Der Pfarrer ist heute nicht rausgekommen.« Sie stöhnte leise. »Wahrscheinlich will er uns mit seiner Predigt ordentlich Angst einjagen, wo doch so viele Versuchungen auf uns zukommen.«

Versuchung. Das war in einer Gemeinschaft, in der sich alles nur um die bloße Existenz gedreht hatte, ein merkwürdiges Konzept. Lornas Versprechen von »mehr« und »besser«, früher nur eine vage Vorstellung, nahm langsam konkrete Formen an. Für die jüngeren Männer bedeutete es, dass sie bald neue Mädchen kennenlernen würden, die älteren Männer sprachen vom Geldverdienen und dem Gefühl von schweren Münzen in den Hosentaschen. Die Kinder wollten Autos sehen und ins Kino gehen, die Frauen träumten von fließendem warmem Wasser, Nylonstrümpfen und einem eigenen Badezimmer.

Eine Weile saßen die zwei Frauen in einvernehmlichem Schweigen da. Jayne hatte – ganz untypisch für sie – in der letzten Reihe eine Masche verloren, deshalb trennte sie ein Stück auf und fädelte sie wieder auf die Nadel. Natürlich wusste sie, dass sie jetzt keine Socken mehr stricken musste. Es würden keine Touristen mehr kommen, um ihre Waren zu kaufen, und die Mietzahlungen an MacLeod waren erfüllt, der Verwalter hatte die Fässer mit Sturmvogelöl, die Säcke mit Schafwolle, die Federn und die Tweedstoffe im Federnlager bereits begutachtet und aufs Schiff verladen lassen. Aber das Stricken war die einzige Möglichkeit, die sie kannte, um ihren rastlosen Geist zu bezwingen. Es verbarg ihre zitternden Hände und hielt sie beschäftigt, während die Zeit verging und das Schicksal seinen Lauf nahm. Es war die einzige Möglichkeit, normal zu wirken, während sie als Einzige die Katastrophe erwartete.

»Deine Mhairi hat drüben in der Glen Bay hart gearbeitet«, sagte Jayne. »Und sie und Effie waren auch sehr fleißig, als sie die Herden hierhergetrieben haben.«

»Aye. Ich habe sie vermisst, aber so, wie es aussieht, war Donalds Plan, die Mädchen für die Lammsaison dorthin zu schicken, gar nicht so dumm. Sie haben insgesamt nur drei Lämmer verloren, und es gab mehrmals Drillinge. Habe ich richtig gehört, dass wir jetzt achtundzwanzig Tiere mehr haben als letztes Jahr?«

»Das hat Norman gesagt.«

»Dann werden wir bei der Auktion alle ein bisschen Geld verdienen. Wir hätten uns gar nicht so aufregen müssen nach dem Schaf-Drama …« Sie hielt inne und griff entschuldigend nach Jaynes Arm.

»Ist schon in Ordnung«, sagte Jayne. »Ich weiß, was du meinst.« Über sechzig Schafe hatten sie bei dem Sturm verloren, aber die erfolgreiche Lammsaison dieses Frühjahrs hatte den Verlust mehr als ausgeglichen. Mollys Tod war umsonst gewesen; sie hätten alle in ihren Häusern bleiben können und diesen Sommer trotzdem einen Gewinn gemacht. »Flora ist natürlich nicht zu sehen.«

»Aye«, erwiderte Rachel düster. Vor ein paar Tagen waren schreckliche Nachrichten eingetroffen, die das Mädchen niedergeschmettert hatten. Floras Verlobter, James Callaghan, ein reicher Geschäftsmann aus Glasgow, hatte an einer Expedition nach Grönland teilgenommen, und nun hieß es, sein Schiff sei im Eis stecken geblieben und zerdrückt worden. »Lorna sagt, sie hätte die Nachricht furchtbar schlecht aufgenommen. Dass sie so kurz davor war, ihn wiederzusehen, macht es noch schlimmer. Sie stand schon auf der Schwelle zu ihrem neuen Leben.«

»War Christina drüben, um nach Flora zu sehen?«

»Sie wollte es, aber Mhairi hat ihr erzählt, dass Flora zum Cambir Point gegangen ist, um eine Weile allein zu sein.«

»Sie wollte nicht mal ihre eigene Mutter sehen?« Jayne war überrascht. Flora und Christina waren einander immer sehr nah gewesen.

»So wurde es Christina gesagt.« Rachel zuckte mit den Schultern. »Und bei allem, was hier im Moment zu tun ist, hatte sie sowieso Schwierigkeiten, die Zeit dafür zu finden. Immerhin wird sie Flora auf jeden Fall morgen sehen. Und Mhairi ist ja bei ihr, Flora ist also nicht allein da drüben.«

Jayne begann eine neue Maschenreihe.

Rachel lehnte sich zurück, auf die Ellbogen gestützt, und genoss den Blick aufs Meer. »Hast du schon gehört, dass Marys Wehen begonnen haben?«

»Nein!« Jayne keuchte auf. »Wird das Baby heute auf die Welt kommen?«

Rachel zuckte erneut mit den Schultern. »Lorna hat sie fast den ganzen Tag beobachtet, aber sie sagt, die Fruchtblase sei noch intakt, deshalb dauert es wahrscheinlich noch eine Weile. Du weißt ja, wie das bei Erstgeborenen ist, die lassen sich gerne Zeit.«

Jayne wusste das nicht, ihr Gebiet war der Tod, nicht die Geburt. »Dann könnte es vielleicht morgen kommen?«

War das nicht noch schlimmer? »Wie bekommen wir sie dann aufs Schiff?«

Rachel verzog das Gesicht. »Wenn sie die Kühe dorthin verfrachten konnten, schaffen sie das auch mit Mary.«

Jayne hoffte, sie würden Mary nicht ebenfalls an Seilen hinaufziehen müssen! »Aber ein Schiff ist kaum der richtige Ort, um ein Kind zu bekommen. An Marys Stelle würde ich die Beine überkreuzen und durchhalten, bis wir angekommen sind.«

»So lange, wie Mary es schafft, jemandem zu grollen, könnte sie auch das sicher einen ganzen Monat durchhalten.« Rachel grinste. »Was sind schon vierundzwanzig Stunden?«

Jayne lächelte über den Scherz, hielt aber den Blick aufs Meer gerichtet, damit Rachel ihr nicht in die Augen sehen konnte. Sie wusste genau, wie viel sich innerhalb eines Tages verändern konnte – und würde –, aber es stand ihr nicht zu, ihre Freunde zu warnen, und auch nicht, ihnen Angst zu machen.

Die Stille, die eintrat, war bleischwer. Sie schien sich von den Deckenbalken der alten Kirche auf die Dorfbewohner herabzusenken, die auf ihren Kissen knieten und stumm in ihre gefalteten Hände beteten. Jayne betrachtete die Szenerie, ohne sich zu rühren, nahm die weiß hervortretenden Fingerknöchel ihrer Nachbarn wahr, die Tränen, die aus zusammengekniffenen Augen quollen, Lippen, die sich flüsternd bewegten. Sogar der Pfarrer, der ehrfurchtgebietend auf seiner Kanzel stand, war sprachlos. Seine Predigt war zu

Ende, alle Warnungen waren ausgesprochen, und jetzt konnten sie nur noch hoffen, dass alles zu ihrem Besten war und auf diesen Abschied ein neuer, heller Anfang folgen würde.

Fast alle Plätze in der winzigen Kapelle waren besetzt. Selbst die kleinsten Kinder saßen ausnahmsweise einmal still, und sogar Mad Annie – seit dem Ertrinken ihres Ehemanns vor vierzehn Jahren bekannt für ihr entschlossenes Fernbleiben vom Gotteshaus – saß steif auf der Bank neben Ma Peg und Old Fin. Ihre Lippen bewegten sich nicht, und sie hielt auch den Kopf nicht gesenkt, aber immerhin war sie hier und beugte sich widerwillig einer Macht, die sogar noch größer war als ihre Empörung. Nur vier Dorfbewohner fehlten: Mhairi und Flora, die noch in der Glen Bay waren, sowie Crabbit Mary und Lorna. Marys Fruchtblase war schließlich doch noch geplatzt, und Donald saß allein in der Kirchenbank mit dem besorgten Blick des werdenden Vaters.

Es war auch ein Fremder unter ihnen: Mr Bonner, ein Reporter der *Times* aus London, war mit der *Dunara Castle* auf die Insel gekommen, um Zeuge des »historischen Ereignisses« zu sein. Er wohnte beim Pfarrer und seiner Frau im Pfarrhaus und hatte sich innerhalb eines Tages bei allen Dorfbewohnern unbeliebt gemacht, indem er ihnen Fragen stellte, während sie packten und ihre Häuser sauber machten. Niemand glaubte ihm, wenn er behauptete, die Evakuierung habe das Interesse der Öffentlichkeit geweckt. Warum sollte es irgendjemanden kümmern, was ihre Sechsunddreißig-Seelen-Gemeinschaft hier tat?

Jayne blickte an ihm vorbei und betrachtete die Gemeindemitglieder, die jungen und alten Gesichter, die sie so gut kannte, und versuchte, sich den Moment gut einzuprägen. Niemals wieder würden sie alle gemeinsam hier sitzen und zu einem Gott beten, dessen Schutz sich nur als dünne Haut erwiesen hatte, wenn es darum ging, sie vor der Macht von Mutter Natur zu behüten.

Norman neben ihr räusperte sich; es war eine harmlose Geste, aber sie kannte ihren Ehemann und wusste, welche Ungeduld darin steckte. Er war ein Mann der Tat, nicht der inneren Einkehr, und es gab noch viel zu tun, bevor sie morgen früh an Bord gehen konnten.

Der Pfarrer reagierte auf die Aufforderung, und seine Stimme erhob sich über die Stille. Tweedstoffe raschelten synchron und Gelenke knackten, als die Inselbewohner sich auf ihren Bänken zurücklehnten, während er einen letzten Segen für ihre Seelen aussprach. Inzwischen wussten alle ganz genau, welche irdischen Versuchungen sie auf der anderen Seite des Ozeans erwarteten, der Reverend hatte sich die Gelegenheit nicht entgehen lassen, seine Herde einzuschüchtern und zu moralischem Gehorsam zu drängen.

Mit gesenkten Blicken sahen sie zu, wie er durch den Gang schritt und seinen Platz an der Tür einnahm. Dann standen die Dorfbewohner auf und fingen an, sich leise zu unterhalten. Normalerweise eilten alle zur Tür, aber heute Abend war es anders. Heute würden sie diesen Raum zum letzten Mal verlassen.

Jayne betrachtete die schlichten weißen Wände und die Balkendecke der Kirche, die sie zurückließen. Hier gab es keine aufwendigen Ornamente oder Buntglasfenster. Ohne die Kirchenbänke und den Altar hätten Außenstehende den Raum für ein Klassenzimmer halten können. Nur die St. Kildaer kannten die Hoffnung, die diesem Ort Leben eingehaucht hatte, bei Hochzeiten und Taufen oder nach hektischen Gebeten, wenn eine Ernte verdorben war, ein Sturm tobte oder Babys gestorben waren. Wundstarrkrampf und Pocken hatten ihrer Gemeinschaft in der Vergangenheit zugesetzt, und jetzt trieben Bequemlichkeit und ein leichtes Leben – oder zumindest die Aussicht darauf – sie von hier fort.

Das und ein unnötiger Tod.

Jayne starrte auf ihre Füße, die unruhig zuckten und loslaufen wollten, während die Menschen um sie herum sich unterhielten und niemand sie wirklich sah. Dann warf sie einen verstohlenen Blick in Richtung der MacQueens; Archie und Christina hatten ihre übermütige Kinderschar in der Kirchenbank zwischen sich genommen. David schien ihren Blick zu spüren und sah sie an; seine Wimpern waren feucht, seine Wangen gerötet. Sie wusste, dass er Mühe hatte, die Fassung zu bewahren. Wenn er Molly irgendwo hatte nah sein können, dann hier … aber das war jetzt vorbei.

Jayne lächelte, versuchte ihn mit ihrem Blick daran zu erinnern, dass sie immer noch die Nacht hatten, um Lebewohl zu sagen, und er senkte kurz den Kopf, um ihren Plan zu bestätigen. Doch sie erkannte keinen Trost in seinem Gesicht.

Sie sah zu Norman. Er stand einen Schritt von ihr entfernt und redete mit Euan Gillies darüber, wie schwierig es vorhin gewesen war, die Kühe auf das Schiff zu verfrachten. Jayne hatte noch keine Gelegenheit gefunden – oder Worte, oder Mut –, ihm von dem Plan zu erzählen, und war nervös. Was, wenn er Nein sagte? Ihm zu trotzen oder auch nur mit ihm zu streiten, war keine Option.

Sie waren jetzt beinahe draußen, und durch den Türspalt spürte sie schon die abendliche Kälte. Ihr war klamm und ein bisschen schwindelig, aus Gründen, die nichts mit den Temperaturen zu tun hatten, und sie musste dringend an die frische Luft.

»Norman. Jayne.« Der Pfarrer schüttelte Norman die Hand und nickte Jayne zu. »Ich hoffe, die Predigt hat euch getröstet? Ich hatte vor allem euch beide im Sinn, als ich darüber sprach, wie es ist, wenn wir unsere Lieben zurücklass…«

»Aye, danke. Beten Sie für uns, Reverend«, erwiderte Norman brüsk. Er hatte eine Art, das Richtige zu sagen und es zugleich irgendwie falsch klingen zu lassen. Jayne wusste, dass es ihm gelegen kam, wenn jemand das Beten für ihn übernahm. Er war noch nie gern in die Kirche gegangen und hasste die Macht, die der Pfarrer über ihre Inselgemeinde hatte; aber die schwand jetzt, genau wie die des Verwalters. Von morgen an würde er nicht mehr über ihr Seelenheil wachen.

»Danke, Reverend«, sagte Jayne und lächelte, um das schroffe Benehmen ihres Ehemanns zu entschuldigen, der ohne weitere Höflichkeitsfloskeln oder ein Dankeschön an dem Geistlichen vorbeiging. »Es war sehr aufmerksam von Ihnen, in einem so bedeutungsvollen Moment an uns zu denken.«

»Man kann sagen, dass die Evakuierung in Mollys Namen stattfindet, und natürlich ist der Verlust noch frisch …«

Unbewältigt wäre das passendere Wort, dachte sie, lächelte aber immer noch höflich.

»… und ich weiß, dass es schwer für euch wird, sie zurückzulassen.«

»Aye, aber wir tragen sie in uns, in unseren Herzen«, sagte Jayne ruhig und presste ihre Hände zusammen, um das Zittern zu unterdrücken. Sie hatte das Gefühl, als glitte ein Schatten über sie hinweg.

»Ehre ihr Andenken durch gute Taten. Ich weiß, dass du das tun wirst, Jayne.«

»Ich werde es versuchen«, erwiderte sie und trat hinaus in die Dunkelheit. Es war erst kurz nach neun Uhr, aber die Tage wurden schon kürzer, und über ihnen standen schon erste Sterne, ferne Galaxien, die in weißem Dunst schimmerten. Es herrschte Ebbe, und der Brachvogel-Mond warf einen silbernen Schimmer auf die Wasseroberfläche.

Norman war schon vorausgegangen, ohne zu merken, dass sie nicht an seiner Seite war. Vor ihm sah sie Effies Vater, Robert Gillies, zusammen mit seinem Bruder Hamish die Straße entlanghumpeln, und Jayne wurde bewusst, dass sie und viele andere Dorfbewohner zwar ihre Toten zurücklassen mussten, andere aber auch von den Lebenden getrennt wurden. Die Gillies-Brüder hatten ihr Leben lang – mindestens fünfzig Jahre – nie mehr als dreißig Meter voneinander entfernt gelebt, aber morgen würden Hamish und seine Familie zusammen mit Donald und Mary McKinnon nach Oban weiterfahren, während der Großteil der Inselbewohner in Lochaline an Land ging. Es schien, als wäre schon ein erstes Beben spürbar, als täte sich bereits ein Riss zwischen ihnen auf.

Viele der Dorfbewohner hatten bereits die Hälfte des Weges zurückgelegt, und ihre Stimmen übertönten das Tosen der Wellen am Strand. Die Kinder, die sich in der Kirche um die Beine der Erwachsenen gedrückt hatten, rannten jetzt über den grasbewachsenen Pfad und sprangen auf die niedrige Mauer, in dem Wissen, dass die heutige Nacht keine gewöhnliche war. Weiter vorne stand Lorna vor der Tür der McKinnons und blickte den Dorfbewohnern entgegen. Gab es Neuigkeiten über das Baby?

Sie hielt nach Donald Ausschau, fragte sich, ob er die Krankenschwester auch bemerkt hatte, sah aber, wie er sich von der Menge absonderte und mit entschlossenem Blick davoneilte. Er ging in die Richtung, wo Effie stand, in eine Unterhaltung mit jemandem vertieft, der hinter dem Coffin-Cleit verborgen war – nur dass »Unterhaltung« vielleicht nicht das richtige Wort war, es sah eher nach einem Streit aus. Stocksteif stand sie da, dann wich sie zurück, mit ausgestrecktem Arm, den sie erst sinken ließ, als Donald grimmig auf sie zukam.

Jayne beobachtete einen kurzen, hitzigen Wortwechsel, bevor Donald Effie mit finsterem Blick wegzog. Er sah jedoch nicht, wie Effie sich noch einmal umdrehte und der anderen Person zunickte, beinahe verschwörerisch.

Jayne war verwirrt, und als sie einen Augenblick später am Coffin-Cleit vorbeikam, sah sie, dass dort Frank Mathieson an den Steinen lehnte.

Erneut zog ein Schatten über sie hinweg, und ihr Herzschlag beschleunigte sich, als undeutliche Bilder – oder waren es Erinnerungen? – auftauchten. Sie blickte noch einmal zu den Inselbewohnern, die zum letzten Mal zurück zu ihren Häusern gingen: Donald, der Effie eilig wegführte, Effies flüchtiger Blick zurück, Lorna vor der Tür der McKinnons … Jayne hatte das Gefühl, dass nichts so war, wie es schien, sondern dass hier Akteure ihre Positionen einnahmen und das Ende begann.

Die Türen aller Cottages standen offen, und aus den Fenstern drang bernsteinfarbenes Licht, als versuche die winzige Insel, den Mond auf sich aufmerksam zu machen, der jetzt hoch am Himmel stand. Es ging auf Mitternacht zu, das Meer summte sein Schlaflied, aber obwohl sich jetzt niemand mehr auf der Straße aufhielt, waren immer noch Stimmen zu hören. Die Dorfbewohner schienen in ihren leer geräumten Häusern nicht zur Ruhe zu kommen. Niemand wusste wirklich etwas mit sich anzufangen. Den ganzen Abend hatte Jayne von ihrem Felsen aus das Kommen und Gehen beobachtet, umhüllt von Dunkelheit, und dabei Socken gestrickt, die sie nicht brauchte. Wartend.

Sie hatte gesehen, wie Norman und Frank in Richtung der Cleits am Ruiaval davongegangen waren, Schulter an Schulter und mit großen Schritten. Sie hatte die Gillies-Brüder beobachtet, die auf der Mauer an der Straße gesessen und Pfeife geraucht hatten. Effie war in Richtung des Am Blaid-Bergkamms geeilt, auf dem Weg zu ihren Freundinnen in der Glen Bay, hektisch wie ein flatternder Nachtfalter, immer wieder zurückblickend. In Crabbit Marys Schlafzimmer waren die Vorhänge zugezogen – die einzigen Vorhänge im Dorf, die noch hingen –, aber Lorna war nicht wieder an die Tür gekommen. Gab es da drinnen zu viel zu tun? David hatte seine Mutter auf die Wange geküsst und war hinter dem Haus in der Dunkelheit verschwunden. Sie wusste genau, wo er hinging, und strickte langsam noch ein paar Reihen, um ihm Zeit mit Molly allein zu geben. Dann erst entschloss sie sich, zurück zu Nummer zwei zu gehen.

Langsam ging sie den Pfad entlang, barfuß im Mondschein. Hätte sie es eiliger gehabt, hätte sie Frank Mathiesons stämmige Gestalt nicht gesehen, oben am Mullach Bi, beleuchtet vom Licht der Sterne. Als er auf den Bergkamm zuging, blieb sie abrupt stehen. Die flirrende Energie kehrte zu ihr zurück, strömte durch ihre Adern und hielt sie fest.

Es kam ihr so unnatürlich vor, etwas zu wissen, was er nicht wusste. Aber die Vision – sein Gesicht, Blut, Felsen, ein rostiges Messer – verriet ihr nur, wer es war. Nicht, wann es geschah, wo, wie oder warum.

Wo war Norman? Die Frage drängte sich in ihr Bewusstsein, und sie kniff die Augen zusammen, gefangen in einem Körper, der nur reagieren, nicht steuern konnte. Von hier aus konnte sie keine Spur von ihm erkennen, aber die Insel war in tintenschwarzer Dunkelheit versunken, nur oben an den Klippen war der Himmel heller. Norman konnte überall in der Heide sein oder auf der anderen Seite in der Glen Bay, oder er war um den Ruiaval herumgegangen zum

Lover's Stone. Oder er traf sich mit Frank am Sattel das Am Blaid.

Vielleicht war er aber auch allein und auf dem Heimweg, fertig mit der Arbeit.

Sie merkte, dass der Gedanke ihr Angst machte. Nicht davor, dass er zu Hause feststellte, dass sie fort war, sondern davor, dass er sie dort erwischte und verhinderte, dass sie ging. Die Verzweiflung gab ihr Kraft, nun, da ihre letzten Stunden auf der Insel angebrochen waren.

Sie rannte den restlichen Weg zu ihrem Cottage und war erleichtert, als sie es leer vorfand. Schnell schrieb sie eine Nachricht auf die Schiefertafel auf dem Tisch: *Falls du mich brauchst, bin beim Friedhof. J.* Daneben legte sie einen kleinen Stapel Haferküchlein, für den Fall, dass er hungrig war, wenn er zurückkam. Sie hoffte, dass ein voller Magen und ein erschöpfter Körper seine Wut über ihr Verschwinden eindämmen würden.

Sie schnappte sich ihre gestrickte Bettdecke und schlich lautlos durch die Dunkelheit, am Deich vorbei und in einem Bogen zum Tor des Friedhofs. Die schiefen Mauern hielten den gröbsten Wind ab und umschlossen einen Raum der reinen, süßen Stille. Als das Tor in den Angeln knarrte, sah Jayne einen dunklen Schatten, der sich bewegte.

»Ich bin es nur«, flüsterte sie und erkannte Davids schlanke, drahtige Gestalt, als er sich aufsetzte. Sie stellte sich vor, wie er mit der Wange auf dem Boden gelegen hatte und seine Tränen in der Erde versickert waren, in der seine Liebste jetzt lag.

»Ich dachte schon, du hättest deine Meinung geändert«, sagte er leise, während sie zwischen den Kreuzen hindurch auf ihn zu kam.

»Ich habe gewartet, bis alle in ihren Häusern waren – und dort auch geblieben sind. Heute Abend liegt eine nervöse Stimmung in der Luft.« Sie legte ihre Decke auf den Boden und setzte sich darauf, David gegenüber auf die andere Seite des Grabhügels.

»Aber warum musstest du darauf warten?«

Sie sah ihn verwirrt an. War er sich der Unangemessenheit der Situation wirklich nicht bewusst? »Weil wir ... dass wir hier die Nacht zusammen verbringen, ist eigentlich ...« Sie schluckte. »Ungewöhnlich.«

Eine tiefe Röte – von Ärger, vermutete sie – breitete sich auf seinem Gesicht aus. »Aber wir tun nichts ...«

»Natürlich nicht«, unterbrach sie ihn schnell, da sie seinen heftigen Widerspruch nicht hören wollte. »Aber du weißt ja, der Teufel spricht durch Klatsch und Tratsch.« Sie strich sich den Rock glatt, um David nicht ansehen zu müssen, während sie dieses Thema diskutierten. Offenbar war ihm noch nie der Gedanke gekommen, dass sie eine verheiratete Frau war. Die Ehefrau eines anderen Mannes. Die Vorstellung, dass ausgerechnet die unscheinbare Jayne im Mittelpunkt eines Skandals stehen könnte, kam ihm wahrscheinlich absurd vor.

»Also, was hast du Norman erzählt?«, fragte er nach einer Weile.

Sie schluckte erneut. »Gar nichts. Er ist immer noch unterwegs und arbeitet, aber ich habe ihm eine Nachricht hinterlassen, in der steht, wo er mich findet, wenn es nötig ist.«

»Weiß er, dass ich auch hier bin?«

»Nein.« Sie merkte, dass ihr ausweichendes Verhalten ihn verblüffte. Für David war sie immer nur Mollys Schwägerin gewesen, und selbst seit sie auf unerwartete Weise langsam zu seiner Freundin und Vertrauten geworden war, sah er nicht wirklich *sie*. Jayne bezweifelte, dass das überhaupt schon einmal jemand getan hatte. Alle sahen nur ihre sogenannte Gabe. »Er ist schon die ganze Woche besonders aufbrausend. Ich bin nicht darauf erpicht, ihm einen Grund zu geben, die Beherrschung zu verlieren.« Ihr war wohl bewusst, wie ihre Nachbarn sie bemitleideten, wenn Norman nach einem seiner Wutausbrüche ihr Cottage verließ und in den Stall zog. Aber niemand schien eine Vorstellung davon zu haben, wie viel schlimmer er noch war, wenn er ruhig blieb. »Hast du deiner Familie erzählt, dass du hierherkommst?«

»Natürlich.«

»Und hast du ihnen gesagt, dass ich auch hier bin?«

Er sah sie kurz an und senkte dann den Blick. »Nein, eigentlich nicht … Es schien mir nicht notwendig, es zu erwähnen.« Er rupfte ein paar Grashalme aus, während sie ihn mit erhobenen Augenbrauen ansah. Christina und Archie waren beide nicht jähzornig. »Was macht Norman denn um diese Uhrzeit draußen?«, fragte er nach einer Weile.

»Dem Verwalter helfen.«

»Womit?«

Sie zuckte mit den Schultern. »Er sagt, MacLeod will, dass Mathieson alle Cleits überprüft, damit nichts darin liegen bleibt.«

»Als ob irgendjemand Interesse an unseren eingesalzenen Sturmvögeln hätte«, schnaubte er.

Jayne konnte nicht zugeben, wie gelegen es ihr kam. Dass Norman beschäftigt war, machte ihr das Leben leichter. Sie riss einen Stängel Löwenzahn aus und wickelte ihn um ihre Finger, brauchte etwas, um sich ohne ihr Strickzeug körperlich abzulenken von der bleiernen Schwere, die sie empfand. Bestimmt waren ihren unbeholfenen Bewegungen verräterisch, und die goldenen Schatten flackerten jetzt immer heftiger durch ihr Gesichtsfeld, ihr persönliches Polarlicht, das niemand anders sehen konnte und von dem niemand je erfahren würde. Nicht einmal ihr einziger wahrer Freund.

Sie schwiegen eine Weile. »Nun, wir haben jedenfalls nichts zu verbergen, wenn er hierherkommt.«

»Norman?«

»Aye. Wir tun nichts Falsches. Ich habe dich gefragt, ob du mir heute Nacht Gesellschaft leistest, weil wir beide Molly geliebt haben.«

»Aye, das stimmt. Das tun wir immer noch. Und Norman auch, auf seine Art.«

Davids Blick wurde hart, und ihr wurde klar, dass er Norman als ihren Ehemann genauso wenig respektierte, wie er ihn als Mollys Bruder respektiert hatte. Sie waren vollkommen verschieden und hatten unterschiedliche Wertvorstellungen.

»Aber das ist nicht dasselbe.«

»Nein«, gab sie zu.

»Du bist die Einzige, die es versteht.« David sah sie an, die Arme um die Knie geschlungen, und Jayne spürte erneut Panik in sich aufwallen bei dem Gedanken, ihn – das, was sie hier teilten – am nächsten Tag zu verlieren. Vielleicht würden sie zwei Meilen auseinander wohnen oder zehn; das würden sie erst bei ihrer Ankunft erfahren. »Jayne, ich möchte, dass du weißt, dass … was auch immer passiert …«

Eine plötzliche Bewegung ließ ihn innehalten. Jemand lief … rannte … den Hang hinunter, keuchend, vorbei an den Cleits und dem Friedhof. David sah Jayne mit großen Augen an und hob einen Finger an seine Lippen, als die Gestalt an ihnen vorbeischoss wie ein Wirbelwind. Von ihrer Position auf dem Boden, geschützt von der Mauer, konnten sie nicht gesehen werden und eigentlich auch nicht ausmachen, wer es war, der in Richtung Deich und zurück in die Sicherheit des Dorfes rannte – aber Jayne erhaschte dennoch einen Blick auf eine Strähne weizenblonden Haars, bemerkte, wie leichtfüßig die Gestalt sich bewegte …

»Effie«, flüsterte sie David zu, weil sie seine Furcht bemerkte. »Sie ist vorhin hochgestiegen, um Flora und Mhairi zu sehen.«

»Aha.« Sein Blick war ein wenig reumütig. Hatte er gedacht, es wäre Norman? Sie hätte ihm sagen können, dass ihr Ehemann niemals so schnell und verzweifelt rennen würde, wenn er nach ihr suchte.

Sie reckten sich, um den Hang hinunterzublicken auf das kleine Dorf. Aus den Cottages fielen bernsteinfarbene Lichtflecken auf die Straße und bildeten einen Bogen wie ein lächelnder Mund. Aber dem lächelnden Mund kamen immer mehr Zähne abhanden, als die St. Kildaer nach und nach ihre Türen verschlossen zu ihrer letzten Nacht seit zweitausend Jahren der Besiedelung.

Gemeinsam beobachteten sie, wie ihr Zuhause in Schweigen verfiel und von der Dunkelheit verschluckt wurde. Das Mondlicht spiegelte sich in der Bucht auf dem Wasser, die Hänge waren jetzt leer ohne die Schafherden. Die Vögel schliefen auf den Klippen oder in Felsspalten, Wale und Seerobben glitten als tintenschwarze Schatten durch das Wasser, doch es war, als wären sie vollkommen allein. Alles, was sie sahen, war samtschwarz, mitternachtsblau und silbern – aber das goldene Flimmern raubte Jayne jeden Frieden und der Szenerie jegliche Schönheit.

Mit einem frustrierten Seufzen lehnte sie sich zurück und wickelte die Decke um sich. Sie wollte ganz bei David und Molly sein, hatte aber das Gefühl, als wäre ihre Seele losgelöst von ihrem Körper, wie ein Ballon, der davonflog.

»Was ist?«, fragte David, als sie ihre Decke bis zum Kinn hochzog.

Jayne schüttelte den Kopf. »Nichts«, flüsterte sie, starrte hinauf in die unendliche Tiefe der Galaxie und spürte das ganze Ausmaß ihrer Einsamkeit. Sie war erschöpft, physisch verbraucht von der Anstrengung, die es sie kostete, die Energie ihrer Visionen zu beherrschen.

David neben ihr lehnte sich ebenfalls zurück, sie starrten in die Dunkelheit, und der Himmel schien bei jedem ihrer Atemzüge heller zu werden, eine andere Welt sich aufzutun, während ihre eigene in den Schlaf sank.

»Weißt du, Jayne, ich war heute nicht einverstanden mit dem, was der Pfarrer gesagt hat.«

Das war eine provokante Aussage. Alle waren immer einverstanden mit dem, was der Pfarrer sagte. »Was genau meinst du?«, fragte sie. »›Meide das Böse, und es wird dich meiden‹?«

Das war in der Predigt immer wieder vorgekommen, und David schmunzelte.

»Ich mache mir Sorgen, weil er sich so um unsere Seelen sorgt. Warum befürchtet er das Allerschlimmste für uns?«, fragte er.

»Weil wir bisher nie irgendwelchen Verlockungen ausgesetzt waren.«

Aber das stimmte nicht ganz. Jayne wusste, dass die Versuchung David und Molly im Nacken gesessen hatte, wenn sie sich in Mollys kleiner Kammer geküsst hatten, und dass sie auch um Flora herumgetanzt war, nachdem ihr Verlobter heimlich mit seinem Wasserflugzeug in der Bucht im Norden gelandet war, und sie hatte gesehen, wie Effie in den Armen des Grafensohns erschaudert war, als er ihr das Schwimmen beibrachte. Auch andere Dorfbewohner hatten vielleicht ihre Versuchungen erlebt – die einen verbargen ihre Geheimnisse besser als andere –, denn sie lauerten überall, selbst auf einem Felsen mitten im Atlantik.

»Womit warst du dann nicht einverstanden?«, fragte sie.

»Mit der Stelle, in der es um das Jüngste Gericht ging. Da hat er gesagt, dass unsere Körper, die sich nach dem Tod mit Christus vereinen, in ihren Gräbern ruhen werden bis zur Auferstehung.«

»Das siehst du anders?« Das war einer der Grundsätze des Presbyterianismus.

»Aye. Ich glaube, dass sich im Moment des Todes der Geist vom Körper trennt – aber nicht, dass er dann zu Gott gelangt. Er geht … nach irgendwo da draußen.« Er ließ den Blick über den Himmel wandern, als suche er dort nach Mollys Gesicht. »Wo sonst sollten die unzähligen Seelen sein, wenn nicht in der Unendlichkeit?«

Jayne blinzelte, und plötzlich verstand sie ihn. Während der vergangenen Monate hatte David versucht, hier mit Molly zusammen zu sein; aber das machte ihm den Gedanken, von hier fortzugehen, unerträglich. Es bedeutete, sie zu verlassen in reinster Form. Aber wenn ihr Geist dort oben war, spielte es keine Rolle, wo David war. Dann würde er immer nach ihr Ausschau halten können.

»Du könntest recht haben.«

Sie hörte, wie er sich ihr zuwandte. »Denkst du das wirklich, oder sagst du es nur, um mir einen Gefallen tun?«

»Wann hätte ich das je getan?«

Eine Weile war es still, dann sah David erneut zu den Sternen auf. »So ergibt es mehr Sinn.«

»Und es ist tröstlich«, fügte sie hinzu. »Dass wir noch bei ihr sein können, wo auch immer wir sind.«

»Aye.«

Auf einmal blendete sie ein goldener Blitz, und Jayne schloss fest die Augen, wusste, dass der Moment nun kurz bevorstand. Sie drehte sich auf die Seite, in Davids Richtung, und zog zitternd die Decke enger um ihre Schultern. Wenn der Himmel klar war, wurde es nachts immer kalt.

»Frierst du?«, fragte er und hob den Kopf, um sie besser ansehen zu können.

»Alles in Ordnung«, murmelte sie. »Ich bin nur müde.« Sie legte eine Hand auf den Grashügel zwischen ihnen, als wäre es Molly.

»Dann gute Nacht«, hörte sie David sagen, während auch er die Hand ausstreckte und dabei versehentlich ihre streifte. »Entschuldigung …« Er zog seine Hand abrupt weg.

Jayne starrte in die Dunkelheit, aufgeschreckt von der unerwarteten Berührung. Seine Hand war warm und rau, nicht so groß wie die von Norman und nicht so grausam, und ihr wurde bewusst, dass sie sich nicht mehr daran erinnern konnte, wann zuletzt jemand anderes als ihr Ehemann ihre Hand berührt hatte. Ihren Arm. Ihr Haar. Irgendeinen Teil von ihr.

Sie wünschte sich, David würde seine Hand wieder auf ihre legen, damit sie zusammen schützend Mollys Grab berühren konnten. Sie waren schließlich hier, damit Molly nicht allein war – aber warum fühlte sich Jayne dann so einsam? Sie wollte nicht schlafen, weil es nie wieder eine Nacht wie diese geben würde, in der sie unter den Sternen liegen und mit ihrem Freund sprechen konnte; ihre üblichen Nächte waren so absolut anders. Sie wollte die ganze Nacht wachbleiben und Molly in den Sternen suchen, bis die Sonne aufging. Wünschte er sich das auch? Sie hatte geglaubt, Bedauern in seiner Stimme zu hören, als er ihr eine Gute Nacht gewünscht hatte. Aber jetzt fingen ihre Augenlider an zu flattern, und sie war Kräften ausgesetzt, die er unmöglich verstehen konnte und die sie hinunterzogen, weit fort von hier an einen dunklen Ort.

Das Geräusch war kaum hörbar gewesen – vielleicht ein Stein, der sich gelöst hatte und den Hang hinunterrollte; das entfernte Bellen eines Hundes oder ein verirrter Vogel auf einem Felsvorsprung. Aber irgendetwas hatte sie geweckt.

Jayne setzte sich langsam auf, ihr ganzer Körper fühlte sich bleischwer an und so, als wäre sie in einer Traumwelt erwacht. Schlief sie womöglich noch? Sie sah sich um, hatte die Orientierung verloren. David lag immer noch auf der Seite, sein Arm auf dem grasbewachsenen Grabhügel, die Decke um seine Hüften war verheddert. Als Molly noch lebte, war den beiden solche Vertrautheit nicht vergönnt gewesen.

Ein anderes Geräusch ertönte, diesmal klang es wie ein Ächzen, und sie richtete sich gerade noch rechtzeitig auf die Knie auf, um über die Mauer blicken und eine Gestalt den Hang hinunterlaufen zu sehen, in Richtung Dorf. Sie verschwand bereits wieder aus der Sicht, und Jayne hatte nur Kopf und Schultern ausmachen können. Aber für den Bruchteil einer Sekunde hatte sie das Tuch gesehen – aus Lammwolle und mit braun-weißem Hahnentrittmuster.

Jayne ließ sich zurücksinken und versuchte, eine Verbindung herzustellen, aber die Benommenheit lag noch schwer auf ihr. Langsam glitt sie zurück ins Gras, das sie umfing wie eine weiche Umarmung.

Geflüster, tagsüber so leise, konnte in einer stillen Nacht dröhnend laut sein, und auch wenn ihre Augen geschlossen waren, blieben ihre Ohren geöffnet. Jayne fuhr erneut aus dem Schlaf und setzte sich benommen auf. Der Mond hatte seine Position über dem Meer leicht verändert, und David lag jetzt auf dem Rücken. Es war immer noch derselbe Akt, aber eine andere Szene. Wie viel Zeit war vergangen? Es war nach Mitternacht, das wusste Jayne.

Das Flüstern ertönte wieder, und sie versuchte, sich vollständig aufzurichten, um dem Delirium zu entrinnen, das sie zwischen zwei Welten festgehalten hatte. Ihre Bewegungen waren unbeholfen, beinahe verlor sie das Gleichgewicht, als sie auf die Knie kam und gerade noch zwei Gestalten sah, die durch die schmale Lücke im Deich schlüpften. Beide hielten konzentriert den Kopf gesenkt, aber die eine Gestalt stützte die andere. Waren sie verletzt? Konnte sie helfen? Sie musste zur Hilfe …

Aber sie konnte sich nicht bewegen, ihre Glieder waren so nutzlos, als wären ihre Knochen gebrochen.

Nein. Der Protest, der sich deutlich in ihrem Geist formte, kam ihr nicht über die Lippen, und ihr Herzschlag beschleunigte sich, als die schreckliche Vision vor ihren Augen aufblitzte und dortblieb. Das war jetzt bestimmt das Ende, oder? Das Schicksal schwang sein tödliches Schwert, und sie war befreit von den Fesseln, die sie in den letzten Tagen festgehalten hatten?

Aber ihre Augenlieder flatterten erneut, und sie spürte, wie sie in sich zusammensackte, immer noch gefangen. Sie war wie ein Fisch im Netz, der darauf hoffte, freigelassen zu werden. Nur sagte ihr der Instinkt, dass das Schlimmste noch bevorstand.

Schweres Atmen. Nur Luft auf Luft, heißer Atem auf Kühle, während sich die Dunkelheit ausdehnte. Es war jetzt tiefste Nacht, und Jayne schwankte, ihr Körper bewegte sich mechanisch, als sie wieder auf die Knie kam, über die Mauer in Richtung Dorf blickte und darauf wartete, dass wieder ein Akteur die Bühne betrat.

Aber das nächste Geräusch kam von hinten. Sie blickte in die falsche Richtung. Schwerfällig drehte sie sich um, ihr Rock verfing sich unter ihren Knien, als sie den Hang hinaufsah und eine Gestalt erkannte, die auf den Kamm zustrebte. Sie musste direkt an ihr und David vorbeigegangen sein. Hatte sie hereingeschaut und gesehen, wie sie das Grab berührt hatten? Oder glaubte sie, sie wäre ganz allein zur Geisterstunde? Und keine Geister hier …?

Jayne sah, wie die Gestalt mit großen Schritten über die Wiese ging, auf einmal gut zu erkennen, auch wenn es … unerklärlich war. In ihrem halbwachen Trancezustand runzelte sie die Stirn. Das ergab keinen Sinn …

Aber das musste es auch nicht; sie bekam nur Bilder, keine Erzählungen. Sie war nur Zeugin, nicht Richterin.

Die Gestalt verschwand in der dunklen Heide, und Jayne spürte, wie die Finsternis sie erneut einhüllte, wie ihr Kopf herabsank und ihre Hände das Gras berührten, als sie wieder im Vergessen versank.

Es war endlich vorbei. Oder fast.

3. Kapitel

»Jayne?« Sie spürte eine Berührung an der Schulter, etwas Warmes an ihrer kühlen, feuchten Haut. »Jayne, wach auf.«

Sie schlug die Augen auf und blinzelte im Licht der Morgendämmerung. David kauerte neben ihr, und als er sich ein Stück zur Seite bewegte, thronte sein Schatten über ihr. Das dunkle Haar fiel ihm ins Gesicht, und er lächelte sie an. »Es ist Zeit. Sie ist hier.«

»Wer?« Einen Augenblick war sie verwirrt; nach den Visionen war sie oft erschöpft.

»Die Royal Navy«, sagte er schmunzelnd.

»Oh. Natürlich.« Sie kam sich dumm vor, fühlte sich so betäubt, als hätte sie einen Schlaftrunk genommen. Lorna, mit ihrer Arzttasche voller Heilmittel, hatte Norman nach Mollys Tod einen verabreicht, und als er am nächsten Morgen aufgewacht war, hatte er mehrere Minuten gebraucht, um sich daran zu erinnern, was passiert war – und daran, welche Rolle Jayne dabei gespielt hatte.

»Schau.«

Sie setzte sich langsam auf. David zeigte auf ein riesiges Schiff, das gerade in der Bucht festmachte. Seine Größe war beeindruckend: Masten und Takelage sowohl vorne als auch achtern, ein riesiger Schornstein und mehrere Decks. Wie konnte etwas so Gigantisches sich so leise vorwärtsbewegen?

»Dann ist es also wirklich wahr«, murmelte sie. »Sie haben es wirklich getan. Wir gehen von hier fort.«

David schluckte und schaute auf den grasbewachsenen Grabhügel. »Aye.« Einen Augenblick wiegte er sich in der Hocke nachdenklich vor und zurück, die Knie umschlungen, dann stand er auf und streckte ihr die Hand entgegen. Jayne umklammerte sie, als er sie hochzog, und sie blickten zusammen auf die Bucht, wo die Männer von der Marine in ihren weißen Uniformen an Deck hin und her liefen und das Beiboot zu Wasser ließen.

Unten kam Leben in die Dorfbewohner. Old Fin trat in langen Unterhosen aus seinem Cottage, lehnte sich an die Wand und beobachtete alles ganz genau. Hatte er überhaupt geschlafen? Alle wussten, dass er nicht fortgehen wollte.

Nach der Position der Sonne schätzte Jayne, dass es nicht später als fünf Uhr war. Sie hatte vielleicht vier Stunden geschlafen. Mit Unterbrechungen, natürlich. Verschwommene Bilder stiegen vor ihr auf.

David sah sie an. »Wir sollten wahrscheinlich zurück.«

»Aye, bevor …« Bevor jemand etwas merkt, hatte sie sagen wollen. Obwohl sie nichts zu verbergen hatten. Sie waren wegen Molly hier.

Ihr wurde bewusst, dass sie immer noch seine Hand hielt – oder er ihre –, und zog sie weg. David wartete darauf, dass sie ihre Decke aufhob, aber als ihr Blick auf das Grab fiel, sank sie in einem plötzlichen Ansturm der Gefühle auf die Knie und legte die Hände auf den Hügel.

»Ich liebe dich, Moll«, flüsterte sie verzweifelt. »Ich werde dich nie vergessen. Ich verspreche dir, dass ich immer in den Sternen nach dir Ausschau halte.« Sie beugte sich vor und küsste das bemalte Kreuz. »Du wirst immer bei mir sein, Schwester.«

Mit geschlossenen Augen betete sie ein stummes Gebet, dann blickte sie auf und sah Tränen in Davids Augen. Sie erhob sich, nahm ihre Decke und drückte mit der anderen Hand seinen Arm. »Ich gehe …«

Sein Blick wurde panisch. »Warum? Das musst du nicht.«

»Doch, David. Du solltest allein sein, wenn du dich von ihr verabschiedest.« Sie sah den Schmerz in seinen Augen. Es war schwerer für ihn, als er erwartet hatte, aber sie wusste, dass er Molly auf persönliche Weise Lebwohl sagen musste, ohne sich beobachtet zu fühlen. »Nimm dir Zeit. Wir haben noch ein paar Stunden.« Die *Dunara Castle* hatte mit einem Großteil ihrer Besitztümer an Bord bereits abgelegt, aber die Betten mussten noch auf die *HMS Harebell* verladen werden. »Wir sehen uns unten.«

Jayne ging davon, spürte seinen Blick im Rücken und wusste, was er ihr sagen wollte: dass in der Gemeinsamkeit Trost lag. Aber der heutige Tag würde für niemanden einfach werden, und zu ihrem eigenen Besten musste sie zurücksein, bevor Norman aufwachte. Der Gedanke an seine Wut, wenn er herausfand, dass sie die ganze Nacht fortgewesen war, ließ ihr das Blut in den Adern gefrieren, und während sie schnellen Schrittes in Richtung Dorf ging, dachte sie fieberhaft nach: Wenn sie in der Küche war, wenn er aufwachte, konnte sie ihn vielleicht davon überzeugen, sie wäre spät nach Hause gekommen und hätte dann neben ihm geschlafen?

Sie schlüpfte durch die enge Öffnung im Deich und ging nach links, an der hinteren Seite der Cottages entlang, so, wie sie gekommen war. Es war besser, nicht gesehen zu werden mit ihrer Decke unter dem Arm; sie wollte nicht, dass die Leute darauf kamen, dass sie draußen geschlafen hatte.

Als sie am Cottage von Donald und Mary McKinnon vorbeikam, vernahm sie ein unverkennbares Geräusch und blieb wie angewurzelt stehen – das Wimmern eines Neugeborenen.

Mary hatte ihr Baby bekommen?

Jayne war klar, dass das für sie entweder eine sehr gute oder eine sehr schlechte Nachricht bedeutete: Wenn Lorna mitten in der Nacht zu ihr gekommen war, weil sie Hilfe gebraucht hatte – jemanden, der ihr feuchte Handtücher holte, die Laken wechselte oder Essen brachte –, dann würde Norman jetzt wissen, dass Jayne nicht zu Hause gewesen war. Aber falls nicht – oder wenn Lorna Norman nicht angetroffen hatte –, dann konnte Jayne ihm sagen, sie sei die ganze Nacht bei den anderen Frauen gewesen.

Es wäre eine dreiste Lüge, was ihr nicht gefiel, aber es würde schon gehen. Sie war daran gewöhnt, Geheimnisse zu bewahren.

Sie eilte weiter, als Stimmen laut wurden, weil immer mehr Menschen aus ihren Häusern kamen. Sie ging um ihr Cottage herum, die Decke hinter dem Rücken verborgen, und schlüpfte unbemerkt durch die Vordertür ins Innere. Die Aufmerksamkeit aller war auf das Schiff gerichtet.

Sie schob den Riegel vor und stand einen Augenblick im leeren Cottage, suchte begierig nach Hinweisen darauf, wo ihr Mann sich befand. Sie hatte gelernt, immer auf der Hut zu sein.

Aus dem Schlafzimmer drang kein Laut. Die Schiefertafel und die Haferküchlein lagen noch auf dem Tisch, genau so, wie sie sie hinterlassen hatte. Stirnrunzelnd durchquerte sie den Raum und sah, dass die Schlafzimmertür weit offen stand und das Bett gemacht und unberührt war.

Norman war ebenfalls nicht nach Hause gekommen? Er war die ganze Nacht draußen gewesen?

Auch wenn sie verwirrt war, zögerte sie nicht, sondern ergriff die Gelegenheit beim Schopf. Er konnte jeden Augenblick zurückkommen. Sie wischte die Nachricht von der Schiefertafel und lief ins Schlafzimmer, zog die Laken ab und rollte sie zu einem Bündel.

Ihr Herz klopfte vor Erleichterung. Jetzt gab es nichts mehr, was verriet, dass sie die Nacht nicht in ihrem Ehebett verbracht hatte. Sie musste nicht lügen, denn er würde ihr keine Fragen stellen.

Sie zupfte ein paar Grashalme von der Decke und legte sie zu den Bettlaken, während sie an David dachte, der immer noch bei Molly saß. Die Sonne stieg langsam höher, an einem unvergleichlich blauen Himmel. Wenigstens sie bekamen einen richtigen Abschied, aber Molly …? Sie betrachtete die steinernen Wände ihres Schlafzimmers. Hier hatte es ziemlich wenig Freude gegeben und ganz sicher keine Liebe.

Sie legte das Bündel mit dem Bettzeug auf die Türschwelle, verließ das Cottage, ohne einen Blick zurück zu werfen, und gesellte sich zu ihren Nachbarn an die Mauer.

selbst aus der Entfernung konnte Jayne sehen, wie fest sie Poppit umklammerte, als Angus MacKinnon und Hamish Gillies anfingen, auf die Klippen zu klettern. Ausnahmen gab es nicht, noch nicht einmal für Effie, für die der Hund ihre Familie war, ihr treuster Begleiter und einziger Freund, als Mhairi und Flora den Sommer drüben in der Glen Bay verbracht hatten und der Grafensohn am Horizont verschwunden war.

»Miss?«

Die Matrosen waren wieder bei der Anlegestelle, und einer von ihnen streckte Jayne die Hand entgegen, um ihr ins Boot zu helfen.

Sie blickte noch einmal auf den Mullach Mòr und dann auf die drei jungen Männer, die sie schon ihr ganzes Leben lang kannte. »Aber Norman …«, protestierte sie.

»Der kommt schon. Mach dir keine Sorgen. Niemand will lieber von hier weg als er«, sagte Euan.

Damit hatte er recht. Norman war vor einer Stunde kurz aufgetaucht und hatte Mr Bonner die Straße entlanggezerrt. Den Reporter hatte er in einem der Cleits gefunden, wo er »sich verkrochen« habe. Bonners Protest, er habe nur »die Insel erkundet«, hatte Norman nicht gelten lassen. Bonner habe im hintersten Winkel gesessen, zusammengekauert, damit man ihn nicht sah, hatte Norman getobt.

Warum der Reporter das hätte tun sollen, konnte Norman aber auch nicht erklären. Der Mann hätte sein Leben riskiert, wenn er hier zurückgeblieben wäre – nachdem ihre dürftigen Ernteerträge und das Vieh aufs Festland verschifft waren, gab es auf der Insel nichts mehr, wovon sich ein Mensch ernähren konnte –, es sei denn, er war in der Lage, wie die St. Kildaer auf die Felsen zu klettern, aber so sah Bonner mit seinen glänzenden Lederschuhen und dem feinen Mantel nicht aus. Die *Dunara Castle* sollte ein paar Tage nach der Evakuierung mit Touristen an Bord wieder hier anlegen, auf der »Geisterinsel«, als die Hirta jetzt vermarktet wurde, aber das war ganz und gar vom Wetter abhängig, deshalb gab es keine Garantie für die Überfahrt und somit nicht für eine Rettung.

Mr Bonner war mit dem ersten Bettentransport auf die *HMS Harebell* gebracht worden – und Norman war wieder verschwunden, schien vergessen zu haben, dass er eine Ehefrau hatte. Er kam nicht für einen »letzten Blick« zurück ins Cottage und erklärte auch nicht, wo er in der Nacht gewesen war. Jayne hatte die mitleidigen Blicke von Mad Annie und Old Fin aufgefangen, als er wieder hinter den Cottages verschwunden war, aber das war es nicht, was sie störte. Die Heftigkeit seiner Wut auf den Reporter war beunruhigend gewesen. Ihr Ehemann war offensichtlich nicht mehr er selbst.

»Miss«, wiederholte der Matrose.

Jayne nahm seine Hilfe an und stieg vorsichtig ins Boot. Auf dem Wasser zu sein, machte ihr Angst. Sie konnte nicht schwimmen, und normalerweise waren es immer die Männer, die zu den Schiffen, die hier anlegten, hinausruderten. Sie selbst hatte nur ein einziges Mal die Felsen von St. Kilda verlassen, als Kind, als ihr Vater ihr einmal erlaubt hatte, ihn auf einer Ruderfahrt mit dem Postsack zu begleiten.

Die drei Männer, versiert darin, in ein Boot zu springen, und gewöhnt an das Gefühl, auf den Wellen zu schaukeln, folgten ihr. Sie klammerte sich an den Seiten fest, als das Boot schwankte, und konnte nicht verstehen, warum die anderen keine Angst hatten. Fin und Euan saßen direkt vor ihr, dahinter David, den Blick auf die Küste gerichtet. Sie wusste, dass er nicht zu Effie hinübersah, als die Matrosen das Seil losmachten und anfingen, in Richtung Schiff zu rudern.

Die Kinder an Bord hatten sich entweder an der Reling versammelt oder rannten über das Schiffsdeck. Mr Bonner stand abseits, den Blick auf das Drama gerichtet, das sich an der Küste abspielte. Würde er in seiner Zeitung darüber schreiben?, fragte sich Jayne. Was hatte er mit seinem Plan bezweckt, auf der Insel zurückzubleiben?

»Willkommen an Bord«, sagte ein Matrose, als sie auf der Heckseite anlegten. Jayne wurde als Erste aufs Schiff gebracht. Sie merkte erst, wie ihre Hände zitterten, als der Seemann sie ergriff, um ihr an Bord zu helfen.

Ma Peg sang ein Klagelied, Mad Annie sog an ihrer Pfeife und betrachtete ihre Heimat aus zusammengekniffenen Augen. Jayne erblickte Mhairi und Flora, die sich flüsternd unterhielten, als wären sie den ganzen Sommer getrennt gewesen, nicht zu zweit in der Abgeschiedenheit; wahrscheinlich war ihre Freundschaft während dieser Zeit noch enger geworden. Es war schwer, nicht wieder an Molly zu denken, die nun in jeder Hinsicht zurückgelassen wurde.

Automatisch sah sie sich nach David um. Die Hunde zu ertränken, musste für ihn, der eine so sanfte Natur hatte, schrecklich gewesen sein. Sie fand ihn am anderen Ende des Decks, wo er die Reling umklammerte und auf die Insel starrte, und wollte auf ihn zugehen …

Plötzlich erscholl ein durchdringender Schrei.

Alle unterbrachen ihren Gesang, ihr Gespräch oder ihr Spiel … und es folgten weitere Schreie. Sie klangen herzzerreißend.

»Du meine Güte! Wer …?«, stieß Rachel hervor.

»Was war das?«, fragte auch Christina, obwohl sie wusste, dass der Schrei nur von Effie gekommen sein konnte.

Alle Dorfbewohner kamen an die Reling, und alle Augenpaare suchten die Klippen ab, fanden aber nirgendwo eine Spur von ihr, sahen nur Angus MacKinnon und Hamish Gillies, die immer noch die Felsen hinaufkletterten.

Rachel und Big Mary sahen einander entsetzt an. Hatten Rachels Sohn und Marys Ehemann Effie zu einem fatalen Fehler getrieben? Zu einem verzweifelten Sprung? Effie hatte ihren Hund immer mit ihrem Leben beschützt. Sie alle wussten, dass sie Poppit niemals aufgeben würde.

Ein paar Minuten lang sprach niemand ein Wort, während alle versuchten, herauszufinden, was an der Küste geschah.

Jayne spürte eine Hand auf ihrer Schulter. Flora war zu ihr gekommen. Die junge Frau war blass unter der sonnenverbrannten Haut, ihre Augen waren geschwollen und gerötet vom Weinen. Jayne wusste nicht, ob sie um ihren verlorenen Geliebten weinte, wegen ihrer Abreise oder weil sie Angst um Effie hatte. Aber sie nahm Floras Hand und drückte sie beruhigend, während sie wieder auf die Klippen des Ruiaval blickten.

Angus und Hamish standen nun auf einem Felsvorsprung, aber rechts von ihnen bewegte sich etwas, und Jayne konnte zwei weitere Gestalten ausmachen, nur helle Punkte, die sich den Hang hinunterbewegten. Effies helles Haar leuchtete im Sonnenlicht wie glitzerndes Glas. An der Art der Bewegung war zu erkennen, dass sie gezogen wurde.

Im nächsten Moment fiel Jayne auf, dass Poppit nirgendwo zu sehen war. Dabei war sie Effies Schatten, normalerweise nie mehr als ein paar Meter von ihrer Herrin entfernt!

Jayne wurde übel, als sie erkannte, warum Effie so geschrien hatte – und warum Flora zu ihr gekommen war, um *sie* zu trösten. Angus und Hamish waren zu weit entfernt gewesen, um etwas mit der Sache zu tun zu haben. Norman war der Einzige auf der Insel, der für das verantwortlich sein konnte, was passiert war.

Ihr Ehemann war noch nie ein gefühlvoller Mensch gewesen. Aber war er ein schlechter?

Der letzte Dorfbewohner bestieg das Schiff um kurz vor acht, die Crew trat in Aktion, das Beiboot wurde heraufgezogen und der Schornstein begann zu rauchen. Big Mary hatte es nun übernommen, das Klagelied zu singen, aber alle anderen Passagiere waren still, und aller Augen waren auf Effie gerichtet, die barfuß lief – ohne ihren Schatten.

Jayne streckte instinktiv die Hand nach ihr aus, als sie vorbeiging. »Effie, es tut mir leid.«

Das Mädchen sah sie an, aber ihr Blick war leer. Der Schock hatte sie ausgehöhlt. Sie hatte in kurzer Zeit zu viel verloren, was sie liebte, und der Schmerz lag über ihr wie ein Schleier.

Jayne ließ die Hand sinken. Was nützte eine Entschuldigung, wenn sie mit dem Mann verheiratet war, der Effie das angetan hatte?

Ohne ein Wort zu sagen, stolperte Effie zu Flora, und die beiden Frauen umarmten sich, sanken ineinander wie zerdrückte Blütenblätter, genau wie es zuvor Flora und Mhairi getan hatten. Jetzt spürte Jayne nicht nur Mollys Ausgeschlossensein aus dem engen Bund der drei, sondern auch ihr eigenes – sie war zu alt für die Mädchen, aber zu jung (und zu kinderlos), um sich den Müttern anzuschließen.

»Hier bist du also«, murmelte Norman, als er sich neben sie setzte – als wäre sie diejenige, die die ganze Nacht und beinahe den ganzen Vormittag verschwunden gewesen war. Als hätte er nicht gerade eine scheußliche Grausamkeit begangen.

Sie brauchte einen Moment, bis sie ihre Stimme wiederfand. »Bist du fertig mit dem, was du zu tun hattest?«, fragte sie. Sein düsterer Ausdruck entging ihr nicht. Nach außen wirkte er gefasst, aber sie kannte ihn gut genug, um zu erkennen, dass er aufgewühlt war.

»So einigermaßen«, entgegnete er mürrisch.

»Das ist gut«, sagte sie leichthin, »Dann können wir ohne Bedauern von hier fortgehen.«

Norman blickte auf sie herab, aber sie hatte sich abgewandt. Die Ankerkette rasselte laut, die Matrosen erledigten ihre Routine, und die Motoren unter ihren Füßen begannen zu vibrieren, als sie Fahrt aufnahmen. Allen wurde unmissverständlich klar, dass der Moment endlich und wahrhaftig da war.

Sie gingen fort. Sie verließen die Insel.

Alle erhoben sich und blickten auf die Küste, während das Schiff anfing, sich langsam um seine eigene Achse zu drehen und dabei riesige Wassermassen vor sich herzuschieben, die in Wellen auf den Strand zurollten. Es war kaum vorstellbar, dass ihre Cottages jetzt alle leer standen, die Kamine kalt waren, die Cleits leer. Jayne betrachtete die Hänge, Felsen und Klippen, die ihnen allen so vertraut waren, die Vögel, die zu Tausenden über sie hinwegflogen, noch ohne zu wissen, dass all das nun ihnen gehörte.

Aus dieser Perspektive konnten die Inselbewohner endlich sehen, wie klein ihre Heimat tatsächlich war. Ein zwei Meilen langer Felsen mitten im Atlantik, auf dem keine Bäume wuchsen und kein Getreide gedieh, fast gänzlich von gefährlichen, steilen Meeresklippen umringt. Irgendwie hatte dieser Felsen es seit dem Bronzezeitalter geschafft, menschliches Leben hervorzubringen.

Bis heute.

Keiner von ihnen wusste, wohin sie segelten. Norman träumte von Reichtum und Ansehen, aber Jayne wollte nichts anderes als Sicherheit: gute Nachbarn und einen engen Freund in ihrer Nähe. Zum ersten Mal wurde sie mit der Möglichkeit konfrontiert, mit ihrem Ehemann ganz allein zu leben – und diese Vorstellung machte ihr Angst.

Sie sah sich um. Alle Inselbewohner waren in Gedanken versunken. David stand immer noch alleine da, den Blick auf die ovale Mauer des Friedhofs gerichtet. Flora weinte stumm, während der Wind ihr dunkles Haar zerzauste, und Effie stand zutiefst erschüttert neben ihr. Lorna war unter Deck bei den McKinnons und half ihnen, sich an ihr Leben als Eltern zu gewöhnen. Eine Willkommensfeier für das in der Nacht geborene Baby war um unbestimmte Zeit »verschoben« worden, und es war unwahrscheinlich, dass sie jemals stattfand. Die frischgebackene Familie gehörte schließlich zu den Wenigen, die nach Oban reisten. Die Begrüßungsbesuche der Dorfbewohner im Cottage der McKinnons, die direkt nach der Geburt kurz nach Mitternacht stattgefunden hatten, mussten also genügen.

Zu ihrer Erleichterung hatte niemand Jayne gefragt, wo sie gewesen war, und es schien auch niemandem aufzufallen, dass in ihrer Mitte ganz offensichtlich jemand fehlte. Frank Mathieson war den ganzen Tag noch nicht aufgetaucht, und nur sie wusste, warum. Natürlich waren alle abgelenkt, das war ihr klar – und das Schiff hatte mehrere Decks, deshalb waren die Inselbewohner verstreut oder konnten sich absondern, wenn sie das wollten. Das Drama mit Effie und Poppit hatte ebenfalls viel Aufmerksamkeit erregt, und die große Emotionalität des Abschieds hatte dazu geführt, dass alle nachdenklich waren. Sie dachten nicht an das, was sie nicht sehen konnten. Jedenfalls jetzt noch nicht.

Aber Norman hatte den Mann in den letzten Tagen nicht aus den Augen gelassen und Mathiesons Namen hier dennoch kein einziges Mal erwähnt. Er umklammerte die Reling so fest, dass seine Fingerknöchel weiß hervortraten, den Blick auf einen weit entfernten, nicht sichtbaren Punkt gerichtet. Seine Finger trommelten ungeduldig auf das Metall, bis der riesige Anker aus dem Wasser auftauchte wie eine Walflosse und sie alle spürten, dass das Schiff nun befreit war, gelöst aus dem letzten Griff der Insel. Die Steuer bewegten sich, das Schiff nahm Fahrt auf und pflügte durchs Wasser.

Jetzt lockerte ihr Ehemann seinen Griff, seine Hände entspannten sich, und Jayne sah ihn erschrocken von der Seite an und betrachtete sein schönes, düsteres Profil. Ihr war bereits klar, dass er Blut an den Händen hatte – von seinem Streit mit dem Reporter und seiner eiskalten Gewalt gegen Poppit … Aber war es noch mehr als das?

Sie starrte auf den Horizont, hinter dem ihre Zukunft lag, und hatte nur eine einzige Frage im Sinn.

Zu was genau war ihr Ehemann fähig?

4. Kapitel

Effie

Anfang Dezember 1930
Dupplin Castle, Perthshire

»Warum können wir nicht *Private Lives* spielen?«, maulte Bitsy Cameron, die ausgestreckt auf dem Himmelbett lag. Ihre Fußnägel waren scharlachrot lackiert, selbst durch die Nylonstrümpfe erkennbar, und es kümmerte sie nicht, dass an ihrer Seidenbluse ein Knopf offen und ein Stück von ihrem blassen Bauch zu sehen war. »In London sagen alle, es ist eine Sensation.«

»O Gott, wie ich London vermisse.« Peony Lovat seufzte und sah schön und gelangweilt aus.

»Wir spielen keinen Noël Coward, nachdem ich die ganze letzte Woche damit verbracht habe, etwas *extra* für uns zu schreiben«, erwiderte Veronica Maudsley, die am Toilettentisch saß und eine Korrektur auf ihr Manuskript kritzelte, ohne aufzublicken. »Wartet nur ab, bis ihr die Pointen hört. Ich habe es geschafft, eine darüber einzubauen, wie Gerry versehentlich einen Pfau erschossen hat.«

»Das ist doch ein alter Hut.« Peony seufzte erneut. »Ich weiß nicht, warum wir das Stück überhaupt spielen.«

»Tja, entweder wir proben dafür, oder wir stehen die ganze Woche wie Spielfiguren im Schlamm herum.«

Veronicas vielsagender Blick bei dem Wort »Schlamm« veranlasste Peony dazu, sich schaudernd abzuwenden.

Effie stand am Fenster, beobachtete die Wassertropfen, die wie winzige Glaskugeln zu Boden prasselten, und wünschte sich, sie könnte mitten im Regen stehen. Anstatt die Aktivitäten der Mädchen zu kommentieren, blickte sie hinaus auf die Anlagen und stellte fest, dass diese Schlösser, wenn man ein paar davon kannte, alle gleich waren. Türmchen, breite Treppen, zugige Räume, französische Gärten und Blumenrabatten. Das hier war in drei Wochen das dritte.

Die Nachricht von ihrer Verlobung hatte sich wie ein Lauffeuer verbreitet, nachdem Sholto mit dem Segen seiner Eltern von Dumfries House zurückgekehrt war – Effie war mit Donald und Mhairi noch einen Tag länger in Oban geblieben –, und seitdem waren sie auf einer Art Rundreise, bei der sie seine Freunde besuchten. Er wolle unbedingt, dass sie alle kennenlernte, sagte er, aber sie spürte, dass noch mehr dahintersteckte: Er wollte, dass sie akzeptiert wurde. Sholto wusste so gut wie sie, dass ihre Verbindung Aufsehen erregte – was sich schon allein dadurch zeigte, dass offenbar jeder Grafensohn im Land sie eingeladen hatte. Alle waren darauf erpicht, die Frau kennenzulernen, die einen der beliebtesten Junggesellen Schottlands bezaubert hatte.

Effie hatte ständig Angst, sie zu enttäuschen. Sie war keine so strahlende Schönheit wie Flora, ihr Haar war immer zerzaust, und sie sah keinen Sinn darin, sich das Gesicht zu pudern. Es war ihr überschäumender, wilder Charakter, in den Sholto sich verliebt hatte, aber eigensinnige, trotzige Mädchen machten sich in den Salons der Herrenhäuser nicht besonders gut, und Effie spürte, dass sie bereits zahmer wurde. Sie lernte schnell, dass es in der Gesellschaft besser war, still und zurückhaltend zu sein, was sich als schwierig erwies, wo diese Leute doch so gerne redeten. Doch etwas Falsches zu sagen, und wenn es nur ein Wort war, brandmarkte sie als Außenseiterin.

Sie hatte immer gedacht, Rachel und Christina wären geschwätzig, aber die Frauen hier schienen für den Tratsch zu leben. Ein Skandal war der Höhepunkt ihres Tages, und niemand tratschte mehr als die Mädchen in diesem Raum. Sie hatten sie mit Wangenküsschen begrüßt wie eine alte Freundin und sie mit Komplimenten überhäuft, aber Effie wusste, dass die guten Manieren der Adeligen wie Panzer waren: Ihr Lächeln war undurchdringlich, ihre kühlen Blicke hielten innere Wut zurück. Effie wusste, dass sie jede ihrer Bewegungen genau beobachteten und für die Zukunft in ihrem Gedächtnis archivierten.

Immerhin konnten Bitsy, Peony und Veronica nicht hinter ihrem Rücken über sie reden, wenn sie ihnen direkt gegenübersaß. Ein bequemer Rhythmus hatte sich hier in ihren Tagesablauf geschlichen. Sie schliefen lange, und nach einem herzhaften Frühstück gingen die Männer hinaus, um Sport zu treiben, während die Frauen drinnen blieben und redeten, sich herausputzten und die nächste Party planten.

Dunkel erinnerte sie sich an Lornas Forderung nach einem »Mehr« und »Besser«. Effie hatte das immer nur auf die Menschen von St. Kilda bezogen, aber jetzt wurde ihr klar, dass sogar Sholtos illustre Kreise nicht immun gegen

Wünsche waren. Seine Bekannten schienen sogar nach mehr zu verlangen, als sie und ihre Freundinnen es je getan hatten: Einen »guten« Ehemann zu finden (was bedeutete, er musste reich sein, Grundbesitzer und adelig), stand im Fokus, doch bis dahin waren sie immer auf der Jagd nach noch mehr Spaß. Mehr Champagner! Mehr Partys! Mehr Schmuck! Und am meisten verlangte es sie nach Neuem, und das hatte Effie ihnen in den letzten paar Wochen sicherlich geben können.

Sholto versuchte, ihr Mut zu machen, indem er ihr sagte, dass seine Freunde sie mochten, dass alle fänden, sie sei wie ein frischer Frühling. Aber er verstand nicht, wie viele unausgesprochene Regeln es gab, die sie lernen musste. Er war in diese Welt hineingeboren – er wusste noch nicht einmal, wie viel er wusste! Sie dagegen ertappte sich immer wieder dabei, dass sie an den falschen Stellen lachte oder nicht lachte. Sie hatte nicht die Bücher gelesen, die die anderen geprägt hatten, und hatte auch keine Meinung zu bestimmten Kleidern oder Schuhen. Wenn Sholto dabei war, half er ihr, ihre Unwissenheit einigermaßen zu verbergen, stand neben ihr wie ein wohlwollender Schiedsrichter. Effie hatte den Verdacht, dass er die Mädchen gebeten hatte, »auf sie aufzupassen«, denn in der Öffentlichkeit waren sie immer demonstrativ herzlich. Aber wenn die Damen unter sich waren, so wie jetzt, wurde sie kaum von den anderen wahrgenommen. Sie wurde gesehen, aber nicht gehört, beinahe wie ein Kind.

Erleichtert sah sie, dass die Männer wegen des schlechten Wetters vom Golfspiel zurückkehrten. Sholto hatte im

Team mit ihrem Gastgeber, Viscount »Gladly« Dupplin, gegen Tarquin »Colly« Colquhoun und Ferg Campbell gespielt. Ihre Tweedanzüge waren durchnässt, Regen tropfte von ihren Kappen, und Effie wünschte, sie könnte dort draußen bei ihnen sein, anstatt in diesem staubtrockenen Raum. Sie wünschte, sie hätte ihre Welpen mitnehmen können, anstatt sie bei ihrem Vater zurückzulassen. Sie wünschte sich so vieles, was nicht möglich war. Die Männer betraten den Schutz des Schlosses und verschwanden aus ihrer Sicht.

Veronica blickte auf und musterte Peony mit ernsthaftem Interesse. »Sag mal, spielt dieser Dudelsackspieler auch Trompete?«

»Warum fragst du das?«, antwortete Peony beleidigt, und eine leichte Röte breitete sich auf ihren Wangen aus. »Weißt du, du solltest wirklich nicht alles glauben, was du hörst, Veronica!«

»Ich würde ihn auspeitschen und erschießen lassen, wenn ich könnte.« Bitsy verdrehte die Augen. »Jeden Morgen! Es ist unerträglich.«

»Hm, es hätte so viel mehr Schwung, wenn wir im ersten Akt mit der Trompete auftreten würden …« Veronica dachte einen Moment nach. »Ich frage Gladly, ob wie ihn für die Show ausleihen können. Obwohl ein Dudelsack auch funktionieren könnte.«

Effie beobachtete, wie sie zueinander – aber nicht miteinander – redeten.

Veronica kritzelte etwas an den Rand ihrer ersten Seite. »Ich glaube, das reicht fürs Erste«, sagte sie, stieß ihren Stuhl zurück und verteilte maschinengeschriebene Skripte.

»Um was geht es darin?« Peony blätterte durch die Seiten, ohne sich die Mühe zu machen, sie zu lesen.

»Stell dir *Schwanensee* gemischt mit *In einem anderen Land* vor«, antwortete Veronica nach kurzem Zögern.

Bitsy runzelte die Stirn. Effie konnte natürlich mit keinem der beiden Beispiele etwas anfangen, aber Bitsys Verstand war genauso scharf wie ihre Zunge, und oft lernte Effie die Nuancen zu unterscheiden, indem sie ihren bissigen Witz beobachtete. »Eine als Schwan verkleidete Prinzessin verliebt sich in den Freund ihres Liebhabers?«

Veronica schnaubte. »Keine Schwäne, aber jede Menge tragische Romanzen. Es ist eine Geschichte von Liebe und Betrug zu Kriegszeiten.«

»Ah, gut, das ist ja wirklich etwas *ganz* Neues …«

»Aber als Komödie!«, protestierte Veronica. »Ich wollte, dass es etwas Heiteres wird.«

»Gute Idee. Es ist wichtig, im Senfgasnebel den Humor nicht zu verlieren.«

Peony kicherte, als Veronica ein Samtkissen nach Bitsy warf. Bitsy schnappte nach Luft und warf eins zurück, und innerhalb von Sekunden war eine Kissenschlacht entbrannt; sogar Peony ließ sich aus ihrer Trägheit reißen und machte mit. Federn und Papierseiten segelten durch die Luft. Effie sah mit offenem Mund zu und lächelte, als die jungen Frauen aufs Bett sprangen, kreischend und lachend, plötzlich zu Leben erwacht. Waren sie wirklich so anders als Flora, Mhairi und Molly? Sie hatten feinere Kleider, lebten in einer prachtvolleren Umgebung, aber waren sie im Grunde ihres Herzens nicht ebenso unbekümmerte junge Frauen, die ihr ganzes Leben noch vor sich hatten? Effie schien es, als erlebe sie zum ersten Mal, dass sie etwas Spontanes taten.

Sie grinste, schnappte sich ein Kissen von dem Stuhl neben ihr, zielte genau und warf es auf Bitsy – die gerade die wild mit den Armen rudernde Veronica festhielt. Durch ein Leben voller Papageientaucherjagden und waghalsiger Kletteraktionen an steilen Klippen verfügte sie über eine präzise Hand-Augen-Koordination. Das Kissen traf ihr Opfer direkt ins Gesicht, schlug einen Schildpattkamm aus Bitsys frisiertem Haar, und das Mädchen kippte nach hinten und prallte mit dem Kopf an die Bettkante.

»Oh!« Effie sank in sich zusammen, als sich erschrockene Stille im Raum ausbreitete, und ihr wurde klar, dass direkte Treffer eigentlich nicht beabsichtigt waren. »Ich … Es tut mir so leid.«

Blicke wurden gewechselt, und alle ließen ihre Waffen sinken. Das Spiel war so plötzlich vorbei, wie es begonnen hatte. Peony strich sich das Kleid glatt, Bitsy steckte sich ärgerlich den Schildpattkamm zurück ins Haar. Effie schien es, als würden sie sich zusammenreißen und die Worte zurückzuhalten, die sie sich gegenseitig, als alte Freundinnen, sonst immer bereitwillig um die Ohren schlugen. Weil sie es ihr gegenüber nicht taten, fühlte sie sich noch mehr als Außenseiterin.

»Warum gehen wir nicht runter und kramen ein bisschen in der Verkleidungskiste?«, schlug Veronica mit erzwungener Heiterkeit vor. »Einer der Charaktere braucht ein Opern-Cape, und ich meine mich zu erinnern, dass Gladly letztes Jahr eins hatte.«

»Wer trägt denn zu Kriegszeiten ein Opern-Cape?«, murmelte Bitsy, immer noch mit ihrer Frisur beschäftigt, während sie in Richtung Tür gingen.

Effie blieb traurig und gedemütigt hinter ihnen zurück, als sie das Turmzimmer verließen, die Treppe hinunterstiegen und die imposante Eingangshalle des Schlosses betraten. Hausmädchen in schwarzen Kleidern und weißen Schürzen flatterten wie Motten durch die Korridore, immer nur aus dem Augenwinkel zu sehen, wenn sie leise durch versteckte Türen schlüpften, durch die sie in den Dienstbotenbereich gelangten.

Effie ertappte sich bei dem Wunsch, ebenfalls in den Innereien des Schlosses zu verschwinden; noch vor ein paar Monaten war sie selbst ein Mitglied des »Gesindes« gewesen. Aber jetzt, mit Sholtos Verlobungsring am Finger, in Seidenbluse und edlen, maßgeschneiderten Wollhosen, gehörte sie auf diese Seite der Wände und musste Bitsy, Veronica und Peony in das alte Spielzimmer folgen.

Wie alle Räume im Schloss war es riesig. Ihr früheres Zuhause hätte locker hineingepasst, ohne die Wände zu berühren. Deckenhohe Regale mit hölzernen Spielsachen und Büchern bedeckten die Wände. Es gab einen Eichenholzschreibtisch mit Stuhl, mehrere weiche Sofas, die in kleinen Gruppen arrangiert waren, und einen Kamin, in dem kein Feuer brannte. Die Fenster gingen auf die Rasenfläche an der Ostseite hinaus, und es war so kalt, dass sich an den Fensterscheiben Eisblumen gebildet hatten.

Am anderen Ende des Raumes befand sich eine kleine, niedrige Bühne, über der erbsengrüne, ausgefranste Vorhänge drapiert waren. Eine mit tiefrotem Samt bezogene viktorianische Chaiselongue stand schräg darauf, daneben ein Beistelltisch, beides Überbleibsel einer früheren Aufführung. Die naiv gemalten Kulissen eines Wohnzimmers schienen nicht recht zu Victorias Handlung zu passen. Vielleicht kann ich dabei helfen, neue zu malen?, überlegte Effie. Mit Pinsel und Farbe konnte sie gut umgehen.

Veronica ging direkt auf eine gewölbte, lederbezogene Truhe zu und öffnete sie, ohne zu zögern. Sie schien genau zu wissen, wonach sie suchte, als sie die alten Kostüme durchwühlte. Aber schließlich war es auch eine jährlich stattfindende Tradition, dass sich die alten Freundinnen vor Weihnachten hier zur Dupplin-House-Aufführung trafen.

Bitsy läutete die Glocke. »Es ist eiskalt hier drin«, sagte sie zitternd.

Peony setzte lustlos den Tonarm des Grammofons auf die Schallplatte, und Musik erfüllte den Raum. Effie blieb unschlüssig stehen, wusste nicht, was sie tun sollte. Umgeben von gelangweilten Frauen und lässiger Schönheit, stellte sie wieder einmal fest, dass sie zu dem Mädchen geworden war, dass sie sich letztes Frühjahr auf St. Kilda im Federnlager vorgestellt hatte, wenige Stunden, nachdem Sholto in ihr Leben getreten war. Doch niemals hätte sie geglaubt, dass sie einmal hier landen würde, und wie sich das anfühlte: leer und dumpf, alles irgendwie langweilig. Wenn nur Flora hier wäre! Ihre Freundin würde genau wissen, was zu sagen und zu tun war, und wie man irgendwie Leben in diese Gruppe bringen konnte. Effie dagegen war schon immer eine Person gewesen, die lieber draußen war, und die lieber etwas tat, als nur zu reden.

»Meine Damen …« Eine junge Bedienstete hatte den Raum betreten und stellte erschrocken fest, dass das Feuer zwar vorbereitet, aber nicht angezündet war. Sie lief zum Kamin, entfachte es mit einem Streichholz, und schon züngelten Flammen auf und machten den Raum behaglicher.

»Das wird uns jetzt wohl kaum noch helfen, oder?«, fuhr Bitsy das Mädchen an. »Wir erfrieren hier fast. Warum wurde das Feuer nicht schon vor Stunden angezündet?«

»Es tut mir leid, Mylady«, stammelte das Dienstmädchen. »Wir wussten nicht, dass der Raum heute genutzt werden würde.«

»Nicht?«, fragte Bitsy ungläubig. »Wir machen während dieser Woche immer unsere Show! Jeder weiß das. Die Vorbereitungen dauern Tage. Sollen wir etwa im Pelzmantel proben?«

»Es tut mir so leid, Mylady. Es ist mein erster Monat hier. Ich wusste das nicht.«

»Dein erster und dein letzter Monat, wenn du mich fragst.«

Die junge Frau schnappte nach Luft, die Drohung erschreckte sie. Effie ging es genauso. Sie sah die anderen an: Peony lehnte sich in einem Sessel zurück und wirkte so interessiert wie den ganzen Tag noch nicht, Veronica kniete vor der Verkleidungstruhe und probierte eine venezianische Maske an.

»Was wird der Viscount denken, wenn ich ihm von deiner Nachlässigkeit erzähle, hm? Wir sind seine Gäste! Seine ältesten und engsten Freundinnen, und du lässt uns hier vor Kälte zittern, bis wir uns den Tod holen?«

»Es tut mir wirklich leid, Mylady. Bitte sagen Sie ihm nichts«, flehte das Mädchen. »Lassen Sie mich das in Ordnung bringen.«

»Und wie genau stellst du dir das vor? Es dauert mindestens eine Stunde, bis der Raum geheizt ist. Das ist vergeudete Zeit, weil wir unnötig auf etwas warten müssen, was schon vor Stunden hätte passieren sollen.«

Die junge Frau starrte zu Boden, mit blassem Gesicht, und wartete auf ihre Verurteilung.

Bitsy betrachtete sie eine Weile schweigend, sah, wie sie zitterte. Ihr Blutdurst ließ genauso schnell nach, wie er gekommen war. »Ach, jetzt schau nicht so jämmerlich. Bring uns lieber etwas Tee«, sagte sie schließlich. »Dann können wir uns an den Tassen wenigstens die Hände wärmen.«

»Jawohl, Mylady. Sofort.« Das Hausmädchen drehte sich um und wollte den Raum verlassen.

»Aber bevor du gehst … Wie ist dein Name?«

Die junge Frau schluckte. Sie war wie eine Maus in Bitsys scharfen Krallen. »Matilda.«

»So, so.« Bitsy nickte. »Dann beeil dich, *Matilda*.«

Effie wandte den Blick ab, als das Mädchen hinauseilte. Sie stellte sich vor, wie sie weinend durch die Gänge rannte und die anderen Bediensteten herbeieilten, um zu erfahren, was los war. Würden sie sie verurteilen oder trösten? Die Welt der unteren Etage war ebenso hierarchisch wie diese hier.

»Hier ist es!«, rief Veronica triumphierend, und alle sahen zu, wie sie sich einen schwarzen Seidenmantel um die

Schultern legte und darin hin und her tänzelte. Sie schien völlig unbeeindruckt von Bitsys boshaften Schikanen. »Das ist perfekt.«

»Was ist das für ein Federding?«, fragte Peony von ihrem Thron aus und zeigte mit gebieterischer Geste auf die Truhe.

»Das hier?« Veronica zog einen extravaganten Fächer aus Straußenfedern hervor, öffnete ihn und fächelte sich ein paarmal Luft zu.

»Ich hoffe, es gibt eine Szene, in der ich den benutzen kann?«, fragte Peony. »Er würde meine Augen gut zur Geltung bringen.« Sie senkte kokett die Wimpern.

»Da bin ich mir nicht sicher.«

Peony hob eine perfekt gezupfte Augenbraue. »Ach, Ronnie, wenn es in einer Kriegsgeschichte Platz für ein Opern-Cape gibt, dann auch für einen Fächer.«

Bitsy blickte zu Effie, die wieder am Fenster stand. »Wonach schaust du immer da draußen, Effie?«, fragte sie. »Überlegst du dir einen Fluchtweg?«

»Natürlich nicht …«

»Komm mal hierher«, befahl Bitsy.

Effie durchquerte widerstrebend den Raum. Bitsy widersetzte sich offenbar niemand.

»Hast du jemals auf einem Schaukelpferd gesessen?«

»Nein.« Für das wenige Holz, das auf St. Kilda angespült wurde, hatte es immer eine bessere Verwendung gegeben, als Schaukelpferde daraus zu bauen.

»Nun, dann ist das jetzt deine Chance.« Bitsy lächelte und klopfte auf den Ledersattel.

Effie sah sie verwirrt an. »Aber das ist ein Kinderspielzeug.«

»Dann ist es ein Glück, dass du die Statur einer Zwölfjährigen hast. Manche von uns sind robuster gebaut und haben nichts von dem Spaß. Los, steig auf!«

Effie blickte auf das große, schwarz-weiß gescheckte Holzpferd. Seine Füße standen auf hölzernen, gebogenen Kufen, und es hatte eine lange weiße Mähne aus echtem Haar und Glasaugen. Seine Zähne waren zu einem drohenden Grinsen gebleckt. Effie glaubte nicht, dass sie sich diesem Spielzeug als Kind freiwillig genähert hätte.

»Schwing ein Bein rüber. Und mach dir keine Gedanken, ob das schicklich ist, wir sind hier schließlich unter uns. Wir Mädchen können ja mal ein bisschen Spaß haben, oder?«

Effie hatte keine Probleme mit der Schicklichkeit, sie konnte nur nicht verstehen, was jemand daran finden konnte, auf diesem unheimlichen Pferd zu sitzen. Aber sie war noch nie eine gewesen, die Schwäche zeigte, deshalb schwang sie sich auf den Sitz und griff sofort in die Mähne, als das Spielpferd unter ihrem Gewicht anfing, vor und zurück zu schaukeln.

Sie kicherte nervös und fing Bitsys Blick auf, die anfing, sie anzustoßen.

»Siehst du? Das macht Spaß, oder?«

Effie zögerte kurz und nickte dann. »Aye, stimmt.«

Das regelmäßige Schaukeln war beruhigend, das Feuer knisterte im Hintergrund, das Grammofon spielte Musik, und Effie nahm dieses flüchtige Gefühl der Behaglichkeit dieser neuen Welt wahr. Spaß. Dieser Begriff ließ sich unterschiedlich definieren, er war nicht darauf begrenzt, senkrechte Klippen zu erklimmen.

»Reitest du, Effie?«, fragte Peony, die sie sich auf einem der Sofas ausgestreckt hatte. Sie wirkte immer erschöpft, als würde es sie körperlich anstrengen, sich aufrecht zu halten oder wach zu sein.

»Nein.« Effie schüttelte den Kopf.

»Ach?« Peony runzelte leicht die Stirn. »Wie merkwürdig, ich hatte gehört, du tätest es. Du nicht auch, Bits?«

»Hm, ja, jetzt, wo du es erwähnst …«, erwiderte Bitsy.

Effie wurde flau im Magen. Sie hatte in ihrem Leben nur ein einziges Mal auf einem Pferd gesessen und war Gott sei Dank knapp mit dem Leben davongekommen. Lady Sibyl, Sholtos ehemalige Verlobte, hatte Effies Pferd in rasantem Galopp über das Anwesen von Dumfries House gejagt, sehr wohl wissend, dass Effie als Reiterin eine Anfängerin war. Sholto war außer sich gewesen vor Wut, und Effie hatte Stunden gebraucht, um sich von dem Ritt zu erholen, aber das alles konnten die anderen nicht wissen … Wenn es ihnen nicht jemand erzählt hatte. Sholto hatte keinen Grund, es zu erwähnen, aber …

O Gott. Waren diese Frauen Freundinnen von Sibyl? Der Skandal, den es gegeben hatte, als Sholto im Sommer seine Verlobung gelöst hatte, war erneut aufgeflammt, nachdem sich herumgesprochen hatte, dass er sich stattdessen mit Effie verlobt hatte. Aber Sholto hatte ihr versichert, dass niemand sich einmischen würde. Und doch …

»Ein bisschen mehr?«, fragte Bitsy und stieß sie etwas fester an. Die Pendelbewegung wurde größer, und das Pferd schwang beinahe bis an die Enden der gebogenen Kufen.

Effie kreischte, aber jetzt war kein Vergnügen mehr dabei, und sie schüttelte den Kopf. Noch etwas mehr, und sie würde vornüberfallen und mit dem Gesicht gegen den Tisch knallen.

»O ja, das ist ein Riesenspaß!«

»Nein, ich will lieber nicht …«

»Wo ist dein Abenteuergeist?« Bitsy lachte. »Ich gebe dir nur noch einen einzigen Schubs.«

»Nein! Nein, bitte!«, rief Effie, aber Bitsy stieß sie noch heftiger an. Effie lehnte sich nach hinten, als das Pferd sich nach vorne neigte, und versuchte, die Bewegung mit ihrem Körpergewicht abzubremsen.

»Na, hört mal! Was ist denn hier los?«, ertönte eine Männerstimme. Effie drehte den Kopf in Richtung Tür – Gladly stand da, und Sholto folgte ihm mit besorgtem Blick –, aber ihre Bewegung musste das Spielzeug auf dem glatten Holzboden zum Drehen gebracht haben, und auf einmal ertönte ein gellender Schrei.

Als Effie sich umdrehte, lag Bitsy auf dem Boden und umklammerte ihren Fuß.

»Bits!«, kreischte Peony, sprang vom Sofa und rannte zu ihrer Freundin.

»Meine Zehen! Sie hat mir die Zehen gebrochen!«, schluchzte Bitsy.

»Lass mal sehen!«, verlangte Peony und zog Bitsy den Schuh aus. Die Zehen mit den hübsch lackierten Nägeln unter dem Seidenstrumpf begannen bereits anzuschwellen.

»Oh, du Biest!«, schrie sie Effie an. »Wie gemein von dir! Wie konntest du ihr das antun? Und das, nachdem du ihr schon ins Gesicht geschlagen hattest. Was ist nur in dich gefahren, Effie?«

»Ich …« Effie starrte sie an, entsetzt über diese falsche Darstellung der Ereignisse.

»Du hast ihr ins Gesicht geschlagen?«, fragte Gladly ungläubig. Dann eilte er zu Bitsy, die weinend auf dem Boden lag.

Effie sah Sholto an, sah, wie sein Gesichtsausdruck sich veränderte, seine Wangen sich vor Verlegenheit röteten. »Ich … kann das erklären«, flüsterte sie.

»Natürlich kannst du das. Es war ein Unfall, das ist doch klar«, sagte er schnell, kam zu ihr und zog sie an sich, als sie von dem Holzpferd glitt. Er küsste ihr Haar, während die anderen Bitsy auf den Sessel halfen und Gladly ihre Verletzung untersuchte.

»Nun, ich bin kein Arzt, aber ich habe schon zerquetschte Füße in Pferdeboxen gesehen. Daher glaube ich nicht, dass die Zehen gebrochen sind«, sagte er. »Aber du wirst ein paar Tage lang hässliche Blutergüsse haben.«

»Das war ganz und gar unsere Schuld«, warf Sholto ein. »Hier reinzuplatzen, ohne anzuklopfen! Wir haben euch abgelenkt.«

Effie sah zu ihm auf, war dankbar, dass er ihr so taktvoll zur Hilfe kam, und hasste es gleichzeitig, dass sie überhaupt Hilfe brauchte. Von zu Hause her war sie an Konflikte und Dramen gewöhnt – vor allem mit Männern, die ihr immer verbieten wollten, Dinge zu tun, die sie selbst taten. Aber hier konnte sie nicht selbst für sich einstehen, das galt als unangebracht. Sholto musste sie unterstützen, verteidigen, beschützen. Was sie selbst sagte, zählte nicht.

»Wo sind die anderen?«, fragte Peony.

»Sie trocknen sich ab. Es regnet wie aus Kübeln. Alles Grüne verwandelt sich in Blau.«

Peony runzelte verwirrt die Stirn. »Hmm?«

»In Flüsse. Oder Seen, meine Liebe«, sagte Gladly und stand auf. »Wie auch immer, wir sind gekommen, um euch zu sagen, dass Albie uns für heute Abend auf ein paar Cocktails zu Blair eingeladen hat. Ein paar Typen aus Hollywood sind überraschend aufgetaucht, und denen muss er eine kleine Show bieten. Ich schätze, das gefällt euch?«

Peony und Bitsy richteten sich sofort interessiert auf.

»Wenn du von *Show* sprichst ...«, begann Veronica.

»Nicht so eine«, fuhr Peony sie an.

»Wer ist Albie?«, wollte Effie von Sholto wissen.

»Der Sohn des Grafen von Atholl. Guter Kerl, angelt gerne«, antwortete er zerstreut und sah sie besorgt an. »War alles in Ordnung, gerade eben, bevor wir reinkamen?«, fragte er leise. »Ich dachte, ich hätte dich rufen gehört. Es klang verzweifelt.«

»Nein, alles in Ordnung.« Die Lüge kam Effie nur schwer über die Lippen. Aber was sollte sie sonst sagen? Er würde sich nur Sorgen machten, wenn er erfuhr, dass sie hinter Bitsys Verhalten echte Wut gespürt hatte. Hatte sie Effie heimzahlen wollen, dass sie bei der Kissenschlacht ihr Gesicht getroffen hatte, oder steckte noch etwas anderes dahinter? War sie ihr böse, weil sie den begehrten Sholto für sich gewonnen hatte, obwohl sie nur ein einfaches Mädchen war? Oder weil er zuvor mit ihrer Freundin verlobt gewesen war?

In diesen Kreisen kannten sich alle und bewegten sich zwischen den Herrenhäusern und Schlössern so selbstverständlich, wie Effie einst die Straße in der Village Bay entlanggegangen war. Es war nur eine andere Größenordnung. Ob Perth, Edinburgh, Oxford oder London, machte eigentlich keinen Unterschied. In ihrem goldenen, glitzernden Spinnennetz waren sie alle miteinander verbunden. Und Effie fühlte sich wie eine Fliege, die mitten darin gefangen war.

5. Kapitel

Weiße Türmchen, eine flatternde Fahne, die Klänge eines Dudelsacks in der Dunkelheit, Autos, die vor den Schlosstoren zum Halten kamen. Das war es, was Effie wahrnahm, als sie von ihrem Sitz rutschte, der sich glatt anfühlte unter dem weichen Satinkleid, das Veronica ihr für den Abend geliehen hatte.

Sholto gab ihr die Hand – er sah so gut aus in seinem schwarzen Abendanzug – und führte sie, zusammen mit den anderen, hinein. Die Eingangshalle war mit Eichenholz vertäfelt, mit einer beeindruckenden Waffensammlung an den hohen Wänden. Von der Galerie wehten Standarten, und ein Sechzehnender blickte auf die Besucher herab. Effie versuchte, nicht beeindruckt auszusehen, und folgte Peony und Bitsy, die unbekümmert durch die Halle schritten. Aber Musketen, Schilder, Schwerte und Dolche, in geometrischen Mustern angeordnet, waren da, wo sie herkam, nicht gerade etwas Alltägliches. Ihr Blick wanderte hin und her, auf und ab.

Um sie zu beruhigen, als sie unter den stummen, aufmerksamen Blicken der Atholl-Ahnen durch die Gänge liefen, drückte Sholto ihr die Hand. Ihm zuliebe musste sie sich anpassen, das wusste sie.

»Der achtundsechzigste Salon?«, murmelte Gladly mit milder Überraschung, als sie zu einem Raum im Südflügel geführt wurden. »Normalerweise bringt man uns nicht in die Prunksäle.«

»Albie ist wohl wirklich an einer Show gelegen«, sagte Colly gedehnt.

Effie hätte nicht sagen können, was hier *nicht* in die Kategorie »Prunk« fallen sollte, aber sie hatte keine Zeit, etwas dazu zu sagen, denn sie wurden bereits hineingeführt.

»Ah, Gladly, da seid ihr ja!« Ein großer, blasser Mann, der mit vier weiteren Personen an dem riesigen Kamin gestanden hatte, kam zu ihnen, sichtlich erleichtert, sie zu sehen. »Leute, das ist Gilbert Hay, der Kumpel, von dem ich euch erzählt habe. Er wohnt die Straße runter in Dupplin.«

»Warum nennt er dich Gladly?«, fragte einer der Männer und schüttelte Gladly kräftig die Hand.

»Ihr werdet sehen«, sagte Albie lächelnd, während Peony und Bitsy, die sich heute Abend besonders viel Mühe mit ihrem Erscheinungsbild gegeben hatten, nach vorne schwebten. »Ladys, gestatten Sie mir, Ihnen Charlie Buck und Jimmy Cripshank vorzustellen, Freunde aus dem guten alten Amerika. Und ein paar Kumpels, die von weniger weit herkommen, Eddie Rushton und Archie Baird-Hamilton. Meine Herren: Lady Bettina Cameron, Lady Peony Lovat, Miss Veronica Maudsley und …« Albies Blick fiel auf Effie. »Ich glaube nicht, dass wir bereits die Ehre hatten.«

»Miss Euphemia Gillies«, sagte Sholto und legte Effie so besitzergreifend eine Hand auf die Hüfte, dass es keinem der Herren entgehen konnte. »Meine Verlobte.«

Albie nahm ihre Hand und küsste sie leicht. »Miss Gillies, ich habe Wundervolles von Ihnen gehört. Es ist mir ein Vergnügen.«

»Wie geht es Ihnen?« Sie lächelte ihn an. Er hatte freundliche Augen, was nicht für alle Menschen galt, die sie bisher kennengelernt hatte; bei vielen schien sich Arglist und Eigennutz hinter der Fassade der Höflichkeit zu verbergen.

»Es ist mir eine Freude, Sie kennenzulernen, Miss Gillies«, sagte Archie Baird-Hamilton neben ihm. Er war sehr groß, sogar größer als Sholto, und sah aus wie ein Filmstar: braune Haare, ein Grübchen am Kinn, tief gebräunt und mit Sommersprossen auf der Nase. Wie auch die anderen Männer in der Gruppe wirkte er leicht erstaunt. Ihre Privilegiertheit, so schien es Effie, verlieh ihnen eine gewisse Sanftmut – sie mussten nicht kämpfen für das, was sie hatten. Aber sie erkannte auch einen Funken Entschlossenheit in seinen Augen.

Die Mädchen schienen Archie gut zu kennen und küssten ihn mit gelangweilter Vertrautheit, ohne die Besucher aus dem Ausland aus den Augen zu lassen. Die Männer schüttelten einander forsch die Hände, aber die Amerikaner taten es mit einer Lässigkeit, die sich von der aufrechten, beinahe militärischen Haltung der Schotten abhob.

»Colquhoun«, stellte Tarquin sich vor. »Aber nennt mich Colly.«

»Campbell.« Ferg nickte den Amerikanern mit unverhohlenem Misstrauen zu. Sie hatten weiße Zähne und lächelten strahlend, und sowohl Peony als auch Bitsy wirkten beeindruckt.

»Albie sagt, Sie arbeiten in Hollywood?«, fragte Veronica, während sie einen Cocktail in Empfang nahm.

»Ja, aber nur hinter den Kulissen, fürchte ich«, antwortete Cripshank.

»Sie sind Produzenten?«, fragte Colly.

Cripshank nickte. »Die Leute halten das für etwas Glamouröses, aber der Job besteht zu neunundneunzig Prozent aus Besprechungen, in denen wir versuchen, die Finanzierung zu sichern.«

»Und das andere Prozent? Sind Sie manchmal am Set?«, fragte Peony, die umwerfend aussah in violetter Seide.

Cripshanks Blick ruhte auf ihr wie eine Hand auf dem Fell eines Haustiers. »Natürlich.«

»Haben Sie Chaplin kennengelernt?«

»In der Tat.«

»Ist er witzig?«

»Überraschenderweise nicht.«

»Was ist mit Claudette Colbert?«, fragte Bitsy. »Kennen Sie sie?«

»Die süße Claudie? Der habe ich den Vertrag mit Paramount verschafft.«

»Wirklich?«, stieß Peony hervor. »Sie ist so schön.«

»Sicher.« Er zuckte mit den Schultern. »Die Kamera liebt sie, das lässt sich nicht leugnen.«

»Spüre ich da ein Aber?«, hakte Bitsy nach.

»Nein, gar nicht.«

Jetzt lächelte sie kokett. Treuherzig. »Kommen Sie, Mr Cripshank, Sie sind hier unter Freunden.«

»Also gut«, lenkte er ein und zuckte mit den Schultern.

»Sie ist ein hübsches Mädchen, und auf Fotos sieht sie traumhaft aus, aber in der Realität … Nun, ich will nur sagen, dass sie es mit euch Mädels nicht aufnehmen kann.«

In Ferg Campbells Blick lag offene Verachtung, als Peony entzückt auflachte. »Das sagen Sie doch nur so!«, wandte sie ein.

»Absolut nicht …«

»Ich bin übrigens Drehbuchautorin«, mischte Veronica sich ein. »Na ja, Schriftstellerin … für Theaterstücke.«

»Tatsächlich?«, fragte Buck, irritiert von dem plötzlichen Themenwechsel. Zum Flirten hatte Veronica nicht die Geduld, vor allem deshalb, weil nie jemand mit ihr flirtete.

»Ja … Tatsächlich bringen wir diese Woche in Dupplin eine Produktion auf die Bühne. Sie sollten kommen und sie sich ansehen.«

Peony schnappte nach Luft, ob vor Schreck oder vor Freude war zunächst unklar. Effie war zu abgelenkt, um ihr viel Aufmerksamkeit zu schenken. Zum einen hatte sie Mühe, an ihrem Martini zu nippen, ohne sich daran zu verschlucken, zum anderen konnte sie den Blick nicht von dem blonden Mann losreißen, diesem Rushton, der mit einer Hand in der Hosentasche lässig dastand. Er kam ihr irgendwie bekannt vor, aber sie vermochte ihn nicht einzuordnen. In den letzten Monaten hatte sie so viele Menschen kennengelernt, dass die vielen Gesichter, Schlösser und Partys in ihrer Erinnerung verschwammen. Und er gab ihr kaum Anhaltspunkte; nachdem sie sich höflich vorgestellt hatten, war er verstummt und hatte den anderen die Unterhaltung überlassen.

»Nun, und um was geht es in dieser Produktion?«, fragte Buck.

»Fragen Sie lieber nicht«, sagte Bitsy schnell und verdrehte die Augen, während sie an ihrem Drink nippte. »Ich meine, haben Sie *Private Lives* gesehen?«

»Natürlich. Wir hatten die Gelegenheit, als wir letzte Woche in London waren. Wirklich originell ... Und Sie?«

»Nein, noch nicht. Ich kann es kaum abwarten. Langsam kommt es mir vor, als wäre ich schon seit Ewigkeiten hier.«

»Es muss schrecklich sein, in einem dieser alten schottischen Schlösser gefangen gehalten zu werden«, zog Cripshank sie auf.

»Schoootttisch«, machte sie seine Aussprache nach und wandte sich ihm zu. »Wissen Sie, Ihr Akzent ist allerliebst.«

»Dasselbe könnte ich über den Ihren sagen, Lady Cameron.«

Sie hob eine gezupfte Augenbraue. »Bitsy, bitte. Sich mit Titeln aufzuhalten, ist so ermüdend.«

»Dann also Bitsy.«

Effie beobachtete ihr Geplänkel aus der Distanz. Bitsy und Peony hatten sehr unterschiedliche Verführungstaktiken, aber das Ergebnis war immer dasselbe: Nach jeder Party, die sie besuchten, waren irgendwelche Männer hinter ihnen her, und der folgende Tag verging immer mit langen Diskussionen über die Vorzüge ihrer jeweiligen Eroberungen. Wäre Effies Glück von solchen Spielchen abhängig gewesen, müsste sie ihr ganzes Leben allein verbringen, das war ihr klar. Sie war immer so direkt wie ein Pfeil – und genauso hart, wenn es sein musste.

Die Gruppe begann, sich aufzulösen, als die Amerikaner Peony und Bitsy in ein Gespräch verwickelten, während Veronica, Colly und Campbell mit Archie Baird-Hamilton und Rushton, dem zurückhaltenden Engländer, Konversation betrieben.

Albie wandte sich erleichtert an Effie und Sholto, zog ein seidenes Taschentuch aus seiner Brusttasche und tupfte sich die Stirn.

»Alles in Ordnung, alter Junge?«, murmelte Sholto.

»Sagen wir, die letzten Tage waren etwas lang«, antwortete Albie mit unterdrückter Stimme. »Sie zu unterhalten, hat sich als … herausfordernd erwiesen. Ich hatte gedacht, wir könnten uns mit Angeln am Fluss, einem Hirsch vom Berg oder dem, was der Wald an Bewohnern zu bieten hat, vergnügen.«

»Aber sie hatten anderen Vorstellungen von Unterhaltung?«

Albie stieß einen tiefen, kehligen Laut aus, den Effie als Zustimmung auffasste. »B.-H. ist heute Morgen zur Unterstützung hierhergekommen, aber selbst er hatte Mühe, sein Pokerface zu wahren.«

Effie blickte zu dem Mann hinüber, von dem die Rede war. Er stand mit einem verhaltenen Lächeln und zusammengekniffenen Augen da, während Veronica redete, aber als er Effies Blick bemerkte, schaute er zu ihr herüber.

Schnell sah sie fort.

»Wie lange bleiben sie noch?«, fragte Sholto.

»Noch ein paar Tage.«

»So viel dazu, dass man Reisende nicht aufhalten soll.«

»Ja, nun, wenn alles so läuft wie erhofft, dann wird es sich lohnen.«

»Und das heißt?«

»Vielleicht haben sie Interesse daran, uns zu engagieren.«

»Uns?« Sholto runzelte die Stirn.

»Das Anwesen. Als Drehort für einige ihrer Filme. Sie glauben, dass sie drei Projekte haben, für die wir passend sein könnten.«

»Ich verstehe.« Das leichte Hochziehen seiner Augenbrauen verriet Sholtos Überraschung.

Albie machte ein bedauerndes Gesicht. »Also, du weißt ja, wie das ist, alter Knabe, mit der Instandhaltung und den Steuern. Die Bezahlung, die sie bieten, ist nicht zu verachten.«

»Natürlich.« Sholto nickte mitfühlend.

»Ihr beide redet beinahe, ohne die Lippen zu bewegen«, beobachtete Effie und lächelte ironisch, als sie zwischen den beiden hin- und herblickte.

»Internat, liebe Lady.« Albie grinste sie freimütig an. »Überlebensstrategien können die unterschiedlichsten Ausprägungen haben.«

»Oh, Effie weiß alles über Überlebensstrategien«, sagte Sholto. »In dieser Hinsicht ist sie die Größte.«

»Wirklich? Worin besteht denn Ihre Überlebenskunst, Miss Gillies?«

Effie sah Sholto an, bezweifelte, dass er hier, in der feinen Gesellschaft, wollte, dass sie davon erzählte, wie sie Klippen hinaufklettern und Vögeln den Hals umdrehen konnte. Ging das Gespräch in eine falsche Richtung?

Aber er lächelte sie nur abwartend an.

Ihr Gastgeber schien ehrlich interessiert. Konnte sie ihm wirklich etwas von ihrem wahren Ich enthüllen? Bisher war es ihr erschienen, als würde »in Gesellschaft sein« das Gegenteil bedeuten.

»Also, ich komme von St. Kilda, wissen Sie. Deshalb bin ich … an ein beschwerlicheres Leben gewöhnt.«

»St. Kilda, wirklich?«, rief Albie erfreut aus. »In den letzten Monaten habe ich viel von den St. Kildaern gehört. Wahrscheinlich mehr als in meinem ganzen restlichen Leben zusammen. Ich lese immer in den Zeitungen davon! Da gab es doch einige Aufregung um diesen Dingsbums, diesen Kerl von MacLeod?« Er schnippte mit den Fingern und sah Sholto an, während er versuchte, sich an den Namen zu erinnern.

Effie sah, wie ihr Verlobter die Lippen zusammenpresste, wie immer, wenn jemand von Mathieson sprach. Er konnte nur an das denken, was der Verwalter ihr hatte antun wollen, und nicht daran, was ihm angetan worden war. Sholtos Wut war so groß, dass Effie sich sicher war, er hätte den Mann umgebracht, wenn ihm nicht bereits jemand zuvorgekommen wäre. »Aye, das stimmt«, sagte sie schnell, um das Gespräch in eine andere Richtung zu lenken. »Ich habe gehört, dass über die Evakuierung überall berichtet wurde, sogar in …«

»Na, so etwas! Habe ich da gerade St. Kilda gehört?«, rief Charlie Buck zu ihnen herüber und reckte interessiert den Hals.

»Ja, Miss Gillies stammt von der Insel«, antwortete Albie.

»Wirklich?« Cripshank kam zu ihnen geschlendert, Buck im Schlepptau. »Das ist aber interessant!«

War es das? Effie sah die beiden verständnislos an.

»Miss Gillies erzählte mir gerade von ihren besonderen Überlebensstrategien«, sagte Albie, erfreut, die Aufmerksamkeit der Amerikaner geweckt zu haben.

»Tja, also … es ist nur so, dass ich …« Sie blickte wieder zu Sholto, immer noch unsicher, ob er wollte, dass sie all das offenbarte, vor allem, weil jetzt alle im Raum zuhörten. »Ich denke, man könnte sagen, dass ich gut klettern kann.«

»Wie gut?«, fragte Cripshank, und seine Augen glänzten vor Entzücken.

»Recht gut.« Sie wusste, dass Angeberei hier keine gute Idee war.

»Könnten Sie … könnten Sie auf dieses Schloss klettern?«

»Aye.«

»Ohne Seil?«

»Aye, aber das würde ich niemals tun. Das war zu Hause eine feste Regel: Mit einem Seil hat man die Chance, zu überleben, wenn man ausrutscht. Aber an einer Klippe konnte sich bei einem Absturz noch nie jemand festhalten.«

Die Männer sahen sie ungläubig an. Ihr blondes Haar war gekämmt – nicht frisiert und gelegt wie das von Peony und Bitsy, aber es war so glatt und glänzend wie das Satinkleid, das eng an ihrem Körper lag und ihre schlanke Figur betonte. Sie wirkte eher wie eine Puppe als wie eine Draufgängerin.

»Wissen Sie«, sagte Buck. »Ich glaube Ihnen natürlich, Miss Gillies, aber es mit eigenen Augen zu sehen … Dafür würde ich gutes Geld bezahlen.«

»Also, wenn …«, begann Albie mit glänzenden Augen.

»Nein«, sagte Sholto in scharfem Ton, dann räusperte er sich. »Das ist wohl kaum der richtige Abend dafür, und unsere Kleidung ist für so etwas nicht geeignet.«

Effie blickte zu den anderen Frauen hinüber, die sie geringschätzig musterten. Sie hatte die Aufmerksamkeit der Männer auf sich gezogen *und* offen über ihre minderwertige Herkunft geredet – das war unverzeihlich. Sie warf einen Blick zu Baird-Hamilton, um zu sehen, ob er ebenfalls entsetzt war, aber sein Gesichtsausdruck war undurchdringlich.

»Na, welch für ein Zufall, was, Rushton?«, rief Buck. »Zwei Personen von St. Kilda innerhalb eines Monats!«

»Zwei?« Effie blickte verwirrt zwischen den beiden hin und her.

»Ja, wir haben erst vor ein paar Wochen eine andere St. Kildaerin kennengelernt.«

»Wirklich?« Sie ertappte Buck dabei, wie er Rushton einen Blick zuwarf. Der biss sich auf die Lippe, als müsste er ein Lachen unterdrücken, aber seine Belustigung verschwand, als er ihren Blick auffing.

Wiedererkennen blitzte zwischen ihnen auf, wie ein Funken, der nicht ganz übersprang.

»Ja, aber die, äh, Überlebensstrategien dieser Dame waren ganz andere als Ihre«, erklärte Rushton, womit er endlich sein Schweigen beendete. »Weit weniger … wie kann ich es vorsichtig ausdrücken … weit weniger ehrbar.«

Effie spürte Hitze in sich aufwallen. Wer von den Menschen, die sie kannte, konnte am ehesten als nicht ehrbar bezeichnet werden?

»Aber was für eine süße Maus!« Cripshank schüttelte bei der Erinnerung ungläubig den Kopf. »Ich habe noch nie eine schönere Frau gesehen.«

Peony zuckte bei dieser Bemerkung zusammen, trat einen Schritt zurück und reckte das Kinn. Sofort war Effie klar, wer die Person war, die sie kennengelernt hatten.

»Flora?« Sie sah die beiden Männer abwechselnd an, auf der Suche nach Bestätigung ihres Verdachts. »Sie haben Flora getroffen?«

»Oh, Sie kennen sie?«, fragte Cripshank überrascht.

Machte er Witze? »Natürlich kenne ich sie. Wir waren insgesamt nur sechsunddreißig Einwohner, als wir unsere Heimat verlassen haben.«

»Ach ja, natürlich – die Evakuierung. Was für eine himmelschreiende Schande das alles war.« Cripshank schüttelte den Kopf. »Wir haben sie letzten Monat in Paris kennengelernt, als ihr alles zu Füßen lag. Die ganze Stadt gehörte ihr.«

»Die Stadt?« Buck winkte ab. »Hollywood! Und dann die ganze Welt! Wir waren drauf und dran, sie unter Vertrag zu nehmen! Mit diesem Aussehen …«

»Und mit dieser Stimme, oder?«, warf Albie aufgeregt ein. »Ich habe über ihre Show gelesen! Der Produzent, George Pepperly, ist ein alter Freund meines Vaters.« Er sah Sholto an. »Er kommt aus Glasgow. Bestimmt sind Sie sich schon einmal begegnet?«

Sholto zuckte mit den Schultern. »Ich kann nicht behaupten, dass mir der Name etwas sagt.«

»Was ist mit ihr passiert?«, fragte Veronica entzückt.

»Sie hat alles weggeworfen. Einfach so.« Cripshank schnippte mit den Fingern. »Hat die Show einfach links liegen gelassen! Am Abend saßen wir noch mit ihr im Maxim's und haben Pläne geschmiedet für ihre goldene Zukunft beim Film. Und am nächsten Morgen wurde uns gesagt, sie habe die Stadt verlassen und sei zurück über den Kanal mit irgend so einem hohen Herrn.«

»Na ja, so würde ich ihn eher nicht nennen«, hielt Buck dagegen. »Hast du nicht gesagt, er war eher so ein jungenhafter Abenteurertyp, gerade zurück von irgendeiner Expedition?«, fragte er Rushton.

»James?« Effie schnappte nach Luft, weil sie den Beschriebenen sofort erkannt hatte. »Er *lebt*?«

Sie konnte nicht glauben, was sie da hörte. Floras größter Wunsch war in Erfüllung gegangen! Sie konnte sich kaum vorstellen, wie ihre Freundin sich fühlte. Ihr Briefwechsel in den letzten Wochen war spärlich gewesen, Flora hatte in Paris so viel mit ihrer Show zu tun gehabt. Nur ein einziges Mal hatten sie telefoniert, da war Flora völlig aus der Fassung gewesen, hatte von Crabbit Mary und ihrer Flucht nach Kanada mit dem Baby hören wollen … Ein Mann mit englischem Akzent war ans Telefon gekommen, um ihr zu sagen, dass Flora zurückrufen würde, dann war die Verbindung abgebrochen. War das James gewesen?

»Ach, Sie waren das«, unterbrach Rushton Effies Gedanken und betrachtete sie mit einem Ausdruck des Wiedererkennens. »Bei dem Picknick auf St. Kilda.«

Erinnerungen tauchten auf, als Effie einfiel, wo sie sich schon einmal begegnet waren. Im vorigen Sommer hatten er und James, sein Freund, in der Village Bay geankert. James hatte Effie für eine Kletterstunde bezahlt, und sie waren unbeabsichtigt in Rushtons romantisches Picknick mit Flora geplatzt. Rückblickend war ihr natürlich klar geworden, dass nichts daran zufällig gewesen war. Vor seiner Abreise hatte James Flora seine Liebe gestanden – und dabei einen schrecklichen Streit mit seinem Kindheitsfreund ausgelöst. Aber davon hatte er sich nicht beirren lassen und war nur wenige Wochen später auf die Insel zurückgekehrt, um Flora einen Antrag zu machen. Effie hatte damals keinem der beiden Männer besonders viel Aufmerksamkeit geschenkt. Und sie selbst sah jetzt natürlich auch ganz anders aus als die Draufgängerin in Hosen, die die Klippen hinauf- und hinuntergekraxelt war.

In den fünfzehn Monaten, die seither vergangen waren, hatte sich alles geändert. Kein Wunder, dass die Erinnerung Lücken aufwies.

»Was haben Sie damit gemeint, als Sie sagten, Floras Überlebensstrategien waren weniger ehrbar?«, fragte sie, um wieder auf die jüngere Vergangenheit zurückzukommen. »Es ist nichts Falsches daran, zu singen.«

»Oh, natürlich nicht.« Rushton lächelte und präzisierte: »Das heißt … Eine Dame würde selbstverständlich niemals den Fuß auf eine Bühne setzen.« Er zögerte, und als er in Bitsys und Peonys Mienen Zustimmung las, fuhr er fort.

»Und ganz sicher nicht in den Kostümen, die *sie* dabei trug.« Er warf ihnen einen entschuldigenden Blick zu. »Aber das Leben im Showbusiness gilt heutzutage nicht mehr unbedingt als *unter jemandes Würde*.« Er zuckte in lässigem Spott mit den Schultern. »Tatsächlich hat Hollywood eine Art von Glamour geschaffen, die als regelrecht erstrebenswert gilt, dank unserer beiden Freunde hier ...« Cripshank und Buck schienen bei diesen Worten ein Stück zu wachsen. »Daher können wir es ihr bestimmt nicht übelnehmen. Ich denke, wir sind uns alle einig darin, dass es verrückt von ihr gewesen wäre, sich ihr Aussehen *nicht* zunutze zu machen.«

Effie spürte, wie sie innerlich anfing zu kochen, während sie darauf wartete, dass er zum Punkt kam. Es war, als wittere sie etwas, das in der Luft lag.

»Nein, worauf ich anspiele, ist ihre bedauerliche Neigung, sich dem erstbesten reichen Mann hinzugeben, der ihr Beachtung schenkt. Ich will nicht taktlos sein, aber wenn das ihr Ziel war, hätte sie eine deutlich bessere Wahl treffen können als ausgerechnet Callaghan.«

Alle – sogar Bitsy und Peony – schienen bei dieser unerwarteten, beiläufigen Grausamkeit zu erstarren, mit der er nicht nur Effies Freundin, sondern auch seinen eigenen Freund herabsetzte. Albie sah aus, als würde er gleich in Ohnmacht fallen.

»James Callaghan ist ein weit besserer Mensch als Sie«, sagte Effie leise und unterdrückte mühsam ihre Wut, obwohl sein Spott an ihr rüttelte wie der Wind an einem Heißluftballon. »Sie reden nur so, weil sie ihn Ihnen vorgezogen hat. Sie war mit ihm verlobt! Sie liebt ihn!«

»Tut sie das wirklich?«

»Aye, das tut sie!«

»Eff …«, hörte sie Sholto verlegen murmeln.

Aber Rushton schüttelte den Kopf, ein spöttisches Lächeln auf den Lippen. »Warum war sie dann erst vor ein paar Wochen in meinem Pariser Apartment mit nichts als ihrem Négligé am Leib?«

Angesichts dieser angedeuteten Ungehörigkeit schnappte Veronica nach Luft, während Effies Gedanken rasten. Flora … im Négligé … in seinem Pariser Apartment? Stimmte das? Sie wollte loyal sein, konnte aber nicht mit Sicherheit sagen, dass er sich diese Geschichte ausgedacht hatte. Flora liebte James, das war klar, aber ihre Freundin hatte auch geglaubt, er sei tot. Und sie war in Paris allein gewesen, mit einem Mann, der ihr einmal den Hof gemacht hatte … Flora hatte noch nie einen Hehl aus ihren Ambitionen gemacht, in diese Welt einzuheiraten.

»Na hören Sie mal«, sagte Colly in scharfem Ton und machte einen Schritt auf Rushton zu – aber Effie war schneller. Bevor sie sich zurückhalten konnte, hatte sie ihren Martini über Rushton ausgekippt.

Wieder schnappten alle nach Luft, dann folgte eiskaltes Schweigen, als Rushton sich das Gesicht mit dem Ärmel seines Abendanzugs abwischen musste. Die Anspannung löste sich, als ein leises Lachen ertönte, und Effie sah, wie Baird-Hamilton in seinen Drink grinste, eher amüsiert als erschrocken.

Rushton sah ihn wütend an und blickte dann wieder zu Effie, die merkte, dass sie zitterte. Entsetzen über das, was sie getan hatte, überfiel sie. Sie hatte die Kontrolle verloren und ihr wahres Ich enthüllt – ihr wildes Wesen, völlig ungeeignet für die feine Gesellschaft.

Sie ertrug es nicht, in Sholtos versteinertes Gesicht zu blicken. Aus dem Augenwinkel sah sie, wie er sein Glas abstellte. Ihre Wangen brannten, während sie darauf wartete, dass er das Wort ergriff.

»Gut gezielt, Schatz«, sagte er, nahm ihr das leere Glas ab und stellte es ebenfalls fort, dann ergriff er ihre Hand. Er musste ihr Zittern spüren, denn er hielt sie beruhigend fest, und Effie wagte es, zu ihm aufzublicken. Sholto hielt den Blick herausfordernd auf Rushton gerichtet, in stummer Warnung, auch nur einen einzigen weiteren provokativen Kommentar abzugeben. Es kam keiner, und alle im Raum wussten, dass Sholto gewonnen hatte.

Schließlich wandte er sich an seine Freunde. »Sag mal«, fragte er Gladly, »würde es dir etwas ausmachen, wenn uns dein Fahrer zurück nach Dupplin bringt? Ich denke, uns reicht es für heute.«

Gladly lächelte. »Gerne, mein Freund. Sehr gerne.«

Draußen war es eiskalt, als sie auf den Wagen warteten. Ein Käuzchen rief irgendwo im Schatten einer Eiche. Effie ging nervös auf der Steintreppe hin und her, die Hände zu Fäusten geballt, während sie die desaströsen Ereignisse im Geist noch einmal durchspielte – wie Flora verunglimpft worden war und sie selbst die Beherrschung verloren und die schlechte Meinung der Frauen über sich bestätigt hatte, wie Sholto sich gezwungen gesehen hatte, die Party seines Freundes zu verlassen … O Gott, hatte sie Albies finanzielle Hoffnungen jetzt ebenfalls ruiniert? Würden die Amerikaner ihm eine Absage erteilen und ihr Geld für sich behalten?

»Eff.«

Sie schüttelte den Kopf und lief weiter auf und ab, während ihre Verzweiflung mit jeder Minute wuchs. Die Sache würde sich wie ein Lauffeuer in Sholtos weit verzweigten Kreisen verbreiten. Peony und Bitsy lebten für Skandale, und Effie hatte ihnen gerade einen auf dem Silbertablett serviert.

»Effie, bleib stehen.« Sholto legte ihr die Hände auf die Schultern und zwang sie, ihn anzusehen. »Was der Mann da drinnen gesagt hat, war inakzeptabel, egal, um welche Frau es geht, und erst recht, wenn es sich um eine deiner engsten Freundinnen handelt. Hättest du nicht deinen Drink auf ihn geschüttet, hätte ich es getan, hörst du? Du hast nichts falsch gemacht.«

»Nicht? Ich kann es mir nicht erlauben, aus dem Rahmen zu fallen, Sholto. Die Leute erwarten ohnehin schon das Schlechteste von mir …«

»Niemand denkt so!«, protestierte er. »Meine Freunde sind aufgeschlossen und modern. Sie nehmen dich so, wie du bist.«

»Wenn du dabei bist, vielleicht«, murmelte sie und wandte den Blick ab.

»Was meinst du damit?« Er runzelte die Stirn. »Hat irgendjemand etwas zu dir gesagt?«

»Nein.« Effie wollte sich abwenden, aber er hielt sie sanft fest.

»War es Bitsy?«, drängte er. »Ich wusste, dass da vorhin etwas nicht stimmte. Sag mir, was sie getan hat.«

»Nichts. Ich habe nur etwas falsch verstanden.«

»Was hast du falsch verstanden?«

Sie seufzte, als sie seinen liebevollen Blick sah. »Ich dachte, bei einer Kissenschlacht ginge es darum, einander zu treffen – aber tatsächlich *tut man nur so*, als wollte man einander treffen.« Sie runzelte die Stirn. »Und ich weiß nicht, wie man wirft, ohne dabei richtig zu zielen.«

Ein Lächeln kräuselte seine Lippen, und er strich mit dem Daumen über die Sorgenfalte an ihrer Stirn. »Dass du so gut zielst, ist eines der vielen Dinge, die ich an dir liebe.«

»Nein, ist es nicht«, protestierte sie, als er sie enger an sich zog, um sie vor dem Wind zu schützen.

»Doch. Auch wenn ich deine Kletterkünste noch mehr liebe. Ich war dir schon verfallen, bevor du damals im Boot gelandet bist.«

Effie dachte an den Tag, an dem sie in einem Wettkampf mit Angus MacKinnon die Klippen hinuntergeklettert war und sich mit einer waghalsigen Unbekümmertheit in das Boot geworfen hatte, die darüber hinwegtäuschte, dass sie nicht schwimmen konnte. Sie war ganz in ihrem Element gewesen – ungezähmt, wild und frei – und ganz sie selbst.

Er küsste sie auf die Stirn. »Um deine Zweifel ein für alle Mal auszuräumen: Ich bin froh, dass du nicht so bist wie die Mädchen da drinnen, Effie. Mit dir wird das Leben unendlich viel abwechslungsreicher und aufregender sein.«

Sie blickte zu ihm auf. Er war ein unverbesserlicher Optimist. »Vielleicht, aber welchen Preis wirst du dafür bezahlen?«

»Effie …«

»Ich weiß, du denkst, alle sind wie du. Du denkst, sie müssen mich lieben, weil du es tust. Aber wenn sie von heute Abend hören – von mir in einem Schloss, einer Wilden, die Drinks über einen Gentleman schüttet …«

»Er war kein Gentleman!«

»Aber du weißt, wie es aussieht«, beharrte sie. »Heute Abend habe ich ihre Erwartungen bestätigt. Und was, wenn deine Eltern davon erfahren? Vielleicht ändern sie dann ihre Meinung.«

Bei dieser Aussicht verzog Sholto das Gesicht. »Das werden sie nicht«, sagte er mit gepresster Stimme. »Außerdem musst du den Kontext beachten, Effie. Ich hätte an deiner Stelle genau das Gleiche getan. Und jedem, der es wagt, mich darauf anzusprechen, werde ich klarmachen, dass dein Verhalten heute Abend für deinen Charakter spricht, weil du den Ruf deiner Freundin verteidigt hast. Und du hast mich, Gladly, Colly, Campbell und Atholl als Zeugen. Keiner wird etwas gegen dich sagen – oder gegen Flora.«

Aber Flora hatte bereits erste Erfahrungen mit der dunklen Seite des Ruhms gemacht. Vor gar nicht langer Zeit hatte die *Times* eine Schlagzeile gebracht – wieder einmal Mr Bonner zu verdanken –, in der die neueste Cabaret-Sensation aus Paris mit dem Mordskandal auf St. Kilda in Verbindung gebracht wurde. Die Leute vermuteten, dass Flora deshalb verschwunden war und die Show im Stich gelassen hatte. Aber nach dem, was sie jetzt über James' Rückkehr erfahren hatte, und wenn sie an Floras panische Fragen nach Mary damals am Telefon dachte, drängte sich Effie nun die Frage auf: Waren die beiden auf der Suche nach ihrem Kind?

Der Wagen hielt vor dem Eingangsportal, und der Fahrer stieg aus und öffnete ihnen die Tür. Sholto half zuerst Effie hinein, dann ging er um das Auto herum und stieg auf der anderen Seite ein.

»Weißt du«, sagte er, als er auf den Sitz rutschte und der Chauffeur losfuhr, »wir könnten einfach durchbrennen.«

Effie schwirrte der Kopf bei diesem Vorschlag. »Was?«

»Ja. Wir könnten jetzt sofort nach Gretna Green fahren. Niemand kann dich mehr verurteilen, wenn du erst einmal meine Frau bist. Dann kannst du aufhören, dir Sorgen zu machen, und wir können endlich richtig zusammenleben.«

»Aber das tun wir doch schon, oder?« Sie griff nach seiner Hand und bewunderte im Mondschein sein schönes Gesicht. »Und du hast gesagt, ich soll vor der Hochzeit all deine Freunde kennenlernen.«

»Ja, aber … Du hast jetzt schon so viele von ihnen getroffen, und was tut es eigentlich zur Sache, was sie denken? Mir ist es egal! Ich will nur, dass du ein für alle Mal meine Frau bist.«

Effie legte den Kopf auf seine Schulter und seufzte. »Na ja, abgesehen davon, was wir Bitsy und Peony antun würden, wenn wir sie um eine große Hochzeitsfeier brächten«, erklärte sie trocken, »wären deine Eltern doch sicher enttäuscht, wenn wir mitten in der Nacht nach Gretna flüchten würden? Keiner Mutter sollte die Gelegenheit verwehrt werden, ihren Sohn am Altar stehen zu sehen, vor allem nicht, wenn er ein schottischer Adelsspross ist. Ganz zu schweigen davon, dass sie *mich* beschuldigen könnten, dich einfach gestohlen zu haben. Und was für ein Anfang wäre das für unser gemeinsames Leben! Es wäre, wie unter einem Fluch zu heiraten.«

Beide schwiegen eine Weile. »Du hast natürlich recht«, sagte er schließlich und küsste ihr Haar. »Ich will nur, dass du zu mir gehörst, das ist alles.«

»Ich gehöre schon zu dir«, sagte sie lächelnd. »Aber wenn du so ungeduldig bist, lass uns ein Datum festlegen.«

Er umfasste ihr Gesicht mit beiden Händen und küsste sie sanft. »Das tun wir. Aber du hast recht. Wir bleiben bei unserem Plan und bringen erst unsere Grand Tour zu Ende.« Bei dem Spitznamen, den sie ihrer ausgiebigen Runde durch Schottland gegeben hatten, verdrehte er scherzhaft die Augen. »Ich muss lernen, Geduld zu haben.«

»Und ich muss lernen, eine Lady zu sein«, murmelte Effie in die Dunkelheit. »Morgen fange ich damit an.«

6. Kapitel

Flora

Anfang Dezember 1930
HMS Empress of Britain,
internationale Gewässer

»Da bist du ja. Ich wollte schon ›Mann über Bord‹ rufen und Alarm schlagen.« James bückte sich und küsste Flora auf die Stirn. Seine Lippen fühlten sich warm an auf ihrer kalten Haut.

Von ihrem Liegestuhl aus sah Flora zu ihm hoch, ergriff seine Hand und drückte sie an ihre Wange, als er sich neben sie setzte. Sie trug den schwarzen Mantel, den sie in Paris gekauft hatten, und vergrub das Kinn in dem weichen Pelzkragen, und dennoch war ihr nicht warm genug. Es war bitterkalt hier draußen auf dem Oberdeck. Die meisten Mitreisenden hatten sich in ihre Suiten zurückgezogen, und Flora wusste, dass sie das auch tun sollte, aber sie hatte das unbändige Verlangen gehabt, den Wind im Gesicht zu spüren. An das Leben der Reichen hatte sie sich schnell gewöhnt. Das Leben in Innenräumen war eine größere Herausforderung.

Sie wusste nicht, wie lange sie schon allein hier oben gesessen hatte, den Blick auf den Horizont gerichtet. Beinahe eine Woche lang war er nur eine unnachgiebige graue Linie gewesen, aber jetzt war wieder Land in Sicht, und sie konnte den Blick nicht davon losreißen. Ihr Glück lag irgendwo in diesem undeutlichen grauen Fleck, und sie konnte nichts anderes tun, als hier zu sitzen, bis sie endlich anlegten.

Sie hatten einen ganzen Ozean mit vierundzwanzig Knoten überquert – eine beeindruckende Geschwindigkeit, aber längst nicht schnell genug. Nach Floras Berechnungen lagen sie einundzwanzig Tage hinter Mary zurück. Erst vor zehn Tagen war James wieder aufgetaucht, aber seitdem waren sie von Paris zurück nach England gereist, direkt nach Southampton gefahren und jetzt seit fünf Tagen auf See. Sie hatten keine Minute verschwendet, nachdem sie von Marys und Lornas Emigration nach Kanada gehört hatten, und dennoch drängte die Zeit. Mit jeder Stunde, die verstrich, brachten die beiden Frauen Floras und James' Sohn weiter ins Unbekannte. Der kleine Callum – sie würde in nie Struan nennen können, wie Mary ihn auf der *HMS Harebell* getauft hatte – war kaum zwölf Wochen alt und schon ohne seine Eltern in einem fremden Land.

Wie hatte sie nur jemals denken können, sie könnte ohne ihn leben? Paris war wie ein Fiebertraum gewesen, ein schwindelerregender Sturm. Jeden wachen Moment hatte Flora mit Proben für die Show verbracht. Sie hatte keine Sekunde Zeit zum Nachdenken gehabt, geschweige denn für Gefühle. Aber hier, in der Trägheit dieses prächtigen Ozeandampfers, konnte sie nur herumliegen und nachdenken, sitzen und warten – und es war eine Qual. Sie konnte kaum schlafen, und wenn sie es doch einmal tat, fuhr sie immer wieder mit Herzrasen hoch, die Schreie eines Neugeborenen in den Ohren. Ihre Arme sehnten sich danach, ihn zu halten. Die Muttermilch war längst versiegt, aber sie spürte immer noch sein Gewicht in ihrem Bauch, einen Abdruck auf ihrer Seele.

James sagte ihr immer wieder, sie würden Lorna und Mary einholen. Der Vorsprung, den die beiden hatten, würde schnell schrumpfen, sobald der Einwanderungsprozess in Gang kam. Zum einen mussten Passagiere der dritten Klasse weit länger warten als die aus der ersten, zum anderen hatte die Wirtschaftskrise Kanada besonders hart getroffen, und die Behörden akzeptierten nicht mehr jeden in ihrem Land. Ganz zu schweigen davon, dass Lorna und Mary sich mit einem Säugling in ihrer Obhut um Unterkunft, Essen, Babymilch kümmern mussten … So würden sie langsamer vorwärtskommen und überall auffallen, versicherte James ihr, und bald würden sie die beiden einholen. Aber Flora hatte dennoch Angst. Wie sollten sie in einer Stadt mit 130 000 Einwohnern zwei Frauen und ein Baby finden? Und in einem Land mit zehn Millionen Menschen? Kanada war riesig – sie konnten überall hin, ihre Namen ändern … Ihren einzigen Vorteil sah sie darin, dass Mary und Lorna keine Ahnung hatten, dass sie verfolgt wurden.

»Ich habe dich überall gesucht.«

»Ich brauchte etwas frische Luft«, sagte sie entschuldigend, als sie die Sorge in seinen Augen sah.

»Nun, da hast du dir den richtigen Platz ausgesucht«, erwiderte er mit seinem üblichen trockenen Humor.

Der Wind wurde immer heftiger, während sie auf die Küste zuhielten, und James zitterte. Natürlich versuchte er es vor ihr zu verbergen, nach einem Winter in der Tundra Grönlands war er Kälte gewöhnt. Aber er trug nur einen Bademantel, und sein dunkles Haar war noch nass nach dem Schwimmen im Pool.

»Lass uns zurück ins Zimmer gehen.« Flora wusste, dass er hierbleiben würde, solange sie nicht ging, deshalb schwang sie die Beine vom Liegestuhl.

»Bist du dir ganz sicher? Die frische Luft tut mir gut.«

»Ja, ich hatte gar nicht gemerkt, wie kalt mir geworden ist. Wie war das Schwimmen?« Sie hakte sich bei ihm unter und schmiegte die Wange an seinen Arm, während sie über das Deck gingen; sie im Pelz, er barfuß und im Bademantel. Eines der vielen Dinge, die Flora sich auf St. Kilda nie hätte vorstellen können, war ein Schwimmbad an Bord eines Ozeandampfers.

James stöhnte leise. »Nicht sehr effektiv. Nach drei Bahnen ist Digby Tucker aufgetaucht.«

»Schon wieder?«

»Es ist, als würde er das Personal bestechen, damit es ihn auf dem Laufenden hält, wo ich gerade bin. Egal, wo ich hingehe, er ist auch da. Man wird ihn einfach nicht los.«

»O nein.« Mit Digby Tucker und seiner Frau Mallory und dem Kapitän saßen sie zusammen an der Dinnertafel, und das war einer der anderen Gründe, warum Flora unbedingt dieses Schiff verlassen wollte. Tucker – laut ihrem neuen Freund Dickie Grainger »ein hohes Tier im Schifffahrtsgeschäft« – hielt sich selbst offensichtlich für sehr charmant, war aber für James' Geschmack immer eine Spur zu laut und sein Humor ein bisschen zu derb. Außerdem sah er Flora immer ein wenig zu lange an. Mallory Tucker dagegen war beinahe stumm und verschüchtert und nippte unentwegt an einem Gin-Cocktail. Schon tagsüber war sie mit Diamanten behängt, was James als *de trop* abtat.

»Hm. Er hat mir wieder in den Ohren gelegen mit einer Investition in die Firma. Sagt, er will diversifizieren.«

Sie drückte tröstend James' Arm. Dass er an einer Expedition zur Kartierung eines transatlantischen Luftweges teilgenommen hatte, hatte sich schnell herumgesprochen, und jetzt wollten sich alle an dem neuen Unternehmen beteiligen. Mit der neu bestätigten Route zwischen den britischen Inseln und Kanada wurde der Luftverkehr als zukünftiger Handelsweg angepriesen; sogar Ozeandampfer mit Pools konnten dann nicht mehr mithalten.

»Tja, Gott sei Dank sind wir ja bald an Land, und dann müssen wir ihn nie wiedersehen.«

Sie hatten die Tür erreicht, und James öffnete sie und ließ Flora den Vortritt. Der Wind blieb draußen, wo er heulend vorbeipfiff, während sie in der behaglichen Wärme des Schiffs die Treppe hinunterstiegen. Flora strich sich das schwarze Haar glatt, sie musste wie eine Wilde aussehen, aber James zog sie im leeren Treppenhaus an sich und küsste sie. »Du siehst wunderschön aus«, flüsterte er.

Ihre Leidenschaft füreinander ließ nicht nach, und auch andere konnten ihre Hitze spüren. An Deck oder im Speisesaal fing Flora oft neidische Blicke auf. Sie bemerkte die Neugier ihnen gegenüber, dem schönen Paar, das sich – anders als die anderen Passagiere der ersten Klasse – lieber in seine Suite zurückzog, als in die Lounge zu gehen oder im Pool zu planschen.

Sie hatten ihren Mitreisenden erzählt, sie seien auf Hochzeitsreise, und das war gewissermaßen auch gar keine Lüge, sondern nur eine »Terminsache«, wie James es nannte. Natürlich waren sie verlobt, aber um der Schicklichkeit willen hatten sie ihre Überfahrt als Mr und Mrs Callaghan gebucht. Bei ihrer überstürzten Abreise aus Paris war ihnen keine Zeit für eine Hochzeitszeremonie geblieben, aber in einem ruhigen Moment hatte James ihr einen goldenen Ring an den Finger gesteckt mit den Worten: »Mit diesem Ring verspreche ich dir meine Treue.« Sie würden heiraten, sobald sich die Gelegenheit bot, aber sie wussten, dass ihre Zeit zu zweit begrenzt war. Wenn sie erst ihren Sohn nach Hause gebracht hätten, würde ihr Leben schon wieder eine andere Form annehmen; dann würden sie eine Familie sein. Im Grunde genommen handelte es sich wirklich um ihre Hochzeitsreise, auch wenn alles ein bisschen durcheinandergekommen war.

Sie redeten bis spät in die Nacht und den ganzen Tag, erzählten sich alles, was in dem Jahr ihrer Trennung passiert war. Meistens sprach Flora, und James hörte zu. Es gab viel zu erfahren über ihre geheime Schwangerschaft, Marys Lügen und Lornas falsches Spiel. Flora wusste, dass sie nie seinen Blick vergessen würde, in jener Nacht in Paris, als er in einem Atemzug erfahren hatte, dass er einen Sohn bekommen und dass er ihn verloren hatte. Die Umstände, die dazu geführt hatten, dass Flora ihr Baby hatte weggeben müssen, waren komplex und untrennbar mit den Schicksalen und Taten anderer verbunden. James wollte alles wissen, über jeden Streit, jede Unterhaltung, die in seiner Abwesenheit auf St. Kilda stattgefunden hatte. Über Mhairis und Donalds verbotene Liebe, Marys kalte Wut, Lornas Arglist, den Mord an Frank Mathieson. Alles, was jetzt den Erfolg ihrer Mission behindern konnte.

Beim Knarren einer sich öffnenden Tür ließen sie einander los, aber das Glitzern in James' Augen verriet Flora, dass sie nicht in erster Linie reden würden, wenn sie zurück in ihrem Zimmer waren. Er nahm ihre Hand und zog sie weiter den Gang entlang.

Als sie ihre Suite betraten, betrachtete Flora teilnahmslos die prachtvolle Einrichtung: seidenbezogene Sessel im Wohnzimmer, Satin und Daunendecken auf dem Bett, Kristallgläser, frische Blumen in Vasen … Sie verstand nicht, wo das Personal nach fünf Tagen auf See frische Blumensträuße hernahm. Aber letztlich war ihr diese Frage nicht wichtig genug, um ihr nachzugehen. Der extravagante Lebensstil, der sie vor langer Zeit, zu Hause auf St. Kilda, so fasziniert hatte, bot ihr nun keinen Trost. Alles, was sie wollte, war, dass ihre Familie endlich vereint war.

Sie knöpfte ihren Mantel auf und legte ihn über einen Stuhl, sodass ihr Kleid aus weinrotem Crêpe sichtbar wurde, das sie vor ihrer fluchtartigen Abreise ebenfalls in Paris gekauft hatten. Es hatte einen Gürtel, Epauletten und ein Seidenfutter, das sich weich an ihre Haut schmiegte. Flora drehte sich um, als James bereits mit hungrigem Blick auf sie zukam. Sich ineinander zu verlieren, war eine Art, ihrem Schmerz zu entkommen, wenn auch nur für kurze Zeit …

Ein tiefes, dunkles Ächzen lief durch den Schiffsbauch, und James blieb wie angewurzelt stehen.

»Was war das?«, fragte sie, die sich nicht auskannte mit den Unwägbarkeiten einer Reise über den Atlantik.

Beide wandten sich instinktiv in Richtung der Fenster, aber von ihrem Standort aus konnten sie nur grauen Himmel über grauem Meer sehen.

»Werden wir … langsamer?« Flora folgte James, der näher ans Fenster ging, um einen besseren Blick zu haben.

Der Horizont draußen blieb unverändert. Schlimme Stürme hatten Zentraleuropa heimgesucht, aber hier, weiter westlich, war das Wetter auf ihrer Seite und die bisherige Überfahrt ohne Zwischenfälle verlaufen.

»Ich bin mir nicht sicher. Vielleicht«, murmelte er. »Diese Dinger brauchen mehrere Meilen, bis sie anhalten, aber … Ich sehe keine Schlepper.« Er presste die Wange an die Scheibe, um einen anderen Blickwinkel zu bekommen, aber es war sinnlos; es gab nichts zu sehen. »Ich dachte, wir wären noch ein paar Stunden vom Hafen entfernt.« Er zog den Gürtel seines Bademantels enger. »Ich gehe und suche den Steward. Frage ihn, was los ist.«

Er hatte die Hand bereits am Türknauf, als es in den Lautsprechern knisterte, die überall auf dem Schiff installiert waren.

»*Ladys and Gentlemen, hier spricht Ihr Kapitän.*«

Sein Ton war düster. Flora und James wechselten einen besorgten Blick. Sie hatten mit dem Kapitän beim Dinner gesessen und kannten ihn als einen freundlichen, onkelhaften Mann, aber jetzt war keine Leichtigkeit in seiner Stimme.

»*Bedauerlicherweise muss ich Ihnen mitteilen, dass der Schiffsarzt einen Fall von Tuberkulose an Bord bestätigt hat, und es besteht der Verdacht auf weitere zwei Fälle.*«

Eine Pause trat ein. Zu lang. Floras Herz begann zu rasen.

Ein schwerer Seufzer ertönte durch die Lautsprecher. »*Da Tuberkulose als ansteckende Krankheit eingestuft wird, sind wir gemäß Seerecht dazu verpflichtet, für einen Zeitraum von dreißig Tagen in internationalem Gewässer zu ankern. Nach Ablauf dieser Frist können wir die Freigabe für den Hafen Québec beantragen. Bis dahin tut es mir leid, Ihnen mitteilen zu müssen, dass niemand – unter keinen Umständen – das Schiff verlassen darf. Ich muss alle Passagiere bitten, in ihren Kabinen zu bleiben, bis das Personal mit weiteren Informationen auf Sie zukommt …*«

Flora schwankte und stieß an den Sessel, die Augen vor Schreck weit aufgerissen. Hatte er … hatte er gerade *dreißig Tage* gesagt? Ankern auf dem offenen Meer?

Nein! Sie waren schon einundzwanzig Tage in Verzug!

Sie blickte zu James. Bestimmt würde er darauf eine Antwort wissen? Er war ein Mann von Welt, ein reicher Mann. Sie hatte schon erlebt, dass Dinge für Menschen, die Geld hatten, anders liefen.

Aber ihr Verlobter starrte sie nur mit schockiertem Gesicht an, öffnete den Mund, brachte aber kein Wort heraus. Wie konnte das sein? Jede Minute zählte. Ihr Sohn, ihr kleiner Junge, war irgendwo auf dieser Landmasse dort drüben. Sie waren ihm so nah … Hatten sie Länder durchquert, waren über einen Kanal und einen Ozean gesegelt, nur um ein paar Meilen vor dem Ziel zu scheitern?

Flora suchte nach Worten, brachte aber nur einen Schrei zustande.

7. Kapitel

Mhairi

Anfang Dezember 1930
Oban

»Du hast dir eine neue Kampfnarbe für deine Sammlung zugelegt«, murmelte Donald dicht an ihrem Ohr und streichelte ihren Arm.

Mhairi starrte im Dämmerlicht auf die Brandwunde – ein tiefroter Streifen direkt über ihrem Handgelenk. »Die Manschettenmaschine«, sagte sie.

»Schon wieder?«

»Es dauert etwas, bis man sich daran gewöhnt hat.« Sogar noch einen Tag später waren ihre Hände immer rot und entzündet, wund und rissig, obwohl sie auch früher harte Arbeit nie gescheut hatte. Zu Hause auf St. Kilda hatte sie bei jedem Wetter im rauschenden Bach gestanden und die Wäsche geschrubbt, aber hier verrichtete sie eine andere Art von Arbeit und war zu dem Schluss gekommen, dass die Industrialisierung nicht ihrem Wesen entsprach. Als sie an ihrem ersten Tag in die Wäscherei des Regent Hotels gekommen war, hatte sie gestaunt über die riesigen Maschinen, die den Frauen die Arbeit abnahmen: gigantische Pressen, Rollen, Bügeleisen und Klammern füllten den Kellerraum, die Frauen standen mit geröteten Gesichtern und weißen Kappen und Schürzen in heißen Dampfschwaden.

Dennoch war sie froh, die Stelle zu haben. Die Arbeitslosigkeit nahm zu, und sie war zur richtigen Zeit am richtigen Ort gewesen, hatte gerade an die Tür des Vorarbeiters geklopft, als eine der Frauen entlassen worden war. Sie waren auf ihr Gehalt dringend angewiesen. Nachdem sich herumgesprochen hatte, dass Donald im Zuge der Mordermittlung um Frank Mathieson festgenommen worden war, hatte er seine Arbeit bei der Druckerei verloren. Mehrere Wochen lang war niemand bereit gewesen, dem suspekten St. Kildaer eine Chance zu geben, und sie waren immer verzweifelter geworden, bis er schließlich eine Stelle auf dem Fischmarkt gefunden hatte, wo er Eisblöcke schleppte und Netze flickte. Immerhin, aber seine Einkünfte reichten gerade mal für die Miete. Sie waren beide schon abgemagert.

Sein Arm, immer noch stark, lag um ihre Taille, sein Atem ging langsam im Halbschlaf, während sie die letzten Momente im Bett genossen, bevor sie sich den brutalen Anforderungen des neuen Tages stellen mussten. Wenigstens waren sie zusammen. Mhairi hatte sich das glückliche Ende zwar anders vorgestellt, als sie Hand in Hand die Polizeistation verlassen hatten – Donald war auf Kaution freigelassen worden, nachdem sie zu seiner Verteidigung ein Alibi vorgelegt hatte –, aber es war immer noch besser als das, was sie zuvor durchgemacht hatten: getrennt voneinander zu leben, ein jeder gefangen in einer hoffnungslos unglücklichen Verbindung.

Mhairi erlaubte sich nie, an die Zukunft zu denken, die sie einmal – kurz – in Aussicht gehabt hatten: Mit einem eigenen kleinen Bauernhaus, in dem sie zusammen ihre Tochter großzogen. Sie hatten das Geld dafür gehabt, die Evakuierung hatte kurz bevorgestanden. Aber der Traum war geplatzt, als ihr Baby auf die Welt gekommen war und nicht atmete … Manchmal spürte Mhairi diesen Verlust wie einen Hammerschlag, der ihr den Atem raubte und die Welt vor ihren Augen verschwimmen ließ. Dann erinnerte sie sich an die plötzliche, schreckliche Stille in jener Julinacht in der Glen Bay. Das waren die Momente, in denen sie sich die Verbrennungen zuzog – wenn ein noch schlimmerer Schmerz ihre Aufmerksamkeit von den heißen Stahlkonstruktionen, die sie bediente, ablenkte.

»Wir versuchen es wieder«, versprach Donald ihr oft. Sobald er Mary dazu gebracht hätte, sich von ihm scheiden zu lassen, und er aus Mhairi eine ehrbare Frau machen konnte. Aber keiner von ihnen wusste, wann das sein würde. Mary war nach Kanada geflohen, ohne eine Adresse zu hinterlassen, und Mhairi hatte insgeheim eine Befürchtung, die Donald offenbar nicht hegte: dass seine Ehefrau den ganzen Prozess nicht nur in die Länge ziehen, sondern sogar ganz verweigern könnte. Wäre es nicht die größte Rache der verschmähten Ehefrau, wenn sie beide ohne Ehre zusammenleben müssten?

Sie reckte sich in seinen Armen, drehte sich, um ihn anzusehen, umfasste sein Gesicht mit beiden Händen und schaute in die blauen Augen, die sie so liebevoll ansahen. Er hatte vor Gott geschworen, eine andere Frau zu lieben und zu ehren, und dieser Moment – mit ihm zusammen im Bett – stand ihr eigentlich nicht zu. Aber niemand konnte ihr erzählen, dass er falsch war. Sie küsste ihn langsam und spürte, dass sein Körper erwachte, ihre Beine ineinander verschlungen, das Bettlaken verheddert. Verloren in Küssen, waren sie nicht an einem Ort verankert, sondern einer im anderen.

Mhairi band ihren Zopf zusammen und betrachtete sich im Wandspiegel. Ihr rotes Haar hatte seinen sommerlichen Glanz verloren, ihre gebräunte Haut war im Dezemberregen stumpf geworden. Sie war nicht an ein Leben in Innenräumen gewöhnt.

Oben hörte sie die MacGregors schreien, den dumpfen Schlag eines Stiefels an der Wand, während sie ihren Mantel zuknöpfte und sich ihr Tuch um den Kopf wickelte. Zum Hotel war es ein Fußmarsch von acht Minuten, aber die ersten beiden waren immer die schlimmsten. Donald war vor einer Stunde zum Fischmarkt aufgebrochen; er hatte keine Ahnung von dem Spießrutenlauf, den sie jeden Morgen durchstehen musste, und sie hatte nicht die Absicht, ihm davon zu erzählen.

Sie öffnete die Tür und blickte hinaus ins Treppenhaus. Gedämpfte Stimmen waren von oben und von unten zu hören, einige wurden deutlicher, als einen Stock tiefer eine Tür geöffnet wurde und Schritte die Treppe hinunterpolterten.

Leise trat sie hinaus und lauschte, wartete, bis die Schritte das Erdgeschoss erreicht hatten, und zählte dann – eins, zwei, drei … Die Haustür schlug zu, ihre Wohnungstür nur eine halbe Sekunde später.

Zu spät?

Sie wartete mit angehaltenem Atem, dann ging sie so leise wie möglich die Treppe hinunter. Inzwischen wusste sie, an welchen Stellen die Stufen knarrten, aber sie war immer noch nicht an die schweren Stiefel gewöhnt und weniger geschickt, als sie hätte sein können, deshalb stieß sie mit der Schuhspitze an eine Stufe und verursachte ein lautes Geräusch. Sie schloss einen Moment die Augen, wappnete sich …

Als sie auf dem Treppenabsatz um die Ecke bog, öffnete sich die erste Tür, Lizzie MacGyver streckte den Kopf heraus und sah sie böse an. »Schlampe«, zischte sie und spuckte Mhairi vor die Füße.

Coira Cameron aus der nächsten Wohnung stand schon da, die Arme über dem üppigen Busen verschränkt, und wartete, bis sie dran war. »Hure!«

Mhairi wandte sich ab, lief schneller, gab den Versuch auf, ungehört zu bleiben. Einfach nur raus hier. Die höhnischen Rufe folgten ihr die Treppe hinunter und die ganze Straße entlang, während sie sich das Tuch über das Gesicht zog, um es zu verbergen. Aber die Schimpfworte folgten ihr, bis sie um die Ecke gebogen war.

»Schlampe!«

»Flittchen!«

»Nutte!«

Sie konnte dem nicht entgehen, die Frauen kannten ihre Gewohnheiten und wussten genau, wann sie jeden Morgen das Haus verließ. Sie glaubten, Mhairis Geschichte zu kennen, aber es hatte keinen Sinn, ihnen die Wahrheit über Mary zu erzählen, die mit dem Baby geflohen war. Damit würde sie ihnen nur den Spaß verderben. Ihre Mutter hatte sie immer gewarnt: Hunde gehen immer auf fremde Hunde los.

8. Kapitel

Flora

Mitte Dezember 1930
Internationale Gewässer, Ostküste Kanadas

Flora betrat die Lounge, sah sich um und spürte, dass alle Blicke auf sie gerichtet waren. Inzwischen war ihr jedes Gesicht vertraut – bei jedem Abendessen musste sie mit diesen Menschen Smalltalk machen, und das waren immer die längsten drei Stunden des Tages.

Sie fand James, der zusammen mit Dickie Grainger und Bertie Sykes am Tisch saß; die drei Männer hatten sich schnell angefreundet und trafen sich beinahe jeden Nachmittag, wenn ihre Ehefrauen sich ausruhten, um zusammen einen Gin Tonic zu trinken und eine Runde Poker zu spielen. Am Morgen schwammen sie schnelle Bahnen im Pool, bevor sie in der Sporthalle Gewichte stemmten. Nach dem Mittagessen und einem Verdauungsspaziergang – bei schlechtem Wetter (also meistens) auf dem überdachten Promenadendeck – gingen die meisten Passagiere in die Lounge, um dort zu lesen oder Bridge, Backgammon, oder – im Fall der jüngeren Männer – Poker zu spielen. Nach dem Abendessen tanzten sie zur Jazzmusik einer Band, tranken Cocktails und unterhielten einander mit amüsanten Anekdoten. Sie machten das Beste draus.

Das konnte Flora von sich selbst nicht behaupten. Sie hatte nicht das Bedürfnis, Freundschaften zu schließen, und blieb in ihrer Suite, wann immer es möglich war, schrieb Tagebuch, schlief oder starrte an die Wand, zählte die Wochen, Tage, Stunden und Minuten, bis sie das Schiff verlassen konnten. Sie versuchte, sich einzureden, dass es noch viel schlimmer hätte kommen können: Sie hätten die letzte Schiffspassage von Southampton verpassen können, die letzte im Jahr, und dann wäre bis zum Frühling keine Atlantiküberquerung mehr möglich gewesen. Aber sie war keine optimistische Polyanna, nicht wie – Gott segne sie – die liebe Molly. Flora konnte an nichts anderes denken als daran, ihren Sohn zurückzuholen.

James' Züge erhellten sich, als sie auf einem ihrer seltenen Ausflüge auf ihn zukam, schob seinen Stuhl zurück und stand auf, um sie zu begrüßen. Dickie und Bertie taten es ihm nach. Flora bemerkte, dass die Tuckers am Nebentisch lauerten – Digby Tucker las in einem Buch, seine Frau hatte eine Stickarbeit vor sich.

»Flora.« Bertie lächelte, während James sie auf ihre kalte Wange küsste. »Du siehst erfrischt aus. Warst du wieder draußen spazieren?« Sein Blick wanderte zu ihrem Haar, und ihr wurde klar, dass es zerzaust sein musste.

»Aye. Ich kann nicht so viel drinnen sein.« Tatsächlich fühlte sie sich wie ein Vogel im Käfig. Auch dass sie Tag für Tag die immer gleiche Strecke auf dem Deck auf und ab gehen musste, trieb sie fast in den Wahnsinn.

»Es ist eine Freude, eine Frau zu sehen, die mit der Natur verbunden ist«, erwiderte Dickie und seufzte. »Meine liebe Gattin fängt sich eine Lungenentzündung ein, wenn ich nur das Fenster einen Spalt öffne. In unserem Schlafzimmer würde eine Schlange vor Hitze eingehen.«

Mallory Tucker beugte sich leicht vor. »Ich weiß nicht, wie Sie das schaffen, Flora. Sie müssen zäh wie Leder sein, wenn Sie die Temperaturen da draußen aushalten.«

Die Männer hoben die Augenbrauen.

»Aye, das bin ich wohl«, stimmte Flora ihr zu. Solange sie alle so dicht aufeinandersaßen, war Unterwürfigkeit die beste Verteidigungsstrategie, das hatte sie schnell festgestellt. Sie hatte nicht das Bedürfnis, mit den anderen Frauen zu konkurrieren, führte nicht jeden Abend eine neue Frisur vor, neuen Schmuck oder ein neues Kleid. Sie tauchte nur zum Essen auf und zog sich dann so schnell wie möglich wieder in ihr Zimmer zurück. Flora wollte keinerlei Aufmerksamkeit, und dennoch folgten ihr Blicke, wo auch immer sie hinging.

»Schatz, willst du einen Drink?«, fragte James und zog einen Stuhl für sie heraus, dann setzten alle sich wieder.

Flora schüttelte den Kopf. Sie hatte nicht die Absicht zu bleiben, wollte nur ein paar Minuten bei ihm sein. Sie teilten zwar denselben Kummer, gingen aber sehr unterschiedlich damit um. James musste sich beschäftigt halten, Flora zog sich zurück. Für sie war es anders, denn James hatte nie das Gesicht ihres kleinen Jungen gesehen oder ihn im Arm gehalten. Er wusste nicht, wie es war, von Bord zu gehen und das Baby in den Armen einer anderen Frau zurückzulassen, mit der Absicht, das Richtige zu tun, obwohl es sich absolut falsch anfühlte …

»Irgendwelche Eisberge in Sicht?«, fragte Bertie, der ihre Erstarrung bemerkt hatte.

»Heute nicht, nein«, antwortete sie und lehnte sich zurück. Ihre Entdeckung eines riesigen Eisbergs vor ein paar Tagen hatte auf den oberen Decks für Aufregung und viel unwillkommene Gesellschaft gesorgt.

»Eisschollen?«

Sie spürte, dass er sich über sie lustig machte. Fand er sie exzentrisch, weil sie den Horizont nach weiteren Hindernissen absuchte? »Eine kleine habe ich gesehen, aber die war ziemlich weit weg.«

»Weit draußen auf dem Meer, oder?«, fragte James. Er wollte ihr zu verstehen geben, dass sie sich um das Meereis keine Sorgen machen mussten. Sie befanden sich erneut in einem Wettlauf mit der Zeit, diesmal wegen des Risikos, von ihrem Ziel abgeschnitten zu werden. Mit einer Quarantänesituation hatten sie nicht gerechnet, als sie überstürzt aufgebrochen waren, um die letzte Ozeanüberquerung des Jahres zu erwischen. Und nun fror, mit jedem Tag, der verstrich, die Mündung des St. Lawrence Flusses, wo sie anlegen sollten, weiter zu. Schon bald – heute, morgen oder nächste Woche – konnte er unpassierbar werden. Sie konnten nur hoffen und beten, dass sie vorher noch durchkamen.

»Aye.« Sie nickte.

»Gut. Denk daran, die Eisberg-Allee ist nicht unser Problem.« Er sah ihr besorgtes Gesicht und zwinkerte ihr zu.

»Erzählen Sie das den Passagieren auf der *Titanic*!«, warf Digby Tucker von hinten ein, und alle zuckten zusammen.

»In der Tat.« James, Bertie und Dickie sahen sich vielsagend an.

Flora warf einen Blick auf Tucker, der sich wieder seinem Buch widmete, obwohl offenkundig war, dass er nicht las. Ein zufriedenes Lächeln lag auf seinen Lippen, seine Glatze glänzte im Licht der Deckenlampen. Ihm war nichts peinlich, so schien es Flora, er mischte sich in private Unterhaltungen und platzte in Situationen, in denen er nicht erwünscht war. James nannte ihn inzwischen den »Schnüffler«, und Flora dachte lieber nicht daran, was Mad Annie dazu sagen würde; bestimmt hätte sie kurzen Prozess mit ihm gemacht.

»Ich vermute, Eisberge waren auf deiner Grönland-Expedition nichts Besonderes?«, wandte sich Dickie an James, um das Gespräch fortzusetzen. Er hatte eine eigentümlich schleppende Art zu sprechen, als wären seine Worte auf einer Kette aneinandergereiht.

»Ja, wir haben da draußen schätzungsweise dreihundert Stück gesehen. Aber es ist trotzdem jedes Mal spektakulär: zu erleben, wie sie auseinanderbrechen, das Wasser wegdrängen, die Wellen … Ihre Größe ist einfach unglaublich. Im Frühling kann man sie am besten beobachten. Ihr solltet eine Tour machen, bevor ihr wieder nach Hause fahrt – wenn ihr schon mal hier seid.«

»Hm, ja, das klingt im Prinzip wunderbar«, murmelte Bertie. Er verdrehte die Augen. »Nur leider sehe ich keine Chance, die Generalin in der Familie zu dieser besonderen Reise zu überreden. Ihre Großtante war auf der *Titanic*.«

»Wirklich?«, meldete sich Tucker mit unverhohlener Neugier.

»Ach du meine Güte.« Dickie ignorierte ihn stirnrunzelnd.

»Ganz genau.«

»Es besteht wirklich kein Grund zur Sorge«, sagte James und zuckte mit den Schultern. »Die internationale Eispatrouille führt inzwischen eine Liste von allen Eisbergen, die südlich von achtundvierzig Grad Nord treiben.«

»Internationale Eispatrouille?« Bertie runzelte die Stirn. »Nie gehört.«

»Sie wird von der US-Küstenwache betrieben«, erklärte James. »Aber sie wurde nach dem Untergang der *Titanic* von mehreren Seefahrernationen gemeinsam gegründet. Sie dient speziell dazu, Schiffe im Nordatlantik vor Eisbergen zu schützen.«

»Ah, gut, das könnte die Sache ändern.«

Dickie räusperte sich. »Sag mal, Cally, da du ja offenbar das Orakel in Sachen Eis bist – was passiert, wenn der St. Lawrence zufriert, bevor wir durchfahren können? Wo geht es dann hin?«

»Ich könnte mir vorstellen, dass wir dann gezwungen sind, stattdessen in St. John anzulegen«, antwortete James mit einem Blick in Floras Richtung. »Das ist der Winterhafen für den Fall, dass das Meer unbefahrbar wird.«

»Wo liegt der?«

»An der Mündung des St. John River. New Brunswick.«

»Ah. Also ziemlich weit im Süden?«

»Ja.« James schien nicht glücklich damit zu sein, vor Flora so genau beschreiben zu müssen, was schlimmstenfalls passieren konnte, und sie spürte, dass er seine Befürchtungen vor ihr verbarg. Er legte eine Hand auf ihr Knie. »Keine Sorge, Liebling«, murmelte er. »Es gibt seit vierzig Jahren eine Bahnstrecke von dort nach Montreal. Es ist nur eine kurze Fahrt.«

Flora sah ihn betroffen an. Auch wenn es eine Bahnverbindung gab, war es doch eine weitere Verzögerung. Nach Montreal zu gelangen, war alles, woran sie denken konnte. Montreal, dann Québec – ihre Welt bestand nur aus dieser Route. Es war schon schlimm genug, dass sie an Québec vorbei nach Montreal mussten. Es kam ihr grausam vor, dass sie den Hafen, in dem Mary und Lorna an Land gegangen waren, direkt vor sich hatten, aber einen anderen aufsuchen mussten, der 150 Meilen davon entfernt lag. James war davon überzeugt, dass sie die Strecke innerhalb eines Nachmittags zurücklegen konnten, aber das bedeutete, dass sie ein Auto kaufen mussten – noch eine Sache, die zu erledigen war. Und all das bedeutete Verzug, Verzug, Verzug.

»Aber ich bin mir sicher, dass es so weit nicht kommen wird«, fügte James hinzu, so beruhigend er konnte.

»Was ist so dringend, dass ihr beide so schnell nach Québec müsst?«, fragte Bertie neugierig und griff nach seinem Drink.

James zuckte mit den Schultern und zog seine Hand zurück. »Nichts. Wir wollen uns bloß eingerichtet haben, wenn das Wetter ungemütlich wird.«

»Habt ihr Familie dort?«

James nickte, konnte aber nicht gleich antworten. »Genau, ja«, sagte er, und seine Stimme klang plötzlich erstickt. »Und ihr? Was sind eure Pläne?«

Bertie nahm einen großen Schluck von seinem Gin. »Elinor hat Cousins und Cousinen in Nova Scotia, deshalb hatten wir ursprünglich vor, erst eine Städtereise zu machen – Montreal, Ottawa und Toronto – und dann dorthin zu fahren. Der Plan hat sich natürlich zerschlagen mit dieser verflixten Verzögerung, deshalb wage ich zu behaupten, dass wir gleich in die Wildnis verschwinden werden.«

»Hm, dann wäre St. John für euch eher günstig«, überlegte James. »Und ihr, Dickie? Was sind eure Pläne?«

»Wir fahren direkt zur Grenze und gehen Skifahren in Maine – Sugarloaf. Warst du da schon mal?«

»In Sugarloaf? Nein.« James schüttelte den Kopf. »Aber in Zermatt in der Schweiz.«

»Jaja, dort ist es sehr schön«, erwiderte Dickie zustimmend. »Ich hätte Lust, eines Tages das Matterhorn zu besteigen.«

»Dann bist du also Bergsteiger?«, fragte James.

»Ich habe es ein oder zwei Mal versucht. Vor ein paar Jahren bin ich im Winter bis zur Hälfte des Mont Blanc gekommen.«

Flora saß in abwesendem Schweigen da, hörte, wie unbekümmert sie über diese weit entfernten Orte sprachen. Für diese Männer war die Welt viel kleiner als für sie.

»Hören Sie mal«, mischte Digby Tucker sich ein und beugte sich plötzlich vor. »Wäre es nicht lustig, wenn wir im Frühjahr auf der Rückreise wieder alle hier an Bord wären?«

Einen Augenblick herrschte Stille, als die anderen Männer sich zu ihm umdrehten, verärgert, dass er noch nicht einmal versuchte zu verbergen, dass er lauschte.

»Also, ich … Leider bezweifle ich sehr, dass wir wieder von hier aus zurückkehren werden,« antwortete Bertie zögernd. »Vielleicht von Québec, das ist im Moment schwer zu sagen.«

»Ich nehme an, wir werden dann in New York sein«, verkündete Dickie gelassen und griff langsam nach seinem Zigarettenetui. Er ließ sich niemals drängen. Flora mochte ihn und seine Frau von allen am liebsten: Dickie Grainger betrachtete sie nicht mit Begehren, und Ginnie betrachtete sie nicht mit Neid. Es war eine Erleichterung, einmal nicht bewertet zu werden.

»Wie schade«, sagte Tucker bedauernd. »Callaghan? Was tun Sie und Ihre bezaubernde Frau, wenn das Tauwetter kommt?«

»Wir haben noch keine festen Pläne«, antwortete James ruhig. »Ich fürchte, es ist unmöglich vorherzusagen. Wir mögen es, spontan zu entscheiden.«

»Natürlich.« Tucker ließ sich mit pikiertem Blick wieder zurücksinken. Er schien gemerkt zu haben, dass die anderen ihre Bekanntschaft nicht weiter vertiefen wollten. »Tja … das ist schade.«

»Sie fahren von hier aus zurück, nicht wahr?«, fragte Bertie, der nicht anders konnte, als höflich zu sein.

»O ja. Hab unsere Plätze schon gebucht. Mrs Tucker ist sehr wählerisch, wenn es darum geht, wo sie schlafen soll.«

Nicht wählerisch genug, dachte Flora. Sie konnte sich nicht vorstellen, wie die Frau es aushielt, nachts neben diesem Mann zu liegen. »Nun, ich glaube, ich werde mich jetzt ausruhen«, murmelte sie. Sie hatte für den Nachmittag genug Smalltalk gehabt und musste noch eine Wand anstarren und ein paar Stunden zählen, bis sie wieder ein Dinner ertragen konnte. Sie hatten noch elf Tage an Bord vor sich, bevor sie ankern und an Land gehen sollten.

Sie stand auf, und die Männer erhoben sich alle gleichzeitig.

»Wir sehen uns zur Cocktailstunde«, sagte Dickie fröhlich.

»Aye.« Sie lächelte. »Bis später.«

Als sie sich zum Gehen wandte, fing sie James' Blick auf.

»Eigentlich …«, begann er, und sie blieb stehen. Er legte seine Spielkarten ab, und die anderen Männer machten enttäuschte Gesichter. »Ich glaube, ich komme mit dir, Liebling.«

»Wirklich?«

»Ja. Ich fühle mich ein bisschen erschöpft. Vielleicht hilft mir ein kleines Nickerchen.«

Einen Moment schwiegen alle, und Flora spürte die vielsagenden Blicke, als würde niemand glauben, dass sie schlafen würden. Digby Tucker starrte sie schon wieder an, während seine Frau neben ihm stickte und nichts davon mitbekam. Er setzte ein freundliches Lächeln auf, aber kurz bemerkte sie etwas Durchdringendes in seinem Blick, das sie verunsicherte – eine überraschende Schärfe für einen Mann, der gemeinhin als Dummkopf galt.

»Entschuldigt ihr mich, Freunde?«, fragte James und schob seinen Stuhl zurück.

»Nein, bestimmt nicht«, erwiderte Dickie mit einem Augenzwinkern. »An deiner Stelle wären wir auch müde«, fügte er leise hinzu, während James Floras Hand nahm und sie hinausführte.

Flora saß im Schreibzimmer an einem Tisch an der Wand. Sie kam fast jeden Tag hierher, um Briefe zu schreiben, die noch nicht abgeschickt werden konnten. Es hätte ein Vorteil ihrer verzögerten Weiterreise sein können, dass sie endlich die Zeit hatte, ihren Eltern mitzuteilen, was ihr während des vergangenen Jahres passiert war, angefangen bei dem Tag, an dem James mit seinem Wasserflugzeug in der Glen Bay gelandet war.

Aber sie schrieb die Briefe jeden Tag neu, zerriss sie und warf sie in den Papierkorb. Wie konnte sie diese Geschichte jemals zu Papier bringen – ihren Eltern erklären, dass sie Großeltern waren, das Enkelkind aber fort war, dass James lebte, sie aber immer noch nicht verheiratet waren? Sie hatte ihre Situation monatelang falsch dargestellt, und mit jeder neuen Wendung, die ihre Geschichte genommen hatte, war es ihr schwerer gefallen, mit der Wahrheit anzufangen.

Nur Mhairi kannte das letzte Kapitel der Geschichte von James' Rückkehr und ihrer überstürzten Abreise nach Kanada, weil sie abends in Effies Hotelzimmer in Oban ans Telefon gegangen war, als Flora zurückgerufen hatte. Es war der Tag gewesen, an dem James Flora in Paris wiedergefunden hatte. In Oban war am selben Abend Donald freigelassen worden, was sie alle, zusammen mit Sholto, in der Hotelbar gefeiert hatten. Mhairi war nur zufällig zurück ins Zimmer gekommen, um ihren Schal zu holen, als das Telefon geklingelt hatte.

Flora hatte ihrer Freundin damals das Versprechen abgenommen, nichts zu verraten. Sie hatte solche Angst gehabt, die Spur ihres Sohnes in Kanada zu verlieren, und nicht riskieren wollen, dass sonst noch jemand erfuhr, dass sie die Wahrheit über Lorna und Mary kannte. Mhairi war natürlich verblüfft gewesen, aber Flora wusste, dass das Geheimnis bei ihr sicher war bis zu ihrer Rückkehr. Ihrer Familie hatte sie per Telegramm mitgeteilt, dass sie wohlauf war, ohne ihre Flucht aus Paris zu erwähnen.

Aber als sie nun die letzte Version ihres Briefes durchlas, wurde ihr klar, dass sie auch diese nicht abschicken würde. Die Worte enthielten so viel Schrecken, dass sie statt mit Tinte mit Blut hätten geschrieben sein können. Das Mindeste, was sie ihren Eltern schuldete, war, ihnen diese Geschichte von Angesicht zu Angesicht zu erzählen.

Sie hörte Schritte, jemand betrat hinter ihr den Raum. Sie achtete nicht darauf, sondern blätterte durch die handgeschriebenen Seiten, in der Erwartung, das Scharren eines Stuhls, das Rascheln eines Rocks und ein sanftes Räuspern zu hören, bevor ein Federhalter über Papier kratzte … Aber sie vernahm nichts dergleichen.

Sie drehte sich um.

»Ah, Mrs Callaghan. Was für eine angenehme Überraschung, Sie hier zu finden«, sagte Digby Tucker.

Flora schloss kurz die Augen, um sich zu sammeln und all ihre Kraft und ihre guten Manieren heraufzubeschwören. »Mr Tucker«, sagte sie mit einem gezwungenen Lächeln.

Er stand an einem der anderen Schreibtische, und Flora stellte überrascht fest, dass die anderen Frauen, die hier noch gesessen hatten, als sie gekommen war, inzwischen fort waren. Sie fragte sich, wann genau sie gegangen waren; sie hatte es nicht gehört, war zu sehr in ihre Gedanken versunken gewesen. »Sind Sie auch hier, um ein paar Briefe zu schreiben?«

»O nein, nein. Ich hab's nicht so mit dem Schreiben. Meine Hand kann nie mit meinen Gedanken mithalten.«

Kein Wunder. Er war überaus redselig, außerdem lachte er viel zu laut.

Flora lächelte, erwiderte aber nichts. Eine höfliche Konversation mit diesem Mann war das Letzte, was sie jetzt brauchte, und sie wollte ihn nicht ermutigen, zu bleiben.

»Für Sie ist das offenbar kein Problem«, fuhr er fort, unbeeindruckt von ihrem Schweigen. »Meine Frau hat mir erzählt, dass Sie eine eifrige Schreiberin sind. Sie sagt, Sie sitzen jedes Mal hier, wenn sie vorbeikommt.«

»Ich genieße die Einsamkeit«, entgegnete Flora spitz.

Er trommelte leicht mit den Fingern auf den Tisch. »Das Leben an Bord genießen Sie nicht?«

»Doch, doch.«

»Wirklich? Sie schwimmen nicht, spielen nicht Karten. Sie tanzen nie …«

Sie würde ihm nicht erzählen, dass sie die ersten beiden Dinge nicht konnte und zu Letzterem nicht in der Stimmung war. Wie konnte sie sich amüsieren, wenn ihr kleiner Sohn irgendwo da draußen war, ohne sie? Sie konnte nichts anders tun als essen, schlafen, atmen, bis er wieder in ihren Armen lag. Sie konnte nur existieren, aber das ging diesen

Mann nichts an. »O je«, seufzte sie, »das klingt, als wäre ich ziemlich griesgrämig.«

»Verzeihen Sie, das wollte ich nicht sagen.« Er kam ein Stück näher, setzte sich an den Schreibtisch neben ihrem und zog seine Zigaretten hervor. Er bot ihr eine an, aber sie lehnte ab. »Nein, ich denke, ich wollte ausdrücken, dass ich bei Ihnen eine gewisse … Traurigkeit spüre.«

Sie schluckte. »Nein, gar nicht. Ich bin eigentlich überaus glücklich – aber danke für Ihre Anteilnahme.«

Tucker zündete sich eine Zigarette an und lächelte, den Ellbogen auf dem Schreibtisch. Rauch kräuselte sich über seinem Schnurrbart. »Kommen Sie, wir sind doch Freunde, nicht wahr? Wir verbringen einen Monat gemeinsam auf engem Raum, das zwingt uns dazu, einander so zu sehen, wie wir wirklich sind, hinter den gesellschaftlichen Höflichkeiten. Sie haben etwas Melancholisches, liebe Flora – darf ich Sie Flora nennen?«

Sie starrte ihn an. Das hatte er bereits getan.

»Ich spüre, dass in Ihrer Welt etwas Grundlegendes nicht stimmt. Ich sehe die Sorge in den Augen Ihres Ehemanns, wenn er Sie ansieht, ich sehe, dass Sie außer zu den Mahlzeiten kaum Ihr Zimmer verlassen, und wenn Sie es doch tun, dann kommen Sie hierher und sind allein.«

War er deshalb hier? Hatte er sie gesucht? »Mir war nicht bewusst, dass ich solche Aufmerksamkeit auf mich gezogen habe.«

Er lachte wiehernd. »Meine Liebe, meinen Sie das ernst? Nicht einmal Queen Mary fällt mehr auf. Die Leute nennen Sie nicht ohne Grund ›Die Rätselhafte‹, wissen Sie.«

Sie runzelte die Stirn. »Wer tut das?«

»Alle Frauen. Es ist schwer zu sagen, ob sie Sie lieben oder hassen.«

Flora schluckte. »Das bilden Sie sich ein, Mr Tucker. Ich bezweifle, dass diese Frauen überhaupt eine Meinung über mich haben.«

Er hob eine Augenbraue. »Flora, Sie sind schön und bleiben für sich. Die Frauen wollen Sie ansehen und Ihre Geheimnisse erfahren, wollen sich mit Ihnen anfreunden, aber Sie weisen sie jedes Mal zurück. Wenn Sie Ihr Zimmer einmal verlassen, weichen Sie nicht von der Seite Ihres Mannes.«

Sie wandte den Blick ab. »Sie übertreiben.«

»Wenn Sie den Raum betreten, liegt jedes Mal Aufregung in der Luft«, fuhr er fort, unbeeindruckt von ihren Gegenargumenten. »Wissen Sie, dass die Frauen sich jeden Abend – meine eigene eingeschlossen – zurechtmachen in der Hoffnung, Sie zu übertreffen? Und dennoch tun sie das nie.« Er lächelte. »Ich denke, das Schlimmste daran ist nicht, dass Sie es nicht merken, sondern dass es Ihnen offenbar egal ist. Sie tragen abwechselnd immer dieselben beiden Kleider.«

Die Schärfe seiner Bemerkung entging ihr nicht. »Wir haben uns spontan zu dieser Reise entschlossen. Es blieb keine Zeit zum Packen.«

Er musterte sie aufmerksam. Sie spürte, dass er es genoss, sie ungestört anstarren zu können. »Und einen Diener haben Sie auch nicht dabei.«

»Wie ich schon sagte, wir hatten es eilig.« Das war ein auffallender Unterschied zu allen anderen Passagieren der ersten Klasse, die mit jeder Menge Personal, beladen mit

Koffern, angereist waren. »Außerdem wusste ich nicht, dass wir hier beurteilt werden, oder dass … das hier eine Art Modenschau ist.«

Er lachte laut. »Es ist eine Schiffsreise, meine Liebe – natürlich ist das eine Modenschau! Was sollte man hier sonst tun?« Plötzlich glitt sein Blick über sie hinweg. »Abgesehen *davon.*«

Flora erstarrte, konnte kaum fassen, dass er so etwas zu ihr sagte. Sie spürte, dass die Stimmung im Raum sich veränderte, seine Absichten wurden nur klarer. Sie hatte sein Interesse an ihr von Anfang an gespürt, hatte aber keine Sekunde geglaubt, er könnte so verrückt sein, danach zu handeln.

»Entschuldigen Sie mich«, sagte sie schroff und erhob sich abrupt. Als sie an ihm vorbeiwollte, sprang er ebenfalls auf, womit er ihr den Weg versperrte, und sie spürte eine plötzliche, instinktive Angst, dass er sie hier drinnen festhalten würde. Sie stieß ihn heftig weg, sodass er an einen der Tische prallte.

»Mrs Callaghan«, stammelte er.

»Bleiben Sie mir vom Leib!«, schrie sie.

»Sie haben das falsch verstanden!«, rief er hinter ihr her, als sie durch die Tür stürmte. Es war still. Die meisten Passagiere waren in ihren Zimmern, um sich für den Aperitif fertigzumachen. Flora rannte durch den Gang, die Treppen hinunter und blieb erst stehen, als sie bei ihrer Suite angekommen war.

James lag auf dem Bett und blickte auf, als sie atemlos hereinstürmte.

»Flora?« Er legte sein Buch weg, sofort besorgt. »Was ist los?«

Sie starrte ihn an, während er aufstand und zu ihr ging. Wie konnte sie ihm die Angst erklären, die über sie gekommen war, als sie geglaubt hatte, Tucker würde sich an ihr vergreifen? Der Moment hatte sie an den Abend in Edward Rushtons Pariser Apartment erinnert. *Gib ihm, was er will*, hatte Pepperly ihr geraten und dabei nur an sein Geld gedacht.

Aber Tucker hatte sie nicht berührt. Er hatte nicht einmal direkt etwas gesagt, sondern nur eine kleine anzügliche Bemerkung gemacht, unangebracht, wie es für ihn typisch war. Erst jetzt hielt sie inne. Er war ihr nicht nachgelaufen, war ihr womöglich noch nicht einmal absichtlich in den Weg getreten. War er nur aus Höflichkeit aufgestanden, ohne jede böse Absicht? Hatte sie überreagiert? Waren ihre Nerven so angespannt, dass sie sich etwas vorgestellt hatte, was es gar nicht gab?

»N… nichts«, murmelte sie. »Ich hatte nur Lust zu laufen.«

Er zögerte kurz, dann zog er sie an sich. »Mein Inselmädchen«, sagte er grinsend und küsste ihr Haar. »Ich kann vielleicht das Mädchen von St. Kilda holen … aber ich werde nie St. Kilda aus dem Mädchen herausbekommen.«

9. Kapitel

Mhairi

26. Dezember, 1930
Oban

Musik von Debussy kam aus dem Radio, und Donald ergriff Mhairis Hand und wirbelte sie so heftig im Zimmer herum, dass ihr Rock flatterte. Sie trug immer noch ihre Schürze, die voller Soßenflecken war, und sie waren ein bisschen aus dem Takt, weil keiner von ihnen genau wusste, ob sie einen Walzer oder einen Foxtrott tanzten, aber das war ihnen egal, die Perfektion des Moments lag in der Spontaneität und Innigkeit, dem gemeinsamen Spaß.

Donald sah sie an, und sie staunte wieder einmal, wie blau seine Augen waren und wie sanft er sie mit seinen rauen Händen festhielt. In solchen Momenten erinnerte sie sich daran, dass das Leben gut war, dass die Schönheit in den kleinen Dingen lag: einem gemeinsamen Lächeln, einem unerwarteten Tanz …

Seit beinahe zwei Tagen waren sie jetzt in ihrem gemütlichen Nest, und sie wollte noch nicht einmal ein Fenster öffnen, um nichts von der Außenwelt hereinzulassen. Alles, was sie brauchte, befand sich innerhalb dieser vier Wände. Das Radio war ein Weihnachtsgeschenk für sie gewesen; Donald hatte wochenlang dafür gespart, Pennys zur Seite gelegt, wann immer er konnte. Wenn schon die Wildblumen, die Mhairi am Straßenrand oder im Wald hinter der Stadt pflückte, eine solche Schönheit in ihr spartanisches Heim bringen konnten, dann würde die Musik noch eine weitere Bereicherung sein.

Er schwang sie noch einmal herum, brachte sie mit der unerwarteten Bewegung zum Lachen und fing sie mit seinen starken Armen mühelos auf. Dann ließ er sie rückwärts sinken und hielt sie fest, doch als er sie vor dem Feuer sanft küsste, klopfte es an der Tür. Das war nicht unerwartet, aber Mhairi wünschte, es wäre eine Stunde – oder wenigstens eine Minute – später gekommen.

Donald seufzte, zog sie hoch und küsste sie noch einmal – aber die Zärtlichkeit ihres gemeinsamen Moments war schon verflogen. Er war nervös, das merkte sie.

Es klopfte wieder, energisch, und Donald durchquerte den Raum. Mhairi, die irgendetwas tun musste, strich die Tischdecke glatt, ein altes Laken, das sie gewaschen und bestickt hatte. Ein Glas mit einem kleinen Sträußchen von roten Waldnelken stand darauf. Sie sah sich um, versuchte den Raum aus den Augen eines Besuchers zu sehen: Sie hatte die Fenster geputzt, bis die Scheiben glänzten, damit so viel Licht wie möglich hereinfiel, wo die Tage doch nun ohnehin so kurz waren. Das Kohlenfeuer brannte hoch und knisterte, sodass es wohlig warm im Zimmer war. Und natürlich erklang die zarte, wiegende Streichmusik von Debussy im Hintergrund.

Donald sah sich noch einmal zu ihr um, und sie hielten beide den Atem an, bevor er die Tür öffnete.

»David!«, rief er ehrlich erfreut aus. »Wie schön, dich wiederzusehen!« Mhairi sah zu, wie die beiden Männer einander die Hände schüttelten. »Komm rein, komm rein.«

»Leider musste ich eure Nachbarn behelligen, um euch zu finden. Ich habe versehentlich zweimal die falsche Tür erwischt.«

»Kann passieren.« Donald nickte. »Ich hoffe, sie waren hilfsbereit?«

Davids Blick suchte Mhairi. »Aye«, sagte er.

»Wie geht es dir, David?«, fragte sie und begrüßte ihn mit einer schwesterlichen Umarmung. Floras großer Bruder war auch für sie immer wie ein Bruder gewesen, und jetzt merkte sie, wie sehr er ihr gefehlt hatte. Ihre Einsamkeit hier war wie ein Hungergefühl, das die ganze Zeit an ihr nagte.

»Viel besser, jetzt, wo ich dich sehe, Mhairi … euch beide«, fügte er hinzu und warf einen verlegenen Blick auf Donald. Er war es noch nicht gewöhnt, sie als Paar zu sehen. Das letzte Mal, als sie alle zusammen gewesen waren, hatte Donald mit Mary und ihrem neugeborenen Sohn auf der *HMS Harebell* gestanden … Mhairi wusste, dass David unmöglich verstehen konnte, was für Beben ihre Welt erschüttert und dazu geführt hatten, dass sie jetzt zusammen waren. Es gab viel zu diskutieren – aber nicht jetzt. Manieren hatten Vorrang vor Neugier.

David blickte auf das Päckchen, das er in den Händen hielt, in braunem Packpapier. »Ein Kuchen«, sagte er und hielt ihn Mhairi hin.

Mhairis Augen strahlten.

»Von meiner Ma«, fügte er schnell hinzu, als er merkte, dass Hoffnung in ihr aufblitzte. »Sie dachte, den magst du an Weihnachten.«

Mhairi schluckte. »Wie lieb von ihr«, sagte sie und versuchte, ihre Enttäuschung zu verbergen, dass das Geschenk nicht von ihrer eigenen Mutter kam. Seit ihre Eltern zu ihrer Hochzeit nach Harris gefahren waren, nur um dort festzustellen, dass sie Alexander McLennan sitzengelassen hatte, hatte sie nichts mehr von ihnen gehört. Ihr Brief, in dem gestanden hatte, dass sie nicht anreisen sollten, war zu spät eingetroffen. Was Alexander ihnen erzählt hatte, wusste Mhairi nicht genau, aber es bestand kein Zweifel daran, dass er ihr die Schuld zugeschoben hatte. Und alles war noch schlimmer geworden, als Mhairi ihre Liebesaffäre hatte offenlegen müssen, um Donald ein Alibi für die Nacht zu gegeben, in der der Verwalter ermordet worden war. Dass diese Neuigkeit nach Lochaline gelangt war, war ihr klar geworden, als ihre Briefe mit dem Vermerk »Zurück an Absender« wieder in Oban ankamen. Sie hatte versucht, die Telefonzelle anzurufen, die gegenüber von ihren Cottages in Lochaline stand, aber Christina MacQueen hatte den Hörer abgenommen und kühl erklärt, Mhairis Eltern seien »nicht da«, und seitdem stieß sie auf eine Mauer des Schweigens. Ihre Familie schämte sich ihrer. Für sie war sie jetzt das Schlimmste, was es gab: eine Schande. Deshalb hatte Davids Telegramm mit der Ankündigung, sie zu besuchen, sie hoffen lassen, er würde ihr irgendein Zeichen ihrer Zuneigung mitbringen: einen Brief, eine Decke, einen Kuchen.

Sie brachte das Päckchen in ihre kleine Küchenecke, während David seinen Mantel ablegte und sich die Hände am Feuer wärmte. Draußen ging Schneeregen nieder, und ein scharfer Ostwind bildete die Nachhut der schweren Stürme, die in ganz Europa gewütet hatten. David wirkte unsicher und nervös, seine frühere Unbekümmertheit war verschwunden.

Donald schenkte allen einen Schluck Whisky ein, und sie prosteten einander zu und kippten die bernsteinfarbene Flüssigkeit hinunter, die in der Kehle brannte. Mhairi hatte einen Eintopf gekocht, der für alle reichte, sie holte ihn aus dem Ofen, um ihn umzurühren, und der Duft erfüllte ihr kleines Heim. Und es war wirklich ein Heim. Sie besaßen nicht viel – kaum mehr, als sie auf St. Kilda besessen hatten –, aber ihr Zuhause hatte eine Seele, bot Trost und stille Freude. Ihre Abende verbrachte Mhairi mit dem Besticken der Vorhänge und Kissen, die sie aus den Mülleimern des Hotels rettete. Sie sah, dass Davids Blick durch die geöffnete Schlafzimmertür auf ihr Doppelbett fiel, das kein Ehebett war: saubere Laken, aber ohne Ehering nicht sauber genug.

»Wie läuft es mit deiner Stelle im Forstbetrieb?«, fragte Donald, der seinem Blick gefolgt war.

David wandte ihm wieder seine Aufmerksamkeit zu. »Ganz gut. Dad erholt sich von seinem Unfall.«

»Es hat mir leidgetan, davon zu hören. Es klang nicht gut.« Donald runzelte die Stirn.

»Aye, es war knapp. Aber er hat Glück gehabt. Es hätte in vielerlei Hinsicht schlimmer kommen können. Am Ende hatten wir einen guten Chirurgen.«

»Dank Flora«, warf Mhairi ein, während sie die Ofenklappe schloss.

»Aye. Ein unerwarteter Segen.« Er sah Mhairi an. »Hast du von ihr gehört?«

Mhairi schüttelte den Kopf. »Seit Wochen nicht mehr. Aber das ist meine Schuld – in den letzten Monaten hatte ich so viel zu tun, dass ich nicht die Energie aufgebracht habe, mich hinzusetzen und ihr zu schreiben.«

»Mhairi hat eine Stelle in der Wäscherei im Regent Hotel«, sagte Donald. »Und ich arbeite jetzt auf dem Fischmarkt.«

»Oh.« David nickte höflich.

»Es ist nicht viel«, murmelte Donald, »aber wir kommen zurecht.«

»Also, das ist ...« David zeigte verlegen auf die kleine Wohnung. »Das ist ein schönes Zuhause.«

Angespannte Stille machte sich breit. »Na ja, es ist nicht das Pariser Hotel Ritz, so viel ist klar«, scherzte Mhairi. »Ich glaube, da hat Flora gewohnt, oder?«

Donald nickte, auch wenn er sich das Ritz genauso wenig vorstellen konnte wie den Buckingham Palast.

»Diese Show wird sie reich machen.« David lächelte. »Wer hätte das gedacht? Meine Schwester, ein Star.«

»Ach, ich glaube, wir haben alle gewusst, dass das passieren würde, auf die eine oder andere Weise.« Mhairi lächelte. »Flora war noch nie für ein einfaches Leben geschaffen.«

Wenigstens darin waren sich alle einig.

»Was gibt es Neues zu Hause?«, fragte Donald, und Mhairi dachte, wie merkwürdig es war, dass »zu Hause« jetzt Lochaline bedeutete anstatt Village Bay.

David zögerte. »Die meisten leben sich gut ein. Deine Brüder sind erfolgreich bei der Arbeit«, sagte er dann mit einem Blick auf Mhairi. »Angus geht mit einem Mädchen aus dem Dorf aus, sie heißt Bonnie und ist die Tochter des Fischhändlers. Er scheint ziemlich verliebt zu sein.«

»Nein, wirklich? Ich wusste gar nicht, dass Angus Gefühle haben kann«, witzelte sie, obwohl es sie traurig stimmte, dass sie das Glück ihres Bruders nicht miterleben konnte. Auf der Insel war er immer ein rastloser Geist gewesen. »Und gibt es auch eine für Fin?«

»Noch nicht, soviel ich weiß. Er scheint sich mehr für vier Räder als für zwei Beine zu interessieren. Abends nach der Arbeit geht er immer in die Autowerkstatt und lernt, wie man Öl wechselt oder ein Rad montiert. Ich glaube, dort würde er lieber arbeiten als im Forstbetrieb.«

»Er war schon immer geschickt«, murmelte sie. »Auf Felsen klettern und Vögel fangen hat ihm nie gereicht.«

David grinste. »Und du würdest es nicht glauben, wie groß der kleine Rory inzwischen ist! Er ist so schnell unterwegs, dass deine Ma ihn kaum einfangen kann!«

Mhairi biss sich auf die Unterlippe, um sich ihre Gefühle nicht anmerken zu lassen. Es war immer ihre Aufgabe gewesen, auf die Kleinen aufzupassen und ihrer Mutter beim Waschen und Kochen zu helfen. »Und wie geht es Dad?«, fragte sie nach einer Weile. Sie wusste, dass es ihrem Vater schwergefallen war, durch die Evakuierung seine Position innerhalb der Gemeinschaft zu verlieren. Als Postmeister hatte er auf St. Kilda eine wichtige und zentrale Rolle gespielt, aber jetzt war er nur noch einer von vielen.

»Ach, na ja … Er ist still. Du weißt ja, wie er ist; er war noch nie ein großer Redner.«

»Nein«, stimmte sie zu, während sie sich fragte, ob sie die wahre Ursache für seine Melancholie war.

»Meistens kommt er abends bei meinem Dad vorbei, und dann reden sie über die alten Zeiten.«

Sie alle spürten die Endgültigkeit, die in diesem Begriff lag. Ihr Leben bis zu der Evakuierung vor drei Monaten war in Kisten verstaut und weggeräumt worden, wie abgeschnitten von dem Leben, das sie jetzt führten.

»Und Old Fin? Ich habe mir Sorgen um ihn gemacht, so allein, so weit weg am anderen Ende der Straße.«

»Er ist nicht allein.« David lächelte. »Jayne sieht jeden Morgen nach ihm, wenn sie in die Fabrik geht. Sie hat jetzt ein Fahrrad, deshalb kann sie zum Mittagessen nach Hause kommen und mit ihm essen, und dann sieht sie noch einmal auf dem Rückweg nach ihm. Und in der Zwischenzeit hört er Radio.«

»Er hat auch ein Radio?« Mhairi konnte ihre Überraschung nicht verbergen. Donald und sie hatten sich mit zwei Gehältern ihres kaum leisten können.

»Jayne hat es ihm gekauft.« David presste die Lippen zusammen. »Für Norman läuft es sehr gut im Forstbetrieb. Er ist zum stellvertretenden Direktor befördert worden.«

»Jetzt schon?«, fragte Donald überrascht. »Das ging aber schnell.«

David seufzte. »Aye, ich weiß, aber die Männer scheinen ihn zu respektieren, also …« Er verstummte, und Mhairi sah ihn an. Sein Verhältnis zu Norman, das nie besonders gut gewesen war, hatte sich nach Mollys Tod noch verschlechtert. Für zwei Männer, die einmal beinahe Brüder geworden wären – wenn Mollys Wunsch sich erfüllt hätte –, waren sie einander sehr fremd.

»Und was ist mit dir?«, fragte sie sanft. »Bist du … Hast du jemanden?«

Er sah sie so scharf an, als wäre die Frage eine Beleidigung. »Natürlich nicht.« Er schien zu bemerken, wie schroff das geklungen hatte, hielt einen Moment inne und holte tief Luft, wobei er sein Whiskyglas noch fester umklammerte. »Was ich sagen wollte, ist, für mich war's das. Es wird keine andere geben.«

Mhairi starrte ihn erschrocken an. »Das darfst du nicht sagen, David.«

»Warum nicht? Es ist das, was ich empfinde.«

»Es ist erst ein Jahr her. Sie fehlt uns allen – aber du hast dein ganzes Leben noch vor dir. Molly würde nicht wollen, dass du allein bleibst.«

»Mit Verlaub, Mhairi, aber du hast keine Ahnung. Du weißt nicht, was wir beide zusammen hatten. Niemand weiß, wie es wirklich zwischen uns war – wie sehr wir uns geliebt haben … Denn was wir miteinander teilten, mussten wir geheim halten.«

Sie sah ihn an. »Und du meinst, ausgerechnet wir – Donald und ich – können das nicht verstehen?«

Aus dem Augenwinkel sah sie, dass Donald zusammenzuckte, als sie klar aussprach, was die ganze Zeit schon im Raum stand.

David fuhr hoch. »Das ist nicht dasselbe.«

»Weil Donald schon verheiratet war, kann unsere Liebe unmöglich … echt sein, ist es das, was du meinst?«

David schluckte, aber in seinen Augen blitzte auch Wut auf. »Aye.«

»Es ist nicht immer alles so, wie es scheint, David«, sagte Donald unbehaglich. Er war nicht der Typ, dem es leichtfiel, über Gefühle zu sprechen. Wie die meisten Männer auf St. Kilda mochte er lieber Taten als Worte. »Die Ehe ist manchmal nur ein Deckmantel, um den Dingen einen respektablen Anschein zu geben.«

»Es war nicht so, wie es scheint«, sagte Mhairi. »Wir haben alles versucht, um zu widerstehen – und hatten nie die Absicht, irgendjemandem wehzutun.«

»Aber das habt ihr! Unschuldige Menschen sind verletzt worden …«

»Keiner von ihnen war unschuldig!«, rief sie aufgebracht.

David sah Donald an. Würde er seine Ehefrau nicht verteidigen?

»Alexander McLennan ist ein Schwein und ein Rohling«, fuhr Mhairi fort. »Du hast keine Ahnung, wie er wirklich war. Niemand hatte das. Nur Donald.«

Bei ihren Worten erschien ein verwirrter Ausdruck auf Davids Gesicht.

»Warum hast du dann nichts gesagt? Deine Brüder hätten …«

»Nein. Manche Dinge können nicht ausgesprochen werden.« Sie wandte den Blick ab, wollte nicht zu viel preisgeben. »Und außerdem habe ich sie nicht gebraucht. Donald hat mich vor ihm beschützt.«

»Aber das war nicht seine Aufgabe. Er hätte da nie mit hineingezogen werden dürfen. Er war ein verheirateter Mann.«

»Nur theoretisch«, entgegnete Donald knapp. »Unsere Ehe war seit Jahren tot, und wenn du Mary fragen könntest, würde sie zugeben, dass unser Zusammensein für sie genauso eine Qual war wie für mich. Unsere Ehe wäre zu Ende gewesen, ganz unabhängig von Mhairi. Wir hätten auf diese Weise nicht weitermachen können.«

»Aber ihr habt vor Gott einen Schwur geleistet. Das kannst du nicht leugnen!«

»Aye – und diesen Schwur hatte ich mit den besten Absichten abgelegt. Und trotzdem war es eine schreckliche Verbindung. Sich eine Niederlage einzugestehen, ist manchmal der einzige Weg, David.«

»Das sehe ich anders.«

»Es war eine schlechte Ehe«, beharrte Donald. »Es gab keine Liebe darin, und jeder von uns hatte Grund zu gehen. Was auch immer du gehört hast, denk bitte daran, dass Mary diejenige war, die *mich* verlassen hat. Und dafür gibt es einen guten Grund.«

»Und der wäre?«

Donald blickte resigniert zu Mhairi. Er konnte es ihm sagen, aber damit würde er die Geheimnisse anderer verraten.

»David, gerade du müsstest doch verstehen, dass eine Ehe nicht zu jedem Preis aufrechterhalten werden sollte?«, fragte Mhairi.

David runzelte die Stirn. »Ich? Wieso ich?«

»Na ja, wegen Norman und Jayne. Du siehst doch, wie es zwischen ihnen läuft. Du weißt, wie es in Wahrheit ist. Wie kann das im christlichen Sinne eine Ehe sein?«

David sah sie verwirrt an. »Mhairi, wovon sprichst du?«

»Du weißt doch sicher …« Mhairi verstummte, als sie seinen verständnislosen Blick bemerkte. »Hat Molly nie etwas gesagt?«

»Worüber?«

Donald und Mhairi wechselten erneut einen Blick.

»Worüber?«, stieß David hervor, als sich Stille in dem kleinen Raum ausbreitete.

»Norman schlägt Jayne«, sagte Mhairi ruhig.

David zuckte zusammen. »Was?« Er schnaubte ungläubig. »Nein … Das wüsste ich. Ich sehe sie die ganze Zeit. Sie ist meine Freundin. Ich hätte es gesehen, wenn …«

»Er schlägt sie so, dass man die Blutergüsse nicht sieht«, sagte Mhairi leise. »Flora hat es mir erzählt.«

David antwortete nicht. Es war aschfahl im Gesicht, und Mhairi merkte, dass er in Gedanken Situationen durchspielte, nachträglich nach Anzeichen suchte, die er nicht bemerkt hatte. Er und Jayne waren einander seit Mollys Tod sehr nah – aber nicht so nah.

»Mary und ich waren nicht die Einzigen mit einer schlechten Ehe«, sagte Donald ruhig. »Aber der Unterschied war, dass wir beide einen Ausweg wollten. Jayne aber kann – oder will – Norman nicht verlassen.«

David stand auf und ging ein paar Schritte durch den Raum, dann wieder zurück. Er atmete schwer.

»Noch einen Drink?«, fragte Donald, der merkte, wie verstört er war.

David nickte, und eine Weile sprach niemand, während Donald einschenkte. Er reichte David das Glas, und der leerte es in einem Zug, ohne sich an dem Brennen zu stören. »Tut er es immer noch?«

»Das kannst du leichter herausfinden als wir«, antwortete Mhairi. »Zu Hause hat Flora versucht, sie zu unterstützen, aber nach dem Unfall deines Vaters, als eure Familie Geld brauchte, um seine Arztrechnungen zu bezahlen, konnte sie nicht bleiben – nicht einmal für Jayne.«

Er blinzelte, und Mhairi sah, dass Tränen in seinen Augen standen. »Wer weiß es noch?«

»Ich bin mir nicht sicher. Wahrscheinlich haben manche einen Verdacht.«

»Weiß Effie Bescheid?«

Sie zuckte mit den Schultern. »Sie ist so schnell nach der Evakuierung nach Ayrshire gegangen. Flora hat mir erzählt, dass sie Jayne versprechen musste, niemandem etwas zu verraten, aber ich denke, dass sie jemanden gebraucht hat, um die Last zu teilen. Mir hat sie es erst erzählt, als sie wusste, dass ich nach Harris gehen würde; das hat es ihr vermutlich leichter gemacht, mir das Geheimnis anzuvertrauen. Sie sagte, sie hätte versucht, Jayne dazu zu bringen, ihn zu verlassen, konnte aber nicht zu ihr durchdringen.«

David verbarg sein Gesicht in den Händen. »Warum zur Hölle habe ich nichts davon gemerkt?«, flüsterte er.

»David, du darfst dir keine Vorwürfe machen.« Mhairi

legte ihm eine Hand auf den Arm. »Du konntest es nicht wissen.«

»Wirklich nicht?«, rief er aus. »Ich bin ihr Freund. Ich hätte es sehen müssen!«

»Nicht, wenn Jayne es vor dir verbergen wollte. Du weißt, wie zurückgezogen sie lebt. Ihre Gabe bringt sie dazu … sich zu verstecken. Sie kann sich sogar in einem Raum voller Menschen fast unsichtbar machen.«

»Nicht für mich«, sagte er. »Ich sehe sie immer!«

Mhairi antwortete nicht, als er zurück zu seinem Stuhl ging und darauf niedersank, den Kopf in die Hände gestützt, und zu Boden starrte. Eine Weile sprach keiner von ihnen.

»Es tut mir leid. Wir dachten, du wüsstest es«, murmelte sie schließlich mit einem Seitenblick auf Donald. »Sonst hätten wir nichts gesagt.«

»Aber das musstet ihr! Wisst ihr, was er ihr antun könnte? Er ist doppelt so groß wie sie«, tobte David und blickte zwischen ihnen hin und her. Er war eigentlich eher sanftmütig, aber Mhairi erinnerte sich daran, dass er als Kind auch manchmal das Temperament seiner Schwester bewiesen hatte, wenn man ihn drängte.

»David, ich weiß, das hörst du nicht gern, aber keiner von uns kann da eingreifen. Flora hat es vergeblich versucht. Und wenn Jayne gewollt hätte, dass du es weißt, dann hätte sie es dir erzählt«, sagte sie so sanft wie möglich. »Wir müssen ihren Wunsch respektieren. Sie ist erwachsen und tut, was sie für das Richtige hält.«

»Und was ist das? Dass sie bei ihm bleibt, bis er eines Tages ein bisschen zu fest zuschlägt und sie tötet?«

»Findest du, sie sollte ihn verlassen?«, fragte Donald.

»Natürlich!«

»Dann verstehst du also jetzt, dass eine Ehe nicht immer gottgefällig ist? Dass sie schlimme Sünden verschleiern kann?«

David starrte ihn mit loderndem Blick an, als er erkannte, dass seine Argumentation schlüssig war. Er stützte die Ellbogen auf die Oberschenkel und ließ den Kopf hängen, sah aus wie ein in die Enge getriebener Boxer im Ring. »Und was kann in deiner Ehe so schlimm gewesen sein, im Vergleich zu einer Frau, die verprügelt wird, bis ihr dir Knochen brechen, Donald? Was war es wert, euer Kind aufzugeben?« Er schüttelte angewidert den Kopf. »Du hast Mary nach Kanada gehen lassen! Sie hat euren Sohn mit um die halbe Welt genommen. Was für ein Vater lässt so etwas zu?«

Donald blickte wieder zu Mhairi, und sie sahen einander an. Es lief immer wieder auf dasselbe hinaus: Sie konnten David nicht die Wahrheit sagen, ohne Floras Geheimnis zu verraten. Ihre Schicksale waren von Anfang an miteinander verwoben gewesen, aber nun, da Mary – und Lorna – in Kanada waren, war es nur eine Frage der Zeit, bis alle Geheimnisse offenbar wurden.

Mhairi nickte ihm widerstrebend zu.

»Das Baby ist nicht von mir, David«, sagte Donald.

David starrte ihn an. »*Was?*«

Donald seufzte schwer und leidvoll, dann setzte er sich auf den Stuhl gegenüber. »Es gibt da etwas, das du wissen solltest …«

»Das ist wirklich nicht nötig«, sagte David, als Mhairi ihren Mantel anzog.

»Ich brauche sowieso ein bisschen frische Luft«, erwiderte sie. »Ich war den ganzen Tag noch nicht vor der Tür.«

»Fröhliche Weihnachten«, sagte Donald düster und schüttelte David die Hand. »Danke, dass du gekommen bist. Sag den anderen, dass wir sie vermissen.«

David nickte, konnte aber nicht antworten. Was er gerade gehört – und gelernt – hatte, würde einige Zeit brauchen, um sich zu setzen.

Die Tür schloss sich hinter ihnen, und weder David noch Mhairi sprachen ein Wort, während sie die Treppe hinuntergingen. Sie bewegte sich jetzt instinktiv leise, lauschte darauf, ob ein Riegel zurückgeschoben wurde; es war unmöglich, das Gebäude zu verlassen oder zu betreten, ohne dass es bemerkt wurde, sie hatte es weiß Gott versucht. Sie konnte sich vorstellen, was sie am nächsten Tag zu hören bekommen würde, nachdem man sie mit einem anderen Mann gesehen hatte.

Immer noch fiel kalter Schneeregen, und sie schlugen ihre Mantelkrägen hoch, als sie durch die schmale Straße zur Bushaltestelle liefen. Rauch von Kohlefeuern hing schwer in der Luft, alle Schornsteine qualmten, und die Sandsteinhäuser waren schwarz von Ruß.

»Es tut mir leid, dass du all diese Dinge von uns hören musstest«, sagte Mhairi, die merkte, wie David in seine Gedanken vertieft war. »Ich weiß, dass Flora es dir gerne selber gesagt hätte, aber nun, da Mary und Lorna sich einfach auf den Weg nach Kanada gemacht haben, und dann die Schlagzeilen, als Flora aus der Show ausgestiegen ist … Ich weiß nicht, ob sie mit euch in Kontakt war, aber wenn eure Eltern davon erfahren hätten …«

»Aye, du hast recht. Dann würden sie sich ziemlich große Sorgen machen.«

»Wirst du es ihnen sagen?«

»Ich bin mir nicht sicher.« Er sah sie an. »Sie haben in letzter Zeit so viel durchgemacht. Dad kommt erst langsam wieder zu Kräften, und Ma ist seit Wochen mit den Nerven am Ende. Ihnen all das zu erzählen …« Seine Stimme brach. »Wo sollte ich anfangen? Damit, dass Flora heimlich ein Baby bekommen hat, das Mary und Lorna gestohlen haben?«

»Ich weiß.« Wäre Mhairi nicht selbst dabei gewesen, hätte sie Mühe gehabt, es zu glauben. Sie legte eine Hand auf Davids Arm. »Flora musste eine schreckliche Entscheidung treffen, David. Es war schwer genug, ihre Schwangerschaft zu verbergen, bis James zurückkommen und eine ehrbare Frau aus ihr machen konnte. Aber als sie hörte, er sei tot … Nachdem sich die Umstände so verändert hatten, hat sie ihren Jungen zu seinem eigenen Besten aufgegeben, damit er den Namen der McKinnons annehmen und in Ehrbarkeit aufwachsen konnte.«

David zuckte zusammen und schüttelte ungläubig den Kopf. »Und du? Wenn bei dir alles anders gekommen wäre, hättest du dann wirklich Mary dein Kind gegeben?«

Mhairi schloss die Augen und erinnerte sich an den Moment, als sie ihre Tochter in den Armen gehalten hatte, rosig und perfekt – ihr rotes Haar, Donalds Nase. Hätte sie es tun können? Ihr Leben lang hatte sie immer danach gestrebt, ein guter Mensch zu sein, das Richtige zu tun, ihren guten Ruf zu schützen. Aber was, wenn ihre Tochter geatmet hätte, als sie zur Welt kam? Hätte Mhairi dann ihr Vorhaben wahrgemacht?

»Flora ist stärker als ich«, sagte sie schließlich. »Ich weiß nicht, ob ich so selbstlos hätte sein können. Aber ich weiß, dass es mich getröstet hätte, dass meine Tochter bei ihrem Vater gewesen wäre.«

»Wissen deine Eltern Bescheid? Haben sie deshalb …?«

Sie schüttelte den Kopf. »Nein. Es ist schlimm genug, dass sie denken, ich hätte Alexander sitzengelassen, um mit Donald zusammen zu sein.«

»Sie regen sich ziemlich darüber auf«, gab er zu.

»Aye. Dann kannst du dir vorstellen, wie sie erst damit umgehen würden.«

Er schwieg einen Moment, denn sie wussten beide, dass es dazu nichts weiter zu sagen gab. »Es muss schwer gewesen sein, das alles zu verbergen.«

»Aye, das war es. Und ich wünschte, ich könnte sagen, dass es hier besser ist und dass wir unser Glück gefunden haben, aber … Obwohl wir zusammen sind, sind wir in einer Zwickmühle. Wir können nicht heiraten, weil Mary gegangen ist, ohne einer Scheidung zuzustimmen. Und für die Außenwelt gelte ich natürlich als gewissenlose Verführerin, die eine Mutter und ihr neugeborenes Baby verdrängt hat.«

»Ah.« Er nickte. »Das erklärt die Wortwahl eurer Nachbarin, als ich versehentlich an die falsche Tür geklopft habe. Sie hatte eine scharfe Zunge.«

»Das haben sie alle«, stöhnte sie und hakte sich bei ihm unter. »Danke, dass du nichts dazu gesagt hast. Ich möchte nicht, dass Donald sich Sorgen macht.«

»Er weiß nichts davon?«, fragte er überrascht.

Sie schüttelte den Kopf. »Ich komme schon damit zurecht. *Ich* weiß, dass das, was sie behaupten, nicht wahr ist, und nur darauf kommt es an. Auch wenn ich ihnen manchmal so gerne die Wahrheit über ihre heilige Mary sagen würde! Sie glauben, sie setzen sich für eine gute Frau ein.«

David schnaubte empört. »Warum geht ihr dann nicht einfach von hier fort? Lasst sie hinter euch und macht irgendwo einen Neuanfang?«

»Das geht nicht. Donald ist zwar auf Kaution frei, aber er ist immer noch eine Person von polizeilichem Interesse. Und solange es keinen anderen Verdächtigen gibt, der ein starkes Motiv für den Mord an Mathieson hat, bleibt er das auch. Nur wegen des Alibis, das ich ihm gegeben habe, ist er überhaupt auf freiem Fuß, und ich glaube, der Sergeant ist davon überzeugt, dass er immer noch eine Ermittlung gegen ihn führen kann, wenn er mich als Frau von zweifelhaftem Charakter darstellt.«

»Du? Mhairi MacKinnon? Hat er auch nur einen leisen Schimmer davon, mit wem er es zu tun hat?« David versuchte zu scherzen, aber seine Augen waren traurig.

»Offenbar nicht.« Sie zuckte mit den Schultern. »Wie auch immer, die Auflagen für Donalds Freilassung bedeuten, dass wir hier nicht wegkönnen, deshalb sitzen wir fest. Unser Schicksal hängt ganz und gar von dem ab, was Mary tut.«

David starrte sie an. »Ihr habt so viel durchgemacht, du und meine Schwester.«

»Wir sind beide selbst schuld daran. Flora und ich haben uns der Versuchung hingegeben, und wir haben beide den Preis dafür bezahlt.«

»Aber der Preis war zu hoch, niemand sollte einen solchen Preis bezahlen müssen«, sagte er kopfschüttelnd. Sie bogen um eine Ecke, und im Licht einer Straßenlaterne sah Mhairi in David Augen einen gehetzten Blick, den er bei seiner Ankunft nicht gehabt hatte. »Wer weiß es sonst noch?«, fragte er.

»Du meinst außer Donald, Lorna und Mary?« Mhairi seufzte. »Na ja, wir mussten es Effie sagen … und leider hatte Frank Mathieson es herausgefunden.«

David blieb abrupt stehen. »O nein.«

»Aye. Ausgerechnet er … Er dachte, er könnte uns damit erpressen – bis Donald ihn in seine Schranken gewiesen hat. Aber dass er Bescheid wusste, war natürlich immer noch ein Risiko.«

David sah sie erschrocken an. »Genug Risiko, um …?«

»Nein!« Sie wusste genau, was er dachte, und schüttelte schnell den Kopf. »Donald hat ihn nicht umgebracht, David. Die Polizei hat behauptet, er hätte ein Motiv, aber es war Frank, der Donald auf Boreray angegriffen hat, weil der ihn wegen der geringen Beträge, die Frank uns zahlte, herausforderte. Frank Mathieson war derjenige, der in Wut geraten ist, als Donald ihm mit dem Verkauf der Ambra zuvorgekommen ist. Frank wollte *Donald* etwas antun, nicht umgekehrt.«

Aber David schien nicht überzeugt. »Dann war es Selbstverteidigung? Das wäre nachvollziehbar, wenn Mathieson ihn noch einmal bedrängt oder damit gedroht hat, dich in der Öffentlichkeit bloßzustellen …«

»Donald hat ein Alibi für die ganze Nacht. Nach Mitternacht war ich mit ihm zusammen. Und Mary hat ausgesagt, dass Donald den ganzen Abend bei ihr im Cottage war während der Geburt. Und das stimmt auch. Wenn die Geschichte funktionieren sollte, mussten die beiden zusammen dort sein, bis Lorna mit dem Baby zurückkam.«

Sie überquerten den Marktplatz. Ein Weihnachtsbaum war in der Mitte aufgestellt worden, und seine Lichter spiegelten sich in den Pfützen. Ein Spatz saß auf der Rückenlehne einer Bank, rotes Lametta glitzerte im Schaufenster eines Hutladens.

»Dann hat also Lorna gegenüber der Polizei gelogen? Sie hat gesagt, sie sei im Cottage gewesen, dabei war sie in Wirklichkeit bei euch in der Glen Bay.« Er sah sie an. »Sie ist Krankenschwester, also eine Respektsperson, und hat dennoch die Polizei so getäuscht?«

»Wie wir jetzt wissen, hat sie ihre eigenen Geheimnisse. Das war ihre und Marys Chance, eine Familie zu gründen, und die haben sie genutzt. Eine kleine Notlüge sollte ihr da nicht im Weg stehen.«

»Und du glaubst wirklich, dass die beiden … ein Paar sind?«, fragte er zögernd.

»Nun, als Flora mir an dem Abend, als James zurückkam, am Telefon davon erzählte, war es nur ein Verdacht, aber als ich Donald davon berichtet habe, war er sich ganz sicher. Er hat zwei und zwei zusammengezählt, nachdem die Nachbarn ihm erzählt hatten, dass Lorna hier gewohnt hat, während er im Gefängnis war. Natürlich dachten alle, Lorna sei nur eine Freundin, die ihr mit dem Baby half, aber … für Donald ergab das alles Sinn. Kleinigkeiten, die er beobachtet hatte, ohne ihnen viel Bedeutung beizumessen. Zum Beispiel, dass sie oft Händchen hielten, was zunächst harmlos schien. Aber als Lorna wegen Donalds Kopfverletzung über Nacht bei ihnen blieb, hat er Geräusche aus dem Nebenzimmer gehört.«

»Was für Geräusche?«

Mhairi hob eine Augenbraue, und David errötete. »Oh.«

»Aye. Er hat Lorna gefragt, was die beiden dort getan hätten, aber sie behauptete, er hätte Fieberträume gehabt. Sich alles nur eingebildet.«

»Ich verstehe.« Er starrte niedergeschlagen ins Leere, tief in Gedanken versunken.

»Was ist?«

»Nichts. Es macht einen nur nachdenklich, nicht wahr, die Frage, wie gut wir unsere Freunde und Nachbarn überhaupt kennen. So viele Jahre lang haben wir Tür an Tür gelebt, und dennoch habe ich von alldem nichts geahnt. Nicht von Marys und Lornas Geheimnis, nicht von deinem und Donalds. Und nicht von Jayne und Norman … Bin ich so dumm?«

»David, du siehst nur das Beste in anderen Menschen. Daran ist nichts Falsches.«

»Nein? Selbst wenn Menschen verletzt werden? Norman schlägt Jayne! Jemand hat Mathieson umgebracht! Hat ihn mehrmals in die Brust gestochen, immer wieder.« Er schüttelte den Kopf. »Was für eine Wut dieser Mensch gehabt haben muss! Frank war ein starker Mann.«

»Aye, aber er war gefesselt. Oder jedenfalls war er das, als Flora und ich ihn gesehen haben.«

Er starrte sie an. »Wann hast du ihn gesehen?«, fragte er stirnrunzelnd.

»Mitten in der Nacht, als wir von der anderen Seite zurückkamen, nach der Geburt … Flora konnte kaum gehen. Es hat Stunden gedauert.«

David zuckte zusammen bei der Vorstellung, wie seine Schwester gelitten hatte.

Lorna war mit dem Baby vorausgegangen, um es Mary zu bringen, solange es noch dunkel war, und dann die Nachbarn als Zeugen herbeizuholen … Mhairi zögerte bei der Erinnerung an die Schrecken jener Nacht, an Floras Schreie, als sie sich durch die Heide geschleppt hatte. »Als wir Frank sahen, lag er auf dem Boden und war gefesselt, so wie Effie ihn verlassen hatte. Er war gerade noch bei Bewusstsein. Er hatte den Großteil einer Flasche Whisky getrunken.«

»Whisky? Wo hatte er den denn her?« Sie wussten beide, dass der Pfarrer keinen Alkohol auf der Insel geduldet hatte.

»Captain McGregor hatte ihn Effie mitgebracht; sie hat ihn von dem Geld bezahlt, das sie mit dem Herumführen der Touristen verdient hatte. Alles war genau geplant. Effie musste Mathieson außer Gefecht setzen, bis sie die Insel verlassen konnte. Sie fesselte ihn, ließ aber ein Messer in seiner Reichweite, mit dem er sich befreien konnte, und etwas Wasser und Haferkekse, genug, um ihn bei Kräften zu halten, bis die *Dunara* ein paar Tage später anlegen sollte. Frank Mathieson war nicht ganz bei sich, als wir vorbeikamen, aber mit Sicherheit am Leben.«

»Mein Gott«, murmelte er. »All das ist in jener letzten Nacht passiert.«

»Ich weiß. Und die ganze Zeit denke ich, dass wir wohl die Letzten waren, die ihn lebend gesehen haben. Also, abgesehen von dem Mörder, meine ich.«

Sie waren jetzt an der Bushaltestelle angekommen. Ein paar Menschen standen dort, und ein paar drehten sich bei ihren letzten Worten zu ihnen um.

David stand eine Weile stumm da, und sie merkte, dass er angestrengt nachdachte.

»Was ist?«, fragte sie.

Er senkte die Stimme zu einem Flüstern. »Auf den Fotos, die die Polizei uns gezeigt hat, waren die Fesseln durchgeschnitten. Mathieson hatte sich befreit.«

Mhairi erschauderte bei dem Gedanken an das, was der Verwalter Effie angetan hätte, wenn er nicht angegriffen worden wäre. »Hm.« Sie wusste nicht, worauf David hinauswollte.

»Deshalb glaube ich, dass es ein Mann gewesen sein muss, der das getan hat.« Ein düsterer Ausdruck glomm in seinen Augen. »Ein Mann mit einem ausgeprägten Hang zur Gewalttätigkeit.«

Mhairi starrte ihn an, spürte, dass in seinen Gedanken eine Hypothese Gestalt annahm. »Norman?«

»Er ist wahrscheinlich einer der wenigen, die es körperlich mit Mathieson aufnehmen konnten.«

Mhairi schloss kurz die Augen. Sie hatte Norman noch nie besonders gemocht … Aber ein Mörder? »Er und Frank waren doch Freunde. Sie haben immer zusammengesteckt.«

»Genau. Und es war beinahe unmöglich, mit einem von ihnen mehr als zehn Minuten zu verbringen, ohne dass ein Streit ausbrach. Beide waren Tyrannen, und jeder von ihnen wollte immer die Nummer eins sein. Auf St. Kilda war das immer Frank, wegen seiner Position und seiner Freundschaft zu MacLeod. Aber nach der Evakuierung … Es würde mich nicht überraschen, wenn Norman angefangen hätte, sich zu sehr einzumischen, verstehst du?«

Mhairi erinnerte sich nur zu gut an Normans grandiose Ambitionen. Er hatte seiner eigenen Schwester ihr Glück verwehrt, weil er wollte, dass sie sich »hochheiratete«, wie Flora, und die Ehefrau eines reichen Mannes vom Festland wurde.

David lehnte sich an eine Hauswand und senkte den Kopf. »Es gibt doch die Theorie, dass Mathieson MacLeod bestohlen hat?«, fragte er. »Effie hat erzählt, die Polizei hätte den Hausverwalter von Sholtos Anwesen verhaftet, und der hätte gestanden, dass sie zu dritt in die Sache verwickelt waren. Er, Frank und eine weitere Person.«

»So ungefähr …«, erwiderte Mhairi langsam. »Aber ich bin mir nicht sicher, ob es dafür Beweise gibt.«

»Also … was, wenn der dritte Mann Norman war?«

»Soweit ich weiß, gibt es dazu nur die Aussage dieses Hausverwalters, und den halte ich nicht für besonders glaubwürdig. Effie hat erzählt, er hätte sogar versucht, sie in den Diebstahl mit hineinzuziehen.«

»Aber nehmen wir mal an, es war wirklich Norman.« David ließ nicht locker, er war wie ein Hund, der einen Knochen gefunden hat. »Diebe haben keine Ehre, jeder hätte für sich allein gekämpft. Was, wenn einer die anderen hintergangen hat? Sie bekamen Streit, es kam zu einem Kampf … nur ein paar Stunden, bevor wir die Insel verlassen würden. Norman muss gewusst haben, dass er gute Chancen hatte, davonzukommen.«

»David, das ist reine Spekulation. Wir haben keinerlei Beweis dafür. Nicht dafür, dass sie gemeinsame Sache machten, und auch nicht dafür, dass sie Streit bekamen …«

Aber David sah sie voller Überzeugung an. »Er war es, Mhairi. Ich weiß es. Und ich werde zur Polizei gehen und ihn anzeigen.«

»Nein, David, hör auf«, sagte sie und ergriff seinen Arm. »Du darfst jetzt nichts überstürzen. Geh erst, wenn du dir sicher bist.«

»Warum sträubst du dich dagegen?« Er runzelte die Stirn. »Damit wäre Donald aus dem Schneider!«

»Ich weiß – und das ist das, was ich mir am meisten wünsche. Aber wenn du eine Anklage machst, die nicht bewiesen werden kann, wer weiß, was Norman dann tut? Er könnte es dir heimzahlen, oder er könnte … seine Wut an Jayne auslassen.«

Jetzt ließ David die Schultern hängen.

Mhairi fuhr fort. »Wenn es etwas gibt, das Donalds Erfahrung mit der Polizei mich gelehrt hat, dann dass man immer Beweise haben muss. Und sehr wahrscheinlich hat Norman ein Alibi. Bestimmt hat er das.« Sie zuckte mit den Schultern.

Davids Augen begannen zu glänzen, und seine Lippen verzogen sich zu einem Lächeln. »Nein, hat er nicht.«

»Wie meinst du das?«

»Ich weiß nicht, wo er in der Mordnacht war, aber ich weiß, dass Jayne nicht bei ihm zu Hause war.«

»Woher weißt du das?«

»Weil sie bei mir war.«

»*Was?*«

»Aye. Jayne und ich haben die letzte Nacht zusammen auf dem Friedhof verbracht und neben Mollys Grab geschlafen. Wir wollten nicht, dass sie allein ist.«

Mhairi blieb der Mund offen stehen. Einen Augenblick hatte sie geglaubt, dass an Davids Freundschaft mit Jayne mehr war, als sie alle gedacht hatten. Er wollte sie offensichtlich beschützen …

»Verstehst du das nicht, Mhairi? Selbst wenn er in jener Nacht zu Hause gewesen wäre, könnte er es nicht beweisen. Norman hat kein Alibi!« Er nickte, als stimme er einem inneren Dialog zu, schien sich in seinem Instinkt bestätigt zu fühlen.

»David …«

»Sobald ich wieder zu Hause bin, gehe ich zur Polizei.«

»David, nein.«

»Doch. Ich schlage zwei Fliegen mit einer Klappe: Donald wird in den Ermittlungen entlastet, und ich beschütze Jayne. Du weißt so gut wie ich, dass sie nicht in Sicherheit ist, solange sie mit ihm unter einem Dach lebt. Sie wohnt nicht nur mit einem Ungeheuer zusammen, sondern sogar mit einem Mörder.«

»Aber das weißt du nicht! Vielleicht war er die ganze Nacht zu Hause, während sie mit dir unterwegs war. Du musst das mit Jayne besprechen, bevor du irgendetwas unternimmst. Sie wird wissen, was Norman bei der Polizei ausgesagt hat.«

»Es spielt keine Rolle, was er gesagt hat«, hielt er dagegen. »Jayne kann unmöglich sein Alibi sein, wenn sie mit mir unterwegs war. Und wenn er nicht *beweisen* kann, dass er in jener Nacht zu Hause war … dann macht ihn das, zusammen mit seinem gewalttätigen Ruf, vor der Polizei zu *einer Person von polizeilichem Interesse*, oder wie das heißt.«

Mhairi starrte ihn an, erkannte seinen Wunsch – sein Bedürfnis – nach Vergeltung. Rache war schließlich süß. Er wollte Norman für ein Verbrechen anzeigen, das er vielleicht gar nicht begangen hatte, um ihn für ein anderes zu bestrafen.

»Hast du der Polizei gesagt, dass du in dieser Nacht mit Jayne zusammen warst?«, fragte sie.

Jetzt zögerte David zum ersten Mal.

»Und? Hast du?«

»Nein.«

»Warum nicht?«

»Weil Jayne mich darum gebeten hat. Sie sagte, dass es peinlich sein könnte, es zu erklären. Dass die Leute vielleicht …«

»Dann hast du die Polizei also auch angelogen?«

»Ich habe nur Jayne geschützt, Mhairi. Das habe ich damals getan und das tue ich auch jetzt.«

Tat er das wirklich? Oder rächte er sich dafür, dass er in ihren letzten Lebensmonaten nicht mit Molly hatte zusammen sein dürfen? Mhairi starrte David an, und zum ersten Mal wurde ihr klar, wie sehr er Norman hasste – so sehr, dass er ihm einen Mord zutraute. David hatte ihr immer sehr nahegestanden, sie liebte ihn wie einen Bruder, aber er hatte recht gehabt mit dem, was er vorhin gesagt hatte: Wie gut kennen wir unsere Freunde und Nachbarn wirklich?

10. Kapitel

Flora

30. Dezember 1930
Hafen von Montreal, Kanada

Die Schleppschiffe bugsierten sie in den Hafen von Montreal, wo sich eine Menschenmenge am Kai versammelt hatte und zusah, wie der prachtvolle Ozeanliner mit einem Monat Verspätung majestätisch zu seinem Liegeplatz glitt. Das Schiff fiel auf, denn jetzt, da das Meer wild und stürmisch war, überquerten keine Schiffe mehr den Atlantik. Flora schaute von ihrem Balkon aus zu und sah, dass der Fluss stellenweise bereits dick vereist war; sie hatten Glück, dass sie es bis hierher geschafft hatten und nicht nach St. John umgeleitet worden waren. Kanadische Winter waren hart, dagegen verblasste sogar die grausamste St. Kildaer Jahreszeit. Die Luft war beißend kalt und der Himmel von einem blassen Blau, das keine weiteren Farben zuließ. Flora zog ihren Pelzkragen höher und blickte hinunter auf den Kai.

Sie entdeckte ein paar Reporter in der Menge, zu erkennen an den runden Blitzgeräten, die sie auch gesehen hatte, als sie und die anderen Inselbewohner vor genau vier Monaten in Lochaline angelegt hatten. Erinnerungen stiegen in ihr auf, Schlaglichter auf einen vergangenen Schmerz. Damals war sie gebrochen gewesen, nur wenige Stunden nach der Geburt, hatte Mühe gehabt, sich vorwärtszubewegen und aufrechtzuhalten, als sie die Gangway hinunterging und sich von ihrem Kind entfernte. Aber seitdem hatte sich alles geändert. Gleich würde sie eine andere Gangway hinuntergehen und sich ihr Kind zurückholen, und diesmal hatte sie den Mann, den sie liebte, an ihrer Seite.

Dort unten arbeiteten die Hafenarbeiter auf Hochtouren, wanden Seile um Poller, bis die *Empress* seufzend stillstand. Flora hatte in der Nacht kaum geschlafen und die ganze Zeit darauf gewartet, dass die Maschinen tief im Schiffsbauch anfingen zu dröhnen, als Zeichen dafür, dass sie endlich wieder unterwegs waren. Das Rauschen des Wassers war der Beweis, dass das schlafende Ungeheuer endlich erwacht war und sie an Land brachte. Ihre Flucht vollzog sich in Etappen.

Gestern waren an Bord ihre Papiere unterzeichnet worden. Der Arzt hatte sie beide untersucht und für gesund erklärt; ihre persönlichen Habseligkeiten waren inspiziert und für in Ordnung befunden worden. Vielleicht lag es daran, dass sie so wenig Gepäck hatten, im Vergleich zu den anderen Passagieren der ersten Klasse, dass die Einwanderungsbeamten so schnell waren, aber die Inspektion war bestenfalls oberflächlich. James hatte ihr erzählt, dass es bei den Passagieren auf den Zwischendecks ganz anders aussah.

Jetzt waren sie endlich am Hafen, aber es war der falsche: Ob Montreal oder St. John, beides war nicht Québec, und dorthin war es noch einmal eine Reise. 150 Meilen mochten nicht viel sein in einem Land, das sich von Süden nach Norden über 4700 Meilen erstreckte, aber für eine Frau, die auf einem zwei Meilen langen Felsen aufgewachsen war, fühlte es sich an wie eine Reise zum Mond.

Und doch lief die Uhr wieder, und das zählte. Es war später Vormittag, und von ihrem Ankerplatz aus war die Fahrt kurz. Gegen Abend würden sie, hoffentlich, in Québec sein, und dann konnte ihre Suche endlich beginnen.

Ungeduldig lief Flora auf dem Balkon hin und her und wartete darauf, dass alle Formalitäten erledigt wurden. Als sie hörte, dass die Tür ihrer Suite zufiel, machte sie sich auf den Rückweg. James hatte sich mit Dickie und Bertie zu einem letzten Drink an der Bar getroffen; die Männer kannten sich mit Schiffsreisen aus und wussten, dass die Ausschiffung eine »langwierige Angelegenheit« war.

»Ich glaube, es dauert noch ein Weilchen«, sagte sie, als sie ins Zimmer schlüpfte und aufblickte, in der Erwartung, dass James …

Das Blut gefror ihr in den Adern. »Was machen Sie hier?«, flüsterte sie.

Tucker stand in der Mitte des Raumes, trug einen Hut und hielt seinen Mantel zusammengelegt über dem Arm. »Ich bin gekommen, damit wir uns aussprechen, bevor wir auseinandergehen. Es fühlt sich falsch an, wenn die Abreise so überschattet ist. Ich fürchte, es gab ein … Missverständnis zwischen uns.«

Flora schluckte. Sie hatte ihn seit dem Zwischenfall im Leseraum vor anderthalb Wochen kaum mehr gesehen. Tatsächlich hatte es den Anschein gehabt, als ginge er ihr aus dem Weg, lauerte ihnen nicht mehr auf, was sogar James aufgefallen war. Sie hätten es wohl geschafft, ihn abzuschütteln, hatte er gesagt. Flora für ihren Teil war inzwischen davon überzeugt, dass sie überreagiert hatte; sie war dünnhäutig und nicht mehr sie selbst in letzter Zeit.

»Es ist alles in Ordnung, Mr Tucker. Ich bin Ihnen nicht böse.«

Sie schluckte und wartete darauf, dass er ging, aber er starrte sie weiter an.

»Aber bitte, seien Sie so gut, James kann jeden Moment zurückkommen, also …« Sie blickte demonstrativ in Richtung Tür.

»Also was?« Er lächelte und breitete die Arme aus, hatte offensichtlich nicht vor, irgendwo hinzugehen. Noch nicht.

»Nun, es wäre nicht gut, wenn Sie hier wären, wenn er zurückkommt.«

»Warum nicht? Würde er denken, wir täten irgendetwas Unpassendes?«

Da war sie wieder, diese schmierige Anzüglichkeit. Sie verursachte Flora Gänsehaut und versetzte ihren Körper in höchste Alarmbereitschaft. Sie war an die Aufmerksamkeit von Männern gewöhnt, aber sie wusste auch, wann eine Linie überschritten war und eine Bedrohung daraus wurde. Jetzt wurde ihr klar, dass sie beim letzten Mal nicht überreagiert hatte. Und er war auch nicht gekommen, um sich *auszusprechen*.

»Gehen Sie«, sagte sie leise.

»Kommen Sie, Miss MacQueen, so empfängt man doch keinen Gast.«

Ihr Herz schlug schneller, als er sie mit ihrem Geburtsnamen ansprach. Sie hatte ihn ihm gegenüber nie erwähnt. »Mrs Callaghan, bitte.«

Er schien ihren Schrecken zu genießen. »Glauben Sie wirklich, die Leute erkennen Sie nicht? Ein Gesicht wie Ihres vergisst man nicht so leicht, vor allem nicht, wenn die *Times* Sie an einem Tag als Star von Paris feiert und am nächsten mit einem Mord in Zusammenhang bringt. Natürlich wurden Sie in den Artikeln Flora MacQueen genannt, und uns haben Sie sich als Mrs James Callaghan vorgestellt, deshalb war es für einige Gäste nicht gleich klar.« Er zuckte mit den Schultern. »Aber die Dinge sprechen sich schnell herum. Sie wissen ja, die Leute lieben Tratsch.«

Sie schluckte. »Ich verstecke mich nicht, Mr Tucker. Aber ich bin auf einer privaten Reise mit meinem Ehemann.«

»Nur dass er nicht Ihr Ehemann ist«, erklärte er trocken.

Flora wurde kalt. »Entschuldigen Sie?« Wie konnte er nur so überzeugt auftreten?

»Sie geben sich als Ehepaar aus, obwohl Sie das nicht sind.« Sein Blick glitt über das Doppelbett. »Und wie ich sehe, hatten Sie auch nicht den Anstand, zwei Einzelzimmer zu buchen. Denken Sie, Ihre Tischgenossen wären glücklich darüber, beim Dinner mit Ihnen zusammenzusitzen, wenn sie die abscheuliche Wahrheit wüssten? Sie haben anständige Menschen in Ihre ruchlose Täuschung verwickelt.«

Flora stand eine Weile wie erstarrt da, erkannte seine Abscheu und seine Wut. War er hier, um sie zu demütigen? Sie hob die Hand, zeigte ihm den Verlobungsring mit dem Saphir und den vorzeitigen Ehering, aber sie zitterte und wusste, dass er sie irgendwie durchschaute.

Er schüttelte den Kopf. »Bitte – hören Sie auf mit Ihren Lügen. Sie sind entlarvt, egal, was diese Ringe Ihrer Meinung nach bedeuten.«

»Sie wissen nichts über uns«, sagte sie ruhig.

Er schwieg lange. »Wirklich nicht?« Entsetzt sah sie zu, wie er mehrere zusammengefaltete Briefbögen aus seiner Jacketttasche zog. Sie erkannte ihre eigene Handschrift sofort. In ihrer Eile, damals im Schreibraum von ihm wegzukommen, hatte sie ihren Brief völlig vergessen.

Sie sah das Lodern in seinen Augen, während sein Grinsen breiter wurde. Er verfügte über das vollständige Geständnis, das sie für ihre Mutter verfasst hatte – jeden Fehltritt, jedes Geheimnis hatte sie darin zu Papier gebracht. Er kannte ihre tiefe Scham, ihre persönliche Geschichte, ihre intime Vergangenheit. Er wusste, warum sie auf diesem Schiff war.

Und sie wusste jetzt, warum er hierhergekommen war. Er wollte sie mit seinem Stillschweigen erpressen.

Als sie erkannte, welche Bedrohung von ihm ausging, trat sie einen Schritt zurück. »Gehen Sie jetzt, bevor James zurückkommt.«

»Oh, ich fürchte, der wird noch eine Weile unterwegs sein. Ich habe ihn gesehen, als er auf dem Weg zu Sykes in die Mayfair Lounge war, deshalb habe ich ihm erzählt, der sei im Observation Salon. Damit sollte er eine Weile beschäftigt sein …«

Er hatte es kaum ausgesprochen, als er sich schon auf sie stürzte, nach ihrem dicken Mantel griff, bevor sie ihm ausweichen konnte. Sein Gewicht brachte sie beide zu Fall, und sie rangen auf dem Teppich miteinander, Flora schlug und trat verzweifelt um sich, aber er war groß und konnte sie leicht mit seinem massigen Körper zu Boden drücken.

»Nein!«, schrie sie und spürte, wie ihr die Luft wegblieb. »Hilfe! Hilfe!«

Er schlug ihr heftig ins Gesicht, einmal, zweimal … und der Schock ließ Flora einen Moment verstummen. Dann wollte sie erneut schreien, aber er hielt ihr mit einer Hand den Mund zu, während er ihr mit der anderen den Mantel herunterriss und an ihren Kleidern zerrte.

Sein Atem ging stoßweise, sein Blick war wild, als er sie voller Wut und Begierde überwältigte. »Du hast mit uns allen gespielt«, keuchte er, Speichel auf den Lippen, während er ihr unter den Rock griff und ihre Strümpfe zerriss. »Bist umherstolziert ohne jeden Versuch, deine Unanständigkeit zu verbergen, bist stundenlang, tagelang hier dringeblieben …«

Sie schrie hinter seinen schwitzigen Handflächen, aber der Laut drang nicht durch. Sie warf den Kopf hin und her, versuchte, seine Hand abzuschütteln, aber er verdoppelte nur den Druck und hielt sie fest, ohne den Blick von ihr zu wenden.

»Jeder weiß, dass ihr Bühnenmädchen Schlampen seid … Aber wir haben dir vertraut, wegen deiner Ehe mit einem respektablen Mann …« Er knöpfte jetzt seine Hose auf, und sie spürte, dass Tränen der Wut und Angst auf seine Hand tropften. »Wenn ich den anderen Männern erzähle, was du bist … eine *Hure* … meinst du nicht, dann wären sie auch hier, und würden genau dasselbe tun …?«

Sie schrie erneut, flehte ihn an, aber ihre Schreie wurden in seiner Handfläche erstickt, und er lachte …

Bis ein Brüllen ihn übertönte und er mit einem Ruck von ihr weggezerrt wurde. James stand über ihnen mit einem Blick, den Flora noch nie gesehen hatte. Sie kroch über den Boden, richtete sich auf, zog die Beine an und versuchte, sich selbst zu bedecken, während James sich bückte und Tucker beim Kragen packte.

»Ich bring dich um!«, schrie er und schlug heftig zu, zweimal schnell hintereinander. Dann holte er ein drittes Mal aus, doch Tucker taumelte zurück und sah aus, als wäre er bewusstlos, deshalb verharrte James mit erhobenem Arm.

»James, nicht«, schluchzte Flora, die jetzt mit dem Rücken an der Wand saß, die Knie angezogen.

Sie konnte es nicht ertragen, Tucker auch nur anzusehen, wie er halb entblößt am Boden lag. Ihre Haut schmerzte noch vom Druck seiner Finger, mit denen er sie gepackt, gekniffen und betatscht hatte, und sie wusste, dass er rote Male darauf hinterlassen hatte.

»Nein! Er hat keine Gnade verdient!«, stieß James hervor und ballte die Faust zum nächsten Schlag.

»Bitte, James!«, schrie sie, und er sah sie an. »Ich will nur, dass er geht!«

»Hat er … hat er …?« James Stimme brach bei dieser Frage.

»Nein.« Sie schüttelte den Kopf. »Nein, aber ich kann seinen Anblick nicht ertragen.« Sie weinte leise. »Er muss weg von mir.«

James stieß einen weiteren Wutschrei aus, während er Tucker am Hemdkragen auf die Beine zerrte. Er stieß ihn hart gegen die Wand und trat nahe an ihn heran, sodass sie Auge in Auge dastanden. »Vom ersten Moment an habe ich gewusst, was für ein Abschaum du bist, Tucker. Wie du dich immer angebiedert hast. Ich werde dafür sorgen, dass jeder erfährt, was du bist …«

»Nein, James!«, rief Flora und stand auf. »Du darfst es niemandem sagen! Versprich, dass du nichts davon erzählst!«

James sah sie fassungslos an. »Aber er ist ein Monster! Er hat es verdient, verachtet zu werden! Die Leute müssen die Wahrheit über ihn wissen!«

»Aber *ich* bin diejenige, die dann verachtet wird!«, flehte sie. »Verstehst du das nicht?« Sie ging ein paar Schritte auf ihn zu und blieb in der Mitte des Raumes stehen. Bei der Vorstellung, sich Tucker weiter zu nähern, wurde ihr schlecht.

»Er darf damit nicht davonkommen!«

»Ich weiß«, sagte sie. »Aber … nicht so … Bitte, James.« Sie sah ihn flehend an. »Er hat nicht bekommen, was er wollte. Du hast ihn aufgehalten.«

Aber James sah Tucker mit neuer Wut an. Er ließ sich nicht besänftigen. »Ich sollte dich aus dem Fenster werfen«, zischte er.

Tucker wurde blass, als er die Mordlust in James' Augen sah. »Bitte … Es … es tut mir leid … Ich habe die Beherrschung verloren … Bitte lassen Sie mich gehen.«

»Du glaubst, ich lasse dich gehen, einfach so? Als hättest du nicht gerade versucht, Flora zu vergewaltigen – *meine Frau*?«

Tucker antwortete nicht, und erst recht wagte er es nicht, James in Bezug auf seinen Familienstand zu korrigieren, so wie er es bei Flora getan hatte.

Flora beobachtete das Geschehen. Die Männer waren einander nicht ebenbürtig, James konnte Tucker zu Brei schlagen, wenn er wollte; und mit Sicherheit hatte er Grund dazu. Wer hätte ihm da nicht recht gegeben?

»Nenn mir einen guten Grund, warum ich dir nicht alle Knochen brechen sollte«, knurrte er, packte Tuckers Hemd noch fester und hob ihn auf die Zehenspitzen.

»Ich … ich«, stotterte Tucker verzweifelt. »Ich habe Geld …«

James schüttelte den Kopf. Tucker mochte ein reicher Mann sein, aber das war er selbst auch.

»Dann meine guten Beziehungen …«

»Du hast uns nichts zu bieten!«

»Warte.« Flora machte einen weiteren Schritt nach vorne, als ihr etwas klar wurde, und James sah sie stirnrunzelnd an. Sie holte tief Luft. »Du hast gesagt, er wäre im Schifffahrtsgeschäft?«

James nickte.

»Erfolgreich?«

»Das behauptet er jedenfalls«, murmelte James.

»Nein, nein!«, schrie Tucker verzweifelt. »Es ist wahr! Es ist ein globales Unternehmen.«

Jetzt erst sah Flora ihn an. Nun, da Tucker hilflos im

Griff ihres Mannes hing, ließ ihre Angst nach. »Dann reichen also Ihre Aktivitäten auch hierher?«

»Ja, sie erstrecken sich über ganz Kanada. Über die ganze Welt!« Er keuchte. James lockerte seinen Griff nicht, aber er blickte zu ihr herüber, fing an zu verstehen, was sie dachte.

»Sagen Sie mir, was Sie brauchen«, wimmerte Tucker. »Was auch immer es ist, ich kann es für Sie regeln … Wenn Sie jemanden brauchen, der bei einer Lieferung ein Auge zudrückt, kann ich es arrangieren …«

Ein windiger Typ durch und durch, dachte Flora. Und im Moment war das das Beste, was ihnen passieren konnte.

James knallte Tucker noch einmal gegen die Wand, um dafür zu sorgen, dass er weiterhin Angst hatte. »Wir wollen einen Namen.«

»Jaja, einen Namen. Das kann ich organisieren … W… wo?«

James näherte sich Tuckers Gesicht und fixierte ihn wie der Löwe eine Antilope, dann zischte er leise: »Hafenkommission von Québec. Einwanderungsabteilung.«

»Es wird nicht lange dauern.« James küsste sie leicht auf die Wange. Sie saßen in der Lounge des Clarendon Hotels, hatten ihren einzigen Koffer an der Rezeption abgegeben. Sie würden nicht einchecken, wenn es sich vermeiden ließ, aber es war nicht garantiert, dass James so schnell ein Auto auftreiben konnte.

Das war sein Plan: ein Auto zu kaufen.

Einfach so. Ein Auto.

Aber Floras Vorstellung von Luxus hatte sich gewandelt. Früher war das der Inbegriff von Luxus gewesen: ein Auto zu *besitzen*. Jetzt war der Luxus die Freiheit, die sie dadurch gewannen, und die es ihnen ermöglichte, sich schnell auf den Weg zu machen und ihr Schicksal selbst in die Hand zu nehmen.

»Kommst du zurecht?«

Sie war immer noch blass und zitterte, aber niemand konnte die Blutergüsse unter ihrer Kleidung sehen, die sich bereits lila verfärbten. Für einen zufälligen Beobachter war sie nur eine von vielen reichen jungen Frauen, die mit dem letzten Schiff aus Europa gekommen waren, eine von vielen Ladys in Pelzmantel und Glockenhut, deren Ehemänner Homburgs trugen und Zigarren rauchten, während ihre Überseekoffer auf Handkarren hinter ihnen hergerollt wurden. Überall waren Blitzlichter aufgeflammt, als die Erste-Klasse-Passagiere die Gangway hinuntergegangen waren, weil die Reporter versuchten, die Zurschaustellung von Reichtum inmitten einer von der Wirtschaftskrise geplagten Nation einzufangen. Aber für Flora hatte es eine regelrechte Explosion von Blitzlichtern gegeben. Ihre Schönheit wirkte wie ein Stromschlag, ließ die Menge zusammenzucken wie einen einzigen Körper. Flora war langsam und mit gesenktem Blick vorangeschritten, während James, immer noch nicht gewöhnt an die Wirkung ihres Gesichts, geseufzt und ihre Hand fester umklammert hatte. Dann waren sie schnell in das Taxi gestiegen, das sie schließlich hierhergebracht hatte.

»Ja, alles in Ordnung«, antwortete sie lächelnd, obwohl sie Angst davor hatte, in diesem unbekannten Land allein zu bleiben. Sie hatte nicht gewusst, dass die Kanadier französisch sprachen – jedenfalls hier an der Ostküste. Immerhin erkannte sie ein paar Sätze aus ihrer Zeit in Paris wieder. James hatte gesüßten Tee und etwas zu Essen für sie bestellt – gegen den Schock, hatte er gemurmelt.

»Ich komme so schnell wie möglich zurück.«

»Aber was, wenn du keins findest?«

»Geld ist Macht«, murmelte er mit einem Augenzwinkern, und ihre Nervosität nahm zu.

Sie sah ihm nach, als er zügig durch die Drehtür ging. So mancher Blick folgte diesem attraktiven, entschlossen wirkenden Mann, aber Flora war sich sicher, dass niemand, der ihn oder sie sah, erraten konnte, was sie vorhatten. Wahrscheinlich dachten die Leute, er wollte sich Zigaretten kaufen. Wie schwierig war es, sich zwanzig Minuten nach Ankunft in einem Land ein Auto zu kaufen?

Sie strich mit dem Daumen über das gefaltete Stück Papier. Es war aus einem Notizbuch gerissen und fühlte sich seidig an. Sie konnte die Insignien der Canadian Pacific durchscheinen sehen und spürte die Vertiefungen im Papier, die der Stift beim Schreiben des Namens hinterlassen hatte.

Sie faltete es auf und starrte auf die Buchstaben: *Joseph Landon*.

Joseph Landon, Joseph Landon, wiederholte sie im Stillen. Das war der Name, den sie vor einer Stunde zum ersten Mal gehört hatte, und von dem jetzt ihre Zukunft – ihr gesamtes Leben – abhing. Dieser Mann hatte keine Ahnung davon, welche Rolle er plötzlich für sie spielte. Niemand war wichtiger für ihr Glück als er. Wer war er überhaupt? Wo war er? Was tat er in diesem Moment? So ehrfürchtig, als wäre es ein Gebetbuch, faltete sie das Stück Papier wieder zusammen und steckte es in ihre Manteltasche.

Sie hatte einen Namen, und James würde bald ein Auto haben. Dann würden sie sich auf den Weg machen, mit allem, was sie für die nächste Stufe ihres Vorhabens brauchten.

Endlich, nach sehr langer Zeit, schien sich ihr Schicksal zu wenden.

11. Kapitel

James kam nach einer Stunde mit einem Auto zurück. Es war ein Ford Model A, kastanienbraun lackiert, mit schwarzen Radnaben und cremefarbenen Rädern. James hatte beinahe das Doppelte dessen bezahlt, was es neu wert war. Tausend Dollar entsprachen einem durchschnittlichen Jahresgehalt, und der Besitzer hatte ihm den Schlüssel fast ohne jede Nachfrage übergeben. Für Bargeld auf die Hand brauchte es keine Erklärung. James hatte auch eine Landkarte und eine braune Papiertüte mit Brezeln mitgebracht. Weniger als neunzig Minuten nach ihrer Ankunft waren sie schon auf der Straße.

Obwohl das Auto angeblich 65 Meilen pro Stunde fahren konnte, schaffte es kaum mehr als vierzig, und sie brauchten vier Stunden, bis sie die Außenbezirke von Québec erreicht hatten. Die Stadt was groß – viel größer, als Flora erwartet hatte, mit hohen Fabrikschloten in der Ferne, die von Schwerindustrie und rapider Industrialisierung zeugten.

Flora betrachtete das alles, stumm und überwältigt von der Tatsache, dass sie endlich hier waren. Sie hatten es geschafft. Nach einem Monat auf See waren sie in der Stadt angekommen, die der letzte bekannte Aufenthaltsort von Lorna und Mary war. Sie fuhren durch historische Stadttore, durch schmale Gassen und über breite Boulevards, Straßen, in denen es so sehr von Autos und Straßenbahnen wimmelte, dass Glasgow im Vergleich wie eine Provinzstadt dastand. Flora richtete sich auf und zeigte auf ein auffälliges Gebäude mit einem grünen Dach auf einem Hügel.

»Was ist das?«, fragte sie.

James blickte nach oben und lächelte, aber er sah müde aus. »Château Frontenac. Dort schlafen wir heute Nacht.«

Sie wusste jetzt schon, dass es wunderbar sein würde. Prächtig. Er hatte so viel für sie getan – tat es immer noch, hatte sie allen Widerständen zum Trotz hierhergebracht, jedes Hindernis überwunden, das sich ihnen in den Weg gestellt hatte.

Ihr Blick fiel wieder einmal auf seine geröteten Fingerknöchel, und sie fragte sich, wie Digby Tucker seiner Frau das blaue Auge erklären würde.

»Du bist so blass, Schatz«, murmelte sie, streckte den Arm aus und strich James übers Haar.

Er tätschelte ihr Knie, ohne den Blick von der Straße zu wenden. »Du auch.«

»Mir geht es gut … Ich habe mich seit Monaten nicht mehr so gut gefühlt.« Sie wehrte sich gegen den Gedanken, sie könnten zu spät kommen. Sie würde erst gar nicht in Betracht ziehen, dass sie hier die Spur verlieren könnten, ihre Hoffnung. Niemand konnte doch so viel durchmachen, ohne dass etwas dabei herauskam, oder?

Sie sah aus dem Fenster und hielt nach den hohen Kränen, Eisenbahnschienen und Getreidesilos Ausschau, die verraten würden, dass sie zum Hafen kamen. Werbetafeln zogen vorbei, mit Slogans, die sie nicht verstand. Was, wenn dieser Joseph Landon nur Französisch sprach?

»Sprichst du Französisch?«, fragte sie James.

»*Un petit peu*«, antwortete er und warf ihr einen Blick zu. »Keine Sorge, ich kann mich schon verständigen.«

Die Ankunftshalle für Einwanderer lag am Princess Louise Quai, wo alle Ozeanliner der Canadian Pacific Empress anlegten. Das Gebäude hatte drei Stockwerke und vergitterte Fenster, aber außerhalb der massiven Mauern gab es nur einen dünnen Drahtzaun als Grenze zwischen dem hiesigen kanadischen Territorium und der anderen Seite, wo die Passagiere an Land gingen.

James parkte das Auto, und Flora sprang heraus, um einen besseren Blick zu haben. Sie hatte einen schwarzen Schiffsrumpf gesehen und schnappte nach Luft, als sie die goldenen Buchstaben darauf sah: *Empress of Scotland.*

»Das ist es!«, rief sie und betrachtete den Ozeanliner, als wäre er ein magisches Objekt. Er hatte ihr Kind sicher hierhergebracht. »James, auf genau diesem Schiff waren sie.«

James nickte, aber sein Blick war auf die Eisenbahnschienen gerichtet, die auf der anderen Seite des Zaunes zwischen dem Schiff und dem Einwanderungsgebäude verliefen.

Sie gingen auf den Haupteingang zu, über dem ein Schild mit der Aufschrift *Willkommen in Kanada* hing. Dann betraten sie eine Eingangshalle, hell, mit hohen Decken – und verwaist. Holzbänke verliefen längs durch den Raum, manche standen schräg. Es gab einen Briefkasten, eine Telegrafenkabine mit Glasfenster und einen Empfangstresen. *Rauchen verboten* stand in großen roten Buchstaben an der Wand, daneben ein Schild für eine Geldwechselstube …

James' Schritte klapperten auf dem abgenutzten Fußboden, als sie den Raum durchquerten. »Hallo?«, rief er, »ist irgendjemand hier?«

Sie betraten den nächsten Raum. Er war kleiner, mit mehreren Trennwänden, die wohl die Menschenmengen teilen sollten, die hier während der Sommermonate passieren mussten – Männer, Frauen und Kinder, kanadische Staatsangehörige, Briten, Amerikaner, andere ausländische Staatsbürger. Eine Reihe von Kabinen war in die Wand eingelassen, mit vergitterten Fenstern, wie um die Einwanderer zurückzuhalten. Darüber hingen glänzende Schilder: *Intercolonial Railway, Grand Trunk Railway, Canadian National Railway, Canadian Pacific Railway.* Eine Tür führte nach draußen. Die Passagiere konnten ausschiffen, den Einwanderungsprozess durchlaufen, in irgendeinen Zug steigen und überall in Kanada hinfahren. Dazu mussten sie nicht einmal einen Fuß in die Stadt setzen. Dass es so leicht war, sich in diesem riesigen Land zu zerstreuen, beunruhigte Flora.

Hinter ihnen schlug eine Tür, Schritte durchquerten den anderen Raum.

»Hallo?« James fing an zu laufen, verschwand durch die Tür, und Flora folgte ihm. Als sie einen Augenblick später den Nebenraum betrat, sprach James mit einem Mann, der ziemlich erschrocken wirkte.

»… pas ici! C'est interdit!«

Flora blickte panisch zu James. Verstand er etwas?

»Oui, je sais«, antwortete James ruhig. *»C'est tout bien. Je cherche un ami … Joseph Landon?«*

»Landon?«

»Oui.«

Der Mann musterte James, dann Flora. Sie waren beide ordentlich gekleidet, also offensichtlich reich. Der Mann schien sich ein wenig zu entspannen.

»Il est là-bas«, sagte er und zeigte in Richtung des nächsten Gebäudes. *»Au deuxième étage.«*

»Deuxième?«, wiederholte James und hob zwei Finger.

»Oui.«

»Merci. Merci, Monsieur.« James ergriff die Hand des Mannes und schüttelte sie dankbar.

Flora lächelte ihm zu, als sie an ihm vorbeiging. Dann eilte sie hinter James her durch die leere Halle. Er stürmte durch die Tür, durch die sie gekommen waren, und ging über die Straße auf ein anderes Gebäude zu. Auf einem Schild über der Tür stand: *Büro für Einwanderung und Kolonisation, Hafenkommission.*

Eine Frau blickte von ihrer Schreibmaschine auf und runzelte die Stirn, als sie eintraten. *»Nous sommes fermés«*, sagte sie barsch.

James zögerte. »Sprechen Sie zufällig Englisch?«

Sie schürzte die Lippen. »Wir haben geschlossen«, sagte sie mit starkem Akzent.

»Ich suche einen alten Freund – Joseph Landon. Mir wurde gesagt, dass ich ihn hier finde. Oben.«

Die Frau musterte sie abschätzend, aber die beiläufige Anspielung auf einen alten Freund und die genauen Angaben dazu, wo er sich befand, sprachen für James. *»Attendez«*, sagte sie schließlich, hob den Telefonhörer ab und sprach schnell hinein. Es folgte eine quälende Pause. »Er kommt«, sagte sie dann.

»Merci.« James nickte ihr zu. Er hatte seinen Hut abgenommen, und Flora merkte, dass er sich mühsam zurückhalten musste, ihn nicht in den Händen zu zerknautschen, während er nervös auf und ab ging.

Ein paar Minuten vergingen, die Frau hämmerte wie verrückt in die Tasten und blickte immer wieder misstrauisch zu ihnen hoch. Dann ertönten Schritte auf der Treppe, und als sie aufsahen, kam ein Mann mit dunklen Locken und erwartungsvollem Blick die Stufen herunter. Er blieb abrupt stehen, als er die beiden Fremden sah.

»Ah, Landon.« James ging auf ihn zu und reichte ihm die Hand wie einem alten Freund, tat so vertraut, dass der Mann instinktiv ebenso reagierte. Aber an seinem erstaunten Blick erkannte Flora, dass er überlegte, ob er sie tatsächlich kannte. »Schön, Sie wiederzusehen«, fuhr James fort. »Der alte Tucker hat uns gesagt, dass wir Sie hier finden.«

Tuckers Name zeigte sofort Wirkung. Landons Miene veränderte sich, während er zwischen ihnen hin und her blickte und offensichtlich versuchte, die Situation einzuschätzen.

»*Comment ça va*?«, fragte James lächelnd, wissend, dass die Sekretärin sie beobachtete.

Landon zog seine Hand zurück und steckte sie in die Hosentasche. »Kann nicht klagen, auch wenn das Wetter scheußlich ist«, antwortete er mit breitem irischem Akzent. »Wie geht es Tucker?«

»Ganz gut. Wir sind gerade mit ihm zusammen auf der *Empress of Britain* hier angekommen.«

Landons Augenbrauen schossen in die Höhe. »Die hat doch erst heute Morgen angelegt! Sie haben es von Montreal bis hierher an *einem* Tag geschafft?«

»Ja, wir haben einen straffen Zeitplan.« James' Blick war ruhig, und auf seinen Lippen lag ein leises Lächeln. Er war wirklich ein Chamäleon, konnte sich jedem anpassen. »Wir haben uns gefragt, ob Sie vielleicht Lust hätten, mit uns etwas trinken zu gehen, wenn wir schon mal in der Stadt sind?«

Landon zögerte. »Nun, ich habe noch ein bisschen Papierkram zu erledigen, bevor ich diese Hölle verlassen kann … Warum kommen Sie nicht hoch in mein Büro, und wir plaudern dort ein bisschen über die alten Zeiten?«

»Famose Idee«, erwiderte James fröhlich. Bevor er ihm die Stufen hinauffolgte, drehte er sich noch einmal zu Flora um. »Komm, Schatz.«

Flora spürte die Blicke der Sekretärin auf sich, während sie elegant die Treppe hinaufschritt.

Das Büro war groß, aber in einzelne Parzellen mit Schreibtischen unterteilt, jeweils beleuchtet von einer tiefhängenden Deckenlampe. Von draußen drangen die Lichter des Hafens herein und das Pfeifen eines Zuges, der sich auf den Schienen näherte.

»Sieht aus, als hätten wir Sie gerade noch erwischt«, hielt James das Gespräch in Gang, während Landon sie zu seinem Schreibtisch führte, der an der Wand stand. »Langer Tag?«

Landon antwortete nicht. Sie waren jetzt allein in dem großen Raum und nicht mehr in Hörweite der Rezeptionistin. Das Spielchen musste nicht länger aufrechterhalten werden. »Warum hat Tucker Sie hierhergeschickt?«, fragte er leise.

»Sagen wir, er schuldete uns einen Gefallen«, antwortete James, und sein Tonfall veränderte sich, sein höfliches Lächeln war verschwunden. Jetzt ging es um Geschäftliches. »Er sagte, Sie könnten uns bei unserer Suche helfen … gegen Bezahlung, natürlich.« James öffnete seinen Mantel und sein Jackett, sodass ein kleines Bündel Banknoten in der Innentasche sichtbar wurde. Er hatte gleich nach ihrer Ankunft in Montreal Britische Pfund gegen Kanadische Dollar eingetauscht, um das Auto zu kaufen.

Landon betrachtete sie schweigend.

»Das ist kein Trick«, sagte James, der seine Gedanken erriet. »Sie können uns vertrauen. Tucker hat uns zu Ihnen geschickt. Wir sind alle miteinander befreundet. Mallory und meine Frau sind unzertrennlich.«

Flora versuchte, nicht zu erschaudern, als Landon sie musterte. Sie bezweifelte, dass der Mann jemals Tuckers Frau kennengelernt hatte, aber James' Kommentar erlaubte es ihm, sie genauer zu betrachten, und diese Gelegenheit schien sich nie jemand entgehen zu lassen.

»Tucker sagte, Sie seien der richtige Mann für den Job.«

Landon warf ihm einen vorsichtigen Blick zu, fühlte sich gegen seinen Willen geschmeichelt. »Was wollen Sie?«

»Nur jemanden finden … Na ja, eigentlich sind es drei Personen. Sie sind zusammen gereist. Zwei Frauen und ein

Baby. Sie sind auf der *Empress of Scotland* hierhergekommen.«

»Und was ist der Grund für Ihre Suche?«

»Die beiden sind Freundinnen von uns – beide verwitwet –, und wir würden sie gerne sehen.« James' Stimme klang kühl, und Landon sah ihn scharf an, weil er spürte, dass er log.

»Anscheinend haben Sie eine Menge Freunde.«

»Das ist richtig. Aber unsere Lebensumstände sind etwas … glücklicher als ihre. Wir haben ihren Familien in der Heimat versprochen, dafür zu sorgen, dass sie in ihrem neuen Leben hier gut zurechtkommen.«

Landon glaubte ihm offensichtlich kein Wort, aber das schien ihm nicht viel auszumachen. »Wie lauten die Namen?«, seufzte er und griff nach Bleistift und Notizblock.

»Lorna MacDonald. Mary McKinnon … Und das Baby heißt Struan McKinnon.«

Landon riss die beschriebene Seite ab, faltete sie zusammen und steckte sie in seine Hosentasche. »Ich kümmere mich darum – aber das wird nicht reichen«, sagte er und wies mit dem Kinn auf James' Innentasche.

»Natürlich nicht«, entgegnete James gelassen und zog die Geldscheine hervor. »Das ist nur ein Vorschuss. Ich bezahle noch einmal die gleiche Summe, wenn Sie mir den Aufenthaltsort nennen.«

Er hielt ihm das Geld hin und sah ihm in die Augen.

Landon zögerte, dann nahm er es mit einem Nicken. »Ich melde mich«, murmelte er. »Wo wohnen Sie?«

»Im Frontenac.«

Landon schnaubte, als hätte er nichts anderes erwartet. Flora war nicht mit Schmuck behängt wie Mallory Tucker, und James hatte keine Mittelmeerbräune wie Dickie Grainger, aber etwas an ihnen – vielleicht der Schnitt ihrer Kleider oder ihr schimmerndes Haar – zeugte von Wohlstand. Schon auf der anderen Seite des Ozeans, als wildes, barfüßiges Inselmädchen, war Flora sich der feinen Unterschiede bewusst gewesen. Durch ihre Erfahrungen in Glasgow und Paris und auf der Überfahrt nach Kanada hatte sie nach und nach selbst die Ausstrahlung von Reichtum erlangt.

»Dann treffen wir uns im Old Homestead Hotel an der Place d' Armes. Gegenüber vom Frontenac. Ich werde Ihnen den Zeitpunkt mitteilen.«

»Wie Sie wünschen, Mr Landon«, sagte James und tippte sich an den Hut.

»Danke, Mr Landon«, murmelte Flora. »Wir sind Ihnen sehr verbunden.«

Landon sah ihnen nach, als James Flora zurück in Richtung Treppe führte. Als sie hinaus in die dunkle Nacht traten, merkte keiner von ihnen, dass es angefangen hatte zu regnen.

»Es ist wirklich ein Schloss.« Flora betrachtete die mit Eichenholz vertäfelten Wände ihres Zimmers, die schweren Damastvorhänge. Türmchen, Wendeltreppen, Teppiche ... Das Frontenac war ganz anders als das Pariser Ritz mit seiner glatten Eleganz und kühlen Finesse, auch wenn es dieselbe Atmosphäre von Tradition und Reichtum verströmte. Es gab, wie Flora lernte, viele verschiedene Arten von Wohlstand.

Sie sah sich zu James um, der gerade seinen Mantel ablegte, und erinnerte sich an ihre erste Begegnung auf St. Kilda, zwischen Bergen und Cottages. Als sie damals barfuß im goldenen Sand gestanden hatten, war ihre Zukunft unvorstellbar gewesen – geschweige denn, dass sie einmal zusammen hier im siebzehnten Stock des Hauptturms dieses Hotels stehen würden.

»Was ist?«, fragte er, als er ihren Blick spürte, und legte den Hut ab.

»Nichts.« Sie lächelte und entlockte ihm damit ebenfalls ein Lächeln, als er zu ihr kam und sie in die Arme nahm. Er küsste sie zärtlich, wissend, dass sie nicht mehr das Energiebündel von früher war, dass ein feiner Riss sie durchzog, der früher nicht da gewesen war. Sie schmiegte sich an ihn, legte den Kopf an seine Brust. Sein Herzschlag war im Moment das einzig Konstante in ihrem Leben. Sie hatte kein Zuhause, nur ihn.

»Hast du Hunger?« Sie spürte das Vibrieren seiner Stimme, während er ihr über das Haar strich, und nickte.

»Ich bin am Verhungern. Aber zu müde, um mich fürs Abendessen umzuziehen.« Sie blickte zu ihm hoch. »Können wir nicht hier oben etwas essen?«

Er grinste. »Ich fürchte nein.«

Sie trat einen Schritt zurück. »Oh.«

»Es gibt noch etwas, das wir zuvor erledigen müssen. Papierkram und so.«

»Oh«, wiederholte sie. Die Bürokratie, die mit der Einreise verbunden war, drohte sie zu überwältigen.

»Aber ich verspreche dir, dass Champagner und Sandwiches hier bereitstehen, wenn wir fertig sind. Ja?«

Sie nickte und unterdrückte ein Seufzen, als er sich umdrehte, um ihren Überseekoffer zu öffnen. Die Kleidungsstücke, die sie während der letzten fünf Wochen ständig getragen hatten, lagen zusammengefaltet darin gestapelt.

»Hm«, machte James, griff nach dem Telefon auf einem Beistelltisch und rief bei der Rezeption an. Flora ging zu dem Platz auf der Fensterbank und nahm kaum Notiz von dem, was er sagte. »Hallo, ja … Callaghan … Zimmerservice … würden Sie … Danke.«

Sie sah auf, als er neben ihr stehen blieb. »Sie schicken jemanden, der unsere Kleider auffrischt. Wir können nicht in zerknitterten Sachen runtergehen.«

»Nein, vermutlich nicht«, murmelte sie. Alles, was sie wollte, war hier zu sitzen und auf die Stadt hinauszuschauen, in der ihr Sohn in diesem Moment vielleicht irgendwo schlief. Er konnte überall da unten sein: in einem Kinderwagen, der durch eine Straße geschoben wurde, hinter einem geöffneten Fenster …

»Schatz, ich gehe kurz nach unten und sehe zu, was ich wegen diesem verflixten Papierkram tun kann. Komm nach, wenn du fertig bist, ja?«

Flora schrak aus ihren Gedanken, als James zur Tür ging. »Aber …«

Er war schon fast draußen.

»James? Wo finde ich dich?«

»Ich bin unten«, sagte er lächelnd und schloss die Tür hinter sich.

Flora blinzelte und wandte sich wieder den funkelnden Lichtern der Stadt zu. Es war jetzt ganz dunkel, und sie fragte sich, ob irgendjemand zu ihr hochblickte und ihre Silhouette im Fenster des markantesten Gebäudes der Stadt sah.

Ein paar Minuten später klopfte es an der Tür, und sie stand widerstrebend auf.

»Hallo«, sagte sie, als sie einem Hotelpagen die Tür öffnete.

»Für Sie, Madame«, sagte er und hielt ihr eine große Schachtel hin, die mit einem blauen Seidenband umwickelt war.

Flora runzelte verwirrt die Stirn. »Nein, wir haben um den Wäscheservice gebeten.«

»*Oui*, Madame, aber das ist für Sie.« Er streckte ihr die Schachtel nochmals entgegen. »Von Monsieur Callaghan.«

»Was?« Flora nahm sie verwirrt entgegen und sah dem Pagen nach, der durch den Flur verschwand.

Sie schloss die Tür und starrte die Schachtel einen Moment an. Wann hatte James Gelegenheit gefunden, einkaufen zu gehen? Sie waren den ganzen Tag zusammen gewesen.

Nein, nicht ganz.

Er musste das Geschenk besorgt haben, als er unterwegs gewesen war, um das Auto zu kaufen. Danach hatte er es im Kofferraum versteckt, bis er sie damit überraschen konnte. Der Tag war lang, intensiv und teilweise anstrengend gewesen.

Sie trug die Schachtel zum Bett und öffnete die seidene Schleife.

Kerzen flackerten in dem eichenvertäfelten Raum und warfen tanzende Schatten auf den Boden. James wartete an dem Schreibtisch auf sie, der ihnen als Altar dienen würde.

Sein Lächeln wurde breiter, als er sie in dem Kleid sah, das er für sie ausgesucht hatte: elfenbeinfarbene Seide, diagonal geschnitten, mit spitzenbesetzten Ärmeln, dazu ein kurzer Tüllschleier auf einem Perlmuttkamm. Sie trug ihr dunkles Haar offen, hatte es nur gebürstet, bis es glänzte, und hatte einen kleinen Strauß dunkelrosa Rosen in der Hand, der nur ein paar Minuten nach dem Kleid in ihr Zimmer gebracht worden war.

James hatte an alles gedacht. Wie immer. Sie hatte nur eine einzige Veränderung vorgenommen, ein Detail, das ihr entsprach.

Langsam ging sie auf ihn zu, während irgendwo ein Streichquartett spielte. Er sah so gut aus in seinem neuen Anzug, und sie staunte, wie er es immer wieder schaffte, sie zu überraschen. Sie hatte sich schon lange damit abgefunden, dass ihre Hochzeit ohne ihre Familie würde stattfinden müssen. Die Umstände zwangen sie dazu, Ehrbarkeit über Sentimentalität oder Tradition zu stellen. Sie hatte gewusst, dass sie bei erster Gelegenheit heiraten würden. Sie hatte nur nicht realisiert, dass er wirklich die *allererste* Gelegenheit meinte.

Sie hatte nun alles in dem kleinen, feierlichen Salon erfasst, auch den Friedensrichter, der auf der anderen Seite des Schreibtischs stand, zwei Trauzeugen an seiner Seite. Sie lachte leise und fragte sich, wie in aller Welt James es geschafft hatte, das alles auf die Beine zu stellen, während sie die meiste Zeit des Tages nichts anderes getan hatte, als aus dem Fenster zu starren.

»Du siehst sogar noch schöner aus als in meinen Träumen«, murmelte er, als sie vor ihm stehen blieb. Sein Blick wanderte nach unten. »Haben die Schuhe nicht gepasst?«

»Ach, doch, das haben sie. Aber du hast es ja selbst gesagt: Du kannst zwar das Mädchen von St. Kilda holen, aber du wirst niemals St. Kilda aus dem Mädchen holen.«

12. Kapitel

Effie

31. Dezember (Hogmanay), 1930
Versammlungshalle, Portree, Isle of Skye

Der Raum war voller Bewegung, Arme und Beine flogen, Röcke flatterten, und die Ceilidh-Band spielte schneller und schneller. Effie lachte, als ihr Tanzpartner sie herumschwang. Sie hatte seinen Namen vergessen und auf ihrer Tanzkarte nachsehen müssen. Dabei hatte sie überrascht festgestellt, dass er sich für zwei Reels eingetragen hatte.

»Sie sind entweder ein sehr tapferer Mann oder Sie haben eine masochistische Ader, Mr Baird-Hamilton«, hatte sie gescherzt. »Ein Tanzpartner hat mir einmal gesagt, manche Kühe hätten mehr Anmut als ich.«

»Autsch«, hatte er lachend geantwortet. »Vielleicht sollte ich vorher meine Versicherung überprüfen?« Aber als die Geigen angefangen hatten zu spielen, hatte er sie mit festem Griff geführt und sie gedreht und herumgewirbelt, dass ihre blonden Haare flogen und ihr Rock sich bauschte wie ein Fallschirm.

In den letzten sechs Wochen hatte sie alle großen schottischen Reels der Ballsaison gelernt – *The Dashing White Sergeant, Hamilton House*, den *Foursome* und den *Eightsome, Mairi's Wedding* und andere. Die Männer hatten in der großen Halle in Dupplin mit ihr geübt, wann immer sie nicht gerade Golf spielten oder jagten, was zunehmend häufig vorkam, seit es Mitte Dezember heftig geschneit hatte. Sie lernte schnell, war aber immer noch eine Anfängerin, musste den Takt mitzählen und sich die Schrittfolgen genau einprägen. Doch Baird-Hamilton führte sie lässig plaudernd im Rhythmus der Musik und war so geübt, dass sie beinahe vergaß, dass sie tanzten.

Sie hatte ihn sofort wiedererkannt, als er zu ihr gekommen war, und hatte sich auf einen scharfen oder spöttischen Kommentar gefasst gemacht. Sie war nicht gerade stolz auf ihr Verhalten bei ihrer ersten Begegnung, als sie Eddie Rushton mit Gin begossen hatte, deshalb war sie überrascht gewesen, als Baird-Hamilton ihr dazu gratulierte, diesen »widerlichen Kerl« in seine Schranken verwiesen zu haben. Sie erinnerte sich noch an sein unangebracht wirkendes Lachen in der Stille, die auf den Zwischenfall gefolgt war. Sie hatte es als Missbilligung aufgefasst. Außerdem hatte er an jenem Abend wachsam und zurückhaltend gewirkt, ganz anders als der Lebemann, der er heute war.

Der Reel endete beinahe so abrupt, wie er begonnen hatte, mit einem Vibrato auf der Geige. Alle jubelten und klatschten. Diese Bälle, die Krönung des gesellschaftlichen Lebens in Schottland, unterschieden sich gar nicht so sehr von den Ceilidhs, die Effie zu Hause genossen hatte. Natürlich, der Dresscode war formeller; die Männer trugen hier Trews und Kilts – und zugereiste Engländer einen Frack –, die Frauen Abendkleider mit Schärpen im Schottenmuster. Die Damen sollten beim Tanzen dahingleiten, nicht im Takt der Musik hüpfen, aber die Männer johlten und wirbelten ihre Tanzpartnerinnen ausgelassen herum, immer schneller, bis sie ganz außer Atem und ihre Wangen gerötet waren. Effie lachte, wenn die Männer sie mal in die eine, mal in die andere Richtung warfen. Dass sie so sportlich, stark und leicht war, machte sie in diesem Spiel zu einer guten Tanzpartnerin.

»Also, das war flott«, sagte sie keuchend, als Baird-Hamilton sie zurück zu ihrer Gruppe führte, wobei sie in der dicht gedrängten Menge nur langsam vorwärtskamen.

»Ja, das bringt einen auf Trab«, stimmte er ihr zu und knöpfte sein Samtjackett auf.

»Archie!« Eine rothaarige Frau lächelte ihm im Vorbeigehen zu und nickte grüßend.

»Clarissa. Du siehst wunderschön aus heute Abend.«

»Danke«, murmelte sie. »Sehen wir uns beim *Dashing White*?«

»Ich werden dich finden.«

Effie sah der Frau nach. Sie konnte sich nicht vorstellen, in diesen Kreisen jemals so akzeptiert zu sein, dass sie sich mit solcher Selbstverständlichkeit in der Gesellschaft bewegte.

»Und wie war Ihr Weihnachtsfest, Miss Gillies?«, fragte er.

»Oh. Gemütlich, eigentlich. Was ich von einem Schloss nicht erwartet hätte.« Sie grinste.

»Nein?«

»Wir waren in Dupplin bei Gladly. Haben uns an den meisten Tagen im Zimmer verschanzt, Karten gespielt,

Scharade und Backgammon. Ich bin furchtbar schlecht darin. Noch schlechter als im Tanzen.«

»Unsinn. Es war eine Freude mit Ihnen.« Er warf ihr einen Blick zu und lächelte. »Dann haben Sie Ihre Familien also nicht gesehen?«

»Nun, der Graf und die Gräfin haben Weihnachten in Südfrankreich verbracht, deshalb hatte es nicht viel Sinn, zu Dumfries House zurückzukehren.«

»Natürlich.« Er räusperte sich.

»Und mein Vater hatte sich entschlossen, nach Lochaline zu unseren alten Freunden und Nachbarn zu fahren. Er vermisst sie, vor allem seit … na ja, seit ich so oft nicht in Ayrshire bin. Ich glaube, er fragt sich manchmal, warum er überhaupt dort hingezogen ist.«

»Ich bin sicher, Sie werden bald zurücksein.«

»Aye.« Sie nickte, obwohl sie auf ihrer Rundreise noch mehrere Einladungen abhaken mussten – als Nächstes würden sie für ein paar Tage zu MacLeod fahren, danach zum Duke von Argyll …

»Bravo!«, rief Colly, als sie zu den anderen zurückkamen. »Du hast keinen falschen Schritt gemacht!«

»Hmm. Ich glaube, die Zehen von Mr Baird-Hamilton würden etwas anderes erzählen«, erwiderte sie, fuhr sich mit den Fingern durch die Haare und versuchte, ein wenig abzukühlen.

»Dummes Zeug. Sie waren perfekt, Miss Gillies. Es war, wie mit einer Fee zu tanzen.«

»Jetzt weiß ich, dass Sie lügen!« Sie lachte, sah sich um und erblickte Sholto, der noch mit seiner Tanzpartnerin plauderte, während er sie zu ihren Freundinnen begleitete. Effie betrachtete ihn bewundernd aus der Entfernung. Er war immer so korrekt und gutaussehend und schien sich der bewundernden Blicke, die ihm folgten, gar nicht bewusst zu sein. Effie dagegen merkte es immer ganz genau, wenn sie einen Raum betrat und die Leute sie anstarrten.

Sie blickte wieder zu Baird-Hamilton, der sie beobachtete, und lächelte. »Danke, dass Sie sich um mich gekümmert haben.«

»Gern geschehen. Ich habe festgestellt, dass es kaum einen gefährlicheren Ort auf der Welt gibt als einen Ball in den schottischen Highlands. Spitze Ellbogen, scharfer Humor und wogende Busen, die Männern den Blick verstellen können.«

Sie lachte wieder, und er schien sich zu freuen, dass sie ihn witzig fand.

»Tja, von hier aus hat es jedenfalls so ausgesehen, als hättet ihr euren Spaß«, sagte Bitsy von ihrem erhöhten Platz auf einem Barhocker herunter. Weil sie sich in Dupplin so »böse am Fuß verletzt« hatte, blieb sie während der meisten schnelleren Tänze sitzen, und seit sie angefangen hatte, mit Eddie Rushton auszugehen, war ihr Verhalten gegenüber Effie noch um mehrere Grade abgekühlt. Er musste gleich zu Beginn des neuen Jahres nach Kalifornien zurück, und je näher der Tag seiner Abreise rückte, desto schlechter wurde Bitsys Laune. Es schien keine Rede davon zu sein, dass sie ihn in Amerika besuchen würde. »Ihr beide habt einander angestrahlt.«

Effie errötete bei dieser Andeutung, aber Baird-Hamilton blieb ungerührt.

»Das glaube ich gern. Ich habe den Eindruck, dass Miss Gillies und ich von einem Schlag sind«, antwortete er und blickte Beifall heischend zu Effie. »Sie scheut sich nicht, eine Gelegenheit beim Schopf zu packen und so viel Spaß herauszuholen, wie es nur möglich ist. Wenn es nur mehr von unserer Art gäbe, statt all dieser gezierten Künstlichkeit.«

»Oh, Archie, da bist du ja. Sag mal, fährst du nächsten Monat nach Monaco?«, unterbrach ihn Peony, die zu ihnen trat. Ihre Tanzkarte war nach ihrer Ankunft sofort voll gewesen, und seitdem hatte sie kaum eine Atempause gehabt. Sie sah hinreißend aus in ihrem rosafarbenen Taftkleid.

»Das weiß ich noch nicht. Und du?«

»Hm, ich denke schon.« Sie seufzte und kniff die Augen zusammen, als müsste sie sich konzentrieren. »Ich brauche Sonne. Du weißt doch noch, wie ich es hasse zu frieren?« Sie musterte ihn mit durchdringendem Blick.

Effie schaute verwirrt zwischen den beiden hin und her.

»Ja, das weiß ich … Aber bitte entschuldige mich, ich muss meine nächste Partnerin suchen.« Er verbeugte sich leicht und entfernte sich zügig.

Effie sah ihm nach und wünschte sich, sie könnte noch einmal mit ihm tanzen. Er schien hier der einzige ehrliche Mensch zu sein, und es war eine Erleichterung gewesen, die vielen Regeln für eine Weile über Bord zu werfen und einfach sie selbst zu sein.

»Hm, er schien ziemlich erfreut, dich wiederzutreffen«, murmelte Bitsy.

»Wirklich?« Effie spürte mehr hinter ihren Worten. »Ich dachte, er wäre nur höflich.«

»Oh, fall darauf bloß nicht rein«, sagte Bitsy gedehnt. »Unser Archie hat den Ruf eines Frauenhelds. Hier gibt es keine, die er nicht schon auf die eine oder andere Weise für sich gewonnen hat … Sei vorsichtig mit ihm.«

Die Andeutung, dass er sich für sie interessieren, und, noch schlimmer, dass sie sein Interesse erwidern könnte, überraschte Effie. Flirt und Verführung mochten hier zum gesellschaftlichen Umgang gehören, aber sie hatte ganz bestimmt nicht vor, diese Dinge zu lernen. »Ich bin verlobt! Es ist offensichtlich, dass ich keinen Bedarf habe!«

»Ah, aber das würde ihn nicht abhalten«, sagte Bitsy herablassend. »Der alte B.-H. liebt Herausforderungen!«

Gladly kam an den Tisch und reichte Effie, ohne etwas zu sagen, ein Glas Limonade. Sie hatte nicht einmal darum bitten müssen. »Was ist los?«, fragte er in die angespannte Stille hinein.

»Nur dass Effie gewisse Blicke auf sich zieht«, erwiderte Bitsy süffisant.

»Ich ziehe gar keine Blicke auf mich«, verteidigte sich Effie. Sie wollte nicht, dass es Gerüchte gab. »Ich liebe Sholto.«

»Ich bin sehr froh, das zu hören«, hörte sie Sholtos Stimme hinter sich. »Gab es daran Zweifel?«

»Wir haben nur Spaß gemacht«, sagte Peony und seufzte gelangweilt. »Sie hat gerade mit B.-H. getanzt, du weißt ja, wie das ist …«

Sholto schnaubte verärgert, sagte aber nichts dazu. »Was ich wissen will, ist, wann *ich* mit dir tanzen kann?« Er nahm ihre Tanzkarte und las sie, dann sah er sie entgeistert an. »Du hast mir keinen einzigen Tanz übrig gelassen?«

»Ich hatte keine Chance! Außerdem hättest du schneller sein können.« Sie zuckte mit den Schultern. »Du bist derjenige, der sich auskennt, nicht ich.«

»Ich bin ein verdammter Idiot«, murrte er, aber seine Augen funkelten.

Tatsächlich war sie an diesem Abend sehr beliebt gewesen. Die Bälle von Skye, die in der Versammlungshalle von Portree stattfanden, zogen sich immer über zwei Nächte, und dies war die zweite. Gestern hatte sie vor allem mit Männern aus Sholtos engstem Freundeskreis getanzt, aber heute hatte sich das geändert, und die meisten Namen auf ihrer Karte kannte sie gar nicht: Charles Arbuthnott, Mungo MacMillan, Viscount Lisle ... Aber die Art, wie die Männer Effie beim Tanzen ansahen, war stets die gleiche. Jeder wollte selbst die Anziehungskraft erleben, die sie sicherlich besitzen musste, wenn sie einen Mann wie Sholto Crichton-Stuart für sich gewonnen hatte.

Sholto zog sie fort von den anderen und beugte sich hinunter, um sie leicht auf die Wange zu küssen. »Wenigstens darf ich dich mit nach Hause nehmen«, flüsterte er ihr ins Ohr, und sie bekam eine Gänsehaut.

Nach Hause, wo auch immer das war.

Noch heute würden sie – Gladly und die anderen eingeschlossen – nach Dunvegan Castle weiterreisen. Sie alle würden die ersten Tage des neuen Jahres bei James MacLeod verbringen, Erbe des Anwesens der MacLeods und ebenfalls einer von Sholtos ältesten Freunden. *Seine* Eltern weilten auf der Isle of Bute. Eine der Bedingungen für den Besitz eines Schlosses war es wohl, dass man sich nie dort aufhielt, sondern immer die Anwesen von Freunden besuchte.

»Übrigens, ich habe gerade James MacLeod getroffen«, erzählte Gladly. »Er ist erst jetzt angekommen, weil er noch das Boot herbringen musste. Unglaublich, oder? Offenbar sind die Straßen nicht passierbar – weiter oben liegt noch mehr Schnee –, deshalb segelt er mit uns zurück.«

»Segeln im Dezember?« Effie runzelte die Stirn und blickte nervös zu Sholto. »Ist das sicher?«

Er lächelte. »Kalt, aber es wird schon gehen. Keine Sorge – St. Kilda liegt im offenen Meer, aber im Minch sind wir einigermaßen geschützt.«

Die ersten vier Takte des nächsten Reels wurden gespielt, ein Zeichen, dass der nächste Tanz gleich begann.

»O Gott, jetzt schon?«, stöhnte Gladly hinter ihr. »Wie soll man es da schaffen, etwas zu trinken?«

»Welcher Tanz kommt jetzt?«, fragte Colly mit einem Seufzen.

»Der *Reel of the 51st*«, antwortete Veronica eifrig. »Und den tanzt du mit mir.«

»Oh, gut.«

»Miss Gillies?«, ertönte eine Stimme. Effie drehte sich um und sah einen rundlichen Mann mit rotblondem Haar und Brille. Sie hatte keine Ahnung, wie er hieß. »Duncan Forbes. Ich glaube, ich habe das Vergnügen dieses Tanzes?«

Was für ein Gegensatz zu dem charmanten Right Honourable Archie Baird-Hamilton!

»Wunderbar«, sagte sie lächelnd, auch wenn die Füße in

ihren Schuhen schmerzten. Sie tanzten schon die ganze Nacht. »Sehr gerne.«

»Passen Sie gut auf sie auf, Forbes«, sagte Sholto und klopfte dem Mann auf die Schulter.

»Bei mir ist sie sicher, alter Junge.«

Sholto blinzelte Effie zum Abschied noch einmal zu.

»Diesen Reel tanzt du mit mir, Sholto«, sagte Peony zu ihm, während sie ihm die Hand reichte, damit er sie in die Mitte der Tanzfläche führte.

Eine Stunde und vier Reels später hatten sie es beinahe geschafft. Beinahe. Es ging auf fünf Uhr zu, würde aber noch dauern, bis die Sonne aufging, zu dieser Jahreszeit erst gegen acht. Effie konnte nicht mehr. Von zu Hause war sie an nächtliche Jagden gewöhnt, wenn sie im Frühjahr auf die Meeresklippen gestiegen waren, um Basstölpel zu fangen. Aber die ganze Nacht zu tanzen, erforderte eine ganz andere Art von Ausdauer.

»Du siehst müde aus.« Sholto legte ihr eine Hand auf den Rücken, als sie vor dem letzten Reel der Tanznacht wieder zusammenkamen.

»Unsinn«, widersprach sie. »Das Frühstück hat mir neue Energie gegeben.« Gladly war vor dem *Eightsome* mit warmem Räucherfisch vorbeigekommen.

Aber Sholto ließ sich nicht täuschen. »Nun, gleich nach diesem Tanz gehen wir zum Schiff, und dann kannst du auf dem ganzen Weg nach Dunvegan schlafen. MacLeod möchte gleich ablegen. Du kannst direkt zum Pier gehen, und Gladly und ich bringen den Koffer mit.«

»Aber woher soll ich wissen, welches Schiff es ist?«

»Frag einfach. Irgendjemand wird es dir zeigen.«

Sie nickte, und die Geigen kündigten den nächsten Tanz an. Sholto runzelte die Stirn, als kein Partner kam, um sie aufzufordern. »Wer ist jetzt dran?«

Sie schaute auf ihre Tanzkarte. »Viscount Lisle?«

»Ah, ja, den habe ich irgendwo dort drüben gesehen.« Sholtos Größe machte es ihm leicht, Gesichter in der Menge auszumachen, und er ergriff ihre Hand und zog sie zu einem stämmigen jungen Mann, der gerade sein Glas austrank. Effie schätzte, dass er um einiges jünger war als sie.

»Lisle!«, rief Sholto in scharfem Ton, als der Mann sie nach einer Weile immer noch nicht bemerkt hatte.

Der junge Mann nahm Haltung an – nur, um gleich wieder in sich zusammenzusacken. »Ah, Sholly, du biss es.«

Sholto zog eine Augenbraue hoch. »Wie viele davon hattest du?«

»Z…zwei?«

Flaschen, vermutlich.

»Du schwankst.«

»Unsinn. Es dreht sich nur alles von der ganzen Tanzerei.« Seine Worte klangen undeutlich.

Sholto warf Effie einen vielsagenden Blick zu. »Ich muss los, meine Partnerin für diesen Tanz suchen – aber er ist harmlos, ehrlich. Auch wenn *du* vielleicht *ihn* führen musst, so, wie es aussieht.« Er packte den jungen Viscount fest an der Schulter. »Pass auf meine Verlobte auf, Lisle, verstanden?«

»J-jaa.« Er schwankte wieder.

Effie betrachtete ihn besorgt. *Strip the Willow* war einer der einfacheren Reels, aber mit vielen Drehungen. Der Mann sah nicht aus, als würden seine Beine das noch mitmachen – oder sein Magen.

»Und wenn es vorbei ist, begleitest du Miss Gillies direkt zu MacLeods Jacht, klar?«

»Absssolut klar.«

»Was habe ich gerade gesagt?«

»Ich ssoll die Schillie ssu MacLeods Jacht begleiten.«

»So ungefähr«, murmelte Sholto. »Kommst du zurecht?«, fragte er Effie.

»Natürlich.«

»Ich bin« – er schaute sich um und sah Bitsy, die ihm mit höchst verärgertem Blick hektisch zuwinkte – »dort drüben bei Miss Miesepeter.«

Effie unterdrückte ein Lachen.

»Wir sehen uns an Bord, Schatz.«

Die Band spielte die ersten vier Takte, und er durchquerte eilig den Raum. Die Feiernden hatten sich in zwei langen Reihen aufgestellt, Männer auf der einen, Frauen auf der anderen Seite, und Effie stellte sich gegenüber ihrem Tanzpartner auf.

Als der Tanz begann, musste sie Lisle dazu bringen, sie herumzuschwingen. Ohne Zweifel hatte der junge Viscount die Tanzschritte in seinem Muskelgedächtnis, aber ihm fehlte die Koordination. Er sollte Effie drehen und dann nacheinander zu jedem Mann in der Reihe führen, aber als sie um seinen Nebenmann herumgelaufen war und ihm wieder die Hand reichen wollte, verfehlte er sie. Effie musste ihm beinahe nachlaufen, um im Takt zu bleiben.

Nun war es an ihm, sich wieder einzureihen und sich mit den Frauen zu drehen, aber er torkelte ziellos umher. So endeten zwei belebende Tanznächte im Chaos, und als die letzten beiden Takte erklangen, betrachteten einige der Gäste den Viscount mit Empörung.

»'Schuldigung«, sagte er, als die Reihen der Tänzer sich auflösten und alle einander Glück wünschten und Reisepläne für das neue Jahr schmiedeten.

»Schon gut«, antwortete Effie, die froh war, endlich gehen zu können.

»Du biss' keine Spielverderberin. Wusst ich's doch.« Er sah aus, als würde sich der Raum um ihn herum immer noch drehen.

»Wirklich?«

»Klar. Biss' Shollys Verlobte.«

Er war wirklich sehr betrunken. »Ja. Also, es war mir ein Vergnügen …«

»Er muss dich wirklich lieben.«

Sie lachte leise auf und wandte sich ab. »Da wir bald heiraten werden, hoffe ich das …«

Er stieß einen unverständlichen Laut aus. »Nich' viele Männer würden ihr Geburtsrecht für die Liebe aufgeben. Sicher keiner von denen hier im Raum, das is klar.«

Effie blieb abrupt stehen, drehte sich wieder zu ihm um und starrte ihn an. »Was?«

Er schwankte, und sie hatte den plötzlichen Drang, ihn zu schütteln.

»Sagen Sie … was meinen Sie damit?«

Er blinzelte einmal, zweimal, aber seine Augen wirkten leer. »Der Graf und die Gräfin …« Würde er gleich das Bewusstsein verlieren?

»Was ist mit ihnen?«, fragte sie und spürte, dass ihr Herz anfing zu rasen. Der Viscount war, um eines von Collys Lieblingswörtern zu benutzen, »sternhagelvoll«, aber das bedeutete nicht, dass er nur Unsinn redete.

»Sie haben gesagt, dass sie ihn enterben.« Er zuckte mit den Schultern. »Aber Sholly hat sich für *dich* entschieden!« Er zeigte mit dem Finger auf sie, falls sie noch irgendeinen Zweifel daran hatte, wen er meinte.

Effie spürte, wie sich alles um sie herum anfing zu drehen. War das … wahr? Hatten Sholtos Eltern es abgelehnt, ihnen ihren Segen zu geben?

Nein.

Sie konnte nicht glauben, dass er sie in einer solchen Angelegenheit anlügen würde. Sholto würde sie niemals anlügen!

Und dennoch … Er war sechs Wochen lang nicht zu Hause gewesen, sondern von Schloss zu Schloss getingelt, um Effie »in die Gesellschaft« einzuführen … Sie dachte an die neugierigen Blicke jedes Mal, wenn sie einen neuen Raum betrat. Sie hatte gedacht, es wäre der Klassenunterschied, der die Leute faszinierte, und vielleicht stimmte das ja auch, gewissermaßen. Aber wenn sie alle etwas wussten, was ihr selbst nicht bekannt war – dass Sholto mit seinen Eltern gebrochen hatte und Effie seiner Familie vorzog … Er war der einzige Sohn und Erbe, nicht nur der Grafschaft von Dumfries, sondern auch des Marquessats von Bute … War es da ein Wunder, wenn die Leute sie interessiert beobachteten?

O Gott. Hatten sie sich alle zu Stillschweigen verpflichtet? Wusste jeder Bescheid, außer ihr? Alle Menschen hier? Sie erinnerte sich an Baird-Hamiltons höfliche Fragen über ihr Weihnachtsfest erst eine Stunde zuvor. Er war um die Wahrheit herumgeschlichen, für die sie blind war.

Nein. Das durfte nicht passieren.

Sie hielt in der Menge nach Sholto Ausschau, konnte seinen schönen goldenen Schopf jedoch nicht entdecken, deshalb bahnte sie sich einen Weg zur Tür und ließ den schwankenden Viscount hinter sich.

Es war eiskalt draußen, vor allem, wenn man nur ein smaragdgrünes Seidenkleid trug, und Effie zitterte, als sie zum Wasser hinunterblickte. Ungefähr ein Dutzend Jachten lagen am Pier, und es leuchteten nur wenige Lichter in der tiefen Dunkelheit der Bucht von Portree.

Sie rannte die Stufen hinunter in Richtung Hafen. Die Menschen bewegten sich bereits in Gruppen darauf zu, wieder im Cape oder Mantel, lachend und plaudernd. Effie schoss an ihnen vorbei wie ein smaragdgrüner Blitz.

»MacLeods Jacht?«, fragte sie eine Frau in goldgelbem Taft.

»Was?«, fragte die Frau schroff, ebenfalls sichtlich betrunken.

»Welche Jacht ist die von MacLeod?«

»Oh … die dort.« Die Frau deutete auf eins der Schiffe. »Die vorletzte …«

»Danke«, murmelte Effie und ging weiter, rannte, bis sie vor einem kleinen, leicht abgenutzt wirkenden Marine-Schoner stand. Es war immer noch dunkel, aber am Horizont hinter den Black Cuillin Bergen lag ein dünner Lichtstreifen. Am anderen Ende des Schiffs stand jemand und hantierte mit der Ankerkette.

»Hey!«, rief sie, während sie überall nach Sholto Ausschau hielt.

Der Mann hob den Kopf, als er hörte, dass sie näher kam, konnte sich aber nicht umdrehen. »Oh, gut, du hast es geschafft!«, rief er ihr über die Schulter hinweg zu. »Spring auf!«

Eine kurze, schmale Laufplanke führte vom Pier auf das Boot und schaukelte mit den Wellen auf und ab, beunruhigend für jemanden, der kaum schwimmen konnte, aber wenn das lebenslange Felsklettern auf St. Kilda Effie irgendetwas gebracht hatte, dann einen außergewöhnlich guten Gleichgewichtssinn. Sie schlüpfte aus ihren Schuhen, lief behände über die Laufplanke und sprang an Bord.

Niemand sonst war in der Nähe, aber sie konnte einen Lichtschein erkennen, der aus der Kabine unter Deck drang.

»Ich komme gleich«, rief MacLeod. »Geh runter in die Kombüse, bevor du dir noch den Tod holst. Da unten liegen ein paar Decken. Der Wind wird stärker, deshalb will ich möglichst schnell los und uns davor in Sicherheit bringen.«

Effie zögerte. Sie wollte Sholto wirklich nicht vor allen anderen mit dem konfrontieren, was sie gerade gehört hatte, spürte, dass Bitsy und Peony es genießen würden, ihr zu zeigen, dass sie über die Situation bereits im Bilde waren. Aber sie hatte ihren Gastgeber heute Abend nur kurz gesehen und konnte von ihm kaum verlangen, dass er ihretwegen eine Verzögerung in Kauf nahm, wenn er so erpicht darauf war, schnell aufzubrechen.

Sie eilte die kurze, steile Treppe hinunter ins Warme und wappnete sich, ihrem Verlobten gegenüberzutreten. Würde er sofort merken, dass sie Bescheid wusste? Anderthalb Monate lang war ihr nicht klar gewesen, dass sie mit einer Lüge lebten. Sie hatte ihm alles geglaubt.

Unter Deck fand sie eine kleine Kochnische mit einer Sitzbank und eine geschlossene Tür, hinter der offenbar ein Schlafbereich lag. Zu Effies Überraschung waren die anderen noch nicht da, Sholto und Gladly mussten noch damit beschäftigt sein, die Koffer herunterzubringen, die sie bei ihrer Ankunft in der Garderobe abgestellt hatten. Sie war wieder einmal zu schnell losgestürmt – alte Gewohnheiten ließen sich nur schwer ablegen –, und bestimmt wurden die beiden Männer noch von alkoholisierten Abschiedsfloskeln aufgehalten.

Effie atmete tief durch und versuchte, sich zu beruhigen. Vielleicht war es nicht schlecht, dass sie einen Moment allein war und ihre Gedanken ordnen konnte. Sie durfte jetzt keine Szene machten. Sie war wütend, weil Sholto gelogen hatte, aber ihr war auch klar, warum er das getan hatte. Er wusste, sie würde niemals zulassen, dass er seine Familie aufgab, sein Zuhause, sein Geburtsrecht … ihretwegen.

Mit einem Seufzen ließ sie sich auf die Bank sinken. Aber was sollte sie jetzt, da sie Bescheid wusste, tun? Der Gedanke, dass der Graf und die Gräfin sie ablehnten, tat weh, auch wenn sie es verstand. Auf persönlicher Ebene waren die beiden immer freundlich zu ihr gewesen. Der Graf war oft in die Kollektionsräume gekommen, in denen sie arbeitete, und sie hatten sich unterhalten, während sie die Vogeleier katalogisierte … War ihre Verlobung eine böse Überraschung für ihn gewesen? Er hatte natürlich gewusst, dass Sholto und sie befreundet waren. Aber war er enttäuscht gewesen, dass sie sein professionelles Entgegenkommen damit belohnt hatte, dass sie seinen Sohn und Erben »verführte«?

Effie zitterte bei diesem Gedanken, nahm eine Decke von einer der Bänke und wickelte sie um ihren Körper. Sofort fühlte sie sich etwas besänftigt. Ihr war kalt, und sie war schrecklich müde. Sie setzte sich und spürte ihre Erschöpfung, spürte, wie ihre Fußknochen sich streckten und sie sich endlich entspannen konnte. Den Kopf zurückgelehnt, atmete sie noch einmal tief ein und aus.

Sie würden sich aussprechen und eine Lösung finden … oder? Wenn Sholto sie nicht aufgeben wollte, würde sie auch nicht aufgeben, aber sie mussten sich einen Plan überlegen, wie sie sich seinen Eltern wieder annähern konnten. Ohne ihren Segen würde sie Sholto niemals heiraten.

Die Jacht schaukelte sanft, und durch das Bullauge sah sie ein Fischerboot, das in den Hafen einlief und Kielwellen hinter sich herzog. In der Village Bay hatten die Fischerboote auch immer für Wellen gesorgt.

Sie schloss die Augen, beruhigt …

Effie lag auf der Bank, in die Decke gehüllt, und spürte das rhythmische Schaukeln der Jacht auf dem Wasser. Es war tröstlich, einschläfernd … Sie blinzelte ein paarmal, spürte die Schwere ihres Körpers und merkte, dass sie kurz eingenickt war. Wie lange? Sie hatte schon immer die Fähigkeit gehabt, jederzeit einschlafen zu können. In der Ablammsaison war das nützlich gewesen und natürlich auch bei der nächtlichen Basstölpeljagd am Stac Lee. Die lange Tanznacht hatte sie müde gemacht, und das Schiff hatte sie in den Schlaf gewiegt …

Die Sonne glitzerte auf dem Meer hinter den runden Fenstern wie Tausende Diamanten. Sie runzelte die Stirn. *Wie lange* hatte sie geschlafen?

Sie zog sich die Decke um die Schultern und stieg langsam die Stufen hinauf. Der Wind zerrte an ihr, als sie nach draußen kam, und wehte ihr das Haar vors Gesicht, sodass sie kaum noch etwas sehen konnte. Ihr Seidenkleid flatterte um ihren Körper wie ein Leintuch auf der Wäscheleine zu Hause auf der Insel.

MacLeod stand vor ihr am Steuerrad und griff nach einem Seil, um es um eine Klampe zu seiner Rechten zu wickeln und festzuziehen.

Effie zuckte zusammen, als sie ihn sah, und suchte das Deck mit dem Blick nach Sholto ab, aber auch nach Gladly und Colly … Sogar Bitsy, Peony und Veronica wären ihr jetzt ein willkommener Anblick gewesen.

Aber sonst war niemand an Bord.

Nachdem MacLeod seine Handgriffe ausgeführt hatte, drehte er sich um und erstarrte, als er sie so plötzlich dastehen sah wie eine Vision in Smaragdgrün und Blond. Sein Gesichtsausdruck musste ihren eigenen widerspiegeln.

»Warten Sie …«, begann Effie verwirrt. Das alles ergab keinen Sinn.

»Miss Gillies!«, rief Baird-Hamilton aus. »Was zur Hölle tun Sie hier?«

13. Kapitel

»Ist das nicht die Jacht von MacLeod?«, fragte sie erschrocken und ging zu ihm, wobei sie versuchte, sich die Haare aus dem Gesicht zu halten, damit sie etwas sehen konnte, aber der Wind zerrte hartnäckig daran.

Baird-Hamilton schien verwirrt. »Leider nicht! Seine ist wesentlich eleganter als dieses alte Mädchen. Ich benutze sie nur für kleine Ausflüge. Normalerweise natürlich im Sommer. Aber auch, wenn die Straßen nicht zu gebrauchen sind.«

Sie mussten fast schreien, um den Wind zu übertönen.

»Aber …« Effie sah sich panisch um. Wie konnte das sein? »Aber ich sollte auf dem Schiff von MacLeod sein!«

»Ja, das dachte ich mir schon.« Ein Lächeln spielte um seine Lippen, und in seinen Augen lag ein Glitzern. »Wenn das irgendwie ein Trost für Sie ist: Ich habe auch jemand anderen erwartet.«

Nein, das war kein Trost. Effie starrte ihn an. Das war eine Katastrophe.

»Aber keine Sorge«, sagte er nach einer Weile, als er merkte, dass sie nicht sehr amüsiert war über ihre Zwangslage. »Ich habe schon kniffligere Situationen erlebt als diese, das können Sie mir glauben.«

»Wo … wo sind wir?« Ein starker Wind blies heftig von hinten, und das Großsegel blähte sich bis ins Letzte, sodass sie an Klippen und Felsbuchten vorbeischossen, während weiße Seevögel herabstießen und im Aufwind wieder in die Höhe glitten. Die Landschaft war ihr vertraut, und plötzlich spürte sie einen Impuls der Freude.

»Im Sound of Raasay. Schön, nicht wahr? Es sind immer Seeadler über dem …«

»Wir segeln Richtung Süden?« Das war die völlig falsche Richtung! Dunvegan Castle – Sholto hatte es ihr auf dem Globus in Gladlys Bibliothek gezeigt – thronte auf einer Landspitze an der Nordwestseite der Insel an einem Meeresarm.

»In der Tat, aber wie Sie sehen, ist das Großartige – das Allergroßartigste – an diesem Schiff, Miss Gillies, dass es wenden kann.«

Er zog sie auf, das wusste sie, aber sie schaffte es nicht zu lächeln. Was würde Sholto denken? Sie war einfach in der Dunkelheit verschwunden! Glaubte er, sie sei ertrunken? Hätte sich verirrt? Würde er auf die Idee kommen, dass sie irgendwie auf dem falschen Schiff gelandet war?

»Wir müssen zurück«, drängte sie.

»Da stimme ich Ihnen durchaus zu«, sagte er. »Aber erst wenn dieser Wind nachgelassen hat, fürchte ich. Das sind Nordwestwinde der Stärke fünf. Hier sind wir geschützt, aber wenn wir jetzt um die Trotternish-Halbinsel herumsegeln würden, wären wir ihnen in voller Wucht ausgesetzt. Viel zu gefährlich.«

»Aber MacLeod segelt dort auch!«

»Ja. Seine Jacht ist ozeantauglich. Aber die *Lady Tara* ist für solche Strecken nicht geeignet, fürchte ich. Apropos …«

Er griff in eine Transportkiste unter dem Steuerrad. »Ziehen Sie das an.« Er reichte ihr eine dicke Rettungsweste, die gleiche, die auch er selbst über seinem grünen Samtjackett trug. »Und geben Sie mir die Decke.«

Sie folgte seiner Anweisung und drehte sich gegen den Wind, damit ihr Haar nach hinten geweht wurde, während sie die Weste anlegte. Das Kleid klebte an ihrem Körper, als sie die Riemen der Weste zuknotete. »Was ist da drin?«, fragte sie erstaunt, als sie die harten Kanten an ihren Rippen spürte.

»Kork. Nicht sehr bequem, aber wenn Sie ins Wasser fallen, schwimmen Sie garantiert oben.«

»Oh.« Sie sah ihn an, nahm ihm die Decke wieder ab und wickelte sie erneut um sich herum – diesmal mehr aus Anstand denn gegen die Kälte. Was bei Kerzenschein wie ein Kleid aussah, fühlte sich bei Tageslicht wie ein Nachthemd an, und er betrachtete sie mit seinem typischen intensiven Blick.

»Mr Baird-Hamilton …«

»Archie, bitte«, korrigierte er sie, als würde ihre Förmlichkeit ihn kränken. »Wir haben den *Gay Gordons* und den *Hamilton House* zusammen getanzt. Das macht uns zu engen Freunden. Wir können uns ruhig duzen.«

War er jemals ernst?

»Archie«, seufzte sie und versuchte, ihre Panik zu unterdrücken. Bei jedem Wort, das sie sprachen, segelten sie weiter Richtung Süden. »Es ist lebenswichtig, dass ich zurück nach Portree komme. Sholto wird sonst denken, ich wäre …« Ja, was hatte er gedacht, als er herausgekommen war und festgestellt hatte, dass sie weg war? Ohne ein Wort. Ohne jede Spur. »Er wird sich Sorgen um mich machen.«

»Daran habe ich keinen Zweifel, aber er wird jetzt nicht mehr in Portree sein, das versichere ich dir. Wenn er sich vergewissert hat, dass du nicht ins Wasser gefallen bist … und die Bucht dort ist sehr geschützt, ein Körper würde nicht weit treiben – wird er sich denken, dass es irgendeine Verwechslung gegeben hat, und nach Dunvegan aufbrechen, bevor das Wetter schlechter wird. Das muss er, denn der Wind wird heute Nachmittag zu einem Orkan werden, und da die Straßen gesperrt sind, können sie sich ein Zögern nicht leisten.«

Effie starrte ihn an. Stimmte das? Sholto würde ohne sie ablegen?

»Bitte mach dir keine Sorgen«, sagte er ruhig, als er merkte, dass ihr Entsetzen nicht nachließ. »Ich habe ein Telefon bei mir zu Hause. Von dort aus werden wir in Dunvegan anrufen und die Situation erklären. Wenn Sholto erst einmal weiß, dass du in Sicherheit bist, können wir besseres Wetter abwarten.« Er zuckte mit den Schultern, als wäre das alles ganz einfach.

Effie drückte die Decke gegen ihre Brust. »Wo ist dein Haus?«

»Auf Raasay. Nicht weit weg. Komm, setz dich hier neben mich, damit du nicht mehr im Wind stehst. Du siehst aus, als könntest du gleich weggeweht werden.«

Widerstrebend setzte sie sich neben ihn. Was sonst konnte sie tun? Der Wind kam von hinten und schob die

Jacht weiter südwärts, immer weiter fort von ihrem wahren Ziel.

Die *Lady Tara* glitt in die geschützte Bucht, Archie holte routiniert das Großsegel ein, wickelte die Festmacherleinen ab und warf den Anker. Effie sah von ihrem Platz aus zu, still und nutzlos. Schiffe blieben ein Rätsel für sie; so viele bewegliche Teile und wechselnde Bedingungen, die es zu berücksichtigen galt. Die uralten, unbeweglichen Klippen im Meer waren ihr deutlich lieber.

»Darf ich?«, fragte Archie und streckte die Hand nach der Decke aus, die sie während der ganzen Fahrt keine Sekunde lang losgelassen hatte. Er nahm sie, faltete sie zusammen und brachte sie zurück in die Kabine, während Effie ihre Rettungsweste auszog und wieder in der Kiste unter dem Steuerrad verstaute.

»Hier, nimm meine Hand«, sagte er, nachdem er auf den schmalen Steg gesprungen war – aber wie schon in Portree war Effie bereits im nächsten Moment flink wie ein Reh neben ihm gelandet und entlockte ihm mit ihrer kleinen Rebellion ein Lächeln. »Dann nimm wenigstens meine Jacke. Ich bestehe darauf. Das ist nicht das richtige Wetter für nackte Arme.« Er streifte seine Samtjacke ab und legte sie ihr um die Schultern.

Die Jacke roch nach Holzfeuer und Moos, und ein Gefühl von Schuld durchzuckte Effie, weil sie sich in den Duft eines anderen Mannes einhüllen ließ.

Kurz fragte sie sich, was ihre alten Freundinnen sagen würden, wenn sie sie so sehen könnten: im Ballkleid auf einer Privatjacht, zusammen mit einem Mann, dem ein gewisser Ruf vorauseilte. Flora wäre ohne Zweifel entzückt von dem Glamour, Mhairi würde sich über mögliche Gerüchte Sorgen machen.

»Hier wohnst du?«, fragte sie und betrachtete das schöne Haus, auf das sie zugingen. Es grenzte an weite, schneebedeckte Rasenflächen und war aus hellem honigfarbenem Stein mit bodentiefen Fenstern, einem grauen Schieferdach, Giebeln, Schornsteinen und einem Säulenportal. Es war viel kleiner als Dumfries House, aber immer noch ein elegantes und beeindruckendes Landhaus.

»Nun, ich bin im Moment der Besitzer, aber es ist eher ein Unterschlupf als ein Zuhause. Mein Onkel hat es kurz vor dem Krieg gekauft. Er wurde in der Schlacht bei Amiens getötet, und ich war sein einziger Erbe, also …« Archie zuckte mit den Schultern, als wäre es ein Rätsel, warum ausgerechnet er plötzlich der Besitzer eines so stattlichen Hauses war. »Historisch gesehen, gehörte Raasay House – und die ganze Insel – einem Familienzweig der MacLeods. Es war jahrhundertelang in ihrem Besitz, und anscheinend betrachten sie es immer noch ein wenig als ihr Eigentum.« Er verdrehte die Augen. »Jedenfalls zieht James MacLeod mich immer wieder damit auf, ich hätte in seinem Bootshaus Unterschlupf gefunden.«

Bootshaus?

Sie folgte ihm den Pfad entlang, über das Grundstück und ins Innere des Hauses. Sie betraten eine Eingangshalle mit Steinboden, an deren Wänden Dutzende von Geweihen hingen. Barley-Twist-Stühle standen an den Wänden, und Tische, die mit gerahmten Familienfotos beladen waren.

Es war kalt hier drinnen, aber Effie hatte Rauch aus einem der Schornsteine steigen sehen. Eine grauhaarige Frau kam aus einem der Zimmer, als sie ihre Schritte hörte. »Willkommen zurück, Sir«, sagte sie. »In der Bibliothek ist der Tee serviert, wenn Sie sich etwas ausruhen möchten?«

»Das würden wir wirklich gerne, Mrs Robertson«, erwiderte Archie dankbar und lächelte sie herzlich an. »Wir hatten einen harten Tag und eine lange Nacht.« Er zog an seiner Fliege und öffnete den obersten Knopf seines Hemdes, dann reckte er den Nacken mit derselben Erleichterung, mit der Effie immer ihre Schuhe auszog. »Das ist meine Freundin Miss Gillies – Effie, das ist meine Haushälterin, Mrs Robertson.«

»Wie geht es Ihnen?« Effie lächelte höflich und erhielt ein reserviertes Nicken zur Antwort. Die Frau betrachtete sie abschätzend von Kopf bis Fuß. Zu spät fiel Effie ein, dass Archies Jackett immer noch über ihren Schultern hing, und sie legte es schnell ab. »Oh. Deine Jacke.«

Er reichte sie Mrs Robertson, die ihn fragend ansah. »Keine Miss Bruce, Sir?«

»Nein – eine kleine Planänderung«, murmelte er. »Sagen Sie bitte, was für Frauenkleider haben wir hier?«

Für einen Moment herrschte Schweigen. »Keine, Sir. Nach Miss Coutts-Fitzroys Abreise wollten Sie, dass alles weggeräumt wird …«

»Ach ja«, sagte er schnell. »Das stimmt. Hm.« Er musterte Effie, um zehn Uhr morgens herausgeputzt in grüner

Seide. »So können wir dich kaum rumlaufen lassen – du holst dir den Tod. In diesem Haus ist es normalerweise kälter als draußen. Ich fürchte, du musst irgendetwas von meinen Sachen anziehen. Stört dich das?«

»Nein, gar nicht.«

»Wunderbar. Wenigstens werde ich der Einzige sein, der dich so sieht, und ich erzähle es bestimmt nicht weiter.«

»Dann lege ich ein paar Sachen auf Ihr Bett, Sir ...« Die Haushälterin wandte sich zum Gehen.

»Nein, Robertson, Miss Gillies schläft in einem der Gästezimmer.«

Die Haushälterin konnte ihre Überraschung nicht verbergen, obwohl sie wie eine Frau wirkte, die so leicht nichts aus der Ruhe brachte. »Natürlich ... Das ... das blaue Zimmer, Sir?«

»Ja, warum nicht? Alle sagen, dort sei die Aussicht am schönsten.« Er blickte zu Effie. »Und würden Sie dort Feuer machen und ein Bad einlassen? Miss Gillies ist etwas durchgefroren, fürchte ich.«

»Das glaube ich«, sagte Mrs Robertson missbilligend.

»Lange Geschichte«, sagte Archie nur über die Schulter hinweg, während er voranging in Richtung Bibliothek.

Der Raum war dunkel und muffig, mit ockerfarbenen Wänden und Bücherregalen aus Eichenholz. Vor dem Kamin standen mehrere abgewetzte Ledersessel. Ein Schreibtisch stand hinter einem durchgesessenen Leinensofa, und auf dem Fußboden lag ein Tigerfell.

Effie starrte es an, fasziniert und entsetzt zugleich. Es hatte sogar noch Zähne! Unangenehme Erinnerungen an

Lady Sibyls Haustier, einen Gepard, kamen ihr in den Sinn. Auch der hatte scharfe Zähne gehabt. Wie kam es nur, dass die Leute in den höheren Kreisen immer irgendwelche Raubtiere brauchten?

»Eine von Onkel Berties Trophäen aus Indien«, erklärte Archie. »Sein Vater war Vizekönig. Ein leidenschaftlicher Jäger, wie man mir erzählt hat. So wie ihr, kann ich mir vorstellen?«

Sie sah ihn an, während sie sich in den Sessel ihm gegenüber setzte. Auf dem Polsterhocker zwischen ihnen stand ein kleines Tablett mit einer Kanne Tee und mit Marmelade bestrichenen Scones.

»Wart ihr St. Kildaer nicht berühmte Jäger?«, hakte er nach, während er den Tee einschenkte. »War es nicht einer von euch, der den letzten Riesenalk getötet hat?«

»Woher weißt du, dass ich von St. Kilda stamme?«

Er lachte laut über ihren Witz – das letzte Mal, als sie von ihrer Herkunft gesprochen hatten, war es für Edward Rushton nicht gut ausgegangen. Effie kam nicht umhin, über seinen ansteckenden Humor zu grinsen.

»Weißt du, du hast damit in der feinen Gesellschaft mehr Aufmerksamkeit erregt als Lord Tanseys Ehefrau, als sie von ihrem Chauffeur geschwängert wurde. Die Leute werden mich für diesen Geniestreich feiern – dich hier zu empfangen! So komme ich an alle Neuigkeiten.« Seine Augen funkelten vor Vergnügen, als er ihr eine Tasse und eine Untertasse reichte. Sie fragte sich, wie er wohl reagieren würde, wenn sie ihm sagte, dass sie selbst erst seit Kurzem vollends über ihre eigene Situation Bescheid wusste.

»Natürlich werden alle denken, dass ich das absichtlich getan habe. Wundere dich nicht, wenn es Gerüchte gibt, ich hätte dich entführt.« Er lehnte sich in seinem Sessel zurück. »Ich fürchte, ich habe einen sehr schlechten Ruf. Die Leute glauben immer das Schlimmste.«

»Dann findest du also, dass es dafür keinen Grund gibt?«, fragte sie und dachte an Bitsys Warnung.

»O nein, das würde ich nicht sagen. Aber es ist immer interessanter, mitzuspielen.«

Effie gewöhnte sich langsam an seinen neckenden Tonfall. Sie umfasste ihre Teetasse und war dankbar für die Wärme. Erschöpft, wie sie war, erschienen ihr ein warmes Getränk und ein Kaminfeuer wie der größte Luxus. Eine durchgetanzte Nacht ohne Schlaf und ein Segeltörn im Dezember forderten ihren Tribut. »Nun, wenn ich erst diesen Telefonanruf gemacht habe, ist es mit den Entführungsgeschichten vorbei.«

»Wie schade«, murmelte er.

»Darf ich?«, fragte sie und blickte zu dem Telefon auf dem Schreibtisch.

Archie lächelte, aber es lag noch etwas anderes in seinem Blick. Ein Hauch von Enttäuschung? »Natürlich. Skye 2598.«

Sie stand auf und nahm den Hörer von der Gabel. »Hallo?«, fragte sie nach einer Weile. Stirnrunzelnd drehte sie sich wieder zu ihm um. »Keine Verbindung.«

Er schien verwirrt, stand auf, hielt sich den Hörer ans Ohr und drückte gleichzeitig auf die Gabel.

»Robertson?«, rief er nach einer Weile.

Die Haushälterin kam augenblicklich. »Sir?«

»Was stimmt mit dem Telefon nicht?«

»Ach, das. Einer der Telegrafenmasten ist gestern früh umgestürzt. Cal Murdock ist mit dem Traktor auf dem Eis ins Rutschen gekommen und dagegengekracht. Hat damit fast seine halbe Herde unter Strom gesetzt.«

»Du meine Güte.«

»Aye, es war ein ziemliches Durcheinander. Er hatte eine hühnereigroße Beule an der Stirn und sah doppelt …«

»Jaja. Wann wird es repariert?«

»Nicht vor nächster Woche. Bis Montag fahren keine Fähren, es ist zu stürmisch.«

Heute war Donnerstag. Effie wurde flau im Magen, als Archie sie entschuldigend ansah. Sholto hatte keine Ahnung, wo sie war – und jetzt würde es noch weitere vier Tage dauern, bis sie ihm Bescheid sagen konnte?

»Ich fürchte, wir haben bei der Telefongesellschaft nicht die oberste Priorität«, erklärte er und legte den Hörer auf.

»Aber ich kann nicht so lange bleiben«, drängte Effie. »Ich muss zurück nach Portree.«

»Das ist aussichtslos, solange die Straßen nach Norden alle gesperrt sind. Wir müssen dich nach Dunvegan bringen.«

»Dann finde ich einen Weg«, erklärte sie. »Ich bin schlechtes Wetter gewöhnt.«

Archie wirkte ratlos. »Das glaube ich dir, und wenn mein Schiff stabiler wäre, würde ich dich selbst dort hinbringen …« Er seufzte. »Es tut mir leid. Ich weiß, das ist furchtbares Pech.«

»Und wenn wir gleich lossegeln würden, bevor der Wind an Stärke gewonnen hat?«, fragte sie verzweifelt und wandte sich zum Fenster, um hinauszublicken. Die Aussicht war atemberaubend, über den Sund hinweg auf die Isle of Skye, wo die roten Cuillin Berge – ruhiger und behäbiger als ihre schwarzen Verwandten – die Horizontlinie durchbrachen. Effie wollte nicht wahrhaben, dass die Wellen bereits weiße Schaumkronen hatten und die Bäume schwankten, während der Wind immer bedrohlicher heulte.

Er schüttelte den Kopf, ließ sich von ihren Bitten nicht erweichen. »Ich bin vielleicht verwegen, aber nicht lebensmüde – so bedauerlich es auch sein mag. Ich bringe dich dorthin, sobald das Wetter sich bessert. Bis dahin … sitzt du hier bei mir fest, fürchte ich.«

Ein Bad, ein langer Schlaf und ein kurzer Spaziergang zu dem umgestürzten Telegraphenmast – der bestätigte, dass sie tatsächlich abgeschnitten waren – führten dazu, dass Effies Stimmung sich aufhellte. Sie machte sich immer noch Sorgen um Sholto, aber das, was Archie ihr immer wieder sagte, tröstete sie: Ihr Verlobter wisse, dass sie nicht ertrunken war, und nahm sicherlich an, dass irgendein Missgeschick passiert war. Und immerhin war ihr klar, wo sie ihn finden konnte, auch wenn er nicht wusste, wo sie war. Sie mussten nur warten, bis der Wind nachließ.

Effie betrachtete sich im Schlafzimmerspiegel und fühlte sich hin- und hergerissen. Was sie anhatte, passte perfekt, und dennoch …

Mrs Robertson hatte ihr eine von Archies Hosen, ein

Hemd und einen Pullover gebracht, und Effie hatte die Sachen nach ihrem Bad angezogen. Die Hose war absurd lang gewesen und musste mehrmals umgekrempelt werden. Archie hatte gegrinst bei ihrem Anblick. »Wie angegossen«, hatte er trocken bemerkt, als sie in die Bibliothek gekommen war.

Bei ihrem Spaziergang hatte Effie zum Glück die Gummistiefel der Haushälterin tragen können.

Aber beim Abendessen war Archie plötzlich sein Smoking aus Schulzeiten eingefallen. »Der muss noch irgendwo in einem der Schränke hängen«, hatte er zu Mrs Robertson gesagt, die nur wissend genickt hatte.

Jetzt zupfte Effie noch einmal an ihren Ärmelaufschlägen und verließ das Zimmer. Ihr Gastgeber saß in seinem Lieblingssessel am Feuer, hatte die Lokalzeitung auf den Knien und ein Whiskyglas in der Hand. Er blickte auf und erstarrte, sah ernsthaft erschrocken aus, als er sie sah, und das wollte etwas heißen, denn er war nicht leicht zu erschüttern. Der Anzug saß, als wäre er für Effie gemacht, aber auch sie hatte ihr eigener Anblick befremdet – eine junge Frau mit langem blondem Haar in einem so maskulinen Kleidungsstück. Hosen zu tragen, war eine Sache, aber gleich einen richtigen Smoking?

»Ich komme mit der Fliege nicht zurecht«, murmelte sie, als sich sein untypisches Schweigen in die Länge zog.

»Ja, das glaube ich«, sagte er, stand auf und trat zu ihr. »Das ist … eine Kunst für sich. Kniffelige Sache.« Er beugte sich zu ihr herunter und fing an, die Fliege zu binden. Es schien kompliziert zu sein, und Effie war sich seiner Nähe nur allzu bewusst. Natürlich, sie hatten schon miteinander getanzt, sie hatte schon seine Hände an ihrer Taille gespürt und seine Finger an ihren, aber es lag etwas … Intimes in dieser ruhigen Tätigkeit.

»Keine Schuhe, wie ich sehe.«

»Ich komme von St. Kilda, schon vergessen?«, murmelte sie und schaute über seine Schulter, um Blickkontakt zu vermeiden. »Und ich hatte die Wahl zwischen meinen Tanzschuhen und Mrs Robertsons Gummistiefeln, also …«

»Das ist wirklich ein Dilemma.«

Wieder trat Schweigen ein, während sie seine Finger dicht an ihrem Hals spürte.

»Wie alt warst du, als du das getragen hast?«, murmelte sie schließlich.

»Dreizehn? Bevor ich anfing, in die Höhe zu schießen«, antwortete er, trat zurück und betrachtete das Ergebnis seiner Arbeit. Barfuß, aber mit Fliege, stand sie da und sah, wie seine Brust sich hob und senkte. Angespannte Stille machte sich zwischen ihnen breit.

»Sehen wir nicht aus wie zwei Pinguine?«, fragte sie, um die Stimmung aufzulockern.

Er lachte wieder. »Ich fürchte, ja! Aber keine Sorge. Wenn wir schon keine Lady aus dir machen können, dann wenigstens einen Gentleman. Versteh mich nicht falsch, du siehst gut aus im Kleid, aber Männerkleidung steht dir wirklich.«

»Das nehme ich als Kompliment«, verkündete sie. »Zu Hause habe ich immer die Kleidung meines Bruders getragen.«

»Wirklich? Und deine Mutter hatte nichts dagegen?« Er

ging zum Getränkeschrank, um ihr einen Whisky einzuschenken, schraubte langsam und gedankenverloren die Flasche auf.

»Meine Mutter ist gestorben, als ich zehn war. Und mein Bruder auch, da war ich vierzehn.«

Archie sah sie erschrocken an, ausnahmsweise einmal ohne jede Andeutung eines Lächelns. »Das tut mir furchtbar leid.«

Sie zuckte mit den Schultern. »Davor habe ich seine Sachen natürlich nicht getragen …« Sie verdrehte die Augen. »Er hätte mich skalpiert.«

»Was ist ihm zugestoßen?«

»Kletterunfall. Das Seil ist gerissen.«

»O Gott, das ist schrecklich.«

Effie blieb einen Moment still. »Immerhin ging es schnell«, sagte sie dann.

Er kam wieder zu ihr und reichte ihr den Drink.

»Auf die, die nicht mehr hier sind«, murmelte er. Sie stießen an, und ihre Blicke trafen sich, als sie tranken.

»Du musst deine Heimat sehr vermissen.«

»Das tue ich. Vor allem, weil ich noch keinen Ort gefunden habe, der sie ersetzen kann.«

»Stimmt, du lebst im Moment ein Nomadenleben, nicht wahr?«

Sie sah ihn an und wusste, dass er, bei aller Diskretion, Bescheid wusste. Wie alle.

»Tatsächlich habe ich erst gestern Nacht herausgefunden, dass Sholtos Eltern nicht wollen, dass wir heiraten«, sagte sie schlicht. »Er hatte mir etwas anderes erzählt.«

»Ah … kompliziert.« Er blickte in sein Glas, dann wieder zu ihr. Befand er sich in einem Loyalitätskonflikt? Er kannte Sholto seit vielen Jahren, die beiden bewegten sich seit ihrer Kindheit in denselben Kreisen, und selbst wenn sie einander weniger nahestanden als andere, wollte er Sholto nicht durch ein falsches Wort in Schwierigkeiten bringen. »Wie hat er es aufgenommen, dass du ihn durchschaut hast?«

»Er weiß es noch nicht. Ich bin direkt zum Boot gelaufen, um ihn zur Rede zu stellen … aber stattdessen bei dir gelandet.«

Er nickte. »Das Schicksal geht manchmal seltsame Wege, Miss Gillies«, erklärte er trocken.

Sie grinste. Das war wieder einmal typisch für ihn. »Es ist kein Schicksal, dass ich hier bin, sondern einfach nur ein Missgeschick. Ich hatte eine Frau nach dem Boot von MacLeod gefragt, und sie hat auf das falsche gezeigt.«

»Also, dann sag mir bitte, wie sie heißt. Ich muss mich bei ihr bedanken.«

Effie lachte und war überrascht, dass sie das konnte. Letzte Nacht, in der Versammlungshalle, hatte sie sich ausgeliefert und gedemütigt gefühlt. Inzwischen hatte sie etwas Abstand gewonnen.

Sie trat beiseite und stellte sich ans Feuer. Es war merkwürdig, ein Tigerfell unter den nackten Füßen zu spüren. Archie sah eine Weile zu, wie sie die Wärme genoss, dann ging er zu ihr.

»Ich bin überzeugt, Sholto hat einen Plan.«

Effie sah ihn mit erhobenen Augenbrauen an. »Es gibt

eine Menge Schlösser in Schottland. Ich glaube, sein Plan ist, dass wir jedes Einzelne besuchen bis ans Ende unserer Tage.«

»Vielleicht spielt er auf Zeit. Er wird glauben, dass er seine Eltern überreden kann.«

Sie zuckte mit den Schultern. »Ich habe ihm immer gesagt, sie würden es nicht akzeptieren, aber er wollte nicht auf mich hören. Als er darauf bestanden hat, zu ihnen zu fahren, um allein mit ihnen zu reden, habe ich nur zugestimmt, weil ich wusste, dass er ihnen alles erklären musste. Mir war klar, dass sie mich nicht mit offenen Armen aufnehmen würden … Aber ich hätte nie gedacht, dass er zurückkommt und mich anlügt.«

»Du solltest dich geschmeichelt fühlen. Er hat es abgelehnt, dich fallen zu lassen.«

Sie schüttelte den Kopf, wusste, dass er recht hatte, und dennoch … »Er wird es bereuen, das weiß ich – wenn nicht heute, dann irgendwann in naher Zukunft. Ich kann das nicht von ihm verlangen.«

Schweigen trat ein, und keiner von ihnen hatte das Bedürfnis, es zu füllen. Archie hielt sein Whiskyglas in der Hand, das im Feuerschein funkelte. »Weißt du, wir Männer angeln in einem kleinen Teich, wenn es um Ehefrauen geht, und Sholto, dieser Glückspilz, hat ein wildes Meeresgeschöpf herausgezogen. Du bist aufregend und lebendig, Effie. Auch eine Herausforderung, denke ich, aber vor allem nicht langweilig. Keines der Mädchen aus unseren Kreisen ist wie du.«

»Oh, ich weiß. Und sie hassen mich dafür.«

»Das kann ich nicht glauben!«, sagte er in gespieltem Entsetzen.

Sie lächelte. »Doch, so ist es. Ich mache alles falsch. Ich bin zu grob, zu laut, zu stark. Bitsy Cameron ist davon überzeugt, dass sie meinetwegen für immer hinken wird.«

»Was hast du mit ihr gemacht?«

»Ich bin mit einem Schaukelpferd über ihren Fuß geritten.«

»Das kann ihre Tanzkünste nicht mehr verschlechtern«, stichelte er und nahm einen Schluck von seinem Drink. »Schau, wenn es dich irgendwie tröstet, die einzige Frau, die dich wirklich hasst und verachtet, ist Sibyl Wainwright – und die hat natürlich guten Grund dazu. Wir können ihr nicht das Vergnügen verwehren, sich in ihrem eigenen Groll zu suhlen.«

Effie musste lachen. »An ihrer Stelle würde ich mich auch hassen.«

»Oh, sie wird irgendwann darüber hinwegkommen. Jede Menge Junggesellen stehen bei ihr Schlange. Wenn ihr alter Herr abtritt, erbt sie ein hübsches Vermögen. Dennoch hängt sie sehr an Sholto. Wahrscheinlich, weil er so hübsch ist, oder?« Er rümpfte die Nase.

»Hübsch? Er ist doch kein Mädchen!«

»Sagt ausgerechnet das Mädchen im Smoking.«

Sie lächelte. »Ich glaube, er ist der attraktivste Mann, den ich je gesehen habe.«

»Vielen Dank.«

»Ich wollte nicht unhöflich sein.«

»Nein, du bist wie ich – es kommt einfach von selbst.«

Sie lachte, verwirrt von seiner Schlagfertigkeit und seiner Weigerung, sich den Regeln zu beugen. Seit ihrem ersten Moment auf dem Festland hatte Anpassung bedeutet, zu wissen, was akzeptabel war und was nicht: Trag dies, sag das, tanz diesen Reel, spiel jenes Spiel, lies dieses Buch, lache im richtigen Moment … Aber Archie Baird-Hamilton hob sich bewusst von alldem ab, und es kümmerte ihn nicht, was sich gehörte. Er war ein rebellischer Gentleman, das Gegenstück zu dem, als das Peony Effie neulich bezeichnet hatte: als *edle Wilde*.

Effie versuchte, das Gespräch zur Abwechslung auf *sein* Liebesleben lenken. »Wer ist Miss Bruce?«

Er schien überrascht, dass sie sich an den Namen erinnerte, den die Haushälterin erwähnt hatte. »Sie war der Gast, mit dem ich eigentlich gerechnet hatte.«

»Der Rotschopf, dem wir auf dem Ball begegnet sind?«

»Rotschopf«, wiederholte er, als wäre das ein richtiger Name. »Nein, die eigentlich nicht.«

»Was ist wohl mit dieser Miss Bruce passiert?«

»Tja, ich hoffe, dass sie inzwischen gemerkt hat, dass ich ohne sie abgefahren bin«, sagte er und lachte laut. »Ich hatte natürlich angenommen, *du* wärst *sie*.«

»Es tut mir so leid.«

»Nein, nein. Es war mein eigener Fehler. Ich hätte runtergehen und nachsehen sollen. Aber ich wollte dem Sturm zuvorkommen.« Er trank einen Schluck Whisky. »Armes Mädchen. Ich bezweifle, dass sie je wieder mit mir spricht.«

»Das wird sie bestimmt, wenn du es ihr erklärt hast«, beeilte sich Effie zu sagen.

Er schüttelte den Kopf. »Sie ist ziemlich temperamentvoll … Aber wahrscheinlich ist es so ohnehin besser. Es wäre nicht gutgegangen.«

»Woher weißt du das?«

»Ihr Mann ist ein sehr guter Schütze.«

Effie blieb der Mund offen stehen, als er sie mit den Augen anlächelte. »Oh.«

14. Kapitel

Archie brachte ihr das Angeln bei. Nicht so, wie sie es von zu Hause kannte – zehn Männer in einem Boot auf Lengfischfang –, sondern so, dass man bis zu den Oberschenkeln im Fluss stand und eine Angelschnur in gleichmäßigen Wellen über das Wasser zog. Es war anstrengend, und sie konnte das eiskalte Wasser durch die hüfthohen Gummistiefel spüren, aber als zum ersten Mal ein Fisch anbiss, hüpfte sie so sehr vor Begeisterung, dass sich der Hecht wieder vom Haken befreite. Wenn sie ihren Hunger nicht länger ignorieren konnten, wischten sie den Schnee von den Felsen am Ufer, setzten sich und aßen die Pies, die Mrs Robertson für sie zubereitet hatte, und tranken Tee aus einer Thermosflasche.

Wenn sie am späten Nachmittag in der Dämmerung zurück ins Haus kamen, nahm jeder ein erholsames Bad, und dann trafen sie sich wieder in der Bibliothek, um zu plaudern, die Zeitung zu lesen und Karten zu spielen. Effie hatte recht gehabt an ihrem ersten Tag – etwas Warmes zu trinken und ein Kaminfeuer waren wirklich der größte Luxus. Und Archie hatte ebenfalls recht gehabt – drinnen war es oft kälter als draußen.

Drei Tage lang besserte sich das Wetter nicht. Die Nordwinde wurden immer heftiger, tobten über den Himmel und peitschten das Wasser auf, dass es brodelte wie ein

Hexenkessel. Aber als sie am vierten Tag aufwachten, war der Himmel blau, und es war auffallend still.

Archie blickte Effie entgegen, als sie den Frühstücksraum betrat. Mrs Robertson hatte seine alten Hosen für sie umgenäht, und inzwischen war Effie in seinen Hemden und Pullovern ein vertrauter Anblick für ihn.

»Du willst gehen«, sagte er beim Frühstück. Es gab Porridge und danach gegrillte Makrelen.

»Tja, irgendwann muss ich ja gehen. Ich kann wohl kaum bis in alle Ewigkeit hierbleiben, oder?«, antwortete sie. Er entgegnete nichts, aber sie las die Antwort in seinen Augen. Er wollte, dass sie blieb.

Sie rührte in ihrem Porridge, versuchte zu ignorieren, wie ihr Pulsschlag sich beschleunigte, und drängte das Gefühl zurück, das in ihr wuchs. Sie liebte Sholto. Er war die Liebe ihres Lebens, das spürte sie mit jeder Faser ihres Herzens. Aber sie spürte auch eine Leichtigkeit zwischen sich und Archie, die sie noch nie mit einem anderen Menschen erlebt hatte. Er war ihr männliches Gegenstück. Ihre Gespräche waren immer ungezwungen, und sie lachten unendlich viel zusammen. Sie hatte nie das Gefühl, von ihm verurteilt zu werden oder in irgendeiner Weise nicht zu genügen. Sogar zwischen ihr und Sholto, von dem sie wusste, dass er sie liebte, herrschte immer eine kleine, aber deutliche Distanz. Sie konnten nicht darüber hinwegsehen, dass sie aus verschiedenen Welten stammten, und dass das für die Menschen, die ihnen wichtig waren, eine Rolle spielte. Mit Archie war alles so einfach.

»Ich traue dem Wetter nicht«, sagte er und schaute aus

den hohen Fenstern. Der Blick war wie ein Gemälde, beinahe unecht in seiner Schönheit, und ständig im Wandel. Effie konnte sich die Farben des Herbstes hier vorstellen, konnte beinahe das Salz des Sommerwindes schmecken. Am Wasser zu leben, erinnerte sie an die Village Bay, wo sie jeden Abend die Wellen, die sich am Strand brachen, in den Schlaf gewiegt hatten.

»Der Wind hat nachgelassen«, erklärte sie.

»Es ist unnatürlich still. Das könnte das Auge des Sturms sein.«

Sie sah ihn an und wusste, dass sie bereits mittendrin standen. Letzte Nacht hatte sie seine Schritte im Flur gehört. Sie hatten vor ihrem Zimmer innegehalten, und in dem Lichtstreifen unter der Tür hatte sie seinen Schatten gesehen. Mit klopfendem Herzen hatte sie sich darauf gefasst gemacht, dass sich der Türknauf drehte, und gewusst, was sie sagen würde, wenn er eintrat. Es war sicher nicht das erste Mal, dass er nachts eine Frau auf ihrem Zimmer besuchte. Aber als sich sein Schatten bewegt hatte und das Licht wieder ungehindert hereinfallen konnte, war ihr klar geworden, dass es vielleicht das erste Mal war, dass er wieder wegging.

Sie beide wussten um sein Geheimnis. Er sehnte sich nach ihr, das sah sie an seinem Blick, wenn er während eines Gesprächs plötzlich verstummte. Dann wurde das, was er nicht aussprach, lauter als das, was er sagte. Er kannte viele Frauen, aber er war noch nie einer Frau wie Effie begegnet. Bald, sehr bald würde irgendetwas brechen; entweder sein Wille oder ihrer.

»Ein Grund mehr, schnell zu handeln«, sagte sie. »Wenn wir die Nerven behalten, können wir ihm immer noch entkommen.«

»Warum trägst du das?«

Archie saß auf der Bank in der Eingangshalle und zog seine Gummistiefel an. Er trug einen Regenmantel, erwartete offenbar, dass der blaue Himmel schlechtem Wetter wich. Als sie hereinkam, barfuß und in ihrem smaragdgrünen Abendkleid, verharrte er mit den Ellbogen auf den Oberschenkeln.

»Weil ich nichts anderes habe. Wenn ich in deinen Sachen in Dunvegan auftauche, gibt es einen Skandal. Weißt du, vielleicht solltest du immer ein paar Frauenkleider hier haben?«

»Für den Fall, dass ich wieder eine blinde Passagierin mitnehme? Eigentlich entspricht das nicht meinen Gewohnheiten.« Er betrachtete sie mit zusammengekniffenen Augen. »Ich verstehe nicht, warum es eine Rolle spielen sollte, wenn du meine Sachen trägst.«

Wirklich nicht? Nicht nur als sie in seinem Smoking aufgetaucht war, hatte sie gespürt, wie er sie ansah, wenn er dachte, sie merke es nicht. Es gefiel ihm, wenn sie seine Hosen trug, mit einem Gürtel zusammengeschnürt, seine Hemden mit aufgerollten Ärmeln. Wenn *seine* Kleidung an ihrem Körper lag und *sein* Duft an ihr haftete, dann war es, als würde er selbst sich ihr einprägen. Kleidung zu teilen, war etwas Intimes, und ihr war klar, dass er das wusste.

»Es geht darum, wie es aussieht.«

»Ah … Nun, das können wir natürlich nicht zulassen«, sagte er spöttisch und betrachtete sie mit einem Ausdruck, den sie nicht deuten konnte. »Wir wissen ja, wie unglaublich wichtig es ist, was andere Leute denken.«

Eine ungewohnte Bitterkeit lag in seinen Worten, und sie spürte, wie enttäuscht er von ihr war. Sich um die Meinung anderer zu scheren, war das Gegenteil von dem, was in den letzten Tagen zwischen ihnen passiert war. Sie hatten einander ihr freies, wahres Ich gezeigt. Mhairi hatte immer viel zu viel über ihren Ruf nachgedacht, und Effie hatte sich eingebildet, sie selbst wäre frei davon. Aber es war nicht nur ihr eigener guter Name, an den sie jetzt denken musste, es war auch der von Sholto. Er verdiente ihren Respekt.

»Archie, du weißt, was ich meine«, sagte sie, als er abrupt aufstand. »Ich bin mit Sholto verlobt. Ich muss daran denken, wie das alles auf ihn zurückfällt.«

Er presste einen Moment die Lippen zusammen, aber er war ein Gentleman. »Zieh dir wenigstens einen Pullover über.« Er zog einen dunkelblauen Anglerpullover aus einem Korb, rau, aber winddicht, und hielt ihn ihr hin. »Ich sehe dich unten.«

Er ging hinaus, und Effie sah, wie die Tür hinter ihm zufiel. Nun, da dieses Intermezzo in ihrer beider Leben zu Ende gehen musste, herrschte eine Spannung zwischen ihnen. Ihre Freundschaft endete abrupt. Effie gehörte zu einem anderen Mann, und Archie konnte nicht länger so tun, als wäre es anders.

Sie zog den Pullover über ihr Kleid und folgte ihm, in gewissem Abstand, hinunter zum Steg. Als sie an Bord sprang, führte er bereits die Vorbereitungen durch; wenn er beschäftigt war, musste er sie weder ansehen noch mit ihr reden. Sie zog die Rettungsweste aus Kork über, die dank Archies Pullover diesmal nicht an ihren Rippen scheuerte.

Sie setzten die Segel, und Archie kreuzte geschickt über den Sund, drehte das riesige Steuerrad ohne Mühe, den Blick nach vorne gerichtet. Effie setzte sich neben ihn, dorthin, wo sie auch auf der Hinfahrt gesessen hatte, sah alle paar Minuten zu ihm auf und wünschte sich, er würde mit ihr reden. Aber was er sagen wollte, konnte er nicht aussprechen, und alles andere war es nicht wert, in Worte gefasst zu werden.

»Schau, da sind Seerobben!«, rief sie nach einer Weile, als sie eine schlafende Kolonie auf einem Felsen entdeckte.

Er lächelte und entspannte sich ein wenig. Er liebte es zu sehr, auf dem Wasser zu sein, um im Groll zu versinken, und fing nun ebenfalls an, sie auf Dinge aufmerksam zu machen, die er entdeckte – die Rückenflosse eines Zwergwals, dann der Horst eines Seeadlerpaars hoch oben in einer Kiefer. Von den Vögeln fehlte jede Spur.

Effie schloss die Augen, streckte das Gesicht der Sonne entgegen und genoss ihre schwache, winterliche Wärme. Es war ihr egal, dass der Wind ihr das Haar zerzauste. Sie genoss die Geräusche der Seefahrt, das Klappern der Takelage, das Flattern der Segel, das Rauschen des Wassers.

Sie bemerkte es nicht sofort, als die Sonne verschwand, aber als sie die Einmündung von Portree passierten und anfingen, um die Trotternish-Halbinsel herumzufahren, fing die *Lady Tara* an zu schwanken. Schäumende Wellen rollten auf sie zu und umgaben sie von allen Seiten. Daran, wie Archie die Augen zusammenkniff und das Kinn reckte, erkannte Effie, dass sie nun das Wetter erlebten, das er befürchtet hatte. Er sah sich zu ihr um, fing ihren Blick auf. Falls er recht damit gehabt hatte, dass sie sich im Auge des Sturms befanden, sagte er es gnädigerweise nicht.

Effie umklammerte die Reling, spürte den Regen, den der Wind heranwehte und der ihr ins Gesicht peitschte. Aber der Sturm nahm noch dramatisch zu, als sie in die Staffin Bay segelten und dann auf die Meerenge des Little Minch zusteuerten. Jetzt waren sie dem unerbittlichen Nordwind vollständig ausgesetzt. Eben diesen Winden waren die Inseln von St. Kilda an ihrem einsamen Posten im Ozean auch ausgesetzt gewesen. Effie wusste, wie heftig sie waren, aber sie auf einem kleinen Boot zu erleben, umgeben von riesigen Wellen …

»Duck dich«, schrie Archie gegen den Wind an. »Halt dich fest!«

Sie wurden klatschnass, Wasser schwappte immer wieder über die Seiten. Archie stand breitbeinig da, hielt mit der einen Hand das Steuer fest, während er mit der anderen das Segel ausrichtete. Es überraschte Effie, dass sie trotz allem keine Angst hatte. Sie vertraute Archies Fähigkeiten als Seemann. Er war geschickt und furchtlos. Es gab nur sehr wenig, was dieser Mann nicht konnte. Er hatte viele Talente.

Erst als sie das Krachen hörte, bekam sie Angst. Es klang wie ein Pistolenschuss, erhob sich gegen den Wind, und sie sah, wie Archie zusammenzuckte und zum Mast aufblickte.

Er wurde blass.

»Was ist?«, fragte sie und blickte ebenfalls hoch, aber alles, was sie sehen konnte, war ein voll geblähtes Segel und die Takelage, die wild im Rhythmus der Wellen schwankte.

Er antwortete nicht, sondern kämpfte mit dem Steuerrad, weil das Schiff plötzlich anfing, nach Steuerbord zu ziehen. »Wir verlieren den Mast!«, brüllte er. Effie sah, dass das Segel durchhing wie ein geplatzter Ballon, und erkannte einen tiefen Riss, wie ein Nadelöhr, ganz oben am Hauptmast. Er war nicht abgebrochen – noch nicht –, aber das Segel zerrte daran und ließ den Riss immer breiter und größer werden. Der Mast konnte jeden Augenblick nachgeben, und Effie ahnte, was dann folgen würde: kein Mast, kein Segel, keine Kontrolle.

»Was können wir tun?«, schrie sie.

Archie starrte nach oben, während er darum rang, das Boot davon abzuhalten, auf die Küste zuzuschießen. »Ich kann nicht raufklettern«, rief er. »Ich muss das hier festhalten.«

Effie blickte hinauf. Es war hoch, aber für sie eine Kleinigkeit. »Ich kann das machen!«

Archie sah sie an, als hätte sie den Verstand verloren. »*Was?*«

»Ich kann da hochklettern und das Segel festbinden! Hast du ein Seil?«

»Effie, nein!«

»Archie, wir haben keine Zeit. Du musst mir vertrauen. Ich bin kein zartes Pflänzchen.« Dass sie so schlank war – einen »Windhauch« hatte man sie früher genannt –, hatte zu Hause auch bedeutet, dass sie geschickt und flink war. Hier dagegen wurde ein zierlicher Körper nur dafür geschätzt, dass er gut in die neueste Mode passte, und Effie hasste es, wenn man sie jetzt für zerbrechlich hielt. Auf St. Kilda hatten ihre Kraft und Beweglichkeit und ihre Fähigkeiten am Seil sie ausgemacht, aber hier wusste niemand davon, oder diese Eigenschaften spielten keine Rolle. Es war, als würde man ihr ihre Identität absprechen. »Gib mir einfach ein Seil.«

Er starrte sie immer noch an, und sie sah die Verzweiflung in seinen Augen. »Effie, das kann ich nicht! Wenn dir irgendetwas passiert …«

Sie blickte erneut nach oben und sah, dass der Riss weiter aufbrach, weil das Segel daran zog. »Du musst! Wenn der Mast bricht, verlieren wir das Segel, und dann sind wir beide erledigt.«

Als würde er selbst nicht glauben, was er da tat, griff Archie unter das Steuer, zog ein aufgewickeltes Seil hervor und reichte es ihr. Ohne zu zögern, warf sie es sich über.

»Hilf mir hoch«, sagte sie und streckte den Arm aus. Das Boot schwankte auf den Wellen hin und her, vom Kurs abgebracht durch das schlaffe Segel.

Er ergriff ihre Hand, so wie er es getan hatte, als sie vier Tage zuvor in Portree einen Reel zusammen getanzt hatten. Dann zog er sie von der Bank hoch, ohne das Steuerrad loszulassen. Es gab einen Ruck, als sie seitlich von einer Welle erfasst wurden, und sie spürte das Deck unter sich weggleiten, als sie in den offenen Bereich der Brücke geschleudert wurde. Auch wenn sie die Arme ausstreckte, war sie immer noch zu weit vom Mast entfernt, aber Archie hielt sie fest, bis sie für ein paar Sekunden in ein Wellental sanken.

»Jetzt!«, schrie sie, und er ließ sie los und sah zu, wie sie das kurze Stück zum Mast rannte.

»O Gott, Effie!«, schrie er, hilflos nun, da sie nicht mehr in seiner Reichweite war. »Sei vorsichtig!«

»Aye«, antwortete sie und sah zu dem hohen, dünnen Mast auf. Er war rutschig vom Regen, bot keinen natürlichen Halt. Sie hätte eine Felswand aus Granit vorgezogen, aber wenigstens gab es ein paar Haltegriffe und Trittstellen. Sie konnte sich auf den Baum stellen, die Seile packen … Mit Armen und Beinen klammerte Effie sich fest und wartete, bis die *Lady Tara* in das nächste Wellental sank. Dann löste sie einen Arm, um ihren langen Rock in ihre Unterwäsche zu stecken. Das durchnässte Kleid war ein Vorteil, weil es jetzt weniger um ihre Beine flatterte und über ihren Oberschenkeln hängen blieb.

Das Boot stabilisierte sich, und sie sprang schnell an den Mast und schob sich daran nach oben. Sie kam schnell vorwärts, musste sich aber immer mehr festklammern, denn je höher sie kam, desto weiter pendelte der Mast von einer Seite zur anderen.

Sie schaute hinunter und sah, dass Archie sie mit blankem Entsetzen beobachtete, während er darum kämpfte, das Boot in Position zu halten. Von hier aus wirkte er klein, und ihr Blickwinkel machte ihr noch einmal deutlich, wie verletzlich sie waren und wie riesig das Meer, das um sie herumtobte.

Sie musste sich dazu zwingen, sich auf das zu konzentrieren, was nun zu tun war – Panik half ihnen nicht weiter. Aus der Nähe betrachtet war der Riss schlimmer, als es von unten ausgesehen hatte. Der Mast konnte jeden Moment abbrechen …

Sie machte sich daran, ihn mit dem Seil zu fixieren, schlug Achterknoten in dem Versuch, den Riss zu schließen. Es war keine perfekte Lösung, aber es milderte den Zug des Segels ab. Sie knotete das Ende des Seiles fest und beobachtete den Riss, als das Boot erneut hin und her schwankte. Das Segel hielt jetzt offensichtlich besser, nun, da der Mast verstärkt war. Sie erkannte auch die unmittelbare Erleichterung für Archie, der nun weniger gegensteuern musste, aber bei diesen starken und unbarmherzigen Winden konnte sie nicht riskieren, wieder hinunterzusteigen. Ein besonders starker Windstoß konnte ausreichen, um die Befestigung wieder zu lösen, das Segel mit voller Wucht herumzureißen und alles zum Einsturz zu bringen. Es gab keine andere Möglichkeit.

»Ich bleibe hier oben!«, rief sie zu Archie hinunter.

Archie antwortete nicht gleich. Hatte er sie nicht gehört, oder glaubte er ihr nicht?

»Effie, nein! Es reicht! Du hast genug getan! Komm wieder runter.« Er klang verzweifelt, angesichts der dramatischen Lage war seine Lakonie verschwunden.

Sie klammerte sich an den Mast und kämpfte gegen die Angst an. Bei jedem Schwanken hatte sie das Gefühl, gleich in das brausende Meer zu stürzen. »Ich kann nicht! Es ist zu instabil!«, schrie sie zurück. »Mach einfach weiter! Mir geht es gut, ich halte mich hier fest. Wir können es schaffen!«

Sie sah, dass er den Kopf schüttelte, aber jeder Widerspruch hätte sie beide wertvolle Energie gekostet, und er kannte sie inzwischen gut genug, um zu wissen, dass sie nicht nachgeben würde. Er starrte auf den Horizont, dem Sturm entgegen, während der Regen prasselte, der Wind heulte und die Wellen sich auftürmten. Und Effie klammerte sich fest, ein smaragdgrüner Fleck an einem Dirigentenstab, während – tick, tick, tick –, die Zeit verrann.

15. Kapitel

»Lieber Gott, was für ein Bild ihr abgegeben habt, als ihr so über den Loch geschippert seid!«, rief Gladly vom Pier her, in Regenmantel und Südwester, während er das Festmacherseil um den Poller wickelte. Es regnete immer noch heftig, und der Wind schien nicht nachlassen zu wollen. »Wir dachten, ihr wärt Piraten, die uns plündern wollen! MacLeod ist gleich los, um das Familiensilber zu verstecken!«

Colly und Campbell kamen auf dem Pfad vom Schloss heruntergerannt und knöpften dabei noch ihre Mäntel zu.

Effie, immer noch oben auf dem Mast, schloss einen Moment die Augen vor Erleichterung, als sie spürte, dass die *Lady Tara* endlich stillstand und vorne und achtern festgemacht wurde. Niemals würde sie den einladenden Anblick von Dunvegan Castle hoch auf einem Felsen über dem Loch vergessen, die alten, zinnenbewehrten Türme und dicken Sandsteinmauern, die einen sicheren Hafen versprachen.

Sie würde niemals zugeben, dass sie nicht gewusst hatte, wie lange sie sich noch dort oben hätte halten können. Wie befürchtet, hatte sich das Seil durch den Wind wieder gelockert, und sie hatte es mehrmals wieder festbinden müssen, sich mit den Beinen am Mast festklammernd, um die Hände freizuhaben. Nur durch ihre Muskelkraft und ihren starken Willen hatte sie sich halten können.

Langsam stieg sie hinab, bis ihre nackten Füße das Deck berührten. Sie war vollkommen durchnässt, das Wasser rann ihr aus dem Haar den Rücken hinunter, und das Kleid klebte oberhalb der Schenkel an ihrer Haut.

»Was ist?«, fragte sie, als sie bemerkte, dass die beiden Männer sie erstaunt anstarrten. »Oh. Ich sehe nicht unbedingt wie eine Lady aus, ist es das?« Sie strich sich das Haar zurück und wrang es aus wie ein Handtuch.

»Wie zum Teufel hast du das geschafft, Mädchen?«, fragte Gladly mit Entsetzen, aber noch mehr Bewunderung.

»Versuch du mal, sie von irgendetwas abzuhalten!«, erwiderte Archie mit einer resignierten Geste. Dann stützte er die Hände auf die Knie und ließ den Kopf hängen. Auch er sah erschöpft aus. Stundenlang hatte er das Boot auf dem stürmischen Meer bändigen müssen. »Davon abgesehen gab es wirklich keine andere Wahl. Der Mast war kurz davor, nachzugeben, und wenn wir im Wasser gelandet wären …«

»Was zur Hölle ist damit passiert?«, fragte Gladly und betrachtete Effies provisorische Verschnürung, die den Mast zusammenhielt.

Archie schaute ebenfalls nach oben, immer noch nach vorne gebeugt. »Ich denke, es könnte die Rah oder der Zug durch den Vorstag gewesen sein. Das weiß ich erst, wenn ich da hochklettere und es mir genauer ansehe.«

»Na, dafür ist jetzt nicht der richtige Zeitpunkt. Du siehst völlig fertig aus, alter Junge.«

»Ich komme schon zurecht.«

»Hier, nimm meine Hand«, sagte Gladly und streckte sie Effie entgegen. Ausnahmsweise einmal akzeptierte sie seine

Hilfe und kletterte mit zitternden Beinen an Land. Ihre Muskeln krampften, und ihre Zähne klapperten.

Auch Archie ließ sich beim Aussteigen helfen, gerade als Colly und Campbell sie erreichten.

Colly zog seinen Mantel aus und legte ihn über Effies Schultern, obwohl das unnötig war; nasser konnte sie nicht mehr werden. »Ein heißes Bad, sofort«, sagte er und sah besorgt aus. »Eine Lungenentzündung ist kein Spaß, das kann ich euch sagen.«

Effie musste an Molly denken, und der Gedanke versetzte ihr einen Stich. Seit dem Tod ihrer Freundin waren ein Jahr und ein Monat vergangen, aber sie vermisste sie immer noch schmerzlich.

»Warum in aller Welt habt ihr euch ausgerechnet den heutigen Tag für eure Reise ausgesucht?«, fragte Campbell entgeistert, an Archie gewandt, während sie sich auf den Weg zum Schloss machten.

Archie seufzte. »Das Wetter hatte sich gebessert, und wir wollten die Gelegenheit nutzen, dem Sturm … zuvorzukommen.« Er sah Effie nicht an, wies ihr nicht die Schuld zu, obwohl das alles ihr Fehler gewesen war.

Sie sah sich um, als sie plötzlich etwas bemerkte, das sie erst jetzt, da sie wieder richtig durchatmen konnte, begreifen konnte …

»Und wir konnten euch im Voraus nicht benachrichtigen, dass wir kommen. Die Telefonleitungen auf Raasay sind unterbrochen, deshalb waren wie tagelang abgeschnitten.« Er blickte zu den Männern. »Wurde nach ihr gesucht?«

»O nein, gar nicht«, antwortete Campbell gelassen. »Alles war klar. Peony hatte gesehen, wie sie an Bord ging …«

Effie fuhr herum. Peony hatte gesehen, wie sie auf das falsche Boot gestiegen war? Sie hatte genau gewusst, dass sie alle zusammen lossegeln sollten und dass Effie allein mit Archie sein würde – und hatte nichts getan, um sie aufzuhalten?

»Sholto war nicht glücklich über das Missgeschick, aber wenigstens wusste er, dass Effie in Sicherheit war.«

Effie blickte von einem zum anderen. »Also … und wo ist er dann?« War er im Schloss und so wütend auf sie, dass er nicht herauskommen wollte?

Die Männer wechselten besorgte Blicke.

»Ah, ja, nun, also, weißt du … dich zu verlieren, war nicht das einzige Drama, mit dem wir uns herumschlagen mussten.«

Angst durchzuckte sie, viel schlimmer als die, die sie gerade auf dem Wasser durchgestanden hatte. »Was denn? Was ist passiert?«

Gladly räusperte sich. »Also, die Sache ist … Es tut mir leid dir sagen zu müssen, dass die Gräfin, seine Mutter, einen Herzinfarkt erlitten hat.«

»Was?«, flüsterte Effie. »Nein!«

»Ich fürchte doch. Sie lebt, aber die Prognose ist schlecht.« Gladly biss sich auf die Unterlippe. »Sholly ist zurück nach Dumfries House gefahren.«

Effie fuhr herum, konnte kaum fassen, was sie gerade gehört hatte. Sie hatte geglaubt, sich inmitten eines Unwetters an einen Mast zu klammern, sei das Schlimmste gewesen, mit dem sie heute fertigwerden musste, dabei war der Sturm noch gar nicht vorbei. Sholtos Mutter wäre beinahe gestorben.

Trugen sie die Schuld daran? Hatte Sholtos Entschluss, sie zu heiraten, zu diesem Ereignis beigetragen oder es gar verursacht? Effie hatte die Blicke zwischen Gladly, Campbell und Colly wohl bemerkt. Hatte Sholto so etwas erwähnt? Hatte er das Gleiche gedacht?

»Kommt … kommt er zurück?«, krächzte sie.

Das Zögern der Männer war deutlich spürbar, als sie sich erneut ansahen.

»Er hat darum gebeten, dass du ihn anrufst, wenn du hier bist«, sagte Gladly und sah sie freundlich an.

»Aye, ich muss sofort …«, stieß sie hervor.

»Aber eins nach dem anderen. Du tust gar nichts, bevor du nicht ein Bad genommen und dich aufgewärmt hast«, sagte Colly. Er ging vornübergebeugt unter dem prasselnden Regen, der schnell seine Kleidung durchnässte. Sie wusste, dass sie ihm seinen Mantel zurückgeben sollte, für den sie selbst wenig Verwendung hatte – nass war nass –, aber ihr Geist war genauso erschöpft wie ihr Körper.

Sie gingen um die Bucht herum und stapften den Hügel hinauf zum Schloss, das auf seinem Felsen thronte, vorbei an moosbewachsenen Vogelbeerbäumen, silbernen Birken und dichten Rhododendren. Nun, da sie näher kamen, waren Gesichter hinter einem der Fenster zu erkennen. Effie konnte sich die missmutigen Mienen lebhaft vorstellen, die Bitsy und Peony machten, wenn sie sahen, dass sie nicht einfach nur zurückkam, sondern Einzug hielt wie eine Korsarin.

Sie gingen hinein, und eine imposante Treppe aus Eichenholz erhob sich vor ihnen. An der Wand hing ein Stierkopf – das Wahrzeichen der MacLeods. Die Frauen erschienen auf der obersten Stufe, so elegant in ihren Tageskleidern und Seidenstrümpfen, die Haare ordentlich frisiert. Angesichts Effies äußerlichem Zustand blieben sie sichtlich schockiert stehen. Der Unterschied zwischen ihnen war nie deutlicher gewesen, nun, da Effie in ihren natürlichen wilden Zustand zurückgefallen war: barfuß, wettergegerbt und zerzaust.

Veronica rührte sich als Erste, lief die Stufen hinunter und nahm ihr den tropfnassen Regenmantel ab. Effie zitterte unkontrolliert, das Kleid hing als durchweichter Lumpen um ihre nackten Beine.

»Komm, wir haben dich in der Lewis Suite untergebracht. Dort ist ein Bad eingelassen. Im Nu bist du wieder warm.«

Effie nickte, auch wenn sie nichts anderes wollte, als ein Telefon zu finden und Sholtos Stimme zu hören, die ihr sagte, dass alles gut werden würde. Aber würde es das? Heute Morgen war sie bei blauem Himmel und mit einem optimistischen Gefühl aufgewacht, aber schon wieder hatte sich alles verändert, und der Boden unter ihren Füßen war nicht fester als das brausende Meer. Zuerst war sie Sholto weggenommen worden und jetzt er ihr. Es fühlte sich an wie ein böses Omen, eine Lektion des Schicksals, das ihr sagte, dass sich die Welt nicht ihrem Willen beugen würde. Liebe allein reichte nicht.

Veronica legte einen Arm um sie und zog sie von den Männern fort. Sie spürte, dass Archie ihr nachsah, drehte sich kurz um und begegnete seinem traurigen Blick. Auch er hatte sich ein anderes Ende gewünscht.

»Sholto?«

»Effie.« Er sprach ihren Namen mit einem Seufzer der Erleichterung aus, als wäre sie sein Trost. Sein Zuhause. Sie schloss die Augen und konnte ihn vor sich sehen, erschöpft und angespannt in seiner Bibliothek, genau wie sie selbst erschöpft und angespannt in einer Bibliothek saß. Sie hätte alles dafür gegeben, jetzt bei ihm zu sein, ihn festzuhalten.

»Gladly hat mir gerade von deiner Mutter erzählt ... Wie geht es ihr?«

Er zögerte. »Nicht gut, fürchte ich«, sagte er nach einer Weile. »Der Doktor sagt, sie hat ein schweres Trauma erlitten. Sie ist noch bei uns, aber ... nicht mehr so wie früher.«

Effie biss sich auf die Unterlippe, wusste nicht genau, was das bedeutete, wollte aber nicht nachhaken. Seine Stimme war dicht an ihrem Ohr, aber sie spürte die Distanz zwischen ihnen. »Ich kann zurückkommen«, sagte sie leise.

Eine lange Pause trat ein.

»Nein.« Das Wort klang sanft, aber die Botschaft war klar. »Es tut mir leid, ich ...« Sie hörte, dass er tief durchatmete, und wusste, dass er sich wappnete für das, was gesagt werden musste. Jetzt würden sie das Gespräch führen, das er abgelehnt hatte, als er im November nach Oban zurückgekehrt war. »Es ist nur ... Im Moment ist alles sehr schwierig, und der Doktor hat uns geraten, jeden ... jeden übermäßigen Stress zu vermeiden.«

Sie schloss die Augen, wusste, dass *sie* der übermäßige Stress war. »Ich verstehe.« Ihre Stimme war nur ein Flüstern.

»Wirklich? Ich meine, du weißt, dass ich dich gerne hier hätte, es ist nur …« Sie merkte, dass er Mühe hatte, seine Gefühle unter Kontrolle zu halten. Damit er das Richtige tat. Den Verstand dem Herzen vorzog. »Sie ist meine Mutter.« Seine Stimme brach, und in diesem Moment erkannte sie das tatsächliche Ausmaß seines Konflikts, das, was sie schon die ganze Zeit gesehen und er geleugnet hatte. Er hatte geglaubt, er könnte sein persönliches Glück über die Wünsche seiner Familie stellen, aber jetzt lauerte der Tod über ihnen wie ein gespenstischer Schatten und tauchte alles in Dunkelheit. Sholto konnte nicht länger ausweichen. Er musste eine Entscheidung treffen.

»Sholto, natürlich verstehe ich das. Ich habe meine Mutter verloren, als ich ein Kind war … Ich würde *alles* dafür geben, noch einen einzigen Tag mit ihr verbringen zu können.« Tränen strömten ihr über die Wangen, aber ihre Stimme klang fest. »Du musst bei ihr sein. Du musst.«

Lange herrschte Stille am anderen Ende der Leitung. Auch er rang um Fassung. Sie wussten beide, was das bedeutete: Solange seine Mutter am Leben war, musste Effie sich fernhalten. Aber auch, wenn sie starb, konnten sie nicht darauf hoffen, wieder zusammenzukommen, denn das würde bedeuten, das Andenken der Gräfin nicht zu ehren. Sholto steckte in einem Dilemma. Effie würde nie gut genug für seine Familie sein, und sein Widerstand dagegen hatte einen zu hohen Preis gefordert.

Beide schwiegen, lauschten nur auf die Atemzüge des anderen und versuchten, dessen Gedanken zu erraten.

»Was wirst du tun?«, fragte er.

»Du meinst, wo ich hingehe?« Sie konnte kaum hier in Dunvegan bleiben. James MacLeod war der vollendete Gastgeber, aber seine Eltern – gute Freunde von Sholtos Eltern – würden jetzt noch weniger von ihr halten, in Anbetracht der Krankheit der Gräfin. Mehr als eine Nacht konnte sie nicht mehr hierbleiben. »Nach Hause nach Lochaline, denke ich.«

Aber das war kein Zuhause. Sie hatte dort insgesamt weniger als eine Woche verbracht. Lochaline war nur ein Ankunftsort gewesen, eine Zwischenstation, über die sie von St. Kilda nach Dumfries House gelangt war.

»Mein Vater ist sowieso im Moment dort«, fügte sie hinzu. Er war zu Old Fin gefahren, um Weihnachten und Hogmanay mit ihm zu verbringen, denn allein auf dem Anwesen in Dumfries zu bleiben, ohne Effie, wäre ihm seltsam vorgekommen. »Ich werde ihn anrufen und ihm sagen, dass er dortbleiben soll.«

Sholto zögerte. »Er kann gerne weiterhin in dem Cottage wohnen.«

Sie schloss die Augen. Jedes Zögern, jedes höfliche Wort von ihm fühlte sich an wie ein Schwerthieb, auch wenn sie wusste, dass Sholto sie nicht verletzen wollte. Im Gegenteil, sein Angebot war sehr freundlich, aber wenn sie nicht mehr für den Grafen arbeitete – und wie sollte sie das tun? – und auch nicht mehr mit Sholto zusammen war, konnte ihr Vater unmöglich dortbleiben.

»Mach dir keine Sorgen um uns. Wir werden schon zurechtkommen«, sagte sie ruhig. »Aber würdest du … könntest du uns unsere Sachen schicken?« Sie glaubte nicht, dass sie es ertragen konnte, nach Dumfries zurückzufahren, um zu packen. Dort zu sein und ihn nicht zu sehen …

»Natürlich. Ich werde sofort jemanden damit beauftragen.«

Sie merkte, dass er sich unwohl fühlte, als er das sagte. Seine Hilfsbereitschaft war hier fehl am Platz.

Wieder breitete sich Schweigen aus. Es gab so viel zu sagen, aber Worte würden ihnen jetzt nicht helfen. Gefühle konnten es nicht mit Fakten aufnehmen. Sie hatte nicht ahnen können, dass der Augenblick, als er sie in der Festhalle von Portree mit einem Augenzwinkern bei einem betrunkenen jungen Viscount zurückgelassen hatte, ihr letzter gemeinsamer Moment gewesen war.

Vielleicht war es besser so. Niemals hätte sie ihn ansehen und ihm Lebewohl sagen können, vielleicht hätte sie sich an ihn geklammert und ihn angefleht, es sich noch einmal zu überlegen, auch wenn sie gewusst hätte, dass das unmöglich war. Die Ereignisse hatten sie überrollt, und vielleicht war das eine Gnade.

»Lebwohl, Sholto. Ich werde für sie beten. Für euch alle.«

»Ich liebe dich, Effie.« Seine Stimme brach. »Es tut mir …«

Sie legte den Hörer auf die Gabel und spürte, wie ein Schluchzen aus ihr hervorbrach. Ihr Schicksal war besiegelt – aus ihrer Lage gab es keinen Ausweg. Und es war nicht ihr erster Verlust.

Der Schmerz zog in Wellen durch ihren Körper, und sie taumelte zu einem Stuhl und sank darauf nieder, weinte um den Verlust ihres einzigen Traums. Eine Zukunft ohne Sholto konnte sie sich nicht vorstellen. Wie sollte sie jemals wieder lächeln, nachdem ihr das Herz aus dem Leib gerissen worden war?

Hinter ihr öffnete sich die Tür zur Bibliothek, aus dem Flur drang Gelächter herein. Effie erstarrte, wusste, dass es Gladly, Colly oder Archie sein würde, die nach ihr suchten. Sie wollte nicht, dass irgendjemand sie so sah, so schwach und erbärmlich. In diesem Zustand konnte sie nicht mit ihnen sprechen, sagen, dass ihre Verlobung gelöst war, dass sie wieder in der Versenkung verschwinden würde, dort, wo sie hergekommen war …

Effie wartete darauf, dass sich die Tür wieder schloss – hier war sie vor Blicken geschützt –, aber stattdessen hörte sie Schritte. Sie zog die Füße hoch und duckte sich hinter der hohen Rückenlehne. So würde ihr aufmerksamer Held sie nur sehen können, wenn er durch den ganzen Raum ging, um sie zu suchen – doch die Schritte hielten auf halbem Weg inne; sie hörte ein leises Klopfen an der mit Bücherregalen bedeckten Wand hinter ihr, dann das Quietschen eines Scharniers.

Effie biss sich auf die Unterlippe, als ihr klar wurde, dass ihr Gastgeber – ein Mann, den sie kaum kannte – aus persönlichen Gründen und nicht ihretwegen hier in der Bibliothek war. Sofort fühlte sie sich wie ein Eindringling, als wäre ihr Wunsch nach Privatsphäre etwas Fragwürdiges.

Sie rührte sich nicht, sogar die Tränen strömten langsamer über ihre Wangen. Sie hörte ein Klappern, dann wieder das Quietschen des Scharniers, gefolgt von einem Klicken.

Schritte, die sich entfernten.

Effie wartete darauf, dass sich die Bibliothekstür erneut öffnete, aber etwas … irgendein Instinkt versetzte sie in höchste Alarmbereitschaft. Als sie hörte, dass sich der Türknauf drehte, spähte sie schnell über die Stuhllehne.

Was sie sah, ließ ihr das Blut in den Adern gefrieren. Das ergab keinen Sinn – ihr fiel keine Erklärung dafür ein.

Was tat *er* hier?

16. Kapitel

Mhairi

5. Januar 1931
Oban

Mhairi konnte die Kinder nebenan kämpfen hören. Bei ihr zu Hause, während ihrer Kindheit, hätten ihre Brüder niemals mehr als zweimal zuschlagen können, bevor sie getrennt und ausgeschimpft worden wären, aber hier herrschten andere Sitten. Der Vater dieser Kinder war kaum je zu Hause – sie hatte gehört, er habe nach der Schließung der Destillerie seine Stelle verloren und verbrächte nun seine Tage im Pub –, und die Mutter war entweder zu erschöpft von dem Benehmen ihrer Kinder oder es war ihr egal.

Mhairi summte vor sich hin, während sie die Kissen aufschüttelte, um die Geräusche zu übertönen. Das Zimmer war frisch gelüftet und kalt. Sie strich die Strickdecke auf dem Bett glatt und wechselte das Wasser in dem Glas mit den Schneeglöckchen, die sie heute Morgen gepflückt hatte.

Den Spaziergang hatte sie barfuß machen müssen, nachdem sie festgestellt hatte, dass ihre Stiefel – die sie nach einem heftigen Regen vor der Wohnungstür hatte stehen lassen – mit Hundekot gefüllt gewesen waren. Normalerweise hätte ein solcher Vorfall ihr den Tag verdorben, aber diesmal hatte sie einfach die Stiefel ausgewaschen und mit altem Zeitungspapier ausgestopft, in der Hoffnung, sie wären getrocknet, bevor Donald nach Hause kam.

Er hatte keine Ahnung davon, wie die anderen Frauen sie in den letzten zwei Monaten terrorisiert hatten: Die Bettlaken auf der Leine waren mit Schlamm beschmiert worden, auf die Eingangstür hatte jemand mit Ruß das Wort *Hure* geschrieben. Beim Metzger am Verkaufstresen wurde sie ignoriert, und einmal hatte eine tote Krähe auf ihrer Türschwelle gelegen. Wann immer sie an den Frauen vorbeikam, grinsten sie hämisch und bildeten eine Mauer des Schweigens. Die Gerüchte über sie waren bis in die Hotelwäscherei gelangt, in der Mhairi arbeitete, und hatten die zarten Anfänge jeder Freundschaft im Keim erstickt. Sie hatte hier niemanden außer Donald. Keine Freundinnen. Keine Familie. Keine Nachbarn.

Donald gegenüber waren die Nachbarn natürlich stets freundlich, wenn sie ihnen sonntags auf der Straße begegneten, manche zogen sogar den Hut. Aber sobald Mhairi allein war, verhielten sie sich so boshaft, dass es ihr den Atem raubte. Und das würde nie aufhören, das war ihr klar.

Es würde immer so weitergehen. Die Wahrheit würde nie ans Licht kommen, und sie konnten nicht von hier weg. David war mit seinem Verdacht gegen Norman letztendlich nicht zur Polizei gegangen. Jayne hatte ihn davon abgehalten, wie er ihnen verzweifelt in einem Brief mitteilte. Jayne wollte nicht zugeben, welche Schrecken sich in ihrer Ehe abspielten, und auch nicht auf David hören, als er ihr seine Befürchtungen schilderte über das, was sich in der letzten Nacht auf St. Kilda zugetragen haben mochte. Ein Teil von

Mhairi hatte gewollt, dass er es trotzdem tat – um Donald ein für alle Mal zu entlasten –, aber im Grunde ihres Herzens wusste sie, dass es nicht richtig war, einen weiteren Mann mit hineinzuziehen, nur weil er kein Alibi hatte. Norman war ein schlechter Ehemann, das stimmte. Aber ein Mörder? Er konnte dafür gehängt werden – nur weil seine Frau in jener Nacht nicht heimgekommen war und deshalb nicht beweisen konnte, dass er zu Hause in seinem Bett gelegen hatte?

David verstand nicht, dass Jayne ihren Ehemann in Schutz nahm, aber Mhairi tat es. Ohne einen hieb- und stichfesten Beweis konnte Jayne kein Risiko eingehen. In jener schicksalhaften Nacht draußen geschlafen zu haben, neben einem anderen Mann – so unschuldig es auch gewesen sein mochte –, war nicht gerade das, was Norman gut aufnehmen würde. Für einen Mann, der seine Fäuste so leichtfertig einsetzte, spielten die feinen Details keine Rolle. Jayne brachte einfach nur die Opfer, die unumgänglich waren, um den nächsten Tag zu überstehen.

Versuchten sie nicht alle nur zu überleben, so gut es ging? Stillschweigen war Mhairis beste Verteidigung, seit sie hier wohnte, und sie hatte geglaubt, so würde sie auch weiterhin alles ertragen können – und genau das war auch ihre Absicht gewesen. Zu Hause auf St. Kilda hatte es ein Sprichwort gegeben: »Ein Mensch kann ohne einen Bruder leben, aber nicht ohne einen Nachbarn.« Das stimmte nicht – innerhalb ihres winzigen Heims führte sie mit Donald ein glückliches Leben. Außer ihm brauchte sie hier niemanden.

Aber jetzt hatte sich erneut alles verändert. Es reichte nicht mehr, diesen stillen Zufluchtsort zu haben.

Sie legte den Brief, den sie geschrieben hatte, auf den Tisch und nahm den kleinen Koffer, der ihre wenigen Besitztümer enthielt – ein paar Kleidungsstücke zum Wechseln, eine Bibel und das Foto von Donald und ihr, das sie für einen Schilling auf dem Markt hatten aufnehmen lassen. Ein letztes Mal sah sie sich in dem Raum um, stolz auf das gemütliche Heim, das sie geschaffen hatte. Sie hatte »eine Seidentasche aus einem Schweineohr gemacht«, wie ihre Mutter es ausgedrückt hätte.

Während sie zur Tür hinausging, wünschte sie sich, es hätte ihr genug sein können – sie beide gegen den Rest der Welt. Diesmal bemühte sie sich nicht, leise zu sein, und die Türen im Haus öffneten sich eine nach der anderen. Gehässiges Frohlocken erhob sich, als die Frauen den Koffer in ihrer Hand sahen.

»Die sind wir los, ein Glück!«, rief eine.

»Die Hexe geht!«, schrie eine andere.

Mhairi ging weiter, mit hoch erhobenem Kopf, unbeeindruckt von ihrem Spott. Sie würde nicht mehr zulassen, dass sie sie verletzten. Sie hatte schon einmal ihr Baby verloren und wollte dasselbe nicht noch einmal durchmachen.

Sie wusste, dass Donald sie liebte, aber er konnte von hier nicht fort.

Auch sie liebte ihn – aber es war unmöglich, zu bleiben.

17. Kapitel

Flora

5. Januar 1931
Québec

Der Raum war nur spärlich erleuchtet und strahlte Düsternis aus. Menschen saßen auf Korbstühlen und Lederbänken an Tischen mit roten Tischdecken, Kellner schlängelten sich zwischen ihnen hindurch wie Katzen. James sah sich um und entdeckte Landon in einer Ecke. Vor ihm lag eine Zeitung, aber er las nicht. Er hielt eine Zigarette in der Hand und blies den Rauch aus, während er ihnen entgegenblickte.

»Mr Landon«, sagte James. »Danke für Ihre Nachricht.«

Nach ihrer ersten Begegnung waren ein paar Tage vergangen, in denen sie nichts gehört hatten, und Flora hatte zunehmend Angst gehabt, Tucker könnte Landon irgendwie erreicht und gewarnt haben.

»Sie haben es also gefunden?«, fragte der Mann, als sie sich ihm gegenübersetzten.

»In der Tat. Ein gut gewählter Ort.«

Landon musterte mit scharfem Blick Flora, die nervös neben James saß und versuchte, die Nerven zu bewahren. Sie spielte mit ihrem wertvollen goldenen Ehering, dem ultimativen Zeichen ihrer Respektabilität, der neben dem Saphirring steckte. Endlich waren sie offiziell verheiratet,

Mann und Frau … und bereit, eine Familie mit einem Kind zu werden.

Der Moment war zum Greifen nahe.

Ein Kellner kam herbei, und sie bestellten Rotwein, der zweifellos entweder zu süß oder zu kalt sein würde. Aber es ging nicht um den Genuss, sondern darum, die üblichen Formalitäten zu durchlaufen, bevor sie über den eigentlichen Grund ihres Kommens sprechen konnten.

Landon schien es ganz und gar nicht eilig zu haben, blickte dem Kellner hinterher, nahm noch einen Zug von seiner Zigarette. Erst dann sah er sie wieder an.

»Also«, sagte er. »Ihre Freundinnen, die beiden Witwen.«

»Ja.« James bemühte sich, das Wort nicht wie eine Frage klingen zu lassen.

»Das ergibt kein sehr klares Bild.«

Flora spürte, wie ihr angst und bange wurde, aber sie zwang sich zur Ruhe. Landon drückte seine Zigarette im Aschenbecher aus.

»Eine von ihnen war in Quarantäne. Fleckfieber.«

Flora schnappte so laut nach Luft, dass James ihre Hand nahm. »Wer?«

»Lorna MacDonald. Sie hat sich auf der Fahrt infiziert. Die ersten beiden medizinischen Untersuchungen nach der Ankunft hatte sie bestanden, aber dann gab es Fragen bei den Papieren der anderen …«

»Bei den Papieren von Mary?«

»Ja. Bei der Überprüfung wurden Unstimmigkeiten festgestellt.«

Flora konnte sich den Grund vorstellen. Um ihren Pass

hatte Pepperly sich vor der Reise nach Paris persönlich gekümmert, aber bei der Evakuierung waren die Inselbewohner nicht mit richtigen Reisedokumenten ausgestattet worden. Vor ihrer Abreise war eine Volkszählung durchgeführt worden, und natürlich hatte der Pfarrer immer alle Geburten, Sterbefälle und Eheschließlungen im Kirchenregister vermerkt. Aber Pässe, Visa … Die Wahrscheinlichkeit, dass da bei einer Auslandsreise etwas schiefging, war groß.

»Sie waren ein paar Tage in zivilem Gewahrsam, solange alles überprüft wurde, aber in der Zwischenzeit bekam diese MacDonald Symptome. Zum Glück für uns, denn sonst wären sie einfach durchgewunken worden.«

»Und wo ist sie jetzt?«

»Eigentlich hätte sie nach Grosse-Île geschickt werden müssen, das ist die Quarantäne-Insel, die dreißig Kilometer von hier entfernt liegt. Aber die ist nur mit dem Schiff zu erreichen und war zu diesem Zeitpunkt durch das Eis abgeschnitten. Sie ist hier auf der Isolierstation.«

»Und Mary? Wo ist sie?«, fragte James.

»Sie ist im Moment mit dem Baby auf der Säuglingsstation des Roten Kreuzes.«

»Wo ist die?«

»Immer noch im Hafen. Ohne ihre Begleitung darf sie nicht weiter.«

Flora und James sahen einander an. Das Unglück der beiden Frauen war ihr Glück: Bürokratie und Wetterverhältnisse hatten dazu geführt, dass sie noch hier in der Stadt waren. Hätten sie nach ihrer Ankunft direkt weiterreisen dürfen, wären sie vielleicht gleich in den nächsten Zug gestiegen und könnten jetzt überall sein.

Flora drückte James' Hand und versuchte, ihre Aufregung im Zaum zu halten.

»Ich verstehe nicht ganz. Warum darf Mary nicht weiter?«

»Sie kann mit einem Neugeborenen nicht arbeiten. Die Begleiterin hat in den Dokumenten angegeben, dass sie Krankenschwester ist und für den finanziellen Unterhalt sorgen wird. Deshalb muss die andere im zivilen Arrest bleiben, bis die Quarantäne aufgehoben ist.«

Arrest. Flora konnte den Gedanken nicht ertragen, dass ihr Kind seine ersten Lebensmonate so verbringen musste. Ihr Sohn war jetzt siebzehn Wochen alt und hatte sechs davon an Bord eines Schiffs und in zivilem Gewahrsam verbracht. War es dort nicht wie in einem Gefängnis? Die Zeit streng eingeteilt, die Bewegungsmöglichkeiten eingeschränkt …

»Aber sie haben Geld, oder?« Flora wusste, dass Mary das Geld gestohlen hatte, das Donald für den Verkauf der Ambra erhalten hatte.

»Nicht genug nach den neuen Regeln der Regierung. Es ist noch nicht offiziell bestätigt, aber wir wurden bereits angewiesen, dass wir hart durchgreifen sollen. Die Lage hier ist nicht gut und wird immer schlechter. Wir können nicht noch mehr Menschen gebrauchen, die dem Staat auf der Tasche liegen.«

»Geht es Lorna immer noch schlecht?«, fragte James. »Sie muss jetzt schon über einen Monat krank sein. Entweder sie erholt sich, oder sie steht kurz vor dem Tod.«

Landon zuckte mit den Schultern. »Ich habe keinen Zugriff auf die medizinischen Akten, nur auf die Einwanderungspapiere. Das ist alles, was ich weiß.«

»Was würde mit Mary und dem Baby passieren, wenn Lorna stirbt?«

»Dann hätte die Mutter keine Möglichkeit, ihren Unterhalt zu finanzieren, und würde im Frühling auf dem ersten Schiff zurückgeschickt werden.«

Der Gedanke, dass Lorna – immer noch eine junge Frau – sterben könnte, erschreckte Flora. Sie würde ihr nie verzeihen, was sie getan hatte, aber das bedeutete nicht, dass sie ihr den Tod wünschte.

Der Kellner kam mit ihren Getränken, und James lehnte sich auf seinem Stuhl zurück, damit er sie auf den Tisch stellen konnte. Dann wartete er ab, bis der Mann wieder verschwunden war. »Die Säuglingsstation – können wir dort rein?«, fragte er leise.

»Nein«, sagte Landon schroff.

»Nicht mal mit einem finanziellen Anreiz?«

»Es ist so gut wie unmöglich. Ihre Freundinnen und das Baby sind noch keine freien Bürger Kanadas. Sie stehen unter Arrest. Das bedeutet, sie werden an einem sicheren Ort festgehalten und bewacht.«

Flora erinnerte sich an die vergitterten Fenster.

»Und in die Quarantäneeinheit?« James ließ sich nicht beirren.

Landon schnaubte. »Erst recht nicht. Sie verstehen doch, dass diese Einrichtung dazu dient, gefährliche, hoch infektiöse Krankheiten einzudämmen, die zu einer Epidemie führen könnten, wenn sie in die Bevölkerung gelangen würden? Es gibt dort nur wenig autorisiertes Personal, und der Zugang zum Gebäude ist sehr begrenzt. Noch nicht einmal ich darf es betreten, und ich darf sonst beinahe überall hin.«

»Nun, das ist gut zu wissen, Mr Landon.« James sah sich um, bevor er schnell in seine Jacketttasche griff und ein Bündel Geldscheine hervorzog, das er diskret unter Landons Zeitung schob. »Das ist für die Informationen, die Sie uns bisher gegeben haben«, murmelte er.

»Bisher?«, fragte Landon. Aber er wirkte nicht enttäuscht.

»Ja. Ich habe noch ein weiteres Angebot für Sie: Beschaffen Sie uns ein Treffen mit Mary.«

»Ich habe Ihnen bereits gesagt …«

»So gut wie unmöglich bedeutet nicht unmöglich. Es gibt immer einen Weg.«

Landon starrte ihn an. »Das Risiko wäre deutlich höher. Ich könnte meine Stelle verlieren …«

»Ich bezahle das Doppelte.«

Zögern, dann ein wütendes Blitzen in Landons grünen Augen. Er mochte es nicht, gedrängt zu werden, aber er wollte das Geld. Flora merkte, dass er seine Möglichkeiten abwog.

»Ich habe den Eindruck, dass Sie ein anpassungsfähiger Mensch sind, sonst hätte Tucker uns nicht an Sie verwiesen.«

Bei der erneuten Erwähnung von Tucker blickte Landon auf. Tucker war, trotz aller persönlichen Defizite, bestimmt ein versierter Geschäftsmann, mit einer Reichweite in alle Ecken – und alle Häfen – der Welt.

»Also gut«, sagte er schließlich. »Treffen wir uns morgen Abend vor dem Einwanderungsgebäude am Princess-Louise-Kai …«

»Am Abend?«, fragte Flora. »Können wir nicht morgens hin?« Sie konnte sich nicht vorstellen, eine Nacht und einen ganzen Tag zu warten, wusste nicht, wie lange sie die Anspannung noch aushalten würde. Jede Minute, die verstrich, fühlte sich an wie ein Monat.

»Die Häftlinge haben tagsüber Zugang zu den Dachgärten. Dann patrouillieren dort Wachleute, und es gibt mehrere Hundert andere Immigranten, die Sie dort sehen würden. Treffen Sie mich um viertel vor sieben am Abend, wenn es ruhig ist, dann sorge ich dafür, dass sie dort oben ist …«

»Mit dem Baby«, verlangte Flora.

Landons Zögern sagte ihr, dass sie etwas von der Dringlichkeit ihrer Situation verraten hatte. Schlimmer noch, von ihrer Geschichte.

James trat ihr unter dem Tisch auf den Fuß, und sie ließ sich zurücksinken.

»Mit dem Baby, *sollte* das möglich sein. Vielleicht ist es das nicht. Es wird dunkel sein, und wir werden nicht viel Zeit haben, bis vor dem Abendessen durchgezählt wird. Was auch immer Sie ihr zu sagen haben, tun Sie es schnell.«

»Verstanden«, sagte James und nickte, als Landon aufstand. Sie schüttelten sich nicht die Hände, bevor sie hinausgingen. Das Spiel der gesellschaftlichen Höflichkeiten interessierte jetzt niemanden mehr.

Beide sahen sie Landon nach, als er den Raum durchquerte, um kurz darauf irgendwo in der Stadt zu verschwinden. Flora spürte ihr Herz heftig klopfen und wusste, dass sie zitterte.

Als sie sich ihrem Ehemann zuwandte, ruhte sein Blick auf ihr, und in seinen Augen flackerte Hoffnung. »Noch eine Nacht«, sagte er, nahm ihre Hand und hielt sie fest.

»Noch eine Nacht«, flüsterte sie zurück.

Flora starrte hinunter auf die dunkle Wasseroberfläche am Kai, in der sich der Vollmond spiegelte. Vom Dach des dreistöckigen Gebäudes aus konnte sie den gesamten Hafen überblicken; Tiefwasseranleger, riesige Lagerhallen, Verwaltungsgebäude in kilometerlangen Reihen, Eisenbahnschienen, die bis ans Wasser reichten. Es gab keinen Verkehr mehr auf dem Wasserweg – durch das Eis war er unpassierbar geworden –, und die *Empress of Scotland* hielt nun Winterschlaf. In der Hochsaison wurden hier jeden Tag mehrere Tausend Einwanderer abgefertigt, aber jetzt waren nur wenige Anleger beleuchtet, an denen Getreideschiffe entladen wurden, die schon längere Zeit hier lagen. Das Surren von Kränen, das Scheppern von Ketten und Stahl … Es war das Epizentrum der Industrialisierung, und umso erstaunlicher wirkte der Garten, in dem sie hier stand. Tausende von Topfpflanzen standen auf der riesigen Dachfläche. Sie bildeten einen überraschenden Gegensatz zu der industriellen Umgebung und verdeckten den Zaun, der die Insassen hier gefangen hielt.

Flora stand, versteckt hinter einem großen immergrünen Strauch, in einer Ecke, während James allein im offenen Bereich darauf wartete, dass Landon mit Mary zurückkam. Es war besser, wenn Mary Flora nicht gleich sah, sonst würde sie vielleicht erschrecken und davonlaufen. James war beinahe ein Fremder für sie, und sie gingen nicht davon aus, dass sie sich an ihn erinnerte, zumindest nicht sofort. Sein Besuch auf St. Kilda lag achtzehn Monate zurück. So würde er Zeit haben, mit Mary zu »verhandeln«, wie er es ausgedrückt hatte. Ihren Sohn zurückzubekommen, war ein Geschäft.

Flora schloss die Augen und versuchte, sich zu beruhigen. Es schneite leicht, aber sie nahm die Kälte kaum wahr. Während die Minuten verstrichen, konnte sie an nichts anderes denken als daran, ihr Baby endlich wiederzusehen. Wie sehr war der Kleine gewachsen? Wie lang war sein Haar inzwischen?

Sie hörten Schritte, Stimmen … einen gewohnt barschen Tonfall, einen vertrauten Akzent. Flora blickte abrupt auf, als Crabbit Mary in Sicht kam und aussah wie immer. Sie holte tief Luft. Sie hatte einen Kontinent und einen Ozean überquert und war nun, einfach so, wieder mit ihrer Vergangenheit vereint.

Mary drückte das Baby eng an sich, sodass Flora von ihrem Standort aus wenig von ihrem Sohn erkennen konnte. Aber er war größer, viel größer als zu dem Zeitpunkt, als Flora ihn zuletzt in den Armen gehalten hatte. Damals war er nicht einmal einen Tag alt gewesen. Sie konnte glänzendes dunkles Haar sehen, so, wie sie es in Erinnerung hatte. Sie konnte sich sogar an den Geruch erinnern …

Instinktiv zog es sie zu ihm hin, aber James drehte sich ein Stück in ihre Richtung, als hätte er ihren Impuls gespürt und wollte sie ermahnen, sich zurückzuhalten. Mit dieser winzigen Geste erinnerte er sie daran, dass sie zwar nicht gesehen wurde, aber nicht vergessen war. Sie musste ihm vertrauen.

»… mir sagen, was hier los ist?«, sagte Mary zu Landon und blickte zwischen ihm und James hin und her.

Wie James gehofft hatte, schien sie ihn, den gut gekleideten Gentleman, nicht zu erkennen. Wahrscheinlich hielt sie ihn für irgendeinen Regierungsbeamten, der irgendetwas mit ihrem Einwanderungsgesuch zu tun hatte. Oder für einen von Lornas Ärzten …

Landon sah nur seinen Geldgeber an. »Machen Sie schnell. Die Runde durch die Schlafsäle fängt bald an.«

James nickte. Landon verschwand wieder in der Dunkelheit, und seine Schritte entfernten sich auf den Stufen.

»Was ist hier los?«, wiederholte Mary. Jetzt wirkte sie besorgt und presste das Baby noch enger an ihre Brust.

»Mrs McKinnon«, sagte James und trat vor. »Wir haben nicht viel Zeit, also komme ich gleich zum Punkt: Ich bin hier, um meinen Sohn zurückzuverlangen.« James' Stimme klang kalt, fast tonlos. Er stand aufrecht da, deutlich größer als Mary.

»Ihren … Ihren was?«, stieß sie hervor.

»Ich bin James Callaghan, der Vater des Kindes.«

Auf einen Moment verständnislosen Schweigens folgte Erkennen. »Aber … Aber Sie … sind tot!«

»Ach, kommen Sie, Mrs McKinnon. Wir wissen beide, dass ich das nicht bin. Das war eine Lüge, die Sie und Miss

MacDonald benutzt haben, um Flora in Bedrängnis zu bringen. So wurde die Geburt frühzeitig eingeleitet und Sie konnten Flora davon überzeugen, Ihnen das Baby zu überlassen.« Seiner Worte waren schroff und unnachgiebig, ohne jede Spur seiner gewohnten Höflichkeit.

Mary stand mit offenem Mund da und wich mehrere Schritte zurück. »Ich hab keine Ahnung, wovon Sie reden.«

»Leugnen ist zwecklos. Wir beide kennen die Wahrheit. Und die Wahrheit ist, dass Sie sich in einer üblen Lage befinden, Mary. Wenn Lorna sich nicht vom Fleckfieber erholt, werden Sie zurück ins Vereinigte Königreich gebracht.«

Sie starrte ihn an. Flora merkte, dass sie fieberhaft überlegte, woher er das alles wusste, und gleichzeitig kaum fassen konnte, dass er wirklich hier vor ihr stand: Er war ihr nicht nur bis nach Québec gefolgt und hatte sie aufgespürt, sondern hatte es irgendwie auch geschafft, hier hereinzukommen, um sie zur Rede zu stellen.

»Es geht ihr beinahe wieder gut«, stammelte Mary. »In einer Woche können wir von hier fort.«

»Meine Quellen sagen etwas anderes«, log James.

»Aber sie hat mir erst letzte Woche geschrieben.«

»Dann will sie Ihnen vielleicht Kummer ersparen.«

Flora sah, dass Mary erschrak bei diesem Bluff. Sie wusste nicht, was sie glauben sollte. Ganz offensichtlich hatte er wirklich »Quellen« – wie wäre er sonst hier hereingekommen?

»Wenn Sie erst wieder zu Hause sind, wird es ein Leichtes sein, die Polizei auf Sie aufmerksam zu machen. Schließlich haben Sie das Geld für Ihre Reise gestohlen.«

»Das war auch mein Geld! Ich bin Donalds Ehefrau. Was ihm gehört, gehört auch mir.«

»Ach, jetzt passt es Ihnen auf einmal, mit ihm verheiratet zu sein, ja? Nachdem Sie ihn im Stich gelassen haben mit Ihrer Flucht.«

Mary kniff die Augen zusammen, schien die Situation langsam zu erfassen. Und wenn Flora eins über diese Frau wusste, dann, dass sie in einem Streit niemals klein beigab.

»Ganz abgesehen davon, dass Sie einen Betrug begangen haben. Sie haben mein Kind gestohlen und mit ihm das Land verlassen. Das ist Kindesentführung. Das sind noch viel schwerwiegendere Vergehen.«

»Sie haben keine Beweise.« Mary reckte herausfordernd das Kinn, während sie zugleich das Kind in den Armen wiegte, beinahe wie zum Hohn. »Auf seiner Geburtsurkunde bin *ich* als Mutter eingetragen. In seinem Pass steht *mein* Name. Eine zertifizierte Krankenschwester ist bereit, unter Eid zu beschwören, dass sie *mich* in der Nacht vor der Evakuierung von diesem Kind entbunden hat. Meine Nachbarn auf St. Kilda haben mich während der Schwangerschaft erlebt, haben mich an meinem Bett besucht, als ich mein neugeborenes Kind in den Armen hielt. Meine Nachbarn in Oban werden auf die Bibel schwören, dass sie gesehen haben, wie ich mich Tag und Nacht um meinen Sohn gekümmert habe … Wer will da behaupten, dass er nicht mein Kind ist?«

Ihre Argumentation war wie ein Kugelhagel, und jeder Schuss traf Flora mitten ins Herz.

»Donald. Er ist die andere Person auf der Geburtsurkunde.«

»Ach was«, schnaubte sie. »Er ist als Lügner und Betrüger bekannt! Er hat bei der Polizei ausgesagt, dass er mich in den Stunden nach der Geburt im Stich gelassen hat, um zu dieser Hure zu gehen! Warum sollte *ihm* irgendjemand auch nur ein Wort glauben?«

James antwortete nicht, und als das Schweigen anhielt, betrachtete Flora ihn mit wachsendem Entsetzen. Sie hatten auf die Strategie gesetzt, Mary zu überraschen und einzuschüchtern, bis sie aufgab. *Sag was*, beschwor sie ihn stumm.

Aber was gab es noch hinzuzufügen? Sie hatten wirklich keinen Beweis. Lorna hatte ein hieb- und stichfestes Alibi konstruiert, in dem alle aus dem Dorf ohne es zu wissen als Zeugen gedient hatten. Flora und Mhairi hatten alles getan, um ihre Schwangerschaften auf der anderen Seite der Insel vor den anderen zu verbergen, und niemand hatte an Lornas Worten gezweifelt, als sie erklärte, Marys Schwangerschaft sei riskant, und ihr Bettruhe verordnete. Der Pfarrer hatte keinerlei Grund gehabt zu bezweifeln, dass sie die leibliche Mutter war, nachdem Lorna angegeben hatte, Mary habe das Kind zur Welt gebracht. Die einzige Person, die – außer Donald und James – jemals die Wahrheit gekannt und mit eigenen Augen *gesehen* hatte, war Frank Mathieson.

Und der war tot.

»Nennen Sie mir den Preis«, sagte James schließlich.

»Was?«, fragte Mary verblüfft.

»Wie viel, damit Sie das Kind aufgeben? Nennen Sie eine Summe, verdoppeln Sie sie, es ist mir egal. Wie viel?«

Lange Zeit herrschte Schweigen. Einen Augenblick glaubte Flora, Mary würde wirklich einen Betrag nennen. Aber dann fing sie an zu lachen; ein langes, leises und grausames Lachen, das Flora schon viele Male gehört hatte, wenn Mary Donald ausgelacht hatte. »Sie glauben, es gibt einen Preis *dafür*?« Mary zog das Baby enger an sich, küsste es auf den Kopf und liebkoste es herzlich.

Flora musste den Blick abwenden und presste sich die Hand auf den Mund. Es kostete sie ihre ganze Kraft, nicht aus ihrem Versteck zu stürmen und Mary das Kind aus den Armen zu reißen.

Mary sah James provozierend an. »Meinen Sie wirklich, ich kann mir jemals ein anderes wie *dieses* kaufen?« Sie hielt das Baby so, dass er es endlich richtig sehen konnte.

James zuckte zusammen, als er zum ersten Mal das Gesicht seines Sohnes sah – im Mondschein, im Schnee, in einem fremden Land, in den Armen einer anderen Frau.

Das Baby wand sich und schrie auf, als es plötzlich die Kälte auf seiner Haut spürte.

Flora hatte das Gefühl, sich übergeben zu müssen.

Mary zog das Kind wieder an sich und beruhigte es, indem sie ihm ihren kleinen Finger in den Mund steckte. »Was glauben Sie, wie das ist, für Frauen wie uns? Wir werden nicht anerkannt, stehen immer am Rand … Aber Ihr Fehler – Ihrer und Floras! – hat uns die Möglichkeit gegeben, eine Familie zu sein. Eine richtige Familie! Und diese Gelegenheit kommt niemals wieder, das wissen Sie so gut wie ich. Überlegen Sie nur, was wir dafür alles auf uns nehmen mussten! Zuerst St. Kilda verlassen, und dann der ganze Weg hierher – unter Bedingungen, unter denen nicht einmal Tiere leben. Unsere Freiheit zu verlieren und geduldig Wartezeit abzusitzen, bis wir endlich anfangen können, unser Leben zusammen zu verbringen … Dafür gibt es keinen Preis. Da ist nichts, was Sie mir noch geben können, abgesehen von dem, was Sie mir bereits gegeben haben.«

Ein süffisantes Lächeln umspielte ihre Lippen, und Flora stürmte aus ihrem Versteck.

»Du Miststück!«, schrie sie und schlug um sich wie eine Furie.

Mary wich erschrocken zurück, als Flora sich auf ihren Sohn stürzen wollte, aber James fing seine Frau ab und hielt sie fest, nur quälende Zentimeter von ihrem Ziel entfernt.

»Schatz, nein!«

»Gib ihn mir! Gib ihn her!«, schrie Flora, und James hatte Mühe, sie festzuhalten.

»Sieh an, Flora, du bist also auch hier«, stieß Mary hervor, als sie sich wieder gefangen hatte. Ihr Blick wanderte über Floras teuren Mantel mit dem Pelzkragen. »Immerhin hat er eine reiche Frau aus dir gemacht, was? Schade, dass er nie eine Lady aus dir machen wird.«

»Es reicht!«, fuhr James sie an, und beide Frauen zuckten zusammen. Flora hatte noch nie erlebt, dass er seine Stimme erhob. Mit unverhohlener Abscheu sah er Mary an. »Wo ist Ihr Mitgefühl? Sehen Sie nicht, wie falsch es ist, was Sie getan haben?«

»Falsch?«

»Ja! Eine Mutter von ihrem Kind zu trennen! Sie haben Flora betrogen. Haben ihr erzählt, ich sei tot, und haben ihr eingeredet, sie hätte keine Möglichkeit, für ihr Kind zu sorgen.«

»Und wo bleibt das Mitgefühl für *mich*?« Marys Augen blitzten wütend. »Wen hat es je gekümmert, wie ich gelitten habe? Mit einem Mann schlafen zu müssen, bei dem sich mir schon der Magen umdreht, wenn ich ihn nur ansehe! Seinen Körper auf mir ertragen zu müssen, obwohl es nicht einmal etwas nützte? Wen hat es je gekümmert, dass ich die einzige Liebe leugnen musste, die ich je kennengelernt habe? Dass alle mich verlassen – selbst Gott – und mich für ein Geschöpf des Teufels halten, wenn sie die Wahrheit über mich erfahren?«

Sie wich ein paar Schritte zurück, als sie sah, wie Flora in James' Arme sank und Tränen über ihr schönes Gesicht strömten.

»Deshalb, nein – ihr Elend berührt mich nicht. Sie ist eine verwöhnte Göre, das war sie schon immer, aber das ist jetzt Ihr Problem. Wenn sie unbedingt ein Baby haben will, dann schenken Sie ihr doch ein anderes. Aber meinen Jungen bekommen Sie nicht, denn der gehört *mir*. Das sagt das Gesetz, und ich werde ihn nie zurückgeben! Er kennt keine andere Mutter als mich, und lieber sterbe ich, als dass ich ihn mir wegnehmen lasse …«

Im nächsten Augenblick hatte Mary schon auf dem Absatz kehrt gemacht, eilte die Treppe hinunter und verschwand in dem Gebäude, das seit fünf Wochen ihr Zuhause war.

»Nein!« Flora spürte, wie ihre Beine nachgaben, als ihr kleiner Sohn erneut von ihr fortgebracht wurde. Dabei war er zum Greifen nahe gewesen, direkt vor ihr! Sie sank zu Boden, und ein Wehklagen brach aus ihr hervor, von dem sie nicht geglaubt hätte, dass sie dazu fähig war. James ließ sich neben ihr nieder, versuchte, sie zu stützen, aber es war, als wollte er Wasser festhalten. Sie war wie aufgelöst, floss auseinander, hatte keine Form, kein Inneres, keine Gestalt mehr.

»Flora, nein, Liebste. Das ist nicht das Ende«, rief er, seine Stimme gebrochen vor Verzweiflung. »Wir können immer noch etwas tun, es gibt immer noch einen anderen Weg.«

Aber sie schüttelte nur den Kopf, unfähig zu sprechen, weil sie wusste, dass Mary recht hatte. Sie konnten nicht beweisen, dass das Baby ihr gehörte. Flora hatte es weggegeben und dazu selbst eine Geschichte erfunden, die so perfekt war, dass nicht einmal sie selbst sie entkräften konnte. Das alles waren die Konsequenzen ihres eigenen Handelns. Sie konnte niemandem dafür die Schuld geben außer sich selbst.

18. Kapitel

Es gab keinen anderen Plan, dem sie jetzt folgen konnten.

Seit ihrer Abreise aus Paris hatten sie sich nie eine Zukunft ohne ihr Kind vorgestellt. Ein Misserfolg war keine Option gewesen. Mary und Lorna suchen, verfolgen, das Baby zurückholen … so hätte es ablaufen sollen. Sie hatten geglaubt, sie hätten das Recht auf ihrer Seite. Die Fakten, die Wahrheit. Aber das alles galt nichts ohne Beweise.

Die Beweislast lag bei ihnen.

James nahm es schwer. Er war es gewöhnt, Geschäfte zu machen, in denen es auf Geld ankam, aber bei einer Frau, die an Tauschhandel gewöhnt war, kam er damit nicht weiter, und an ihr Gewissen oder ihre Vernunft zu appellieren, war sinnlos, denn Mary hatte sich noch nie verantwortungsvoll oder vernünftig verhalten. Zu spät erkannte er, dass er Landon lieber dafür hätte bezahlen sollen, ihnen das Baby zu bringen. Es Mary unter einem Vorwand wegzunehmen. Jetzt konnten sie nicht mehr auf den Überraschungseffekt zählen, Mary war gewarnt. Sie wusste, dass sie hier waren und aus welchem Grund, und würde das Baby keine Sekunde mehr aus den Augen lassen. Die Wachpatrouillen und Zäune, die Mary gefangen hielten, waren nun auch ihr Schutz.

Was-wäre-wenn-Fragen verfolgten sie beide. James hatte Flora während der Atlantiküberquerung stets Mut gemacht, wenn sie in Verzweiflung geriet, weil alles so lange dauerte. Zu diesem Zeitpunkt war es noch etwas Abstraktes für ihn gewesen, einen Sohn zu haben, denn er hatte noch nie sein Gesicht gesehen oder ihm in die Augen geschaut, hatte noch nie seinen warmen, schläfrigen Körper in seinen Armen gespürt. Aber nachdem er im Dachgarten das winzige Baby gesehen hatte – den Schimmer seines dunklen Haars im Mondlicht –, war auch ihm das Ausmaß ihres Verlusts klar geworden. Das, was Flora durchmachte, hatte nun auch ihn eingeholt.

Jetzt teilten sie den Schmerz. Beide konnten sie nie länger als zwanzig Minuten am Stück schlafen und brachten kaum einen Bissen herunter. Nachdem sie ins Hotel zurückgekommen waren, hatte James Flora einen Brandy eingeschenkt, um den Schmerz zu betäuben, aber es hatte weit mehr als einen gebraucht, und die Flasche war bald zur Hälfte geleert, während Flora immer noch weinte und James stumm zwischen den gebügelten Laken lag.

Emotionale und körperliche Erschöpfung überwältigte sie. James machte einen letzten Besuch bei Landon und bot ihm ein kleines Vermögen dafür, ihn auf die Krankenstation zu bringen, aber der Ire wiederholte beharrlich, dass das nicht möglich sei. Es gab nichts, was sie noch tun konnten, sie hatten kein Ziel mehr.

Flora saß auf dem Fensterbrett, ohne etwas zu fühlen oder zu sehen. Die Stadt verschwand im Nebel, die Geräusche von Bussen und Straßenbahnen klangen so erstickt wie Liebesschwüre unter einer Bettdecke. Sie lehnte sich an die Fensterscheibe, spürte das kalte Glas an ihrer Haut, wusste nicht mehr, wie lange sie schon hier saß …

Wie aus weiter Ferne hörte sie ein Klopfen an der Tür, achtete aber nicht darauf. James döste ein wenig, da konnte der Zimmerservice gerne ein andermal wiederkommen. Saubere Bettlaken und frische Blumen waren ihnen im Moment egal.

Aber es klopfte erneut.

Und dann erklang eine Stimme. »Mr Callaghan?«

James fuhr hoch, als er seinen Namen hörte, und zuckte zusammen, weil er den Akzent erkannte.

»Was … Was ist?« Er war desorientiert, aber hellwach, sprang in Sekundenschnelle aus dem Bett und taumelte zur Tür.

Flora drehte sich auf dem Fensterbrett herum.

»Landon?« James' Stimme klang schleppend vor Müdigkeit. »Was machen Sie hier?«

»Darf ich reinkommen?«

James trat zur Seite.

»Mrs Callaghan«, begrüßte Landon sie nickend und mit einem kleinen Stirnrunzeln, als er ihren allgemeinen Zustand der Unordnung bemerkte. Flora wurde bewusst, dass James kein Hemd trug und sie nur Unterwäsche … es war offensichtlich, dass sie keine Besucher erwarteten. James hatte die Tür geöffnet, ohne dass sie sich darauf vorbereitet hatten.

»Bitte verzeihen Sie unser Aussehen«, murmelte James. »Wir fühlen uns … nicht ganz auf der Höhe.«

Landon brummte unverbindlich. Flora fiel auf, dass er eine große braune Papiertüte in der Hand hielt.

»Was können wir für Sie tun?«, fragte James.

»Ich habe einen Weg gefunden, auf die Quarantänestation zu gelangen.«

Flora schnappte nach Luft, aber James' kniff misstrauisch die Augen zusammen. »Aber Sie haben gesagt, das sei unmöglich. Der Risikoschutz …?«

»Sagen wir einfach, ich habe mich dort mit einer Krankenschwester angefreundet. Wir hatten in den letzten Tagen ein paar Verabredungen … Und ich habe sie davon überzeugt, mir das hier zu geben.« Er hielt die Tüte hoch und sah Flora an, während James einen Blick hineinwarf.

»Das ist eine Schwesternuniform.«

Landon nickte. »Nur Mrs Callaghan kann die Station betreten. Meine … Freundin hat mir ihren Dienstplan gegeben: mit Schichtwechseln, Teepausen … Und außerdem die Patientenliste. Wenn wir es genau planen, kann Ihre Frau in das Zimmer der Patientin gelangen, bevor das Personal der nächsten Schicht seine Antrittsrunde macht.«

James sah Flora mit großen Augen an, und in ihren Unglauben mischte sich langsam Freude. War das wirklich wahr? Sie bekamen eine zweite Chance?

Sie zog die Uniform aus der Tüte: ein weißes, wadenlanges Kleid und weiße Schuhe mit weichen Sohlen, eine weiße Haube und eine chirurgische Maske, die Mund und Nase bedecken würde.

»Wann können wir gehen?«, fragte sie mit kaum hörbarer Stimme. Es tat so weh zu hoffen. Wieder Form anzunehmen.

»Können Sie sich gleich umziehen und in zwanzig Minuten unten sein?«

James nickte an Floras Stelle.

»Dann bringe ich Sie hin. Sie können mir mit Ihrem Auto folgen.«

Er verließ schnell den Raum, und Flora und James sahen einander an. Träumten sie, oder war das die Wirklichkeit? Flora fing an, sich anzuziehen, mit klopfendem Herzen, schloss hastig die Knöpfe der Uniform, während James im Zimmer auf und ab ging und Pläne schmiedete.

»Wir müssen es diesmal auf die richtige Weise angehen«, murmelte er. Sie hatten nie geplant, dass Flora die Verhandlungen führen würde. James war in einer besseren Position dafür, nicht nur weil er Geschäftsmann, sondern auch weil er emotional weniger beteiligt war. Er hatte keine Geschichte, die ihn mit diesen Frauen verband. Aber Flora … Sie hatte Lorna einmal als Freundin betrachtet, hatte ihr ihre Gesundheit und das Leben ihres Babys anvertraut, nur um auf die abscheulichste Weise von ihr verraten zu werden.

»Du hast gesagt, dass Lorna anders ist als Mary? Dass sie im Grunde ihres Herzens ein guter Mensch ist?«

»Das ist sie … war sie. Aber ich kenne sie nicht mehr. Das, was sie mir angetan hat, hätte ich ihr nie zugetraut.«

»Liebe kann die Menschen dazu bringen, verrückte Dinge zu tun«, sagte er nachdenklich. »Aber sie saß nun über einen Monat allein in Quarantäne, ohne Kontakt zu Mary außer in Briefen. Das wird ihr Zeit zum Nachdenken gegeben haben. Vielleicht sind ihr Zweifel gekommen, und jetzt bereut sie alles.«

Flora schüttelte den Kopf. »Das glaube ich nicht, nachdem sie schon so weit gekommen ist.«

»Aber wenn es eigentlich nicht ihre Idee war … Vielleicht hat sie nur mitgemacht, weil Mary sich so sehr ein Baby wünschte. Wir haben ja erlebt, wie entschlossen Mary war, das Kind zu behalten, vor allem, weil sie selbst keins bekommen kann … Das kann auch bedeuten, dass es nie Lornas persönlicher Feldzug war. Wenn sie nicht die treibende Kraft hinter allem war – dann ist das unsere Chance. Sie ist Krankenschwester, also jemand, der Menschen helfen will. Sie hat ein Gewissen.« Er wirkte zunehmend von seinem Plan überzeugt. »Wer weiß, Flora … Dich zu sehen und das Baby aufzugeben, könnte auch eine Erleichterung für sie bedeuten. Vielleicht will sie das Richtige tun und weiß nur nicht, wie.«

Flora dachte über seine Worte nach und versuchte, ihre Hoffnung im Zaum zu halten. Selbst wenn all das stimmte und es Flora gelang, an Lornas gutes Herz zu appellieren … konnte Lorna gegen Mary irgendetwas ausrichten? Gestern Abend hatte Mary ihnen bewiesen, wie entschlossen sie war, Mutter zu sein: Das Baby lag in *ihren* Armen, in allen Dokumenten stand *ihr* Name. Sie hielt alle Karten in der Hand.

Aber den Löwen erkannte man an seinen Klauen. Und als Flora sich die Schwesternhaube aufsetzte, machte sie sich bewusst, dass Mary nicht die Einzige war, die zum Schlag ausholen konnte.

Landon hielt vor einem hölzernen Getreidelager, James nur ein paar Meter hinter ihm. Während er den Motor abstellte, ließ Flora den Blick über die verlassenen Docks schweifen.

Schmutzige, vereiste Schneehaufen säumten die Straße, und die Wolken hingen so tief, dass man das Gefühl hatte, sie zu berühren. Trostlosigkeit lag über der ganzen Stadt.

Sie warteten, bis Landon ausstieg und zu ihnen kam. James öffnete das Autofenster.

»Hier ist es.« Landon wies mit einem Kopfnicken in Richtung Getreidelager, eine Zigarette zwischen den Lippen.

James blickte auf das Gebäude und sah dann wieder Landon an. »Das ist ein Lagerhaus.«

»Das war es einmal. Vor ein paar Jahren ist es umfunktioniert worden. Natürlich konnten wir die kranken Häftlinge nicht im selben Gebäude unterbringen wie die gesunden.«

»Nein, wohl nicht.« Fleckfieber, Typhus, Diphterie, Tuberkulose, Cholera … All diese Krankheiten waren hoch ansteckend.

»Bleiben Sie hier, steigen Sie nicht aus«, sagte Landon zu James. »Ihre Frau kann mir folgen.«

James griff nach Floras Hand und drückte sie kurz. »Du schaffst das«, flüsterte er.

Landon warf seine Zigarette fort und schlenderte über die Straße, während Flora den Mantel abstreifte, den sie über der Schwesternuniform trug – als Krankenschwester verkleidet die Hotellobby zu durchqueren, hätte zu viel Aufmerksamkeit erregt.

Sie lief hinter Landon her, der an der Hintertür des Gebäudes auf sie wartete.

»Nehmen Sie das.« Er zog eine Patientenakte aus der Tasche und reichte sie ihr.

»Wozu?«

»Zur Tarnung.«

Sie öffnete sie – leer.

Er blickte die verlassene Straße auf und ab, um sich zu vergewissern, dass niemand sie sah. »Also, wir werden Folgendes tun: Ich lasse Sie rein, und Sie betreten einen langen Gang. Den gehen Sie …«

»Moment. Sie kommen nicht mit?«

Er seufzte kopfschüttelnd. »Wie sollten wir erklären, dass ich als Zivilperson eine zugangsbeschränkte medizinische Zone betrete? Nur Sie haben eine Verkleidung.«

Flora schloss kurz die Augen, spürte, wie ihre Nervosität zunahm.

»Gehen Sie einfach den Gang entlang, bis Sie rechts eine Treppe sehen. Dann hoch in den zweiten Stock …«

Sie hörte aufmerksam zu, aber ihr Herz raste. Aus irgendeinem Grund machte es ihr mehr Angst, einen leeren Korridor zu betreten als eine Bühne in Paris vor achthundert Zuschauern.

»Wenn Sie oben sind, gehen Sie nach links. Der Raum ist in der Mitte des Ganges auf der rechten Seite. Zimmer 237. Alles klar?«

»Die Treppe hoch. Zweiter Stock, links. Zimmer 237, rechte Seite.«

Er nickte. »Sehr gut.«

»Was soll ich tun, wenn ich jemandem begegne?«

»Halten Sie den Kopf gesenkt und drücken Sie die Akte gegen Ihre Brust. Denken Sie daran, Sie passen ins Bild. Es gibt keinen Grund, Sie zu verdächtigen.«

»Aber wenn mich jemand anspricht …«

»Dann nicken Sie grüßend, wenn es sein muss, aber reden Sie nicht. Wenn jemand hört, dass Sie nicht von hier sind, dann …« Er fuhr sich mit der Hand über den Hals, eine Geste, die sie als Warnung verstand.

»Und Sie wissen genau, dass es … sicher ist, ihr zu begegnen?«

»Es sind nur noch drei Tage, bis sie entlassen wird. Sie hat jetzt seit achtzehn Tagen keine Symptome mehr.« Er schloss die Tür auf und öffnete sie, dann reichte er ihr den Schlüssel. »Schließen Sie wieder ab, wenn Sie gehen, und stecken Sie den Schlüssel zusammen mit der Uniform in die Tüte. Die geben Sie an der Hotelrezeption ab, damit ich sie heute Abend abholen kann. Sie haben jetzt zehn Minuten, bis das Personal der nächsten Schicht seine Antrittsrunde macht … Gehen Sie.«

Flora betrat das Gebäude. Wie erwartet, stand sie am Anfang eines langen Ganges. Wenn sich irgendeine der vielen Türen öffnete, wäre sie mitten im Blickfeld und würde sich nirgendwo verstecken können. Schnell bedeckte sie Mund und Nase mit der medizinischen Maske und eilte los, die Akte gegen die Brust gepresst. Die Gummisohlen ihrer Schuhe quietschten auf dem Fußboden. Es roch stark nach Desinfektionsmittel und war absolut still. Quarantäne bedeutete Isolation, aber ihr kam es vor, als wäre außer ihr niemand hier. Sichtfenster in den Türen sollten einen Blick in jedes Zimmer gewähren, aber vor den meisten waren Vorhänge zugezogen.

Jetzt hörte sie Stimmen vor sich und hielt panisch nach

der Treppe Ausschau. *Wo?* Da war sie, Flora stieg zwei Treppenabsätze höher, immer zwei Stufen auf einmal nehmend. Oben angekommen, ging sie nach links und eilte durch den Gang, den Blick auf die Zimmernummern gerichtet.

Zimmer 237. Hier war es, auf einer Karte an der Wand neben der Tür stand: *Lorna MacDonald, Schottland, Ankunft* Empress of Scotland *23.11.1930, Fleckfieber.*

Flora starrte auf die Worte, die Informationen über eine Frau zusammenfassten, von der sie nun mehrere Seiten kannte. Eine Frau, mit der sie einst gelacht und getanzt und beim Wäschewaschen am Bach Klatsch und Tratsch ausgetauscht hatte. Eine Frau, die intelligent, gebildet und prinzipientreu war, aber auch anmaßend, herrisch und dominant, und die schon viele Leben gerettet hatte, aber auch zu extremer Grausamkeit fähig war … Eine selbsternannte alte Jungfer, nicht interessiert an einer Heirat, weil sie bereits – heimlich – verliebt war.

Flora hielt den Atem an und betrachtete den Türknauf. Eine Drehung, und sie würde die Frau wiedersehen, die sie liebevoll durch ihre Schwangerschaft begleitet hatte – nur um ihr dann ihr Kind zu rauben.

Das machte sie zu einem Monstrum, oder? James wollte glauben, dass Lorna noch etwas Gutes in sich hatte, aber welche Frau konnte einer anderen so etwas antun? Es war zwar Marys verzweifelter Wunsch gewesen, ein Kind zu bekommen, aber Lorna war diejenige, die den Plan auf den Weg gebracht hatte. Lächelnd hatte sie Flora ins Gesicht gelogen, Tag für Tag. Lorna war es gewesen, die ihr erzählt hatte, dass James tot sei, und die sie beim Weinen in den Armen gehalten hatte. Lorna hatte ihr die Kräuter verabreicht, die zwei Wochen zu früh ihre Wehen eingeleitet hatten.

Sie öffnete die Tür, spähte hinein und verspürte einen Stich, als sie Lornas so vertraute Gestalt auf einem Stuhl sitzen sah. Sie las ein Buch und wirkte wie der Inbegriff von Würde und Perfektion. Niemand, der sie so sah, hätte je vermutet, welches Unrecht sie begangen hatte.

Flora schlüpfte ins Zimmer und spürte, wie ihre Wut zunahm. »Hallo, Lorna.«

Lorna blickte mit gerunzelter Stirn auf, irritiert über den Akzent, den sie herausgehört hatte.

»Schwester Nanc…?« Sie hielt inne, als sie die Krankenschwester, die sich ihr näherte, genauer ansah.

Es wurde still, als Flora langsam ihre Maske abnahm.

»Schon merkwürdig, nicht wahr? Ich die Krankenschwester, du die Patientin.«

Lorna musterte sie fassungslos.

»Du bist nur als Krankenschwester verkleidet«, korrigierte sie Flora dann – übertrieben korrekt wie immer –, aber ihr Schreck war unüberhörbar.

»Aye, aber du bis eindeutig eine Patientin, wie ich gehört habe.« Flora setzte sich auf die Bettkante, legte die falsche Patientenakte weg und sah Lorna an. »Fleckfieber ist eine ernstzunehmende Krankheit. Du hattest es nicht leicht in letzter Zeit.«

Sie betrachtete ihre Feindin genau, registrierte die kleinen Veränderungen seit ihrem letzten Zusammentreffen.

Auf der Überfahrt nach Lochaline hatte sie Lorna kaum zu Gesicht bekommen, also musste es in der Nacht vorher gewesen sein, bei der Geburt. Flora mitten in den Wehen, auf allen vieren, schreiend, wimmernd und stöhnend wie ein Tier, und Lorna hatte ihr die Stirn abgetupft und beruhigend auf sie eingeredet … Da war Lorna diejenige gewesen, die die Kontrolle hatte. Die Macht.

Wie sich das Blatt doch gewendet hatte.

Lorna war dünner geworden, ihr Gesicht blass und verhärmt, mit dunklen Ringen unter den Augen. Im Gegensatz zu den gesunden Häftlingen mit ihrem Dachgarten sah sie aus, als wäre sie seit Wochen nicht draußen gewesen. Ihr goldbraunes Haar hatte seinen Glanz verloren, und auch sonst wirkte sie geschwächt. Die Überfahrt hatte ihr viel abverlangt, das war deutlich. Ganz sicher hatte sie kein Schwimmbecken oder Billardtische gesehen oder in einer Suite zwischen seidenen Bettlaken geschlafen. Sie hatte gelitten.

Lorna sank auf ihrem Stuhl zurück, schien zu erkennen, wie Flora sie sah: als bemitleidenswert und erbärmlich, ganz anders als die Frau, die auf einer kleinen schottischen Insel eine Revolution angestoßen hatte. Sie wandte den Blick ab, aber es gab nichts, worauf sie ihn richten konnte, denn die Fenster lagen zu weit oben und boten zwar Tageslicht, aber keine Aussicht. »Du hasst mich.«

»Das ist nur angemessen unter diesen Umständen, meinst du nicht?«, erwiderte Flora. »Früher dachte ich, wir wären Freundinnen. Ich habe dir mein Leben anvertraut, und das meines Kindes.«

»Ich hätte niemals einen von euch verletzt oder in Gefahr gebracht.«

»Wie kannst du das sagen?«, fragte Flora kalt. »Du hast mir erzählt, James sei tot, um mich dazu zu bringen, mein Kind aufzugeben. Du hast mich in eine Geburt gezwungen, für die mein Körper noch nicht bereit war. Und dann hast du mein Baby auf ein Schiff gebracht, das den Atlantik überquerte, und es gefährlichen Krankheiten ausgesetzt, die du nicht einmal selber abwehren konntest.«

Beide schwiegen eine Weile. »Wir hatten keine Wahl«, sagte Lorna dann.

»Schon wieder eine Lüge. Ihr wolltet nur sichergehen, dass ich euch nicht finde. Euch war klar, dass James irgendwann zurückkommen und eure Lügen entlarven würde. Ihr wusstet, dass ich euch dann suchen würde.«

Lorna nickte. »Natürlich. Jede Mutter würde das tun.«

Ihre Blicke trafen sich. Wann war man eine Mutter? Machte die Liebe einen dazu, oder nur die Biologie?

»War es das wert?« Flora verspürte einen Anflug von Mitleid, der sie überraschte.

»Aye. Ein paar Wochen lang waren wir eine Familie. Nur wir, zusammen, wie wir es uns immer erträumt hatten.«

Flora sah sie an und fragte sich, wie sie so blind hatte sein können. Sie hatte die Wahrheit viele, viele Jahre lang direkt vor Augen gehabt. Nebensächliche Vorkommnisse erschienen ihr jetzt in einem anderen Licht – wie zum Beispiel, als Effie und sie vom Bullenstall aus gesehen hatten, wie Lorna und Mary sich hinter dem Cottage an den Händen hielten. Damals war Donald gerade von Boreray zurückgekehrt, schwer verletzt nach seinem Kampf mit Mathieson, und sie hatte diese Geste als Trost aufgefasst, als freundliche Anteilnahme einer Krankenschwester.

Sie wollte Lorna hassen, aber die Frau, die sie vor sich sah, wirkte gebrochen, gar nicht wie die Kämpferin von früher. Die Liebe hatte einen hohen Preis von ihr gefordert.

»Wann hat das zwischen euch angefangen?«

Lornas braune Augen glänzten. Hatte sie ihre Geschichte jemals erzählt? Anders als die Liebesgeschichten von Flora, Mhairi, Effie und Molly war ihre immer geheim geblieben, hatte nie eine Form annehmen dürfen. »Als Mary krank war. Sie wurde in das kleine Krankenhaus auf dem Festland gebracht, in dem ich arbeitete.«

Das wusste Flora noch. Sie war im frühen Teenageralter gewesen, als Mary im Herbst 1925 ernsthaft erkrankt war, und erinnerte sich lebhaft an die Aufregung, als die Männer die junge Frau zu Captain McGregors Fischtrawler getragen hatten, der sie aufs Festland bringen sollte. Sie war mehrere Wochen fortgewesen, und damals hatte es sich noch länger angefühlt.

»Und im darauffolgenden Sommer bist du nach St. Kilda gekommen«, murmelte Flora und dachte an den Wirbel, den es gegeben hatte, als sich herumsprach, dass eine Krankenschwester bei ihnen leben wollte. Rachel und Christina hatten beim Wäschewaschen unten am Bach eine Wette um eine Handvoll Färbeflechten abgeschlossen: ob die »neue Lassie« etwas mit Norman Ferguson anfing oder nicht. »Du hast nie erzählt, dass du Mary kanntest.«

»Natürlich nicht. Wir mussten so tun, als ob wir Fremde wären.« Bitterkeit schwang in Lornas Worten mit. »Als wir nach und nach Freundinnen wurden, dachte sich niemand etwas dabei.«

»Wusste Donald davon?«

Sie schnaubte und wandte sich ab. »Ich glaube, das ist ihm niemals in den Sinn gekommen. Er ist nicht gerade ein Mann mit großer Vorstellungskraft.«

Um ihrer Freundin willen hatte Flora den Impuls, Donald zu verteidigen. Mhairi liebte diesen Mann auf eine Art, zu der seine Ehefrau nie fähig gewesen war. »Er hatte Besseres verdient«, erklärte sie steif. »Er ist ein guter Mann.«

»Und wir? Hatten wir nicht auch Besseres verdient? Die Liebe kennenzulernen? Sind wir schlechte Menschen, nur weil wir anders auf die Welt gekommen sind als die anderen? Niemand würde sich das aussuchen, Flora.« Sie schluckte. »Und dass ich nach St. Kilda gezogen bin, war für uns die einzige Möglichkeit, zusammen zu sein. Ein paar gestohlene Augenblicke hier und da waren das Einzige, worauf wir jemals hoffen konnten. Das musste uns genug sein.«

»Und warum war es das irgendwann nicht mehr?« Flora hörte eine Härte in ihrer eigenen Stimme, die ihr selbst fremd war.

Lorna zögerte. »Mollys Tod«, sagte sie schließlich. »Wie du weißt, habe ich ihn schwergenommen. Ich konnte es nicht akzeptieren, eine gesunde junge Patientin durch etwas zu verlieren, das heutzutage vermeidbar wäre. Ich war wütend … frustriert … über die Einschränkungen des Lebens auf der Insel. Das brachte mich dazu, über einen Neuanfang nachzudenken.«

»Und dann hast du dir gedacht, dass alle mitkommen sollen?«, fragte Flora wütend. »Was ist mit Ma Peg und Old Fin, Robert Gillies und Mad Annie, die sich darauf eingestellt hatten, auf St. Kilda ihren Lebensabend zu verbringen? Was ist mit Mary Gillies, die dort fünf ihrer Kinder begraben hat, deren Gräber sie nun nicht mehr pflegen kann, sondern dem peitschenden Wind überlassen muss?«

Lornas Blick war ohne jede Reue. »Ich hatte nur ihr Bestes im Sinn. Die Welt entwickelte sich weiter, und St. Kilda blieb zurück.«

»Das war schon immer so! Aber es war unsere Heimat. Du warst nur eine Zugezogene, die aus eigenen Interessen gekommen war und aus denselben Gründen auch wieder ging.«

»Ich war ehrlich davon überzeugt, dass die Evakuierung für alle das Beste war.«

»Erwartest du etwa, dass ich dir das glaube?«

Lorna verstummte, und ihr Gesichtsausdruck spiegelte den Widerstreit ihrer Gefühle. Sie sah erschöpft aus, als hätten Worte und Wut ihr alle Energie geraubt. »Ich gebe zu, dass ich … eine einmalige Gelegenheit erkannte, als ich von Mhairis Lage erfuhr. Sie war schwanger von einem verheirateten Mann und hatte die Wahl zwischen Schande oder Heimlichkeit. Mary war ohnehin schon hinter ihre Affäre gekommen. Das Baby als ihres anzunehmen, bot allen die Möglichkeit, die Dinge in Ordnung zu bringen. Als das Kind ihres Ehemannes wäre es Marys halb legitimes Kind gewesen. Mhairi wäre die Schande erspart geblieben, und sie hätte immer noch ihren Farmerssohn heiraten können. Es war ein guter Plan für alle«, beharrte Lorna.

Ein Wort hing unausgesprochen zwischen ihnen.

Bis.

Bis Mhairi einen Fehler gemacht hatte. Das »Schafdrama«, das Molly das Leben gekostet hatte, hatte weitere Folgen gehabt: In jenem Winter hatten sie über sechzig Schafe verloren, was das Risiko bedeutete, im Sommer die Mietvorgaben des Verwalters nicht erfüllen zu können. Bei dem Versuch, das Defizit auszugleichen, indem sie ein Mutterschaf von Drillingen entband, hatte Mhairi ihr Kind verloren – und damit Flora ins Spiel gebracht.

Ein Dominoeffekt. Das eine Ereignis hatte zum nächsten geführt.

Flora erwiderte Lornas Blick und sah die Verzweiflung in ihren Augen.

»Nein. Die Abmachung mit Mhairi hat mit ihrer Zustimmung stattgefunden«, sagte sie leise. »Mhairi hatte ihre Entscheidung getroffen und sich darauf vorbereitet, damit zu leben. *Mir* wurde diese Gnade nicht gewährt. Was du mir angetan hast, war kalt und berechnend. Ich hatte einen Verlobten, der auf dem Weg zu mir war, um mich zu heiraten. Wir wären eine Familie geworden, und das wusstest du. Du hast mich angelogen, um mir das alles wegzunehmen.« Ihre Stimme brach. »Du weißt, was du getan hast, Lorna. Es war nicht dasselbe wie bei Mhairi. Es war abscheulich. Abscheulich! Wie kannst du nur damit leben?«

»Es tut mir leid«, stieß Lorna hervor, vergrub das Gesicht in den Händen und begann zu schluchzen. »Es tut mir leid, Flora! Was ich dir angetan habe … es verfolgt mich …« Als sie aufsah, waren ihre Augen gerötet. »Aber so kurz davor zu sein, dank Mhairi ein eigenes Kind zu haben, nur damit es einem kurz vor dem Ziel wieder genommen wird … Mary war außer sich! Nichts konnte sie trösten! In den Monaten vor der Geburt hatten wir es gewagt, von einer Zukunft zu träumen, die wir niemals vorhergesehen hätten, und dann war sie in einem einzigen Augenblick wieder verschwunden. Das war grausam. Davon Abstand zu nehmen, war … schrecklich! Wir wussten beide, dass wir keine zweite Chance bekommen würden.«

»Und dann wurde *ich* das Opfer?«

»Sieh dich doch an, Flora!«, rief Lorna, die Augen weit aufgerissen. »Du hattest es immer so leicht. Du hättest unter Prinzen und Königen wählen können! Du kannst noch so viele Kinder bekommen, wie du willst! Tu nicht so, als wäre es für uns das Gleiche!«

Flora sah das Elend in Lornas Augen, aber Verzweiflung war keine Entschuldigung.

»Was ihr getan habt, war falsch«, sagte sie knapp. »Ihr habt gesündigt, vor Gott und vor allen.«

»Ich weiß.«

»Du musst es wiedergutmachen.«

Lorna fuhr hoch. »Was?«

»Du hast mich richtig verstanden. Es wiedergutmachen. Mir mein Baby zurückgeben.« Flora zwang sich zur Ruhe, als sie zum wesentlichen Punkt kam. Lorna wusste sicher nichts von Marys Sieg am Abend zuvor. Mary würde immer die Beweisbarkeit über die Moral stellen, aber die Krankenschwester besaß noch einen Rest von Gewissen, genau wie James es vermutet hatte. »James ist mit mir hier, in Québec. Er wollte direkt zur Polizei gehen, aber ich habe ihn davon abgehalten und wollte zuerst mit dir reden, um dir eine Chance zu geben«, log sie. »Ich weiß, dass du im Grunde deines Herzens ein anständiger Mensch bist, Lorna. Und ich … ich kann dich verstehen, auch wenn ich dir nicht verzeihen kann. Aber wenn du mir mein Kind zurückgibst, bin ich bereit, ohne weitere Vorwürfe auseinanderzugehen. Bestimmt ist dir klar, dass es besser ist nachzugeben, als zu zerbrechen. Ich will nicht, dass du und Mary dafür ins Gefängnis kommt.« Jetzt stand Angst in Lornas Augen. »Ihr habt es bis hierher geschafft – ihr könnt euch immer noch ein gemeinsames Leben aufbauen. Niemand muss irgendetwas erfahren, ich werde nichts verraten. Darauf gebe ich dir mein Wort.«

Lorna atmete schwer, als die Worte in ihrem Kopf widerhallten. *Polizei, Gefängnis, gemeinsames Leben aufbauen …* »Aber Mary«, stieß sie hervor und fing an zu zittern. »Sie wird nicht …«

»Ich weiß. Und deshalb wirst du ihr nichts davon erzählen. Erst wenn es getan ist«, sagte Flora ruhig. »Wir wissen beide, dass es in den letzten Wochen zu Hause … chaotisch war. Du konntest nicht klar denken, hast Panik bekommen … Aber hier drinnen hast du Zeit zum Nachdenken gehabt und erkannt, dass das, was du getan hast, falsch war. Du kannst der Gerechtigkeit nicht entkommen, und du weißt, was passieren wird, wenn wir die Polizei einschalten. Du hast die Wahl: das Baby verlieren oder alles verlieren. Man würde dich und Mary als abschreckendes Beispiel hinstellen und dafür sorgen, dass ihr euch niemals wiederseht. Ich weiß, dass dir das klar ist. Aber Mary? Sie ist … nun, wir beide wissen, dass man einen Aal nur schwer am Schwanz packen kann.«

Tränen strömten jetzt über Lornas Wangen, und Flora verstummte. Sie zwang sich abzuwarten, in dem Wissen, dass ihre Pfeile ins Schwarze getroffen hatten. Ihr Herz klopfte. Lorna sollte in drei Tagen aus der Quarantäne entlassen werden.

Schließlich nickte Lorna. »Ich tue es.«

»Du sagst ihr nichts davon?«

»Nein.«

»Denn wenn mehr als zwei Personen davon wissen, ist es kein Geheimnis mehr«, warnte Flora.

»Ich werde ihr nichts erzählen«, murmelte Lorna.

Flora hielt den Atem an. »Dann sage ich James, dass er von seinem Besuch bei der Polizei vorerst absehen soll. Wir warten in drei Tagen, wenn du entlassen wirst, vor der Einwanderungshalle auf dich. Neben der Wechselstube ist ein Durchgang zu den Bahngleisen. Dort treffen wir uns.«

»Gleich dort?« Panik stand in Lornas Augen. »Könnt ihr nicht wenigstens …«

»Nein«, fiel Flora ihr ins Wort. »Dort muss es sein. Ich werde nicht riskieren, dass du wieder verschwindest. Dein Wort gilt nicht mehr viel. Du musst eine Möglichkeit finden, mir das Baby dorthin zu bringen, ohne dass Mary es merkt, sonst gehen wir zur Polizei.«

Lorna schluckte und nickte dann. »Aye.«

»Gut.« Flora stand auf. »Dann sind wir uns einig.«

Sie blickte auf die Frau herab, die ihr alles genommen hatte, und fragte sich, warum sie keine Verachtung für sie empfand, sondern nur Mitleid. »Noch drei Tage, Lorna, dann hat dieser Albtraum ein Ende. Für uns alle.«

19. Kapitel

Effie

6. Januar 1931
Lochaline

»Es gab keinen Sauerampfer, aber ich habe ein paar Brennnesseln gefunden«, rief Effie von der schmalen Eingangsterrasse aus, dann ging sie in die Küche, wo Jayne am Herd stand. »Geht das?«

»Aye.« Jayne nahm ihr lächelnd die Büschel ab. »Wir machen noch eine Köchin aus dir.«

»Das glaube ich kaum«, erwiderte Effie spöttisch, schwang sich neben ihr auf die Arbeitsplatte und baumelte mit den Beinen. »Ich bin eher Jägerin als Sammlerin.«

»Apropos sammeln …« David, der am Tisch saß, blickte von seiner Zeitung auf. »Ich dachte daran, mich für die Lochaber-Versammlung der traditionellen Highland-Games im Juli anzumelden.«

»Zu was denn genau?« Effie schnaubte. »Und jetzt sag nicht zum Baumstammwerfen, denn da hätte ich bessere Chancen als du!«

»Du kannst die Angeberei einfach nicht lassen, was?«, erwiderte er kopfschüttelnd. »Für deine Körpergröße bist du vielleicht stark, Effie, aber du bist winzig und im Vergleich zu mir ein Hänfling, also übertreib mal nicht.«

»Lass uns Armdrücken, dann werden wir schon sehen,

wer stärker ist«, forderte sie ihn mit leuchtenden Augen heraus.

»Gut!« Er zuckte mit den Schultern und krempelte einen Ärmel hoch, während sie von der Arbeitsplatte sprang, sich auf die Bank ihm gegenüber setzte und den Arm auf den Tisch legte.

Jayne grinste kopfschüttelnd über ihre Albernheit, als sie anfingen, miteinander zu ringen.

»Du hast uns noch nicht gesagt, bei welchem Wettbewerb du mitmachen willst, David.«

»Nur weil Effie dazwischengeplatzt ist«, sagte er, während sein Arm auf den Tisch fiel.

»Gewonnen!«, rief Effie.

»Halt, nein! Ich war abgelenkt, weil ich mit Jayne gesprochen habe.«

»So ein Pech.«

»Das zählt nicht«, entschied er und brachte seinen Arm wieder in Position. »Noch mal.«

Effie strahlte. »Drei Runden. Aber mach dich darauf gefasst, dass du verlierst.« Sie sah ihn verschmitzt an, während sie seine Hand ergriff, die doppelt so groß war wie ihre.

»Dudelsack spielen«, sagte er, während sie anfingen, ihre Handflächen gegeneinander zu drücken.

Effie runzelte verwirrt die Stirn. »Was?« Ihr Arm fiel herab.

»Gewonnen«, sagte David und grinste.

»Halt, nein!«

»Wieso? Warst du etwa abgelenkt?«, zog er sie auf.

»Puh«, murmelte sie. »Also gut. Letzte Runde.«

»Aber du kannst gar nicht spielen, oder?«, fragte Jayne über ihre Schulter hinweg, während David und Effie erneut begannen.

»Noch nicht. Aber Roddy MacRae hat angeboten, es mir beizubringen. Ich habe ihn neulich getroffen, als er seine Dudelsackpfeifen reparierte, und wir sind ins Gespräch gekommen. Das Instrument hat mich schon immer interessiert. Ich liebe seinen Klang.«

»Aye«, stimmte Jayne ihm zu. »Ich meine, versteht mich nicht falsch, die Geige und Old Fins Akkordeon klingen nach Heimat, aber diese Dudelsäcke sind schon faszinierend.«

»Das finde ich auch«, sagte David, ohne Effie aus den Augen zu lassen, die ihn anstarrte, als wollte sie ihm die Seele aus dem Leib reißen, weil er sich von ihrer Kraft nicht beeindrucken ließ. Er war praktisch ihr großer Bruder und an ihren kämpferischen Ehrgeiz gewöhnt. »Auf diese Weise habe ich ein Ziel, auf das ich hinarbeiten kann. Natürlich glaube ich nicht, dass ich gewinne.«

»Sei dir da nicht so sicher«, sagte Jayne. »Ich glaube, du bist ein Naturtalent.«

»Meinst du wirklich?«

»Aye. Wenn du dich anstrengst, übertriffst du dich immer selbst. Denk nur daran, wie gut der Grünkohl gewachsen ist, den du diesen Winter angebaut hast.«

»Nur weil du mir mit dem Umpflanzen geholfen hast.«

»Nein, es lag an dir«, beharrte Jayne. »Du hast einen grünen Daumen – und wahrscheinlich auch schnelle Finger beim Dudelsackspielen.«

Effie sah, wie sich bei diesem Kompliment ein Lächeln auf Davids Gesicht ausbreitete, und wusste, dass das ihre Chance war. Sie versuchte, seinen Arm abrupt niederzudrücken, und hatte es schon fast geschafft, als er ihren Angriff doch noch abwehrte. Ihre Muskeln spannten sich an, als sie wieder gleichauf waren und er sie provozierend anlächelte. Er musste sich deutlich weniger anstrengen als sie, und zum ersten Mal wurde ihr klar, dass er sie schonte. Dass er locker gewinnen konnte, wenn er das wollte.

In diesem Moment quietschte draußen das Gartentor, und Schritte näherten sich auf dem Pfad. Der Gesichtsausdruck ihres Gegners veränderte sich, als er Jayne, die immer noch ruhig am Herd arbeitete, einen Blick zuwarf.

Effie nutzte die Gelegenheit und drückte seine Hand auf den Tisch. »Ja!«, rief sie triumphierend, aber David schien es kaum zu bemerken.

In diesem Augenblick kam Norman herein und runzelte ungehalten die Stirn über die merkwürdige Szene. »David, was für eine Überraschung. Schon wieder«, murmelte er sarkastisch.

»N' Abend, Norman«, grüßte David und nickte. »Ich habe Jayne geholfen, ein paar Mausefallen aufzustellen.«

»Ja, natürlich. Es gibt ja immer was, bei dem sie Hilfe braucht, oder?«

Effie blickte zu David, der sich auf die Unterlippe biss, um eine scharfe Antwort zurückzuhalten. Es stimmte, dass er immer hier bei Jayne war, aber das war sie selbst auch. Sie hatten jetzt mindestens ein Fahrrad pro Haushalt, und die Dorfbewohner flitzten wie Libellen zwischen den Häusern hin und her und besuchten einander, so wie sie es früher getan hatten. Seit Effie von Skye zurück war, wohnte sie wieder mit ihrem Vater in dem Cottage am Ende der Straße. Sholto hatte dafür gesorgt, dass ihre Besitztümer zurück nach Lochaline gebracht wurden. Nun waren sie wieder eine Gemeinschaft wie in früheren Zeiten. Fast.

Jayne drehte sich vor dem Herd herum und musterte Norman. »Hast du an die Schweinekoteletts gedacht?«, fragte sie.

Norman zuckte zusammen, dann schnaubte er verärgert. »Ich?«

»Aye, ich hatte dich darum gebeten, sie heute Abend auf dem Heimweg mitzubringen.«

»Warum trägst du mir noch Erledigungen auf, Frau? Du weißt doch, wie beschäftigt ich bin! Warum kannst du sie nicht selber holen?«

Effie schrak zusammen. Ihr war klar, dass Norman nach der Arbeit im Pub gewesen war – jeder wusste, dass er an den meisten Abenden als Erster am Tresen stand und als Letzter nach Hause ging –, und in seinem Blick lag eine Dreistigkeit, die sie an Frank Mathieson in der Nacht des Sturms erinnerte. Er war unberechenbar und streitlustig.

»Weil der Metzger gestern gesagt hat, dass er seine Ware erst später bekommt, und du damit einverstanden warst, sie auf dem Heimweg abzuholen.«

»Tja, ich musste lange arbeiten. Stellvertretender Direktor zu sein, bedeutet zusätzliche Verpflichtungen.«

»Das weiß ich, aber …«

Effies Blick wanderte zu David, auf der Suche nach

einem stummen Zeichen der Verbundenheit, aber er beobachtete das Ehepaar aufmerksam wie eine Katze die Maus.

Jayne seufzte. »Macht nichts. Ich habe noch ein paar Lammrippchen, die ich verwenden kann.« Sie wandte sich ab.

Die Luft im Raum schien zum Schneiden.

»Warum bist du so grantig?«, fragte Norman leise und trat näher, bis er direkt hinter seiner Frau stand. »Das ist doch wohl kaum mein Fehler!«

»Ich bin nicht grantig.« Jayne stand ganz still.

»Aber du klingst so.«

Jayne wandte sich langsam um und zwang sich zu einem Lächeln. »Wirklich, Norman, es ist alles in Ordnung. Es ist kein Problem, ich kann genauso gut das Lammfleisch nehmen.« Sie wischte sich die Hände an ihrer Schürze ab und berührte sanft seine Brust. »Willst du nicht ein Bad nehmen? Du musst müde sein nach deinem langen Tag.«

Er starrte sie eine Weile misstrauisch an, dann schien er sich erst wieder daran zu erinnern, dass sie Publikum hatten, und sah sich zu Effie um. Sie hatte das Gefühl, unter seinem Blick kleiner zu werden, bis er ärgerlich schnaubte und wütend den Raum verließ. Wenn Norman abends kam, war das für sie immer ein Zeichen, nach Hause zu gehen, um für sich und ihren Vater Abendessen zu machen. David blieb gewöhnlich, bis seine Mutter am anderen Ende der Straße pfiff, damit auch er zum Essen nach Hause kam.

Einen Augenblick herrschte Stille. David beobachtete Jayne, als fürchte er, sie könnte gleich zusammenbrechen. Wieder lächelte sie schwach.

»In die Betriebsleitung zu wechseln, war ein großer Schritt für ihn«, murmelte Jayne. Sie schien sich der Szene, die sie gerade miterlebt hatten, zu schämen.

»Aye, natürlich.« Effie nickte schnell und erwartete, dass David ihr zustimmte, aber der blieb stumm und starrte mit zusammengebissenen Zähnen auf seine Hände auf dem Tisch.

Jayne bemerkte es auch und betrachtete ihn besorgt.

»Habe ich euch schon erzählt, dass er bald wieder auf Geschäftsreise geht?«, fragte sie, als sie sah, dass Effie sie beobachtete.

»Ach ja?«

»Die letzte ist so gut gelaufen …«

»Die nach Skye?«, fragte Effie.

»Aye. Dieses Mal ist Perth im Gespräch.«

»Wirklich?« Effie hatte ihren Schrecken nicht vergessen, als sie Norman in der Bibliothek von Dunvegan gesehen hatte. Er hatte natürlich nicht gewusst, dass sie dort war, und sie war still geblieben, aber die Erinnerung nagte an ihr und ließ ihr keine Ruhe.

»Was genau tut er denn auf diesen Reisen?«, fragte sie.

»Er hält Besprechungen mit Gutsverwaltern ab, sagt er. Über Forstwirtschaft.«

»Aha.« Effie nickte, auch wenn sie kein bisschen klüger war als zuvor. Erklärte das seine Anwesenheit auf Dunvegan? Hatte er sich mit MacLeods Gutsverwalter getroffen, um darüber zu sprechen, ob er Bäume pflanzen oder fällen sollte? Aber selbst wenn – warum hatte er sich dann in die Bibliothek geschlichen? Sie hatte genau gesehen, wie er sich darin bewegt hatte, heimlich und verstohlen. Und anscheinend hatte er auch nicht erwartet, dort jemanden anzutreffen. Er war schon nach wenigen Minuten wieder hinausgegangen.

»Um welches Anwesen in Perth geht es, weißt du das?«, fragte sie.

»Nein, dazu hat er nichts gesagt. Wahrscheinlich sind es mehrere.«

Dupplin vielleicht, fragte sich Effie. Oder Blair Atholl? Sie überlegte, wie viele Schlösser und Landgüter es in Perthshire wohl gab. Die Lairds standen alle miteinander in Kontakt, waren Freunde oder Feinde aufgrund von über die Jahrhunderte gewachsenen Verbindungen oder Rivalitäten. Natürlich bewegten sich die MacLeods, die Hays und die Atholls in denselben Kreisen – aber war es Zufall, dass Norman geschäftlich ihre Anwesen besuchte, oder steckte etwas Undurchsichtiges dahinter? Der stellvertretende Direktor eines Forstbetriebs hatte in keiner ihrer Bibliotheken etwas zu suchen.

Jayne betrachtete das Büschel Brennnesseln auf der Arbeitsfläche. »Die nützen mir jetzt nichts mehr, nicht mit Lammfleisch«, sagte sie ruhig. Auf einmal kam sie Effie so klein vor. »Am besten, ich pflücke ein bisschen Rosmarin.«

»Ich kann dir welchen holen.« David stand auf.

»Nein«, sagte Jayne schnell und hielt ihn zurück.

»Aber …«

»Es ist schon gut, ich gehe schon. Es wäre besser, wenn …« Auf einmal wirkte sie beschämt. »Es tut mir leid, aber es wäre vielleicht besser, wenn du nicht mehr hier bist, David, wenn er wieder herunterkommt. Er ist müde, und ...«

Sie sah ihn flehend an.

»Natürlich«, sagte Effie schnell, die Jaynes Verlegenheit bemerkte. »Ich muss sowieso nach Hause. Komm mit, David.«

Aber David rührte sich nicht, sondern starrte Jayne an, als hätte sie sich gerade mit ihm gestritten und nicht mit ihrem Ehemann.

»David?«, drängte Effie, fasste ihn am Arm und musste ihn beinahe hinauszerren. »Bis morgen, Jayne!«, rief sie über die Schulter.

Das Gartentor schlug hinter ihnen zu, und Effie blickte zu David auf, als sie auf die Straße traten. Es war dunkel, aber ihre Augen gewöhnten sich schnell daran. »Was sollte das?«, fragte sie ihn, während sie sich von Jaynes Cottage entfernten.

»Nichts«, murmelte er dumpf.

»Aber irgendetwas passt dir doch nicht. Hast du nicht gemerkt, dass die Situation Jayne peinlich war? Manchmal brauchen die Leute ihre Privatsphäre, David.«

»Privatsphäre?« Er schnaubte verächtlich. »Mit ihm allein zu sein, ist das Letzte, was sie braucht.«

»Er ist ihr Ehemann.«

»Er schlägt sie!«

Effie schluckte und blickte zum Haus zurück, um zu sehen, ob Norman sie hören konnte. »Ich weiß, du hast es mir erzählt«, sagte sie leise. Sie war schockiert gewesen, als er ihr anvertraut hatte, was Mhairi ihm bei seinem Besuch in Oban erzählt hatte. »Aber wenn Jayne es nicht zugibt, müssen wir respektieren, dass sie allein damit klarkommen will. Du hast es gerade erlebt – sie weiß genau, wie sie ihn besänftigen kann.«

»Aber es kommt auch vor, dass ihr das nicht gelingt, und was dann? Sollen wir abwarten, bis sie tot ist, oder halbtot, bevor wir etwas unternehmen?«

»David, ich weiß, dass sie deine Freundin ist, aber du kannst nicht bei ihr in der Küche wohnen und auf die Gelegenheit warten, das Problem zu lösen.«

Er schüttelte den Kopf. »Wieso habe ich das in all den Jahren nie bemerkt?« Er klang fassungslos. »Und warum hat Molly nie etwas gesagt?«

»Vielleicht wusste sie es nicht.«

David schnaubte erneut. »Sie haben zusammen in einem Haus gewohnt. Sie wusste es, Eff.«

»Nun ja, falls das stimmt, hat sie auch zu mir nie etwas davon gesagt.«

Sie schwiegen eine Weile, während sie die Straße entlanggingen und die sanft hügelige Heidelandschaft betrachteten. Erst wenige Stunden zuvor hatte Effie einen Rothirsch gesehen, den der Schnee von den Höhen vertrieben hatte.

»Wenigstens hat sie ein paar Tage Ruhe, wenn er wieder eine dieser Geschäftsreisen macht.«

»Geschäftsreisen«, murmelte David abfällig und wandte sich kopfschüttelnd ab.

Sie sah ihn forschend an. »Was meinst du?«

»Du hast doch sicher die Gerüchte über ihn und Fiona MacDougall gehört?«

»Die Frau des Schmieds?«

»Aye. Die Jungs bei der Arbeit sagen, das geht schon seit Wochen. Angeblich hat sie in der Woche, als Norman nach Skye gefahren ist, ›ihre Schwester besucht‹.«

»Oh, die arme Jayne«, flüsterte Effie erschrocken und spürte, dass ihre Wangen brannten. Ihre Freundin wurde also nicht nur geschlagen, sondern in jeder Hinsicht betrogen. »Und alle wissen davon?«

»Alle außer dir und ihr, wie es scheint«, erwiderte er.

Sie hatten Effies Cottage erreicht und blieben am Tor stehen. Im vorderen Zimmer brannte Licht, ihr Vater saß in seinem Sessel vor dem Feuer und schnitzte an einem Stock. Effie drehte sich zu David um und sah einen trotzigen Ausdruck in seinem schönen Gesicht.

»Wenn du das vorhast, was ich glaube … lass es. Sag ihr nichts davon.«

»Aber wenn sie wüsste, dass er sie so demütigt …«

»Es geht uns nichts an. Es ist ihre Ehe. Und Jayne ist nicht dumm.«

»Nein, aber naiv! Und viel zu loyal. Sie ist zu gut für ihn. Selbst wenn er sie grün und blau schlägt, verteidigt sie ihn noch! Sieht sie nicht, dass sie ihn durch ihr Schweigen schützt?«

Effie legte ihm besänftigend eine Hand auf den Arm. »David, wenn du ihr Freund sein willst, dann vertraue darauf, dass sie das Richtige tut. Sie wollte seine Frau sein, in guten wie in schlechten Zeiten.«

»Und sie hat die schlechtesten Zeiten bekommen, die sie sich jemals hätte vorstellen können!«

»Wir müssen ihr vertrauen.«

David schüttelte den Kopf. »Du verstehst das nicht, Eff! Er ist gefährlich. Weit gefährlicher, als du glaubst. Dass er seine Frau schlägt, ist nicht alles.«

»Was meinst du damit?«

Er wandte sich ab, fuhr sich mit beiden Händen durch die Haare, die Ellbogen vor dem Gesicht. Sie spürte, dass er ihr etwas verschwieg.

»David?«, drängte sie.

Er wandte sich abrupt zum Gehen. »Ich muss los.«

»Nein … Was hast du gemeint? Sag es mir! David!«, rief sie ihm nach, als er mit großen Schritten davonging.

»Bis morgen«, sagte er und verschwand in der Dunkelheit. Effie blieb mit einem beklommenen Gefühl zurück, während sich seine Schritte entfernten.

20. Kapitel

Mhairi

6. Januar 1931
Lochaline

Die Bustür öffnete sich zischend, und Mhairi stieg aus und trat mitten in eine Pfütze. Sie wartete, bis die Tür sich wieder geschlossen hatte und der Bus ächzend davonfuhr und hinter einem Hügel verschwand.

Sie blieb an der Weggabelung stehen und blickte auf die Reihe weißer Häuser und die Gartentore, die offen standen, weil die Kinder hin und her sausten wie Herbstblätter im Wind. Die meisten Fenster waren erleuchtet. Fahrräder lehnten an den Wänden, und Eimer standen neben Kohlekisten, die neu befüllt werden mussten. Ihr eigenes Haus lag am Ende der Reihe, und sie konnte die Rosensträucher sehen, die auf den Sommer warteten. Ihre Mutter hatte sich so darauf gefreut, sie zu pflanzen. Ein kleiner Ball lag im Gras …

Mhairi ging langsam durch das Gartentor, das in den Angeln quietschte – das Geräusch hatte sie ganz vergessen –, und war schon auf der Mitte des Pfades, als ein Gesicht am Fenster im oberen Stockwerk erschien. Obwohl sie nur die Umrisse sah, erkannte sie sofort ihre kleine Schwester Red Annie und konnte geradezu hören, wie sie hinter der Scheibe nach Luft schnappte.

Im nächsten Augenblick war das Mädchen verschwunden, und Mhairi war kaum an der Eingangstür angekommen, als sie schon aufflog und Annie ihr entgegenstürmte. Mhairi lachte und ließ ihre Tasche fallen, um ihre Schwester in die Arme zu schließen. Sie hatte sich auf einen kühlen Empfang gefasst gemacht und war überrascht, wie tröstlich die Umarmung eines Kindes sein konnte. Sie steckte die Nase in Annies Haar, das ihrem eigenen so ähnlich war, und nahm darin alle Gerüche ihres Zuhauses wahr.

Als sie sich wieder voneinander lösten, hatten die anderen den Lärm gehört und sich an der Tür versammelt. Der kleine Murran hatte ein verschorftes Knie und umklammerte ein Holzspielzeug, und Christina, das zweitälteste Mädchen in der Familie, hielt ein Buch in der Hand. Ihr großer Bruder Fin trug den vierjährigen Alasdair auf den Schultern und eine neue Brille im Gesicht.

»Hallo allerseits«, sagte sie ruhig und hielt nach ihren Eltern Ausschau, konnte sie aber nicht entdecken.

Eine Pause entstand, als ihre Geschwister zu Fin blickten, der hier der Älteste war und somit die Autorität.

»Am besten, du kommst rein«, sagte er und trat zur Seite, sodass die anderen es ihm gleichtun konnten.

Mhairi folgte ihm ins Wohnzimmer. Ein Kaminfeuer brannte, obwohl sie eine Heizung hatten, und sie sah sich um und nahm wahr, was sich in ihrer Abwesenheit alles verändert hatte. Eine gerahmte Stickarbeit, vermutlich Christinas Werk, hing an der Wand. Auf dem kleinen Regal standen jetzt Bücher, und ein Teppich lag auf dem Boden, von Bauklötzen bedeckt.

Fin stellte Alasdair auf den Boden, und der Kleine lief zu ihr, während Mhairi ihre Tasche abstellte und den Mantel auszog. Ihr war wohl bewusst, dass Christina und Fin sie anstarrten wie ein Kalb mit zwei Köpfen. David musste ihnen erzählt haben, was sie und Donald ihm an Weihnachten in Oban anvertraut hatten. Sie hatten ihn nicht um Stillschweigen gebeten. Er war keine Klatschtante, das wusste sie, deshalb musste er es mit der Absicht getan haben, um sie vor ihren Eltern und allen anderen zu verteidigen.

»Mhairi, wir haben dich nicht erwar…«, begann Fin.

»Ich habe meinen Besuch auch nicht angekündigt«, antwortete sie. Im selben Moment hörten sie ein Geräusch im Flur, und als sie sich umdrehten, kam Mad Annie hereingestürmt, dicht gefolgt von Ma Peg.

»Dann stimmt es also«, schnaufte Mad Annie und betrachtete sie aufgeregt. »Du bist wieder da.«

»Aye.«

Die Luft im Raum schien zu flirren vor lauter Gedanken, und die verblüfften Blicke der anderen ließen Mhairi ahnen, wie sie Davids Enthüllungen aufgenommen hatten. Sie fragte sich, wann genau er ihnen davon erzählt hatte. Am Tag seiner Rückkehr? Heute Morgen?

Mad Annie schien irgendetwas sagen oder tun zu wollen und trat auf Mhairi zu, doch dann beherrschte sie sich und wich wieder zurück. Mhairi war klar, dass sie mindestens eine Ohrfeige verdient hätte.

»Also, Lass«, stieß Ma Peg hervor und scheuchte die Kinder davon, sodass sie zu einem Stuhl gelangen und sich hinsetzen konnte. Dann musterte sie Mhairi mit altersweisem

Blick. Sie hatte in ihrem Leben schon viele Skandale erlebt, aber ob einer davon Mhairis und Floras schrecklichen Geheimnissen gleichkam? »Das ist ja ein Ding, dass du einfach so ohne Vorwarnung hier auftauchst.«

Mhairi schluckte. Wieder hörte sie das Quietschen des Gartentors, dann Schritte auf dem Pfad, die Eingangstür, die gegen die Wand schlug – sie wusste, dass in wenigen Momenten sämtliche Dorfbewohner hier sein würden. Eins der Kinder musste mit der Nachricht von Tür zu Tür gerannt sein.

»Mhairi?« Effie stürmte herein wie ein Wirbelwind. »Was machst du hier? Warum hast du mir nicht geschrieben, dass du kommst?«

Aber für eine Antwort blieb keine Zeit. Noch mehr vertraute Gesichter tauchten auf, junge und alte, und alle sahen sie fragend an – alle außer David. Doch auch der schien den Weg hierhergerannt zu sein.

»Mhairi?«

»Hallo David«, sagte sie ruhig. Sie wartete darauf, dass ihre Eltern erschienen, denn natürlich würde ihr Urteil maßgeblich sein für die Reaktionen der anderen. Alle hielten sich zurück – selbst Mad Annie schaffte es gerade noch,– und obwohl der Raum sich mit immer mehr Menschen füllte, wurde es still. Mhairi fühlte sich, als stünde sie vor Gericht und wartete auf ihre Verurteilung.

Ihre Eltern kamen als Letzte. Die Mutter hatte feuchte Augen, der Vater war blass. Christina MacQueen folgte ihnen und schob Floras Vater im Rollstuhl. Sein verletztes Bein war immer noch bandagiert. Norman, Jayne und Old

Fin hatten einen etwas weiteren Weg, es würde einige Minuten dauern, doch dann würden sie ganz bestimmt ebenfalls hier auftauchen.

Rachel musterte sie mit gequältem Blick, und Mhairi ahnte, dass sie kaum glauben konnte, dass ihre Tochter ein Baby zur Welt gebracht hatte. Ihr Kind hatte ein Kind verloren, und das alles hinter einem Bergkamm, einem Tuch und einem stoischen Lächeln verborgen.

Alle sahen sie abwartend an.

»Ich weiß, dass ich euch alle enttäuscht habe«, begann Mhairi mit dünner Stimme, während ihr Blick zwischen ihren Zuhörern hin und her huschte. »Ich habt mehr von mir erwartet …« Sie schluckte, musste gegen einen Ansturm der Gefühle ankämpfen. »Ich hatte nie vor, mich in Donald zu verlieben. Er war verheiratet, und ich weiß, was das bedeutet. Ich habe vom ersten Augenblick an dagegen angekämpft, und niemand könnte mich mehr hassen, als ich mich selbst gehasst habe. Ich hätte McLennan heiraten und meine Pflicht erfüllen sollen, aber … Es tut mir leid, dass ich das nicht konnte.«

David senkte bei diesen Worten den Kopf, und Effie sah ganz blass aus vor Mitgefühl. Rachel rann eine Träne über das Gesicht, auch wenn sie so unbewegt dastand wie die Felsen von St. Kilda.

»Ich habe mein Bestes versucht, keinen von euch anzulügen. Als ich auf die andere Seite ging, wollte ich euch nicht täuschen, sondern euch vor der Schändlichkeit meines Tuns bewahren.« Ihr Blick wanderte langsam von Gesicht zu Gesicht. In manchen erkannte sie Bedauern, gemischt mit Mitleid, aber auch Abscheu. Sie konnte die Ungeheuerlichkeit dessen, was sie getan hatte, nicht schönreden.

»Donald und ich haben versucht, die Dinge so gut es ging in Ordnung zu bringen, und wir waren entschlossen, getrennt zu bleiben und das Baby aufzugeben. Aber … ich habe meine Tochter verloren …« Ihre Stimme brach bei diesen Worten, und auch ihre Mutter sank in sich zusammen. »Inzwischen habe ich das als Gottes Willen akzeptiert. Es war die Bestrafung für meine Sünden. Ich wusste, das Donald verheiratet war. Ich habe mein Schicksal verdient.«

»Mhairi …«, begann David und trat einen Schritt vor.

»Nein, David«, sagte sie. Er sollte sie nicht zurückhalten. »Ich muss es sagen. Alles.«

Er trat mit gequältem Blick zurück.

»Aber Floras einzige Sünde war ihre … Eile. Die Reihenfolge. Sie hat einen Fehler gemacht, ja, aber James sollte bald zurückkommen und sie heiraten, und damit hätte sie die Schande wiedergutgemacht. Sie hat es nicht verdient, dass ihr Baby ihr unter einer infamen Lüge gestohlen wurde. Niemand verdient das.« Sie straffte die Schultern. »Flora und ich haben Fehler begangen, das bestreiten wir nicht – aber wir waren nicht die Einzigen. Lorna ist nicht die Frau, für die ihr sie gehalten habt.« Ma Peg wirkte bestürzt bei der unerwarteten Erwähnung der Krankenschwester. »Und Crabbit Mary ist es auch nicht.« Sie schluckte. »Die beiden sind ein Liebespaar.«

Alle schnappten nach Luft, und Mhairi wurde klar, dass David diesen Teil des Geheimnisses noch nicht enthüllt hatte. Vielleicht war es ihm zu skandalös gewesen? Schließlich hatte das alles nichts mit ihm zu tun.

Beinahe verließ Mhairi der Mut, als ein empörtes Raunen durch die Menge ging und die Kinder hinausgescheucht wurden.

»Es ist wahr. Die beiden haben Flora und mich auf verschiedene Weise manipuliert – und auch Donald in die Irre geführt.« Sie senkte den Blick und knetete nervös die Hände. »Ich bin nach Oban gegangen, weil ich das Richtige tun wollte. Ich konnte nicht zusehen, wie Donald aufgrund einer Lüge im Gefängnis saß. Es war Flora, nicht Mary, die in jener Nacht ein Kind zur Welt gebracht hat, und als Mary sich weigerte, Donald ein Alibi zu geben, hatte ich keine andere Wahl, als mich zu melden und die Wahrheit zu sagen – dass er nach Mitternacht bei mir war.«

Ihr Vater wandte sich ab, aber ihre Mutter blieb reglos stehen, während ihr die Tränen über die Wangen strömten.

»Und als er freigelassen wurde, konnte ich nicht so tun, als würde ich ihn nicht mehr lieben. Ich war immer eine pflichtbewusste Tochter, jedenfalls hoffe ich das, aber wir hatten sehr unter unserer Trennung gelitten, und am Ende habe ich entschieden, dass ich lieber in Schande mit ihm als ohne ihn leben wollte. Natürlich können wir nicht heiraten – dafür hat Mary gesorgt, indem sie nach Kanada geflohen ist, ohne einer Scheidung zuzustimmen.«

Ma Peg zuckte bei dem Wort zusammen, und Mhairi starrte zu Boden. Stieß ihre Botschaft auf taube Ohren? War es ein schrecklicher Fehler gewesen, hierher zurückzukommen?

»Ich erwarte nicht, dass ihr mich versteht, geschweige denn mir verzeiht, und deshalb fragt ihr euch vermutlich, warum ich hier bin.« Sie biss sich auf die Unterlippe, dann hob sie den Blick und starrte auf die gegenüberliegende Wand. Sie konnte jetzt niemandem in die Augen sehen.

»Ich habe ihn nicht verlassen, weil ich ihn nicht liebe. Das tue ich und werde es immer tun – aber er darf Oban nicht verlassen, und ich selbst war dort nicht mehr sicher. Die Nachbarn dort schikanieren mich jeden Tag, weil sie glauben, sich auf Marys Seite stellen zu müssen. Ich hätte es weiter aushalten können, so wie ich es in den letzten Monaten ausgehalten habe, aber es wäre schlimmer geworden, wenn sie es gemerkt hätten … Und ich will nicht noch einmal ein Baby verlieren.«

Sie legte sich eine Hand auf den Bauch, während in dem überfüllten Raum erneut kollektiv nach Luft geschnappt wurde. Ihre Mutter taumelte rückwärts, der Vater fing sie auf.

»Du bist schwanger?«, rief Christina MacQueen.

Mhairi versuchte, die Angst zu verbergen, die sie angesichts der erschrockenen Reaktionen beschlich. Etwas anderes hatte sie nicht erwartet. Sie holte tief Luft und wappnete sich innerlich. »Wenn ihr die Schande nicht ertragen könnt, dass ich hierher zurückkomme, verstehe ich das. Dann gehe ich irgendwo hin, wo mich niemand kennt, und gebe mich als Witwe aus. Ich weiß, dass ich kein Glück verdiene. Aber mein Baby tut es.«

Mit hoch erhobenem Kopf blickte sie in die entsetzten Gesichter ihrer Nachbarn. Ihre Mutter schluchzte jetzt,

Christina ebenfalls. Die Augen ihres Vaters waren gerötet, und er wich ihrem Blick aus. Irgendwann waren Norman, Jayne und Old Fin hereingekommen, und Mhairi sah den mitfühlenden Ausdruck in Jaynes sanften braunen Augen. Jayne wusste, wie es war, ausgeschlossen zu sein.

Mhairi sah David an, der kreidebleich geworden war, nachdem sie das Geheimnis mit allen Details verraten hatte.

Eine Weile rührte sich niemand.

»Das gibt einen Skandal«, murmelte Old Fin schließlich kopfschüttelnd. »Dabei waren die Gerüchte, die bisher über uns im Umlauf waren, schon schlimm genug.«

»Aye«, bekräftigte Norman spöttisch, die Arme vor der Brust verschränkt.

»Was für Gerüchte? Über wen?«, fragte Archie MacQueen.

Aber der alte Mann ging nicht darauf ein, sondern presste nur wütend die Lippen zusammen. Stimmen wurden laut, als alle aus ihrer Erstarrung erwachten.

Effie ergriff das Wort. »Ich stehe zu dir, Mhairi«, sagte sie fest.

»Ich auch.« David nickte, aber dann erhoben sich andere Stimmen.

»Skandalös!«, rief jemand von hinten.

»Welche Schande das über uns bringen wird«, murmelte Old Fin erneut.

»Ach ja? Und wer will hier den ersten Stein werfen?« Alle verstummten wieder, als Ma Peg plötzlich aufsprang. »Du jedenfalls nicht, Fin. Ich bin hier die Einzige, die alt genug ist, um zu wissen, wie du in jungen Jahren warst – und du hast mehr Glück als Verstand gehabt!«

Mhairi erstarrte bei dieser unerwarteten Bemerkung.

»Aye«, fiel Mad Annie ein. »Ich habe auch ein gutes Gedächtnis und weiß noch genau, welche Einträge im Ehe- und Geburtsregister verwischt worden sind.« Sie betrachtete ihn aus schmalen Augen. »Denn was sonst hätte man tun können?«

Einige schüttelten den Kopf.

»Und bist du so vergesslich, dass du dich nicht mehr an die arme Kitty erinnern kannst, die sich aus Angst vor der Schande von einem Felsen gestürzt hat? Ist es das, was du für sie willst?« Sie zeigte auf Mhairi, die noch genau wusste, was Floras Cousine Kitty zugestoßen war. »Willst du sie lieber *tot* sehen?«

Rachel stürzte nach vorne und schlang die Arme so fest um ihre Tochter, dass Mhairi sich kaum noch rühren konnte. Passierte das wirklich? Ihre Mutter löste sich wieder von ihr, um sie anzusehen, und Mhairi sah keine Wut mehr in ihren Augen, sondern nur noch Sorge. Sie hatte sich auf eine Ohrfeige gefasst gemacht; eine Hand auf ihrem Bauch hatte sie nicht erwartet.

Alle wurden still.

»Mein Baby bekommt ein Baby?«, flüsterte Rachel.

Mhairi nickte und spürte, dass ihr erneut Tränen über die Wangen strömten. »Aye, Ma.«

Rachel nahm Mhairis Gesicht in beide Hände. »Dann werden wir es diesmal gemeinsam angehen. Du und ich, mein Mädchen. So, wie es sein soll.«

21. Kapitel

Flora

8. Januar 1931
Québec

Sie hielten sich an den Händen, als sie die Lobby durchquerten. Es war ein heller, schöner Morgen, die Sonne fiel durch das Fenster auf den Parkettboden, und James' und Floras Schritte waren so leicht, als würden sie schweben.

Die Leute drehten sich nach ihnen um und lächelten ihnen unwillkürlich zu, und Flora fragte sich, ob sie ihre Freude spüren konnten. Sie hatten es geschafft, niemand konnte sie jetzt mehr aufhalten. In einer Stunde würden Mary und Lorna freikommen, und sie wollten rechtzeitig an Ort und Stelle sein. Landon hatte ein »Honorar« dafür erhalten, dass er ein Auge auf die Unterlagen hatte, die ihre Freilassung betrafen. Falls Lorna einen Rückfall erlitt oder Mary irgendetwas einzufädeln versuchte, wollten sie darüber Bescheid wissen.

Aber die Tage waren in unbeschwerter Leichtigkeit vergangen, und alle Schatten waren verschwunden. Gestern waren sie einkaufen gegangen und hatten eine Wiege und Decken erstanden, Babykleidung, Windeln, Babymilch und Flaschen. Die Sachen würden heute Vormittag geliefert und direkt auf ihr Zimmer gebracht werden.

Flora war nervös. Was, wenn sie irgendwie verlernt hatte, sich um ihr Kind zu kümmern? In der Nacht der Geburt war alles so selbstverständlich gewesen, sie hatte sich instinktiv mit ihrem Sohn verbunden gefühlt, gewusst, wie sie ihn stillen und halten musste. Aber das war längst vorbei, ihre Milch war innerhalb von vierzehn Tagen versiegt, und er würde ihr Gesicht nicht mehr erkennen. Würden er um Mary weinen?

Wahrscheinlich.

James hatte sie vorsichtig darauf hingewiesen, dass kein Märchen sie erwartete, sondern Alltagsleben. Sie würden anfangs Fehler machen und Signale falsch verstehen, aber sie würden schnell dazulernen. Er hatte sich bereits nach einer Nanny umgesehen und nach einem Haus, das sie mieten konnten, einem Ort, an dem sie sich über den Winter niederlassen konnten.

Sie gingen schnell die Stufen zum Hof hinunter, in dem ihr Auto stand. Flora hatte das feine Tuch in der Hand, das sie gekauft hatte, um das Baby darin einzuwickeln; mit dieser Geste würde sie ihr Kind wieder zurückgewinnen. In der letzten Nacht hatte sie auf dem Tuch geschlafen, damit es ihren Geruch annahm. Als Nächstes würden sie ihren Sohn umbenennen. Mit dem Namen Struan verbanden sie beide den Schmerz der letzten Zeit, und ihrem Baby die Namen zu geben, die sie als leibliche Eltern für es ausgesucht hatten, schien ihnen ein erster Schritt Richtung Heilung zu sein.

James öffnete ihr die Autotür, und Flora stieg ein. Sie drückte sich das Babytuch ans Gesicht, versuchte, ihren eigenen Geruch darin auszumachen. Wie wohl ihr Kind roch?

Aber als sie wieder aufblickte und aus dem Fenster sah, erstarrte sie.

James war vor dem Auto stehen geblieben und blickte alarmiert Landon entgegen, der über den Hof auf sie zukam.

Was tat er hier?

Flora rührte sich nicht, als der Ire näher kam und anfing, mit ihrem Mann zu reden. Ihr Herz raste, und ihre Glieder fühlten sich so schwer an, dass sie sich nicht in der Lage fühlte, aus dem Wagen zu steigen. Das, was sie da draußen hören würde, würde sie tief verletzen, das wusste sie. James fuhr sich mit einer Hand durchs Haar. Dann suchte er durch die Windschutzscheibe ihren Blick. Er sah elend aus.

Gegen ihren Selbstschutzinstinkt öffnete Flora die Autotür und stieg mit weichen Knien aus. Eine weitere Verzögerung würde sie nicht ertragen können. Landons Stimme war leise, die Worte undeutlich, aber ernst.

»… die Leiche wurde heute Morgen gefunden. Es wird eine Obduktion erforderlich …«

Flora klammerte sich an die Autotür. »Obduktion?«

»Flora …«, begann James. Sein gehetzter Blick machte ihre letzte Hoffnung zunichte.

»Mein Gott«, stieß sie hervor. »Wer ist gestorben?«

22. Kapitel

Effie

24. Februar 1931
Lochaline

Effie kam mit dem Fahrrad den Hügel hinunter, die Hosen in die Socken gesteckt, und fuhr mit wehenden Haaren direkt ins Dorf. Slipper und Socks waren natürlich schon weit vorausgeschossen, wie schwarz-braune Blitze. Sie genossen den schnellen Lauf. Wieder bei ihren jungen Hunden zu sein, war mit das Schönste daran gewesen, »nach Hause« nach Lochaline zurückzukehren. Während ihrer Abwesenheit hatten sie ihrem Vater Gesellschaft geleistet, aber Effie konnte nicht leugnen, dass sie sich weniger vollständig fühlte, wenn die beiden nicht um ihre Füße sprangen. Genauso wie ihre Schultern ihr nun immer nackt vorkamen, weil sie kein aufgerolltes Seil mehr darüber trug.

»Morgen, Effie!«, rief Ishbel MacDonald, die aus der Bäckerei trat, den Korb mit frischen Broten gefüllt.

»Hallo, Ishbel!« Effie winkte ihrer neuen Freundin fröhlich zu, während sie an ihr vorbeiraste. Ishbel saß am Webstuhl neben ihr und hatte ihr mit ihrem strahlenden Lächeln und ihrer ansteckenden Herzlichkeit durch die ersten Wochen in der Fabrik geholfen. Die Chefin, ihre alte Feindin Mrs Buchanan, hatte es ausgekostet, Effie wieder zurück an ihren alten Platz schleichen zu sehen; niemand hätte sich mehr über Effies »Rückkehr auf den Boden der Tatsachen« freuen können, als die Nachricht von ihrer gelösten Verlobung die Runde gemacht hatte. Effie erwähnte bewusst nicht, dass Sholto sie vergeblich gedrängt hatte, eine jährliche Zahlung von ihm anzunehmen, die ihr und ihrem Vater ein bequemes Auskommen gesichert hätte. Sie hatte schon zu Hause keine Almosen angenommen und würde ganz bestimmt auch hier nicht damit anfangen. Die Feindschaft zwischen den beiden Frauen wurde immer größer, und schon mehr als einmal hatte Effie zornig erklärt, dass sie »lieber verhungern würde, als dieser Frau die Füße zu küssen«. Aber Ishbel vermochte sie immer wieder zu beruhigen, und die Zeit verging schnell, wenn sie zusammen waren. Nur die Nächte, in denen Effie allein mit ihren Gedanken war, zogen sich hin.

Sie bremste abrupt, sprang vom Rad und lehnte es vor dem Gemüseladen an die Wand. Ihr Vater hatte Geschmack an Äpfeln gefunden, und sie war froh über die Gelegenheit, einkaufen zu gehen und ihm welche zu besorgen. Ohne Klippen und ohne Sholto fühlten sich die Samstage endlos an.

Sie ging hinein und kaufte ein Pfund davon sowie eine Flasche Limonade. Als sie wieder herauskam und Daumen und Zeigefinger an den Mund legte, um nach den Hunden zu pfeifen, erblickte sie die beiden an der Anlegestelle mit jemandem, der sie streichelte.

Sie ließ die Hand sinken, als sie Archie Baird-Hamilton erkannte. Er saß lächelnd auf einer Fischkiste und schien auf sie zu warten.

Verwirrt ging Effie zu ihm. Nachdem sie Dunvegan verlassen hatte, war sie sich sicher gewesen, ihn nie wieder zu sehen. Sie hatte am frühen Morgen die Flucht ergriffen, bevor er zum Frühstück herunterkam – was natürlich feige gewesen war, und sie hasste sich selbst dafür. Aber sie hatte nicht gewusst, wie sie sich von ihm verabschieden sollte.

Sie konnte nicht leugnen, dass es guttat, ihn wiederzusehen, mit seinem unbeschwerten Lächeln und den funkelnden Augen. Ein Moment verstrich, während sie einander musterten. Archies Haare waren jetzt ein wenig länger, Effie trug wieder Männerkleidung.

»Was machst du hier?«, fragte sie schließlich.

»Es ist ein schöner Tag zum Segeln«, erwiderte er. »In letzter Zeit war das Wetter immer so grau. Ich dachte, ich nutze dieses kleine Hochdruckgebiet.«

»Du bist die ganze Strecke von Raasay hierher gesegelt?«

»Wenn man den Weg über den Kyle of Lochalsh nimmt, ist es gar nicht so weit.«

Effie blinzelte. »Aber woher wusstest du, dass ich hier bin?«

»Das wusste ich nicht, es ist eine angenehme Überraschung.«

Sie betrachtete ihn misstrauisch. Dass er ausgerechnet im Hafen jenes Dorfes anlegte, in dem sie lebte, war doch wohl kaum ein Zufall?

»Ehrlich. Ich wollte meinen neuen Mast ausprobieren.« Er zeigte auf die *Lady Tara*, die am Steg lag.

»Oh!« Sie betrachtete den makellosen Fockmast und dachte an die Schrecken ihrer gemeinsamen Überfahrt – und an das, was danach passiert war. »Tja, er sieht jedenfalls besser aus als beim letzten Mal.«

»Ganz bestimmt.« Er blickte nun ebenfalls zum Mast hinauf, während sie sich beide an ihre gemeinsamen Tage erinnerten. Vielsagende Blicke, bedeutungsschwere Stille, lockere Gespräche und lange Schatten im Flur.

»Seit wann sitzt du schon hier?«

»Lange genug, um zu sehen, dass du Fahrrad fährst wie der Teufel.«

Sie lachte, verlegen, wieder einmal in ihrem wilden Zustand ertappt worden zu sein; wie es aussah, erlebte er sie nur selten von ihrer wohlerzogenen Seite. »Oh. Aye … Ja, es macht großen Spaß, ich mag es sehr … Zuvor hatte ich kein Fahrrad.«

»Das ist ein schweres Versäumnis.«

Sie lachte wieder. »Ich weiß.«

Einen Augenblick betrachtete er sie schweigend. »Also, da wir nun beide hier sind – hast du Lust auf einen Ausflug an der Küste entlang? Ich würde mich über Gesellschaft freuen …« Er zog scherzhaft die Augenbrauen hoch. »Und du hast Proviant.«

»Eigentlich nicht. Die Äpfel sind für meinen Vater.«

»Ah. Also, wie es das Glück will, habe ich ein paar Sandwiches dabei.«

Sie betrachtete ihn skeptisch. War das auch ein Zufall?

»Hast du heute schon was vor?«

»Nein …«

»Gut. Also, was sagst du zu einem Festmahl aus Sandwiches und Limonade auf dem Wasser, und ich bringe dich in ein paar Stunden zurück?«

Effie sah ihn an. Seine Ankunft war das einzig Aufregende, was ihr seit ihrer Rückkehr passiert war. Sie hatte sich vorgenommen, das Beste aus ihrer Situation zu machen, anstatt Trübsal zu blasen … die Dinge waren nicht zu ändern, und sie musste sie akzeptieren. Aber sie hatte ihre Traurigkeit nur zurückdrängen können, indem sie sich in einen Zustand der Taubheit fallen ließ. Weder weinte sie viel, noch lachte sie. »In Ordnung. Wenn die Hunde mitkommen können.«

»Salzige Meerhunde. Was gibt es Besseres? Wie heißen sie?«

»Slipper und Socks.«

Archie lachte leise auf.

»Sie sind Geschwister«, erklärte sie mit einem Lächeln.

»Na dann. Los, lass uns gehen.« Er stand auf und sprang an Bord, aber anstatt ihr die Hand hinzuhalten, trat er zur Seite und wartete darauf, dass sie ihm folgte. Effie fing seinen Blick auf und verstand. Er kannte sie und akzeptierte sie, auch wenn sie keine Lady war.

Sie sprang an Bord, gefolgt von ihren Hunden, wandte ihr Gesicht der Sonne zu und ließ die Schatten hinter sich zurück.

»Was ist das?«, fragte sie. Sie saß mit angezogenen Knien auf ihrem üblichen Platz neben Archie, der am Steuer stand. Seit ein paar Stunden waren sie nun unterwegs, und die Segel blähten sich im Wind. Zu ihrer Erleichterung war das Meer heute verhältnismäßig ruhig. Auf der Steuerbordseite lag die Isle of Mull.

»Duart Castle. Eigentum der MacLeans.«

»Freunde von dir?«

Er grinste. »Natürlich.«

Effie betrachtete ihn nachdenklich aus dem Augenwinkel. Er kannte jeden, wurde zu jeder Party eingeladen und von Frauen umschwärmt. Und dennoch hatte er etwas Rätselhaftes. Er wirkte zwar nicht direkt unerreichbar – aber doch schwer zu fassen. Manchmal abwesend, dann plötzlich sehr präsent. Jetzt, zum Beispiel. Als sie an diesem Morgen in ihrem Cottage aufgewacht war, wo ihr Vater auf der anderen Seite des Raumes hinter einem aufgespannten Laken noch schlief, hätte sie sich niemals vorstellen können, heute mit Archie über den Sound of Mull zu segeln. Er war eine angenehme Gesellschaft und neigte nicht zu unnötigem Gerede, schätzte Stille ebenso sehr wie ein gutes Gespräch.

»Wie geht es den anderen? Hast du sie gesehen?«

»Nun, Gladly hat schlechte Laune. Die Mädchen sind nach Frankreich abgereist. Colly ist in Europa unterwegs, glaube ich, und hat vor, im Sommer an der Mille Miglia teilzunehmen. Campbell … hmm, ich weiß nicht genau, was Campbell macht. Wahrscheinlich ist er in London.« Er sah sie an, und sie fragte sich, ob er Sholto erwähnen würde, aber er sprach nicht weiter.

Sie starrte auf ihre Hände und riss sich zusammen. »Wie

lange bist du noch auf Dunvegan geblieben, nachdem ich abgereist war?«, fragte sie.

»Nur ein paar Stunden. Ich habe das Boot dort gelassen. MacLeod hat jemanden mit den notwendigen Reparaturen beauftragt, und ein paar Wochen später konnte ich es wieder abholen.«

»Aber hatten sie nicht davon gesprochen, ein Fest zu geben?«

Er blickte aufs Meer hinaus. »Mir war nicht nach Gesellschaft«, sagte er dann und warf ihr von der Seite einen Blick zu. »Ein kaputtes Boot kann einem schon die Laune verderben.«

Sie nickte, auch wenn sie beide wussten, dass es nicht nur das Boot gewesen war, das ihm auf die Stimmung geschlagen hatte. Sie streckte die Hand nach Slipper aus und kraulte ihn hinter den Ohren. Socks lag zu Archies Füßen, und sie kam nicht umhin, das Vertrauen und die Zuneigung zu bemerken, die der Hund ihm entgegenbrachte. Socks war der Zurückhaltendere der beiden. Slipper war schon früh mit überschwänglichen Liebkosungen von ihr verwöhnt worden.

Mit einem Seufzen lehnte sie sich auf der Bank zurück, die Arme hinter dem Kopf verschränkt, und beobachtete die Seevögel, die über ihnen kreisten. Über das Wasser zu gleiten und dem Wind zu lauschen, hatte etwas Beruhigendes. Hier war nicht St. Kilda, aber Landschaft und Geräusche waren ihr so vertraut, dass sie irgendwie wieder zu sich selbst fand, auf eine Weise, die sie seit der Evakuierung nicht mehr erlebt hatte.

Sie schloss die Augen und hörte die Hunde leise schnarchen, spürte das Boot sanft schaukeln und den Wind, der sanft über sie hinwegstrich, während Archie sie geschickt durch den Sund steuerte.

Wäre ihr gebrochenes Herz nicht gewesen, hätte sie beinahe glücklich sein können.

23. Kapitel

Effie

14. März 1931

»Was ist das?«, fragte Effie, die an ihrem Gartentor stand.

Archie Baird-Hamilton lächelte. »Ich hatte gehofft, inzwischen wärst du zivilisiert genug, um zu wissen, dass das ein Auto ist.«

»Ha, ha.« Sie streckte ihm die Zunge heraus. »So ein Auto habe ich noch nie gesehen.«

»Verständlich. Das ist ein brandneuer MG C-Type, direkt aus der Fabrik. Gefällt er dir?«

»Das weiß ich noch nicht. Warum hat er diese Form?« Das Auto war babyblau lackiert und hatte weder Trittbretter noch ein Dach, und der Auspuff schien an der Seite entlangzuführen. Die Sitze lagen tief, und das Heck war geschwungen und lief spitz zu wie das Hinterteil einer Wespe.

»Das ist ein Sportwagen. Schneller und schneidiger als die üblichen Karren auf der Straße. Du wirst sehen, was für einen Spaß man damit hat.«

»Ach, wirklich?« Sie sah ihn mit erhobener Augenbraue an, und er trat zu Seite und öffnete ihr die Tür.

»Ich kenne deine Abenteuerlust, Gillies. Steig ein. Wir machen eine Probefahrt.« Mit selbstbewusstem Blick, eine Hand in der Hosentasche, stand er da und schien nicht zu bezweifeln, dass sie seiner Aufforderung folgen würde.

»Und wenn ich andere Pläne habe?«

»Ich bin deine Pläne. Samstags sind wir verabredet.«

»Wir sind nicht samstags verabredet«, protestierte sie. »Es ist lediglich *vorgekommen*, dass wir uns an *ein paar* Samstagen getroffen haben.«

»An den letzten dreien in Folge«, erwiderte er. »Wie lange dauert es, bis man von einer Gewohnheit sprechen kann, was meinst du?«

Sie sah ihn an. Es stimmte, dass sie die letzten Samstage gemeinsam verbracht hatten. Nachdem er sie am Hafen überrascht hatte, war er in der darauffolgenden Woche wiedergekommen. Ob sie wieder einkaufen gefahren sei, weil sie gehofft habe, ihn dort zu sehen, hatte er sie gefragt. Sie hatte das natürlich abgestritten. Am dritten Wochenende hatte er mit einem Fahrrad und einem Picknickkorb am Kai gestanden. Und heute hatte er sie direkt vor ihrem Cottage erwartet. Jede Woche kam er ein Stück näher.

Sie starrte auf das zusammengerollte Seil über seiner Schulter. Noch eine Herausforderung.

»Ein Stück die Straße entlang gibt es ein paar Berge, und ich dachte, die möchtest du vielleicht sehen«, sagte er.

Effie betrachtete die sanften Hügel am Horizont. In Lochaline hatte sie sich nie weiter als eine Meile von ihrem Cottage entfernt. Sie war wie eine Spinne in ihrem Netz und bewegte sich nur zwischen bestimmten Punkten hin und her: der Fabrik, den Häusern ihrer Nachbarn, den Geschäften und ihrem Cottage. Nach einem kurzen, berauschenden Ausflug in die Ferne war ihre Welt wieder zusammengeschrumpft und kaum größer als ihre Welt auf St. Kilda.

»Ich möchte, dass du mir das Klettern beibringst. Schließlich habe ich dir auch das Angeln und das Segeln beigebracht. Höchste Zeit, dass du dich revanchierst«, zog Archie sie mit seiner jungenhaften Art auf, jetzt beide Hände in den Hosentaschen. Wieder einmal kam Effie der Gedanke, dass er so war wie sie, nur in männlicher Gestalt.

Sie hörte Schritte, die sich hinter den Bäumen näherten, und fragte sich, was ihre Nachbarn wohl von diesem Gentleman und seinem blauen Sportwagen denken würden. Im Dorf redete man schon über ihre »Samstagsausflüge«. War das Mhairi, die auf einen Morgenplausch bei einer Tasse Tee vorbeikam? Nach ihrer dramatischen und mutigen Heimkehr hatten die Dorfbewohner sie herzlich aufgenommen – sie habe schon einen viel zu hohen Preis bezahlt, hieß es –, und in den letzten Wochen waren sie und Effie näher zusammengerückt als je zuvor.

»Morgen«, hörte sie jemanden sagen, und ein Mann kam hinter den Bäumen hervor und ging auf das Auto zu.

»Guten Morgen«, antwortete Archie fröhlich.

»Norman«, sagte Effie überrascht. Er wirkte unordentlich – unrasiert und zerzaust, die Kleidung zerknittert – und war in die Richtung seines Cottages unterwegs, nicht umgekehrt. Effie wurde flau im Magen, als sie daran dachte, was das bedeutete.

Archie schien es ebenfalls zu verstehen. Nach dem, was die Mädchen in Dupplin angedeutet hatten, war auch er ein Mann, der schon viele Nächte *außer Haus* verbracht hatte. Der Unterschied war nur: Er war nicht verheiratet.

»Effie.« Norman nickte und warf ihr einen misstrauischen Blick zu, als wäre *sie* diejenige, deren Verhalten fragwürdig war. Er war schon immer gut darin gewesen, den Spieß umzudrehen. »Schon unterwegs?«

»Kletterstunde, für mich«, mischte Archie sich ein, als hätte er Norman durchschaut. Dann reichte er ihm die Hand. »Archie Baird-Hamilton, wie geht's?«

»Norman Ferguson, Roberts und Effies Nachbar.« Normans Augen waren gerötet und blutunterlaufen. Effie konnte nur raten, welche Mengen Whisky er in der letzten Nacht getrunken hatte.

Archie betrachtete ihn aufmerksam, während sie einander die Hand schüttelten. »Sagen Sie mal, kennen wir uns nicht?«

»Nein.«

»Sie kommen mir bekannt vor.«

»Hm, nein.« Norman schüttelte nachdenklich den Kopf. »An so ein Auto würde ich mich erinnern.«

»Es ist ganz neu. Ich habe es erst gestern bekommen ... Aber ich habe das sichere Gefühl, Sie schon einmal gesehen zu haben.« Archie ließ Norman nicht aus den Augen. »Gesichter kann ich mir gut merken.«

»Bestimmt verwechseln Sie mich mit jemandem.« Norman zuckte mit den Schultern und schien es plötzlich eilig zu haben, seinen Weg fortzusetzen.

»Norman ist stellvertretender Direktor beim Forstbetrieb«, kam Effie zur Hilfe. »Vielleicht hast du ihn dort gesehen?«

»Nein, da bin ich nie gewesen.«

»Nun, leider bin ich selbst nur selten unterwegs. Wenn Sie mich jetzt entschuldigen w...«

»Oh, aber Norman, was ist mit deiner Dienstreise?« Effie war ein Gedanke gekommen. Es gab einen Ort, an dem sie – ohne es zu wissen – alle drei gleichzeitig gewesen waren. Sie blickte zu Archie. »Er ist nur bescheiden. Norman hat eine wichtige Position, und vor ein paar Wochen hat man ihn sogar nach Skye geschickt.«

Sie spürte, wie Normans Blick sie durchbohrte, spitz wie ein Dolch.

»Skye? Wirklich?«, fragte Archie mit neu erwachtem Interesse.

»Aye, er ist Berater für große Anwesen.«

»Natürlich, das ist es! Ich habe Sie auf Dunvegan gesehen!«

»Nein …«, wehrte Norman ab.

»Doch, doch! Ich erinnere mich – ich habe Sie gesehen, als Sie sich auf der Treppe mit MacLeod unterhielten.«

Eine Pause trat ein. Normans Blick blieb starr. »Oh, aye, MacLeod … das stimmt«, sagte er dann langsam. »Das hatte ich ganz vergessen. Jetzt, wo Sie es sagen … Da war ich, auf der Durchreise, und …«

»Nur auf der Durchreise? Du hast dort nicht gearbeitet?«, fragte Effie unschuldig, obwohl ihre Neugier jetzt geweckt war.

»Nein. Nur auf der Durchreise … Ich habe dem Laird die Sachen von Frank Mathieson zurückgebracht.« Er blickte wieder zu Archie. »Sie haben doch davon gehört, was seinem Verwalter passiert ist?«

»Jaja.« Archie nickte. »Wer hat das nicht?«

Effie zwang sich zur Ruhe. Sie durfte sich nichts anmerken lassen, obwohl sie immer noch bei jeder Erwähnung von Frank Mathieson zusammenzuckte – auch wenn er nicht mehr lebte.

»Nun, er war … ich denke, man könnte sagen, dass wir Freunde waren. Soweit ich weiß, hatte er keine nahen Verwandten, deshalb …« Norman zuckte mit den Schultern. »Seine persönlichen Gegenstände MacLeod zu bringen, schien mir das Beste zu sein.«

»Wie aufmerksam von Ihnen.« Archie nickte. »Ich bin mir sicher, MacLeod wusste das zu schätzen. Seine Familie war sehr erschüttert. Schreckliche Sache.«

Alle schwiegen und dachten über den ungelösten Mordfall nach.

»Also dann, viel Spaß beim Klettern. Effie ist auf jeden Fall eine Expertin auf diesem Gebiet.« Norman nickte ihnen kurz zu, wobei sein Blick kurz an Effie hängen blieb, dann wandte er sich ab und ging weiter.

»Hm«, murmelte Archie, während er ihm nachsah. »Was für ein außergewöhnlicher Zufall.«

»Nicht wahr?«, stimmte Effie ihm zu. Normans Erklärung erschien ihr einleuchtend. Er und Frank waren Freunde gewesen, jedenfalls für die Verhältnisse von Einzelgängern. Und dennoch, er war in der *Bibliothek* gewesen … Es ging ihr nicht aus dem Kopf.

Archie sah sie an. »Bevor ich es vergesse …« Er griff ins Auto und zog eine braune Papiertüte hervor. »Für deinen Vater«, sagte er lächelnd. »Ich kann nicht zulassen, dass er leer ausgeht.«

Ihr Vater hatte sich bereits auf den Weg zu Old Fin gemacht, aber sie nahm Archie die Äpfel erfreut ab – auch sie waren zu einer wöchentlichen Gewohnheit geworden. »Danke. Ich bringe sie schnell ins Haus«, sagte sie. »Und hole auch gleich mein Seil.« Sie wandte sich um und hatte Norman Ferguson und seine guten und schlechten Taten schon vergessen.

Die schmale Straße schlängelte sich durch violett gefärbte Täler, vorbei an kleinen Seen, in denen graue Fischreiher reglos im flachen Wasser standen. Einmal glaubte Effie einen Steinadler über sie hinwegfliegen zu sehen, aber sie war sich nicht sicher. Sie zeigte ihn Archie, aber die Fahrerbrillen schränkten ihre Sicht ein, und im nächsten Augenblick war der Vogel schon verschwunden.

Sie mochte das Gefühl von Wind in den Haaren – eine wiederkehrende Erfahrung, wenn sie mit Archie zusammen war –, und sie wusste, dass sie sich keine Sorgen darum machen musste, was er über ihre Frisur dachte. Sie parkten an einem Pfad, der von der Hauptstraße wegführte, irgendwo zwischen Claggan und Alltachonaich. Die Berge waren immer größer und mächtiger geworden, je weiter sie ins Landesinnere vordrangen, und Archie erklärte ihr, dass sie sich jetzt im Herzen der Highlands befanden. Der höchste Berg des Landes, der Ben Nevis, lag auf der anderen Seite des Sees und nur einen Katzensprung entfernt.

Er überließ es ihr, den Berg auszusuchen, den sie erklimmen würden, und sie entschied sich für einen, der sie ein bisschen an den Mullach Bi zu Hause erinnerte: Auf der sanfteren Südseite schlängelte sich ein Pfad nach oben, zwischen stufenförmigen Felsabschnitten und Hängen, über die sie absteigen konnten, falls Archies Kletterfähigkeiten nicht an seine Segelkünste heranreichten. Einen Unfall konnten sie sich nicht leisten. Auf der Fahrt hierher waren ihnen nicht mehr als vier Fahrzeuge begegnet, und Effie wollte in dieser Wildnis nicht ihrem Schicksal überlassen sein.

Archie befolgte ihre Anweisungen gut. Er war ein Mann der Tat, sportlich und stark, und als sie ihm die unterschiedlichen Knoten und Abseiltechniken zeigte, machte er schnell Fortschritte. Ihr gefiel, dass er ihr Wissen oder ihre Ratschläge nicht hinterfragte, nur weil sie eine Frau war. Er behandelte sie in jeder Hinsicht als ebenbürtig.

»Ich weiß übrigens, was du vorhast«, sagte sie später, als sie auf einem Felsvorsprung Picknick machten und ihre Sandwiches verspeisten. Sie war wieder in ihrem Element und fühlte sich so glücklich wie seit Wochen nicht mehr. Er sah sie an, aber sie starrte weiter geradeaus, hielt wieder nach einem Adler Ausschau.

»Gut«, murmelte er. »Es würde auch nicht viel nützen, wenn nur ich es wüsste.«

Seine Ehrlichkeit überraschte sie. »Aber du weißt, dass nichts daraus werden kann. Du weißt, dass ich ihn liebe.« Als sie sich zu ihm umwandte, sah sie, dass er zusammenzuckte.

»Ja. Aber ich weiß auch, dass du nicht mit ihm zusammen sein kannst, also …«

»Also, was? Wirst du warten?«

Er zuckte mit den Schultern. »Solange ihr beide nicht auch ein Wartespiel spielt.« Er fing ihren Blick auf. »Habt ihr euch darauf geeinigt? Dass ihr wartet, bis die Gräfin gestorben ist?«

»Nein! Um Gottes willen, nein.« Sie schüttelte heftig den Kopf. »Wie könnten wir? Das wäre respektlos … ihren letzten Willen zu missachten.«

Er betrachtete sie und wusste genau, dass es ihr schwerfiel, die bittere Wahrheit zu akzeptieren. »Es tut mir leid, dass sie nicht sehen können, was ich sehe. Du hast weit Besseres verdient. Aber ich werde nicht verleugnen, was ich will … oder so tun, als würde ich mir keine Hoffnungen machen.«

Seine Worte waren schonungslos und ehrlich, und dafür mochte sie ihn noch mehr.

»Und wenn ich dir sagen würde, dass du wie ein Bruder für mich bist?«

Er lachte überrascht auf und schwieg einen Augenblick. »Ich würde dir nicht glauben«, sagte er dann.

»Aber …«

»Du liebst Sholto immer noch, Effie. Ich verstehe, dass es besser für dich ist, so über mich zu denken, solange du noch etwas für ihn empfindest. Aber ich glaube, dass du irgendwann erkennen wirst, was zwischen uns ist.«

»Und was, wenn ich nie aufhöre, ihn zu lieben?«

Der traurige Klang ihrer Stimme entging ihm nicht, und er drehte sich zu ihr und sah ihr in die Augen. Sie wollte ihn nicht herausfordern; manchmal hatte sie wirklich Angst, dass sie nie wieder Glück und Frieden empfinden würde. »Irgendwann wirst du es. Die Liebe bleibt nur am Leben, wenn sie erwidert wird.« Er zuckte mit den Schultern. »Eine

Sache, die ich früh gelernt habe«, fuhr er fort, »ist, dass wir die Dinge akzeptieren müssen, wie sie sind. Du bist in einer schwierigen Lage. Ihr beide tut mir wirklich leid.«

»Aber nicht so sehr, dass du nicht versuchst, mich für dich zu gewinnen?«, fragte sie ironisch.

Ihre Blicke trafen sich. Das war kein Spiel. »Ich kann genauso wenig für meine Gefühle wie du. Und wenn ich glauben würde, du hättest eine Chance, von ihnen akzeptiert zu werden und als Sholtos Ehefrau glücklich zu sein, würde ich zurücktreten.« Er sagte das in sachlichem Tonfall, ertrug seinen Kummer ebenso gefasst wie sie ihren. »Du liebst ihn, das weiß ich, aber die Wahrheit ist, dass du für ihn ein anderer Mensch werden müsstest. Für mich nicht. Ich sehe dich so, wie du bist, weil ich genauso bin. Wir sind Außenseiter, ein kleines bisschen zu wild. Wir ähneln uns.« Er hielt ihren Blick fest. »Ich weiß, dass du mich jetzt noch nicht lieben kannst – aber wir erkennen etwas Grundlegendes ineinander. Kränke mich nicht, indem du das abstreitest.«

Sie schluckte. »Das tue ich nicht.«

Er nickte und wandte sich ab. »Und deshalb werde ich warten.«

Auf dem Rückweg hatten sie schmerzende Arme und zitternde Beine, ähnlich wie nach ihrer stürmischen Odyssee mit der *Lady Tara* über den Loch Dunvegan.

»Was für ein merkwürdiger Zufall …«, murmelte Archie, als sie der untergehenden Sonne entgegenfuhren. Der Himmel wölbte sich über ihnen wie ein orange-violett gesprenkeltes arabisches Zelt. »… dass ich diesen Nachbarn von dir auf Skye getroffen habe.«

»Norman? Ja, das stimmt.«

»Ich wusste vom ersten Augenblick an, dass ich ihn schon einmal gesehen hatte. Er ist ein auffallend gutaussehender Mann.«

»Ja, das schon«, murmelte sie und dachte, dass die arme Jayne mit einem schönen Ungeheuer zusammenlebte.

Archie musste ihren zweifelnden Unterton bemerkt haben. »Du magst ihn nicht?«

»Ich bin mit seiner Frau befreundet. Sie ist wunderbar«, sagte Effie, so diplomatisch sie konnte.

»Verstehe«, erwiderte er lächelnd. »Aber der arme MacLeod tut mir leid, weil er mit Mathiesons Besitztümern behelligt wird. Ich bin mir sicher, er hätte am liebsten alles verbrannt, was diesem Mann gehört hat. Mathieson verursacht im Tod noch genauso viele Probleme wie zu seinen Lebzeiten.«

»Wie meinst du das?«

»Nun, die Polizei vermutet, dass Mathieson die MacLeods bestohlen hat. Ein seltenes Buch aus ihrem Besitz ist in Dumfries House aufgetaucht.«

»Das weiß ich.« Frank Mathieson hatte Effie dieses Buch geschenkt, und es war purer Zufall, dass sie selbst es nach Dumfries House mitgebracht hatte.

»Gut, aber was du bestimmt nicht weißt – und auch sonst niemand, weil die Familie es streng geheim hält: Dieses wertvolle Buch ist nicht ihr einziger Verlust.«

»Was meinst du damit?« Effie runzelte die Stirn.

Archie betrachtete sie einen Moment. Sie wussten beide, dass diese Information engsten Adelskreisen vorbehalten war. »Hast du schon einmal von dem *Sir Rorys Mor Horn* gehört?«

»Von was?«

Er grinste. »Was für ein Zungenbrecher. Ein Trinkhorn – und eins der totemischen Artefakte des MacLeod-Clans. Genauso bedeutend wie die Feenflagge oder das Schwert von Dunvegan.«

Effie zuckte mit den Schultern und schüttelte den Kopf. »Ich habe von keinem dieser Dinge je etwas gehört.«

»Nein, sicher, für die meisten Menschen sind sie kaum von Interesse. Aber in den Überlieferungen des MacLeod-Clans sind sie von fundamentaler Bedeutung.«

»Wie kann ein Horn so wichtig für sie sein?«

»Es ist kein gewöhnliches Horn; jedenfalls nicht für die MacLeods. Es ist ein Ochsenhorn von einem wilden Stier, den ein Stammesoberhaupt der MacLeods vor Jahrhunderten nach einer durchzechten Nacht auf dem Heimweg getötet hat.« Er grinste sie an, offensichtlich gefiel ihm die Geschichte. Es war die Art von Anekdote, die zu ihm selbst gepasst hätte. »Deshalb ist der Stier jetzt ihr Wappentier – als Zeichen für Stärke und Männlichkeit –, und seitdem ist es Tradition, dass jedes neue Clanoberhaupt Rotwein daraus trinken und es in einem Zug leeren muss, um seine Männlichkeit zu beweisen. Manchen Historikern zufolge stammt das Horn aus dem sechzehnten Jahrhundert, andere sagen sogar, aus dem zehnten. Wie auch immer, es ist alt – und es ist letzten Sommer verschwunden.«

»*Was?*« Effie starrte ihn an und spürte, wie ihr Herzschlag sich beschleunigte.

Archie nickte. »Warum, glaubst du, hat MacLeod so einen Aufwand betrieben, um herauszufinden, was dem Verwalter zugestoßen ist? Davon, dass sie Mathiesons Mörder ausfindig machen, erhofft er sich, das Mor Horn zurückzubekommen, bevor irgendjemand sein Verschwinden bemerkt hat. Seit das Dunvegan-Buch im Besitz von Mathiesons Komplizen in Dumfries House gefunden wurde, ist MacLeod davon überzeugt, dass die beiden einen Schwarzmarktschwindel am Laufen hatten.«

»Aber warum … warum sollte irgendjemand ein altes Buch oder ein … Horn haben wollen?«, krächzte Effie, während sie versuchte, die Erinnerungsfetzen einzuordnen, die vor ihr auftauchten. Ereignisse, die ihr einst harmlos vorgekommen waren, erschienen ihr jetzt in einem anderen Licht.

»Weil die Schotten im letzten Jahrhundert durch die Highland Clearances in alle Winde verstreut wurden – und den übrigen heute die Wirtschaftskrise das Leben schwermacht. Es gibt Tausende von MacLeods, Campbells, MacLennans – was auch immer –, die sich in Australien, Kanada und Amerika niedergelassen haben. Manche von ihnen waren in ihrer neuen Heimat finanziell erfolgreich, und du würdest nicht glauben, was die für ein kleines Stück Familienerbe zu zahlen bereit wären.«

Effie starrte ins Leere und konnte kaum glauben, was sie da hörte. Bilder stürmten auf sie ein … Was hatte sie getan?

Sie spürte, dass Archie nach ihrem Arm griff. »Sag mal, ist alles in Ordnung mit dir? Du siehst aus, als hättest du einen Geist gesehen.«

»Dieses Horn«, sagte sie. »Hat es … einen silbernen Rand, in den kleine Muster geprägt sind?«

»Ja …« Archie warf ihr einen verwirrten Blick zu, während sie über eine holprige Brücke fuhren. »Effie – woher zum Teufel weißt du das?«

24. Kapitel

Mhairi

17. März 1931
Lochaline

Die Glocke läutete, und das Klappern der Webstühle verstummte abrupt. Mhairi schob ihren Stuhl zurück und sah sich in der Fabriketage um, während die Frauen aufstanden und in Richtung Ausgang strebten, wobei sie ihre Mäntel zuknöpften und sich unterhielten.

Es war später Nachmittag, der Himmel hatte bereits die Farbe von Pflaumen angenommen, und aus den Schaufenstern und Reihenhäusern fiel Licht auf die Straße. Menschen strömten vorbei, nur als dunkle Silhouetten zu erkennen. Es würde einige Wochen dauern, bis die Tage wieder länger waren und sie nach der Arbeit noch Tageslicht sehen würden.

Christina und Rachel gingen vor Mhairi den Hügel hinauf, die Köpfe gesenkt und wie immer auf dem Nachhauseweg in ein Gespräch vertieft. Effie hatte sich am Morgen von der Telefonzelle aus krankgemeldet, was Mrs Buchanan in rasende Wut versetzt hatte. Ein Totenschein sei die einzige Krankmeldung, die sie akzeptiere, hatte sie gesagt, und diesmal würde keine Arbeitsstelle mehr auf Effie warten, wenn sie zurückkehrte. Aber Effie kümmerte das nicht. Sie war schon auf dem Weg durch Schottland, nachdem sie in den blauen Sportwagen von Archie Baird-Hamilton gestiegen war, mit einem Gesichtsausdruck, den Mhairi nur allzu gut kannte. Würde sie wiederkommen?

Mhairi war sich nicht sicher, aber zumindest heute war sie froh, allein zu gehen. Gestern war ein Brief von Donald eingetroffen. Den ganzen Tag hatte er in ihrer Rocktasche gesteckt, und sie hatte ihn auf der Haut gespürt, während sie am Webstuhl gearbeitet hatte und Donalds Worte unablässig in ihr widerhallten. Er hatte sie angefleht, zu ihm zurückzukehren, mit allen möglichen Argumenten. Beim Lesen hatte sie geweint, aber nichts hatte sich geändert, die Umstände machten ihnen das Zusammensein genauso unmöglich wie bei Effie und Sholto. Das Universum war gegen sie.

Auf der Kuppe des Hügels bog der Pfad nach links ab, in Richtung Küste. Mhairi spürte den Wind im Gesicht und ihren Babybauch, der immer schwerer wurde. Noch ließ er sich gut unter ihrer Kleidung verbergen, aber wenn sie abends badete, sah sie, dass ihr Körper sich dieses Mal schneller rundete – als hätte ihr kleines Mädchen den Weg für dieses Kind geebnet.

»Mhairi!«

Sie blickte zurück und sah David auf dem Weg, der vom Forstbetrieb heraufführte. Hinter ihm gingen ihre Brüder Angus und Fin, beide mit großen Schritten – aber sie wusste, dass sie in Richtung Dorf abbiegen würden, wenn sie die Gabelung erreicht hätten. Den Männern war es schnell zur Gewohnheit geworden, nach der Arbeit noch ein Pint zu trinken.

Aber David nicht. Er tat es nie.

Sie blieb stehen und wartete, bis er zu ihr gerannt war, die Hemdsärmel hochgekrempelt, die Wangen von seiner anstrengenden Arbeit gerötet.

»Wieder ein Tag geschafft?«, fragte sie, als er neben ihr angelangt war.

Er nahm seine Mütze ab und fuhr sich mit der Hand durch das dunkle Haar. »Aye, auch wenn im Grunde alle gleich sind.«

Sein Ton war anklagend. Zu Hause auf St. Kilda hatten die Männer in ihrer Versammlung vor Old Fins Cottage täglich entschieden, was zu tun war, je nach Wetter, Jahreszeit und Dringlichkeit. Hier waren die Aufgaben banal, eintönig und nur auf Profit ausgerichtet und jeden Tag die gleichen, sodass die Zukunft vor einem lag wie eine lange, gerade Straße.

»Ich habe gehört, Effie ist wieder weggefahren?«

»Aye.« Mhairi grinste. »Heute Morgen. Mrs Buchanan hat einen Wutanfall bekommen. Sie hält Effie für den Teufel persönlich, der sie quälen will. Dabei ist sie diejenige, die andere quält. Ehrlich gesagt weiß ich nicht, wie Effie das aushält; früher habe ich sie nie so sanft erlebt.«

»Stimmt, seit der Trennung ist sie nicht mehr die Alte.«

»Aye. Ich war richtig froh, etwas von dem alten Feuer in ihr wiederzuentdecken, als sie mir gestern Abend von ihren Plänen erzählt hat.«

Mhairi war immer noch neugierig zu erfahren, was los war. Effie – offenbar zur Verschwiegenheit verpflichtet – war mit Informationen sparsam gewesen und hatte ihr nur erzählt, sie habe eine Information, mit der sie einem Freund von Sholto helfen könne.

»Und hat dieses Feuer etwas mit dem Mann zu tun, der sie mit seinem Sportwagen herumkutschiert, was meinst du?«

Mhairi seufzte. »Ich weiß nicht. Dafür wäre es noch viel zu früh. Sie hat Sholto wirklich geliebt.« Mhairi hatte immer ein schlechtes Gewissen, wenn sie davon in der Vergangenheit sprach, auch wenn Effie stets beharrlich behauptete, sie blicke nach vorn. Schließlich war auch Mhairis Liebe zu dem Mann, mit dem sie nicht mehr zusammen war, noch lange nicht zu Ende.

»Hm«, murmelte David zustimmend. »Die erste Liebe hinterlässt die tiefsten Wunden, heißt es. Narben im Herzen.«

Mhairi sah kurz zu ihm hinüber, weil sie etwas aus seinen Worten heraushörte, das sie nicht genau einordnen konnte.

»Jedenfalls scheint dieser neue Kerl auch eine gute Partie zu sein«, fuhr David fort. »Die feinen Pinkel haben wirklich eine Schwäche für Effie, oder?«

Mhairi zuckte mit den Schultern. »Ich glaube, ihr Temperament zieht sie an. Sie mögen das Unbekannte, und seien wir ehrlich: Niemand sonst ist wie Eff.«

»Nein, das stimmt.« Er grinste. »Norman sah aus, als hätte er eine Wespe verschluckt, als er von diesem Auto erzählt hat.«

»Effie macht sich nichts aus Autos.«

»Ich weiß, aber dieser Mann scheint ebenso waghalsig zu sein wie sie. Man kann nie wissen – vielleicht hat Effie diesmal den Richtigen gefunden.«

Mhairi schluckte. Hatte er recht? Verwechselte sie die erste mit der ewigen Liebe – nicht nur, was Effie, sondern auch, was sie selbst anging? Effie stellte sich den Tatsachen, aber Mhairi … war noch immer genauso an Donald gebunden wie eh und je.

»Schau nicht so traurig«, sagte er und versetzte ihr einen liebevollen Stoß. »Ich mache nur Spaß. Ich weiß, dass das zwischen Donald und dir echt ist. Jeder weiß das.«

Seit die Wahrheit ans Licht gekommen war, hielten die Dorfbewohner zu ihr und Donald. Mhairi und ihre Mutter hatten ausführlich über die ganze Sache gesprochen – darüber, wie alles begonnen hatte, über Alexander McLennans Fehlverhalten, darüber, wie Donald versucht hatte, sie vor ihm zu beschützen. Der Wind der öffentlichen Meinung hatte sich zu ihren Gunsten gedreht, und Mary und Lorna waren nun diejenigen, die verachtet wurden. Die St. Kildaer waren auf der Seite der MacQueens, die durch die Lügen und Täuschungen der beiden Frauen ihren Enkelsohn verloren hatten, der ihrer Tochter geraubt worden war. Der einzige Silberstreif am Horizont war ein Brief von Flora gewesen – endlich –, in dem stand, dass sie wieder mit James vereint war und dass sie in Kanada geheiratet hatten. Sie hatte geschrieben, es gebe nach ihrer Rückkehr »viel zu erzählen«, ohne zu wissen, dass alle bereits Bescheid wussten.

»Hast du von ihm gehört?«

»Ich habe gestern einen Brief bekommen.«

»Und wie geht es ihm?«

Mhairi seufzte. »Nicht gut. Er ist so allein, hat keine Lust, nach der Arbeit mit den anderen in den Pub zu gehen, und sitzt deshalb nur in der Wohnung.« Sie sah David an. »Ich habe Angst, dass er hierherkommt.«

»Aber das darf er nicht.« David runzelte die Stirn. »Seine Kautionsauflagen …«

»Ich weiß. Das sage ich ihm immer wieder, aber … er ist verzweifelt. Ich mache mir Sorgen, dass er etwas Unvernünftiges tut.«

»Du musst ihm klarmachen, dass er Geduld haben muss. Es ist sicher nicht einfach, unter polizeilicher Aufsicht zu stehen, aber es ist nicht für immer.«

»Aber es sind schon vier Monate.«

»Aye, deshalb kann es jetzt jeden Tag so weit sein, dass er von den Ermittlungen befreit wird. Sie haben keinen Beweis …«

»Sie halten daran fest, dass er ein Motiv hatte. Und glauben, sie könnten die Beweisführung allein darauf aufbauen.«

»Du hast ihm ein Alibi gegeben, schon vergessen? Das können sie nicht einfach ignorieren, nur weil es ihnen nicht in den Kram passt. Glaub mir, sie spielen nur ihre Macht aus, weil sie niemand anderen an der Angel haben.«

Normans Name schwebte zwischen ihnen wie ein Geist.

»Hast du versucht, mit Jayne über deinen … Verdacht zu sprechen?«

Er zuckte zusammen. »Aye, versucht habe ich es. Ich habe ihr erklärt, dass es um Gerechtigkeit geht. Wenn sie mit mir zur Polizei ginge und wir uns gegenseitig ein Alibi geben würden, würde das nicht bedeuten, dass sie Norman beschuldigt. Wenn er schuldig ist, wird die Wahrheit ans

Licht kommen. Sie *muss* ans Licht kommen. Und wenn er es nicht war, dann werden sie ihm auch nichts vorwerfen.«

»Aber …?«

»Sie will nicht. Sie sagt, er würde nicht beweisen können, dass er die ganze Nacht allein zu Hause war, und sie weiß genau, dass er es nicht getan hat.«

Mhairi schüttelte den Kopf. »Das kann sie unmöglich wissen.«

»Natürlich nicht. Sie hat nur Angst vor ihm und vor dem, was er tun würde, wenn er herausfände, dass sie in dieser Nacht mit mir zusammen war.«

Mhairi hörte die Bitterkeit in seinen Worten. Er hasste Norman, das wusste sie – weil er ihm übelnahm, dass er Molly in den Monaten vor ihrem Tod verboten hatte, mit ihm zusammen zu sein, in der Überzeugung, seine Schwester hätte »etwas Besseres« verdient. Durch ihre gemeinsame Trauer um Molly waren David und Jayne zweifellos gute Freunde geworden, aber seit sie zurück in Lochaline war, spürte Mhairi auch etwas anderes. Sie wehrte sich dagegen, kam aber nicht umhin, es wahrzunehmen, denn sie war selbst einmal in jemanden verliebt gewesen, der verheiratet war. Sie wusste, wie es sich anfühlte, einen Menschen jahrelang gekannt zu haben und dann plötzlich in einem anderen – goldenen – Licht zu sehen. Wusste Jayne Bescheid? Und David?

Ihre weißen Reihenhäuser kamen jetzt in Sicht, die ordentlichen, von Mauern umgebenen Vorgärten, die schicke neue Telefonzelle auf der gegenüberliegenden Straßenseite. Die Fenster des kleinsten Hauses, eingezwängt zwischen den Häusern der MacQueens und der MacKinnons, waren erleuchtet. Hier wohnten Mad Annie und Ma Peg, die nach der Schule auf die Kinder aufpassten, wenn Christina und Rachel noch in der Fabrik waren.

»Komm mit zu uns«, sagte David, während er das Gartentor öffnete. »Ma hat heute Morgen Teig für Drop Scones gemacht.«

»Hast du Drop Scones gesagt?« Weitere Argumente waren nicht nötig.

Sie betraten das Haus. Die Kinder spielten oben, und Davids Mutter war mit einem Eimer Kohlen im Wohnzimmer und machte Feuer.

»Ah, Mhairi«, sagte sie lächelnd und richtete sich auf. »Ich wollte gerade ein paar Scones backen. Möchtest du welche?«

David grinste. »Aye. Ich habe es ihr schon gesagt.«

»Gut! Das Baby muss ordentlich versorgt werden.« Christina strich Mhairi liebevoll über den Arm, als sie an ihr vorbeiging und die Küche betrat. Sie folgten ihr, David streifte seine Stiefel ab, und seine Mutter gab Teig in die Pfanne. Während die Drop Scones vor sich hin brutzelten, griff Christina nach einem Stapel Briefe, der auf dem Tisch lag, und ging ihn durch.

»Oh, schaut!«, rief sie erfreut. »Ein Brief von Flora.« Sie alle erkannten die Handschrift sofort.

»Was steht drin?«, fragte David ungeduldig, als seine Mutter den Brief aufriss und aufgeregt anfing zu lesen.

Aber im nächsten Moment wurde sie blass, und alle Freude verschwand aus ihrem Gesicht.

Vom Herd her kam ein leicht brenzliger Geruch – die Scones brauchten nur wenige Augenblicke –, aber Christina hatte sie ganz vergessen.

»Was ist?«, fragte David, als er das bekümmerte Gesicht seiner Mutter sah. »Was schreibt sie?«

»Sie schreibt … Ich kann es nicht glauben …« Christina blickte auf, und ihre Stimme klang dünn. »Sie schreibt, dass Lorna tot ist.«

Die Worte hingen im Raum, während Christina zu einem Stuhl taumelte.

»Das kann nicht sein«, flüsterte Mhairi und hatte das Gefühl, als würde der Boden unter ihren Füßen schwanken. Sie hasste die Frau für das, was sie Flora angetan hatte, aber sie konnte nicht leugnen, dass die Krankenschwester alles getan hatte, was in ihrer Macht stand, um Mhairi und ihrem Baby zu helfen.

»Was ist passiert?«, fragte David.

Seine Mutter sah ihn mit gehetztem Blick an. »Sie hat sich umgebracht.«

Alle zuckten zusammen. David fuhr herum. »Wann? Warum?«

Christina blickte erneut auf die Zeilen. »Flora schreibt, dass James und sie die beiden mit dem Baby in Québec gefunden haben, wo sie nach ihrer Einreise festgehalten worden sind. Lorna hatte auf der Überfahrt Fleckfieber bekommen.«

»Fleckfieber!«, wiederholte Mhairi. Diese Krankheit hatte in der Vergangenheit viele Inselbewohner das Leben gekostet.

»Sie haben zuerst mit Mary gesprochen, an ihr Gewissen appelliert …«

»Was für ein Gewissen?«, schnaubte David.

»… aber Mary sagte, sie könnten nicht beweisen, dass das Baby ihres ist. In allen offiziellen Dokumenten ist Mary als Mutter aufgeführt …« Christina sah Mhairi bestürzt an. »Stimmt das?«

Mhairi blinzelte. Sie hatte sich nicht mit den Einzelheiten des Plans befasst, abgesehen davon, Flora bei der Geburt zu helfen. Vor lauter Trauer um ihr totes Baby, und weil sie Donald verlassen musste, war sie kaum in der Lage gewesen, sich um sich selbst zu kümmern. »Das muss es wohl.«

Christina wandte den Blick ab und starrte kummervoll ins Leere. Immer, wenn sie dachte, es könnte nicht mehr schlimmer kommen, passierte genau das.

»Ma?«, drängte David, der mehr erfahren wollte.

Christina blickte wieder auf den Brief. »Flora schreibt, sie hätte dann Lorna mit ihren Taten konfrontiert. Lorna hatte den Anstand, ihr die Wahrheit zu sagen, und … eingewilligt, ihnen das Baby zurückzugeben, sobald sie aus der Quarantäne entlassen würde, drei Tage später.« Sie schlug die Hand vor den Mund, als sie weiterlas. »An jenem Morgen wurde sie tot in ihrem Zimmer aufgefunden. Sie hatte auf der Krankenstation Tabletten gestohlen.«

Mhairi schloss die Augen.

»Ich kann nicht glauben, dass sie sich das angetan hat«, murmelte David.

Aber Mhairi konnte es. Sie wusste, wie es war, mit dem

Gefühl von Schande zu leben, und das hier war noch eine andere Größenordnung. Lorna hatte nicht mit ihrer Schuld leben können. Sie hatte etwas Schreckliches getan, aber das bedeutete nicht, dass sie ein durch und durch schlechter Mensch gewesen war.

Sie sah Christina an, die so hilflos in ihrer Küche saß, tausend Meilen von ihrer Tochter entfernt. »Bedeutet das, dass Mary immer noch das Baby hat?«, fragte sie.

Christina nickte. »Aye. Und nun, da Lorna tot ist, steht ihr Wort gegen Floras. Mein Mädchen hat keinen Beweis dafür, dass das Baby ihr Kind ist.«

David ballte die Hände zu Fäusten. »Was will sie jetzt tun? Sie kann nicht einfach aufgeben. Mary darf damit nicht davonkommen!«, sagte er wütend. »James kann doch bestimmt irgendetwas tun? Er ist ein reicher Mann. Man kann alles kaufen. Babys. Gerechtigkeit.«

Christina überflog weiter die Zeilen. »Mary wird nach Schottland zurückgebracht. Ohne Lornas finanzielle Unterstützung darf sie nicht in Kanada bleiben … Flora und James werden auch auf dem Schiff sein. Oh, sie kommen nach Hause!«

Verzweifelt schloss Mhairi erneut die Augen. Flora war den ganzen weiten Weg gereist, um mit leeren Händen zurückzukommen?

Lorna hatte Flora von ihrem Baby entbunden, war als Krankenschwester eine aufrechte und respektable Augenzeugin gewesen, hatte in ihrer Gemeinschaft als wichtige Stütze gegolten. Sie hätte ihr Unrecht wiedergutmachen und immer noch ein neues Leben mit Mary beginnen können – ohne das Baby wäre es zwar kein perfekter Ausgang gewesen, aber dennoch ein einigermaßen glücklicher.

Stattdessen hatte sie sich dafür entschieden, noch tiefer in der Lüge zu versinken, indem sie ihr Geheimnis mit ins Grab nahm.

25. Kapitel

Effie

17. März 1931
Dumfries House, Ayrshire

Effie saß auf dem niedrigen Sitz des himmelblauen Sportwagens, trug ihre Schutzbrille und spürte, wie ihr die Haare um den Kopf flatterten wie die Schlangen der Medusa, als der Wagen über die sanft geschwungene Capability-Brown-Bridge bretterte. Sie fegten durch das Anwesen in der schottischen Heidelandschaft wie ein tropischer Taifun. Effies Herzschlag beschleunigte sich beim Anblick dieses Areals, das für eine kurze Zeit ihr Zuhause gewesen war.

Archie warf ihr einen Blick zu, als das Haupthaus in Sicht kam. Schön und elegant, war es Effie anfangs wie ein Palast erschienen. Aber seit ihrer Ankunft von St. Kilda vor sieben Monaten hatte sie dazugelernt: Das Haus war ein Musterbeispiel neoklassizistischer Zurückhaltung; herrschaftlich, ja, aber auch ein Heim.

Sie blickte zu den großen Fenstern hinauf. War Sholto in einem der Zimmer, ohne zu ahnen, dass sie kam?

Archie umklammerte das Lenkrad. Seine Fahrerhandschuhe waren noch so neu, dass das Leder knarzte. Er hatte darauf bestanden, Effie herzubringen, trotz ihrer Versicherung, dass sie absolut in der Lage sei, mit dem Zug zu fahren. Sie wusste, dass dies ein Test war, denn sehr wahrscheinlich würde sie hier zwischen zwei Männern stehen: dem, der sie liebte, und dem, der sie wollte. Doch die Frage war nicht, welchen sie wollte, sondern mit welchem sie zusammen sein durfte. Sie hatte sich vorgemacht, nur ihre Pflicht zu tun, indem sie hierherkam, aber ihr wildes Herzklopfen verriet deutlich, dass dies kein neutrales Terrain für sie war.

Er stieg auf die Bremse, sodass der Kies aufspritzte und der Wagen abrupt anhielt. Henry, der Lakai, kam auf sie zu – doch sein gelassener Gesichtsausdruck veränderte sich schlagartig, als Effie ihre Brille abnahm.

»Hallo, Henry«, sagte sie lächelnd und strich sich das zerzauste Haar glatt.

»Miss Gillies! Willkommen … zurück in Dumfries House.«

Sein Zögern verriet seinen Schock. Ihre Ankunft würde sich unter der Dienerschaft herumgesprochen haben, noch bevor sie ihr Vorhaben ausgeführt hätte, das wusste Effie. Sie fragte sich, ob Fanny, Billy und Mrs McLennan, die auf dem Festland ihre ersten Freunde gewesen waren, sie wohl sehen wollten. Noch immer hatte sie das Gefühl, hier zwischen zwei Welten zu stehen; dem Bereich der Herrschaften auf den oberen Etagen und dem der Dienstboten im Erdgeschoss. Wohin gehörte sie? Und zu wem? Sechs Monate waren vergangen, und sie wusste es immer noch nicht.

»Danke, Henry. Das ist Mr Baird-Hamilton.«

»Ich habe mich gefragt, ob ich wohl mit Sir John sprechen könnte«, ergriff Archie das Wort.

Wieder zögerte der Lakai verblüfft, was untypisch für ihn war. »Sir John?«

»Ja. Man hat mir gesagt, dass er und Lady Flora hier wohnen, solange die Gräfin sich erholt?« Mit einer beiläufigen Geste zog Archie sich die Handschuhe aus.

»In der Tat, Sir.« Henry hatte sich wieder gefangen und nickte.

»Sagen Sie ihm, ich habe eine Information, die ihn interessieren wird, seine, hm … seine jüngsten Verluste betreffend.«

»Natürlich, Sir. Bitte folgen Sie mir.«

Henry führte sie in das Haus, das Effie gut kannte. Barfuß war sie durch diese Korridore gegangen – oder vielmehr gerannt –, in der oberen Etage hatte sie geschlafen und im Erdgeschoss mit den Dienstboten gegessen. Sie gingen an den Familienporträts vorbei, die ihr einst so finster erschienen waren. Jetzt sah sie überall Sholtos Augen, seine Nase oder die Form seiner Lippen, wenn sie die Gesichter betrachtete – oder diesen Wirbel in seinem blonden Haar, das nie glatt anlag, sooft er es auch kämmte …

War er hier? In seinem Schlafzimmer oder in der Pantry, um Mrs McLennan ein Stück Pastete abzuschwatzen? Fuhr er die lange Allee entlang oder ritt auf Taliska aus, seinem Lieblingspferd? Sie spürte, wie sich ihre Sinne schärften, auf der Suche nach einer Spur von ihm; nach einem Geruch, der noch im Flur hing, einem Haar auf einem Mantel, schlammigen Stiefeln, einem vertrauten Schatten an der Wand …

Ihre Schritte hallten in den langen Korridoren wider, als

Henry sie in den Blauen Salon führte. Dorthin wurden Besucher gewöhnlich gebracht, nicht in das Wohnzimmer der Familie.

»Ich werde Sir John von Ihrem Besuch in Kenntnis setzen.« Henry nickte ihnen zu und verschwand mit einem letzten Blick in Effies Richtung.

Archie knöpfte seinen Mantel auf, nahm seine Mütze ab und fuhr sich durchs Haar. Seine Wangen waren von der Fahrt gerötet, seine Augen glänzten. Während sie auf ihren Empfang warteten, ging er nervös im Raum auf und ab. War es eine Ironie des Schicksals, MacLeod hier anzutreffen, in Dumfries House, anstatt in Dunvegan?

Effie erstarrte, als sich weiter hinten im Flur leise eine Tür schloss und Schritte ertönten – aber sie gingen in die falsche Richtung. Ihr Herz flatterte, aufgeregt wie ein Spatz, während sie überall nach Sholto Ausschau hielt.

Sie trat ans Fenster und starrte hinaus. Jeder Flecken des Anwesens war mit Erinnerungen behaftet. Der Brunnen ließ sie an die Party denken, bei der Sibyls Grausamkeit zutage getreten war; der Anblick des Stairs Mount erinnerte sie an den Tag, an dem sie und Sholto dort zusammen gepicknickt und so getan hatten, als könnten sie einfach nur Freunde sein. An dem Graben dort drüben war ihr Pferd mit ihr durchgegangen, und nur Huw Feltons schnelle Reaktion hatte sie gerettet.

Huw. Zum ersten Mal seit Monaten fragte sie sich, wie es dem Wildhüter wohl ging. Er war derjenige, der ihr Slipper und Socks geschenkt und sie damit über Poppits Tod hinweggetröstet hatte. Sie war ihm im Gegenzug eine schlechte Freundin gewesen, weil ihre Sehnsucht nach Sholto die beginnende Freundschaft im Keim erstickt hatte, auch wenn Huw theoretisch viel besser zu ihr gepasst hätte. Daran hatte sich nichts geändert. Die Unterschiede zwischen ihr und Sholto waren immer noch so offensichtlich wie bei ihrem ersten Treffen, und selbst Archie – ein Seelenverwandter, der genauso dachte wie sie – stammte aus ganz anderen Kreisen, was sich immer wieder bemerkbar machte.

Und dennoch konnte sie sich nicht mit weniger zufriedengeben, nur weil sie aus einfacheren Verhältnissen stammte. Ihr Herz war schon immer wild und unbezähmbar gewesen. Lieber blieb sie allein, als sich von dem falschen Mann einfangen zu lassen.

Sie sah den Gärtnern zu, die sich in der milden Frühlingssonne über Rosensträucher beugten. Die Bäume und Büsche waren immer noch kahl, die Zweige ragten wie dünne Finger in den Himmel. Aber an ihren Spitzen wuchsen schon zarte Knospen, zögernd in Anbetracht noch drohenden Frosts, auch wenn aus den Wurzeln bereits der Pflanzensaft aufstieg. Nach der Trostlosigkeit des Winters begann das Leben von Neuem.

Das Knirschen von Kies machte Effie auf einen ungewohnten Anblick aufmerksam: ein Korbstuhl auf großen Rädern, darin eine in Decken gehüllte schmale Gestalt. Eine junge Frau schob den Rollstuhl an und redete lebhaft auf die kranke Person ein, die darin saß.

Effie spürte, dass sie blass wurde, als sie Lady Sibyls gertenschlanke Gestalt erkannte. Ihr akkurater Bob lugte unter einer Cloche hervor, und um ihren Mantel hatte sie locker einen Gürtel geschnallt. Seit wann war sie wieder da, fragte sich Effie bestürzt. War sie zurückgekommen, nachdem sie von der Krankheit der Gräfin gehört hatte – um sich als würdige Schwiegertochter zu erweisen? Hatte Sholto sie hergebeten, weil er Trost bei ihr suchte?

Wie auch immer, es war offensichtlich, dass Sibyl in Dumfries House wieder Fuß gefasst hatte.

Effie musste gegen die Tränen ankämpfen, auch wenn sie wusste, dass es gut so war, denn nach diesem Beweis hatte sie seit dem Moment ihrer Ankunft insgeheim gesucht – und nun eine Antwort bekommen, ohne danach gefragt zu haben. Das Leben war in seine alten Bahnen zurückgekehrt. Alle Schachfiguren standen wieder auf ihren Plätzen.

Sie spürte Archies mitfühlenden Blick. Er wusste genauso gut wie sie, was das bedeutete.

Die Tür öffnete sich, und der Graf kam mit einem verwirrten Gesichtsausdruck herein.

»Archie!« Er wollte ihm die Hand schütteln, doch dann sah er Effie am Fenster stehen und ließ überrascht den Arm sinken. Im selben Moment betrat Sir John den Raum und wirkte ähnlich irritiert.

Effie hatte Sir John nie persönlich kennengelernt, aber auf St. Kilda hatte er das Leben der Dorfbewohner bestimmt, seit sie denken konnte. Alles, was sie auf der Insel getan hatten – weben, melken, Vögel fangen –, hatte dem Ziel gegolten, Mietzahlungen an ihn zu leisten. Der eher unscheinbare Mann, der jetzt vor ihr stand, entsprach so gar nicht der geheimnisvollen Figur, die sie alle sich vorgestellt hatten.

Einen Augenblick herrschte Schweigen, während die beiden älteren Männer Effies Anwesenheit registrierten. Henry hatte wohl nur ihren Begleiter angekündigt. Schließlich war Archie derjenige gewesen, der um das Treffen gebeten hatte.

»Miss Gillies. Was für eine Überraschung«, sagte der Graf höflich, aber kühl.

»Hallo, Sir.« Effie nickte ihm zu, ohne näherzutreten. Sie wusste, dass sie eine Bedrohung für ihn darstellte. Machte er sie für den Zerfall seiner Familie verantwortlich? Für den Zusammenbruch seiner Frau? Er war sichtbar dünner und blasser als bei ihrer letzten Begegnung; die letzten Monate hatten Spuren hinterlassen.

Sir John hinter ihm hatte sich inzwischen so weit gefangen, dass er Archie die Hand reichen konnte.

»Einen Drink?«, fragte der Graf. Effie sah, dass Graves ins Zimmer geschlüpft war und neben der Tür stand. Er war der vollendete Butler – nicht leicht zu erschüttern und stets loyal –, aber daran, wie er den Kopf geneigt hielt, erkannte sie seine Missbilligung. Sah auch er sie als Bedrohung? Wie konnte ein armes Inselmädchen, kaum mehr als ein Windhauch, auf eine der angesehensten Familien des Landes so einschüchternd wirken?

»Ein Schluck zum Aufwärmen wäre willkommen«, murmelte Archie, worauf der Butler an den Barschrank trat. »Wir hatten eine stürmische Fahrt hierher.«

»Ach ja?« Effie fiel auf, dass der Gebrauch des Wörtchens »wir« den Grafen mehr zu interessieren schien als die Bedingungen ihrer Fahrt. »Von wo sind Sie heute gekommen? Doch nicht von Raasay?«

»Lochaline. Auf der Morvern-Halbinsel.« Archie steckte eine Hand in die Hosentasche. »Waren Sie schon mal in dieser Gegend?«

»Hm, ja«, antwortete der Graf und nickte zerstreut. Effie erinnerte sich an seinen Besuch in ihrem Cottage, als er vorbeigekommen war, um ihr eine Stelle auf seinem Anwesen anzubieten. Wie musste er dieses Angebot seitdem bereut haben! »Bei Bluey MacLean …«

»Hm«, machte auch MacLeod düster. »Er hat ziemliche Probleme mit seinem Dach. Duart Castle hat mehr Undichtigkeiten als Downing Street Nummer zehn.«

»Hm.« Beide Männer nickten, voller Mitleid mit diesem Bluey MacLean, aber im nächsten Moment wanderten ihre Blicke fragend zu Effie: Warum war sie wieder hier?

»Stört es Sie, wenn ich rauche?«, fragte Archie. Er wandte sich ab und schien das Unbehagen der anderen zu genießen, während er eine große Runde durch den Raum drehte. Schließlich war er ein Rebell und liebte es, ein wenig Chaos anzurichten.

Er fing an, über die Winterstürme auf Raasay zu reden und die Aufregung, die sie verursacht hatten, weil etliche Bäume umgestürzt waren.

»Ganz zu schweigen von Ihrem Mast!«, rief John MacLeod, als Graves mit den Getränken zurückkam. »Wie ich gehört habe, ist die *Lady Tara* inzwischen repariert worden?«

Archie nickte. »James hat mir innerhalb kürzester Zeit aus der Patsche geholfen«, erwiderte er und neigte den Kopf zum Zeichen der Dankbarkeit gegenüber MacLeods Sohn. »Er kannte da jemanden.«

»Freut mich zu hören. Ich bin diesen Winter kaum zu Hause gewesen, aber ich meine gehört zu haben, dass Ihre dramatische Fahrt über den Loch Dunvegan bereits eine Legende ist.« MacLeod musterte Effie erneut mit offensichtlichem Misstrauen. »Man nennt Sie die *Lady of the Loch*, Miss Gillies.«

Effie musste sich auf die Zunge beißen, um nicht klarzustellen, dass sie keine Lady war.

»Recht so.« Archie grinste. »Wenn Effie nicht so viel Mut bewiesen hätte, wären wir wahrscheinlich gekentert und untergegangen.«

Augenbrauen schossen in die Höhe, als er sie so beiläufig beim Vornamen nannte.

»Nun, also … zum Wohl«, murmelte der Graf und hob sein Glas.

Das Getränk wärmte tatsächlich, Effie spürte die Hitze durch ihre Kehle schießen und sie schließlich ganz ausfüllen. Erst jetzt merkte sie, dass sie zitterte. Sie versuchte, nicht an die ruhige, manierliche Szene zu denken, die sich in ihrem Rücken abspielte: Räder auf Kies, Decken gegen den scharfen Wind, ein zerbrechlicher Körper und ein geschmeidiger, Pflicht und Versprechen. Das Beste, was sie jetzt tun konnte, war zu sagen, was zu sagen war, und dann wieder zu verschwinden. Sholto wiederzusehen, würde zu nichts führen. Sie war nicht seinetwegen hierhergekommen – jedenfalls sagte sie sich das immer wieder –, aber seinetwegen musste sie so schnell wie möglich wieder fort.

»Also.« MacLeod räusperte sich und sah Archie fragend

an. »Ich habe gehört, Sie möchten etwas Wichtiges besprechen. Sollen wir dazu in ein anderes Zimmer gehen?«

»Im Gegenteil. Effie ist diejenige, die Neuigkeiten für Sie hat.«

»W… was?«, stieß MacLeod hervor.

Archie machte Effie ein Zeichen, das Wort zu ergreifen, und trat stolz zurück.

Sie sah die erwartungsvollen und misstrauischen Blicke der beiden Herren. Offenbar fragten sie sich, warum sie hierhergekommen war. Keiner von ihnen kam auf die Idee, dass sie helfen wollte.

»Ich weiß, wo das Horn ist«, sagte sie schlicht. »Sir Rorys Mor Horn.«

MacLeod schnappte nach Luft, zuerst verblüfft, dann wütend. »Und woher, zum Teufel?«

»Ich habe es zu Hause in einem der Cleits gefunden. Auf St. Kilda.« Sie sah ihn gespannt an, fragte sich, warum er so wütend war, obwohl sie ihm gute Nachrichten überbrachte. Sie blickte zu Archie, der ihr aufmunternd zunickte; er war an großspuriges Gehabe gewöhnt. »Ich war in einem halb verfallenen Cleit, den keiner aus unserem Dorf mehr benutzte. Er hat einer Familie gehört, die vor Jahren ausgewandert ist, und stand seitdem leer. Vielleicht hat Mathieson ihn deshalb benutzt.«

»Mathieson?«, fragte MacLeod.

»Aye. Ich hatte gemerkt, dass er immer um diesen Cleit herumschlich, wenn er da war, aber mir zunächst nichts dabei gedacht. Ein paar Tage vor der Evakuierung, als ich zum Klettern an den Felsen war, sah ich den Verwalter dann aus diesem Cleit herauskommen. Er benahm sich merkwürdig dabei.«

MacLeod runzelte die Stirn. »Merkwürdig inwiefern?«

»Er schaute sich um, als wollte er sich vergewissern, dass niemand ihn beobachtete. Mich hat er natürlich nicht gesehen, und als er zurück ins Dorf ging, bin ich in den Cleit gegangen, um herauszufinden, was er dort wollte. Und da habe ich dieses Horn gefunden. Es war unter einem Lammkadaver versteckt, deshalb hätte ich es beinahe übersehen.«

Sir John richtete sich zu voller Höhe auf und wirkte bestürzt. »Habe ich das richtig verstanden: Mein Verwalter, Frank Mathieson, hat Sir Rorys Mor Horn in dem Cleit versteckt?«

Effie schüttelte den Kopf. »Nein. Ich habe es in dem Cleit gefunden, aus dem er herauskam. Aber ich kann nicht beschwören, dass er selbst es dorthin gebracht hat.« Sie zuckte mit den Schultern. »Aber, wie ich schon sagte, wir benutzten diesen Cleit nie, daher wusste ich mit Sicherheit, dass das Horn keinem der Inselbewohner gehörte. Die wertvollsten Dinge, die wir besaßen, waren Old Fins Akkordeon und der Goldsovereign, den er in seinem Schornstein versteckt hatte.«

»Ich verstehe.« MacLeod tauschte einen vorsichtigen Blick mit seinem Gastgeber. »Und wo ist es nun, das Horn?«

»Immer noch auf St. Kilda.«

»Was! Wo? Warum?«

»Ich habe es an einen anderen Platz gebracht. Wegen des Silbers wusste ich, dass es wertvoll war – und weil Mathieson versucht hatte, es zu verstecken, war mir klar, dass er es eigentlich nicht haben durfte.«

»Dann hatten Sie vermutlich vor, ihn zu erpressen?«

»Jetzt aber mal langsam«, sagte Archie in scharfem Ton. »Effie ist hier, um Ihnen zu helfen. Nicht, um beleidigt zu werden. Sie ist nicht diejenige, die Sie bestohlen hat.«

Nach einer angespannten Pause lenkte MacLeod ein. »Verzeihen Sie, Miss Gillies. Ich habe mich falsch ausgedrückt … Aber was hat Sie dazu bewogen, das Horn woanders hinzubringen?«

Effies Wangen brannten vor Scham über die Kränkung, und sie schloss für einen Moment die Augen. Sie konnte das alles nur erklären, wenn sie ihnen erzählte, was Mathieson getan und was er ihr angedroht hatte. Das hatte sie noch nicht einmal Archie erzählt. Sie wollte nie wieder daran denken, wollte das alles endgültig hinter sich lassen, es begraben. Zusammen mit Frank Mathieson.

Sie schluckte und fing langsam an zu sprechen. »Ich wusste nicht, was es mit diesem Horn auf sich hatte – nur dass es ihm wichtig war. Es irgendwo anders zu verstecken, gab mir …« Sie suchte nach dem richtigen Wort.

»Sicherheit?«, schlug Archie vor.

Sie nickte und schwieg eine Weile. »Mathieson war kein guter Mann. Er hat mich und meine Freundinnen bedroht, jede auf unterschiedliche Weise …«

MacLeods Gesicht verdüsterte sich.

»Ich dachte, indem ich ihm etwas wegnehme, das für ihn wertvoll ist, und es verstecke, könnte ich mit ihm verhandeln, wenn wieder etwas Schlimmes passiert.«

Ihre Worte sanken bleischwer zu Boden. *Etwas Schlimmes passiert.*

»Und ist das eingetroffen?«, fragte der Graf besorgt.

»Aye.«

Ein erschrockener Ausdruck huschte über Archies Gesicht.

»Können Sie das etwas näher ausführen?«

»Das möchte ich lieber nicht, Sir«, erwiderte Effie steif. Es ging hier niemanden etwas an, was Frank Mathieson ihr angetan hatte und wie sie ihm entkommen war. Niemand musste erfahren, dass sie Mathiesons Lippen und Hände auf ihrem Körper hatte ertragen müssen, bis er bewusstlos wurde. Dass sie ihm dazu Whisky eingeflößt hatte, von dem Geld gekauft, das ihr der Graf selbst für eine Führung über die Insel bezahlt hatte. Sie mussten nicht wissen, dass sie den Verwalter gefesselt, aber ein Messer in seine Nähe gelegt hatte, damit er sich selbst befreien konnte, und genug Essen und Wasser, um zu überleben, bis die *Dunara* vor der Insel Anker warf. Sie brauchten nicht zu erfahren, dass das Horn ihr letztes Druckmittel hätte sein sollen, falls all das schiefging – und dass es beinahe so gekommen wäre, weil Mathieson sich irgendwie befreit hatte.

»Aber ich kann Ihnen sagen, dass er sehr aufgebracht war, als er merkte, dass es fort war. Er fing an, die Hügel abzusuchen, sagte, er müsse überall in den Cleits Bestandskontrollen für Sie machen« – sie sah MacLeod an –, »um sicherzugehen, dass alle leer waren.«

»Darum hatte ich ihn nie gebeten«, protestierte MacLeod.

»Nein. Nur ich wusste, wonach er suchte – aber ich hatte keine Ahnung, warum es so wichtig für ihn war.«

Langes Schweigen folgte, während alle über diese Enthüllungen nachdachten.

»Dann war das Horn also gewissermaßen Ihre Versicherungspolice?«, fragte der Graf.

Sie zuckte mit den Schultern. »Ich weiß nicht, was das ist, Sir.«

»Was Sie getan haben, deutet darauf hin, dass Sie sich von Mathieson stark bedroht fühlten.«

Sie hob den Kopf, erwiderte aber nichts. Alles, was wichtig war, hatte sie bereits gesagt.

Er betrachtete sie nachdenklich. »Wenn ich an unseren Besuch auf der Insel denke, fällt mir ein, wie schroff Mathieson zu Ihnen war, geradezu brutal und einschüchternd.«

MacLeod räusperte sich. »Wissen Sie, ich habe gerade von den Männern der Insel erfahren, dass er die Mieten erhöht hatte und sich einen Teil des Erlöses in die eigene Tasche steckte.«

»Wirklich?«, fragte der Graf verächtlich und hob mit neu erwachtem Interesse die Augenbrauen.

»Und jetzt hören wir, dass er obendrein die Frauen bedroht hat«, murmelte MacLeod. »Herr im Himmel, mit jeder neuen Information über ihn sinkt er in meinem Ansehen noch etwas tiefer.« Er schüttelte den Kopf. »Ich hätte auf meinen Instinkt vertrauen und ihn schon vor Jahren feuern sollen.«

Archie holte tief Luft, sichtlich beunruhigt. Diese Informationen gingen weit über das hinaus, was Effie ihm im

Vorfeld anvertraut hatte. »Nun, im Augenblick zählt nur, dass wir das Mor Horn in Sicherheit wissen.«

MacLeod riss sich zusammen. »Jaja. Nur das zählt.« Er sah Effie an. »Miss Gillies, erinnern Sie sich daran, wo Sie das Horn versteckt haben?«

»Natürlich, Sir.«

MacLeod und der Graf wechselten erneut einen Blick. Sie waren alte Freunde und verstanden sich ohne Worte.

MacLeod zuckte mit den Schultern. »Ja, vielleicht ist jetzt ein passender Moment, noch einmal auf die Insel zurückzukehren«, sagte er, als antworte er auf einen unausgesprochenen Vorschlag. »Um das Geschäft zu besiegeln, sozusagen.«

Archie sah ihn aus schmalen Augen an. »Geschäft?«

Der Graf lächelte. »John hat mir den Archipel verkauft. Gestern beim Mittagessen sind wir uns einig geworden.«

Effie riss die Augen auf. »Sie haben St. Kilda verkauft, Sir?«

»Nun, ich habe nicht mehr viel Verwendung dafür, wo doch nur noch Schafe dort sind«, antwortete MacLeod. »Und dieser alte Knabe hier ist so begeistert von seinen Vögeln, dass er plant, eine Schutzzone für Seevögel daraus zu machen.« Er zuckte mit den Schultern, als könnte er die Idee nicht ganz nachvollziehen. »Aber ich denke, wir machen eine Art zeremonielle Übergabe. Zwei Fliegen mit einer Klappe, was?«

Der Graf lächelte amüsiert und blickte erneut zu Effie. »Miss Gillies, Sie haben uns einen großen Dienst erwiesen, indem Sie mit diesen Informationen zu uns gekommen sind. Das war bestimmt nicht einfach für Sie«, fügte er hinzu.

Effie schluckte. »Ich wäre früher gekommen, wenn ich gewusst hätte, was ich da gefunden habe, Sir.«

»Wir werden uns natürlich erkenntlich zeigen«, sagte MacLeod schnell.

Effie runzelte die Stirn. »Das ist nicht nötig, Sir. Ich bin froh, dass ich Ihnen helfen konnte.«

Archie lächelte ihr zu, während der Graf und der Clan-Chef erneut Blicke tauschten.

»Also, Miss Gillies, wie genau finden wir den Cleit, in dem Sie das Horn versteckt haben?«, erkundigte sich Mac-Leod. »Es gibt eine ganze Menge davon auf der Insel.«

»Oh, es nicht in einem Cleit versteckt.«

»Wo dann?«

»Dort, wo man es am wenigsten vermutet. Ich musste mir sicher sein, dass Mathieson es nicht finden konnte.« Sie dachte an die Landschaft ihrer Kindheit. Die samtigen Wiesen, die grauen Steincottages, an der Straße aufgereiht wie die Zähne eines Riesen, die hohen Klippen, umflattert von Tausenden weißen Vögeln. Sie hatte dort so viel von sich selbst zurückgelassen. Noch ein letztes Mal über die Felsen zu klettern …

»Wie können wir es finden?«

»Gar nicht.« Ihre Augen blitzten vor Entschlossenheit. »Ich muss es Ihnen zeigen.«

»Effie!«

Ein Flüstern im Flur. Sie drehte sich um und sah Fanny, die aus dem Treppenhaus der Dienstboten um die Ecke schaute. Effie hatte den Salon mit der Ausrede verlassen, sich vor der Rückreise noch frischmachen zu wollen, auch wenn Archie ihr das ganz offensichtlich nicht abnahm und ihr misstrauisch nachgeblickt hatte.

»Fanny!«, rief sie erfreut, lief zu ihr und überraschte das Dienstmädchen mit einer Umarmung. Anscheinend wusste auch Fanny nicht genau, zu welcher Welt Effie gehörte. »Ich hatte so gehofft, dass ich dich sehe!«

»Komm hier rein, dann können wir reden, ohne dass uns jemand sieht«, flüsterte das Dienstmädchen und sah sich verstohlen um, während Effie in den kühlen dunklen Gang schlüpfte. Schnell schloss Fanny die Tür, dann musterte sie Effie aufmerksam. Sie trug Hosen und Wollsachen wie früher, aber inzwischen waren es Kleidungsstücke, die Sholto ihr gekauft hatte. Die saßen weit besser als die selbstgewebte Kluft, in der sie sieben Monate zuvor in Dumfries House aufgetaucht war. »Du siehst gut aus!«

»Wirklich?«, fragte Effie kläglich. »Ich fühle mich gar nicht so.«

Fanny sah sie mitleidig an. »Wir alle haben deine Abenteuer verfolgt!«

»Das waren vermutlich nicht besonders viele.«

»Weißt du, wie man dich drüben auf Skye nennt?« Fanny kicherte.

»Aye, ich habe es gehört.« Effie schauderte. »Und es war wirklich nicht so dramatisch, wie alle tun.«

»Ich wette, das war es doch.« Das Dienstmädchen lachte. »Mrs McLennan sagt, das Drama folgt dir wie ein Schatten!«

Effie schmunzelte. Die Köchin war immer die Erste gewesen, die sie nach einer ihrer Katastrophen wieder aufgerichtet hatte, außerdem hatte sie ständig versucht, ihr eine warme Mahlzeit aufzudrängen. »Wie geht es ihr? Wie geht es den anderen? Ich habe euch alle vermisst.«

»Nein, hast du nicht! Du hast bei den hohen Herrschaften in Schlössern gelebt!«

Effie ergriff Fannys Hand; daran wollte sie gar nicht denken. »Ganz ehrlich – ich habe euch wirklich vermisst. Ich hatte gehofft, euch bei meinem Besuch zu sehen.«

»Der arme Henry war ganz außer sich, als er vorhin herunterkam, um uns zu sagen, dass du in einem schicken Auto hier angebraust gekommen bist, zusammen mit Archie Baird-Hamilton, ausgerechnet! Was zum Teufel hast du mit diesem Schlitzohr zu tun? Du weißt doch, was er für einen Ruf hat, oder?«

Archies Ruf spielte für Effie genauso wenig eine Rolle wie für ihn Effies einfache Herkunft. »Man hat mir schon oft davon erzählt. Aber mir gegenüber ist er der perfekte Gentleman.«

Fanny schüttelte kichernd den Kopf. »Lass dich nicht täuschen. Das ist alles Theater.«

War es das? Oder verstanden die Leute Archie falsch? Unterschätzten ihn? Sie hatte sein Verlangen in jener ersten Nacht auf Raasay gespürt, aber er hatte dem nicht nachgegeben. Er war aufrichtig und hatte Wort gehalten, und auch wenn sie nicht wusste, ob sie jemals für ihn empfinden konnte, was er für sie empfand, war sie dankbar, ihn in ihrem Leben zu haben. Während einer langen Arbeitswoche am Webstuhl hatte sie manchmal das Gefühl, als hielte nur die Aussicht auf ihren Samstagsausflug sie aufrecht. Der Gedanke, dass es das war, was sie erwartete – ein Leben im Käfig, verheiratet mit dem Sohn des Lebensmittelhändlers oder einem Forstarbeiter oder dem Briefträger –, brachte sie zur Verzweiflung. Geld war ihr egal, aber sie brauchte Freiheit und würde immer dafür kämpfen, ein Leben voller Abenteuer zu führen. Und Archie – wie auch immer die Leute ihn sahen, als Schlitzohr, Frauenheld, Hallodri – war genauso.

»Barra sagt, er war ein häufiger Gast auf den Partys ihrer vorherigen Arbeitgeberin«, erzählte Fanny mit einem aufgeregten Funkeln in den Augen. »Und dass er einmal in einer einzigen Nacht bei drei verschiedenen Frauen im Schlafzimmer war … Der Hausjunge hat mitgezählt.«

»Oh.« Effie nickte und dachte an Archies besorgten Blick, als sie eben das Zimmer verlassen hatte. Sie war nicht die Eifersüchtige in ihrer Beziehung. »Tja, er und ich sind nur Freunde. Ich habe nicht die Absicht, mich wieder zu verlieben.«

»Nein.« Fanny sah sie mit großen Augen an.

»Ist er hier?«

Das Dienstmädchen schüttelte teilnahmsvoll den Kopf. »In Edinburgh. Er ist vor ein paar Tagen abgereist. Ich weiß nicht, wann er zurückkommt.«

»Oh.«

»Ich glaube, er brauchte einen Tapetenwechsel. Er hatte eine düstere Zeit.«

»Aye.« Und das war alles ihre Schuld. Sie dachte an Sibyl, die sich während seiner Abwesenheit als pflichtbewusste zukünftige Schwiegertochter um Sholtos Mutter kümmerte. »Ich habe vorhin die Gräfin gesehen. Sie sitzt im Rollstuhl?«

»Sie ist noch sehr schwach, aber die größte Gefahr ist gebannt. Es liegt immer noch ein weiter Weg vor ihr, aber es besteht eine gute Chance, dass sie sich einigermaßen erholt.«

»Das hoffe ich.« Effie nickte. »Das wäre wundervoll.«

Fanny legte ihr eine Hand auf den Arm. »Er vermisst dich so. Er spricht nie darüber, und natürlich schon gar nicht vor uns, aber ich merke es an der Art, wie er sich bewegt. Er ist so ruhig geworden. Natürlich bleibt er immer höflich, aber … es ist, als wäre er innerlich leer. Keiner von uns hat ihn je so glücklich gesehen wie mit dir.«

Effie spürte einen Kloß im Hals, und auf einmal brannten Tränen in ihren Augen. Es erstaunte sie immer wieder, wie schnell die plötzlich auftauchen konnten. »Nun … Es sollte einfach nicht sein«, sagte sie mit erstickter Stimme. »Das konnte sogar ein Blinder sehen.«

»Aber ihr habt einander so glücklich gemacht!«

Effie presste die Lippen zusammen bei dem Versuch, ihre Gefühle unter Kontrolle zu halten. »Man kann nicht alles haben, was man sich wünscht.« Doch sie zwang sich, die Worte auszusprechen, die ihr ins Herz schnitten. Es gab viel, was dagegensprach, dass sie und Sholto zusammen waren, aber es gab auch einen guten Grund dafür: Ihre Herzen sprachen zueinander. Sholto war nicht der perfekte Partner für sie, weil sie nicht gleichgestellt waren. Aber die Liebe, die sie verband, war wahr und rein, und das war trotz aller

Unterschiede unumstößlich, das war Effie jetzt klar. »Es gibt noch andere Dinge … andere Menschen, an die wir denken müssen.«

Auf der anderen Seite der Tür ertönten Stimmen, und Fannys Augen weiteten sich. »Ich muss gehen«, sagte sie schnell, »bevor sie sehen, dass wir uns unterhalten.«

Effie wischte sich schnell über die Augen. »Ich werde schreiben. Ich wohne jetzt in Lochaline, das ist nicht so weit entfernt von hier.«

Fanny öffnete die Tür und spähte hinaus. Die prächtige Empfangshalle war immer noch leer, aber die Stimmen der Männer kamen durch den Gang näher. Fanny verschwand die Treppe hinunter im Dienstbotengang, und Effie riss sich zusammen und trat hinaus.

Als die anderen einen Augenblick später um die Ecke bogen, stand sie am Fenster und blickte auf den Rosengarten.

»Ah, da bist du ja«, sagte Archie sichtlich erleichtert. »Ich dachte schon, ich hätte dich verloren.«

Effie sah ihn an.

Ihr trauriges Lächeln und ihre geröteten Augen verrieten ihm, dass genau das passiert war.

26. Kapitel

Flora

April 1931
HMS Empress of Britain, internationale Gewässer

Sie segelten der Sonne entgegen, einem goldenen Horizont, den sie nie erreichen konnten. Flora stand mitten auf dem Deck und spürte, dass der Wind ihre porzellanblassen Wangen rosig färbte. Dieser Winter war besonders hart und grausam gewesen und hatte ihre Welt jeglicher Farbe beraubt. Güte und Freundlichkeit hatten keinen Platz mehr darin gehabt. Sie hatte Lornas Tod schwergenommen und mehrere Wochen im Bett verbracht, nachdem ihr klar geworden war, dass sie keine Möglichkeit mehr hatten, ihren Sohn zurückzubekommen. Nichts konnte sie trösten, nicht einmal das Wissen, dass Mary die Liebe ihres Lebens und das Land ihrer Träume verwehrt geblieben waren.

Mary hatte dennoch gewonnen. Floras Baby lag in *ihren* Armen, blickte in *ihre* Augen, und diese Tatsache wurden mit jedem Tag wirklicher.

James hatte eine Villa in der Rue Saint-Denis gemietet, während sie darauf warteten, dass das Meereseis schmolz, aber Flora war dort nur wie ein Schatten durch die Räume geirrt, und schließlich waren sie wieder ins Frontenac gezogen. James hatte sich in Arbeit gestürzt, hatte ihren persönlichen Verlust in geschäftlichen Gewinn umgeleitet, indem er an den Plänen für seine transatlantische Fluggesellschaft feilte. Flora stand eine solche Ablenkung nicht zur Verfügung. Sie konnte an nichts anderes denken als daran, nach Hause zu Familie und Freunden zurückzukehren.

Um sie herum plätscherte das Gelächter der feinen Leute, manche spielten Shuffleboard, Tennis oder Golf, andere spazierten auf dem Deck auf und ab und blieben gelegentlich stehen, um sich mit anderen Passagieren zu unterhalten, die im Liegestuhl lagen.

Zu Floras Erleichterung gab es keinerlei Hinweis darauf, dass die Tuckers anwesend waren, obwohl James den Speisesaal jeden Abend nach ihnen absuchte.

Auch die Dritte-Klasse-Passagiere waren nach draußen gekommen, um ein wenig frische Luft zu schnappen, auch wenn das untere Deck stets im Schatten der hohen Wände mit den Rettungsbooten lag. Flora beobachtete von oben, wie viele Menschen sich dort drängten, und dass es dort keine der Aktivitäten gab, die der oberen Klasse zur Verfügung standen. Die Leute sorgten selbst für ihren Zeitvertreib, spielten Karten oder lasen in der Bibel, die Kinder hüpften herum … Manchmal kam es zu Raufereien und lautstarken Auseinandersetzungen wegen eines falschen Blicks oder eines gestohlenen Stücks Brot.

Sie stand hier jeden Tag, in der Hoffnung, einen Blick auf ihren Sohn zu erhaschen. Selten bemerkte sie jemand – die Leute dort unten schienen nie nach oben zu schauen. Sie kam bei jedem Wetter nach draußen, auch Regen machte ihr nichts aus, aber erst gestern hatte James sie wieder nach drinnen geholt und ihr versichert, sie könne nichts verpassen: Im strömenden Regen würde Mary mit dem Baby nicht nach draußen gehen.

Sie quälte sich selbst, das wusste Flora, aber für einen kurzen Blick auf sein Gesicht nahm sie das gerne in Kauf. Er war jetzt beinahe acht Monate alt und wurde kräftig und rund, hatte rote Wangen und zwei Zähne, die sie sehen konnte, wenn er lachte. Dass er manchmal weinerlich war und sabberte, wies vielleicht darauf hin, dass er zahnte, und dann steckte ihm Mary einen Finger in den Mund, so wie sie es auch in der Nacht auf dem Dachgarten getan hatte. Flora sah zu, wie Mary auf dem Deck mit ihm herumtanzte, ihn wiegte und für ihn sang, oder stehen blieb, um sich mit den anderen Müttern und ihren Kindern zu unterhalten. Mary lächelte und lachte viel, und Flora wurde bewusst, dass sie früher nie glücklich ausgesehen hatte. Der Gedanke, dass Mary zwar ein schlechter Mensch, aber deshalb nicht zwangsläufig eine schlechte Mutter war, schmerzte sie.

Jetzt öffnete sich unten eine Tür. Mary kam endlich heraus, und Flora hielt den Atem an. Sie stand seit dem Frühstück hier und hatte sehnsüchtig auf diesen Anblick gewartet. Mary hatte das Baby heute in grüne Stricksachen gekleidet. Wenn die Frauen von St. Kilda eines konnten, dann war es stricken, und ihr Junge hatte keinen Mangel an Wollsachen. Aber der Wind war kalt und drang durch die Maschen, sodass der Kleine protestierte. Ein kleiner Arm schoss nach oben, kleine Finger streckten sich und ballten sich dann wieder zu einer rosigen Faust. Mary redete beruhigend auf das Kind ein und fing an, sich mit ihm zu drehen.

Flora wusste, dass der Kleine einen richtigen Mantel brauchte. Gefilzte Wolle, vielleicht mit einem Samtkragen. So einen, wie sie ihn in ihrer Vorfreude – noch in dem Glauben, sie könnte die Zeit zurückdrehen – in Québec gekauft hatte. Sie hatte es nicht über sich gebracht, ihn wegzuwerfen, genauso wenig wie die anderen Kleidungsstücke, die sie für ihren Sohn gekauft hatte – oder ihre Liebe, die sie ihm nicht geben konnte.

Sie runzelte die Stirn, als ihr eine Idee kam.

Vielleicht konnte sie es doch.

27. Kapitel

Jayne

17. April 1931
Lochaline

Die Tage wurden langsam wieder länger. Wenn die Frauen nachmittags in den Fabrikhof gingen, fielen ihre Schatten nun unter einem erfreulich blauen Himmel auf das Kopfsteinpflaster. Die Hügel leuchteten von goldenem Ginster, und in den Bäumen versammelten sich die Vögel, die nach und nach zurückkehrten: Effie hatte schon Laubsänger, Baumpieper, Schafstelzen und Steinschmätzer gesichtet.

Jayne stand geduldig in der Warteschlange beim Metzger, betrachtete die Auslage und überlegte, was ihr Ehemann wohl heute zu Abend essen wollte. Neben ihr warteten Mhairi, Effie und Ishbel und lachten über Mrs Buchanans Rock, der heute den ganzen Nachmittag über in ihrer Unterwäsche gesteckt hatte, ohne dass jemand sie darauf aufmerksam gemacht hätte. Effie hatte auch diesmal wieder darum kämpfen müssen, ihre Stelle zurückzubekommen, deshalb waren solche kleinen Siege bei der Arbeit das Einzige, was ihr ein Lächeln ins Gesicht zaubern konnte. Seit ihrem Tagesausflug mit ihrem neuen Verehrer wirkte sie antriebslos, und sein blauer Sportwagen glänzte inzwischen durch Abwesenheit.

Mhairi trat einen Schritt zurück und erwischte versehentlich Jaynes Fuß. Inzwischen sah man Mhairi die Schwangerschaft schon an, und manchmal hatte sie Schwierigkeiten, das Gleichgewicht zu halten.

»Ach, Jayne, tut mir leid!«, entschuldigte sie sich. »Ich habe dich nicht gesehen.«

»Kein Problem«, erwiderte Jayne lächelnd.

»Hallo, Jayne!«, sagte auch Effie überrascht und drehte sich um.

»Hast du noch etwas über den Besuch in der Heimat erfahren, Eff?«, fragte Jayne, um von ihrer Unsichtbarkeit abzulenken.

Seit Wochen redeten die ehemaligen Inselbewohner über nichts anderes als darüber, dass der Graf von Dumfries St. Kilda gekauft hatte, und alle waren neidisch auf Effie, weil sie mit den Lairds zur zeremoniellen Übergabe auf ihre Heimatinsel fahren durfte.

»Noch nicht.«

»Ich habe gehört, dass die Leute nach der Größe des Schiffs fragen«, sagte Mhairi, während sie in der Schlange vorrückten.

»Welches Schiff?«

»Das vom Grafen. Wie viele Passagiere kann es aufnehmen?«

»Woher soll ich das wissen?«

»Warst du nie an Bord?«, fragte Ishbel.

Effie schüttelte den Kopf.

»Aber du hast es gesehen«, drängte Mhairi. »Als es letzten Sommer in der Bucht vor Anker lag.« Sie selbst war zu diesem Zeitpunkt auf der anderen Seite des Bergkamms gewesen, in der Glen Bay, aber Flora hatte sie nach ihren gelegentlichen Besuchen im Dorf mit Neuigkeiten auf dem Laufenden gehalten.

»Das war nicht das Boot des Grafen, sondern das von MacLeod«, erklärte Effie. »Und ich habe nicht mehr davon gesehen als alle anderen.«

»Ach«, sagte Ishbel enttäuscht. »Wie schade.«

»Warum interessiert sie das überhaupt?«

»Es wollen noch andere mitkommen«, erwiderte Jayne schlicht. Old Fin kannte kein anderes Thema mehr, wenn sie zum Mittagessen zu ihm kam. »Sie finden es ungerecht, dass du gehen darfst und sie nicht, nur weil du … na ja, wegen deiner Beziehung mit Sholto.«

Effie erstarrte. »Aber ich habe keine Beziehung mit Sholto.«

Jayne wurde traurig, als sie Effies unglückliches Gesicht sah. »Aber warum haben sie dann dich gefragt?«, fragte Ishbel verständnislos.

Effie errötete, und Jayne hatte das Gefühl, dass sie ihnen etwas verheimlichte. Schnell wechselte sie das Thema. »Wie auch immer – jedenfalls glaube ich, dass sie dem Grafen schreiben und ihn fragen wollen, ob sie auch mitkommen dürfen. Nur damit du Bescheid weißt.«

»Aye … danke, Jay …«

»*Schlägerei!*« Der Ruf ertönte so laut und plötzlich wie ein Pistolenschuss, und die Frauen in der Metzgerei zuckten zusammen. Es war, als wäre eine Bombe explodiert. Jayne standen die Nackenhaare zu Berge, ihr wurde schwindelig und ihr Magen zog sich zusammen. Sie hasste Schlägereien.

»Sie kämpfen!«, schrie wieder jemand.

»Wer?«, fragte ein anderer.

»Brodie MacDougall und Norman Ferguson!«

Jayne gefror das Blut in den Adern, als alle auf die Straße liefen, um zuzusehen, wie das Drama seinen Lauf nahm. Auch sie trat hinaus und hatte dabei das Gefühl, als müsste sie durch zähen Sirup waten, so schwer waren ihre Schritte. Wie aus weiter Ferne hörte sie die aufgeregten Stimmen.

Sie wusste genau, warum die Fäuste flogen, hatte die Gerüchte um Fiona MacDougall und ihren Ehemann gehört, auch wenn alle anderen glaubten, sie bekäme nichts davon mit. Die Leute hielten sie für zu töricht, um zu wissen, wo ihr Ehemann schlief, wenn er abends nicht nach Hause kam, oder warum er nach Parfüm roch, obwohl sie selbst keins besaß. Aber sie wusste alles. Sie wusste so viel mehr, als Norman ahnte.

Jayne betrachtete das wilde Spektakel. Ihr Ehemann war groß und kräftig, hatte breite Schultern und muskulöse Arme. Sein Gegner war ihm körperlich unterlegen – hatte aber die Wut auf seiner Seite. Ein betrogener Ehemann konnte sich in einen Löwen verwandeln, und MacDougall landete mehrere gezielte Treffer auf den glattrasierten Wangen ihres Mannes. Normans durchdringend blaue Augen waren blutunterlaufen, und an seiner Stirn klaffte bereits eine Wunde, um die sie sich später würde kümmern müssen.

Die Männer, nach ihrer langen Schicht im Forstbetrieb auf dem Weg zum Pub, hatten sich in einem Pulk versammelt und feuerten die beiden Gegner an wie bei einem Hahnenkampf. Als wäre es ein Spaß.

War Fiona MacDougall hier? Sah sie den beiden Männern zu, die um sie kämpften? Jayne blickte sich um und betrachtete die Gesichter der Menschen, die sie in diesem Tumult nicht einmal bemerkten. Das hier war ein Drei-Personen-Drama, und Jayne spielte darin nicht einmal eine Nebenrolle.

Aber jemand sah sie an. Seine Erstarrung passte zu ihrer, er stand auffallend still inmitten der wirbelnden, aufgebrachten Menge. Blaue Augen, ebenso besorgt wie ihre eigenen, betrachteten sie von der anderen Straßenseite aus.

Sie erkannte seine Anteilnahme – sein Mitleid –, und das war sogar noch schlimmer, als übersehen zu werden.

Jayne keuchte auf und riss ihren Blick los. Sie sah Effies Fahrrad, das vor der Metzgerei an der Wand lehnte, und schnappte es sich, stieg auf und fing an zu treten. Es ging bergauf, aber die Wut trieb sie an. Die Demütigung verlieh einer betrogenen Ehefrau Flügel.

»Jayne?« Effie wollte sie aufhalten, aber sie kam zu spät. Jayne blieb nicht stehen. Als sie zurückblickte, sah sie, dass David ihr schweigend gefolgt war.

Ihr Atem ging stoßweise, vor lauter Tränen konnte sie kaum etwas sehen, aber sie fuhr nicht langsamer. Ihre Muskeln schmerzten, ihre Lunge brannte, während sie den Schauplatz hinter sich ließ und den Weg nach Hause einschlug.

Auf der Straße kam sie an Mad Annie vorbei, die in ihrem Vorgarten Stangenbohnen in die Beete pflanzte, die sie letzte Woche umgegraben hatte. »Jayne?«, fragte die alte Frau und sah ihr stirnrunzelnd nach, als sie wortlos an ihr vorbeifuhr.

Sie radelte am Haus von Effie und ihrem Vater vorbei und erreichte ihr eigenes, warf das Fahrrad auf den Boden und lief in die Küche. Dann drehte sie den Wasserhahn auf und spritzte sich Wasser ins Gesicht.

Keuchend stützte sie sich auf die Spüle und ließ den Kopf hängen. Minuten vergingen. Die körperliche Anstrengung des Rückwegs hatte ihre Tränen versiegen lassen – sie konnte nicht gleichzeitig weinen und einen Berg hinaufstrampeln. Jetzt spürte sie nur noch das bittere, schmerzliche Gefühl der Demütigung, weil ihr Ehemann seine Verfehlungen so öffentlich zur Schau stellte. Sie wusste, dass Fiona MacDougall weder seine einzige Geliebte war noch seine letzte sein würde. Norman hatte Jayne nicht mehr angerührt, seit sie in Lochaline wohnten. Das war ein Segen, denn zu Hause auf der Insel waren seine nächtlichen Annäherungen schwer zu ertragen gewesen. Und dennoch … zeigte es ihr auch, wie unwillkommen, unerwünscht und unsichtbar sie für ihren Ehemann war. Nun, da Norman eine Wahl hatte, war sie nur noch seine Haushälterin und Köchin. Solange es nicht öffentlich gewesen war, hatte sie das beschämende Gefühl von Unzulänglichkeit noch ertragen können, aber jetzt konnte sie sich nicht mehr davor schützen. Alle wussten Bescheid. David hatte mit eigenen Augen gesehen, dass sie als Ehefrau nichts taugte.

Das Quietschen des Gartentors ließ sie hochfahren, und schon im nächsten Moment stand David schwer atmend in der Tür. War er wirklich den ganzen Weg hierher gerannt? »Jayne …«

»Nein!«, rief sie, als er die Küche betrat, die er so gut kannte. An diesem Tisch saß er jeden Abend, noch häufiger sogar als Norman, so oft, dass sie den Platz inzwischen als seinen betrachtete und nicht als den ihres Ehemanns. »Ich will es nicht hören! Ich will dein Mitleid nicht!«

Nur das nicht.

Sie wandte sich ab und spürte, dass er sie ansah. Das spürte sie immer. Sein Blick war in den letzten Monaten ihr stummer Begleiter geworden, allgegenwärtig.

»Tja, schade!«, sagte er in einem scharfen Ton, den sie nicht von ihm kannte. »Das hast du nämlich. Alle bemitleiden dich jetzt! Ist es das, was du wolltest?«

Sie drehte sich wieder zu ihm um, schockiert über seine Grausamkeit. Norman, ja, von dem erwartete sie nichts anderes. Aber David? »Wie kannst du mich so etwas fragen?«, stieß sie hervor.

»Was soll ich denn sonst denken? Warum sonst solltest du bei ihm bleiben, obwohl du weißt, was er tut? Jeder weiß es, sogar die Kinder auf dem Spielplatz!«

»Hör auf! Ich will, dass du gehst.«

»Nein«, erwiderte er schroff und trat näher. »Was braucht es noch, Jayne? Wann wirst du akzeptieren, was er ist, und ihn verlassen?«

»Niemals! Das geht nicht!«

»Doch, das geht! Er benutzt dich. Er misshandelt dich.

Und jetzt noch das? Er demütigt dich!« Seine Augen loderten. Sie hatte ihn noch nie so wütend erlebt. »Herr im Himmel, Jayne, wo bleibt deine Selbstachtung?«

»Sei still!«, schrie sie und hielt sich die Ohren zu, aber er kam zu ihr, packte sie an den Handgelenken und zog ihre Hände fort.

»Nein, es ist Zeit, dass du mir zuhörst. Ich mache das nicht mehr mit«, sagte er und hielt sie fest, blieb dicht vor ihr stehen und starrte sie an. Sein Blick glitt über ihr Gesicht, und wieder sah sie Mitleid in seinen Augen. »Jayne …«

Sie versuchte beschämt, sich abzuwenden. »Sieh mich nicht an«, schluchzte sie. »Bitte geh einfach. Lass mich allein!«

Sein Griff um ihre Handgelenke verstärkte sich. »Du weißt, dass ich das nicht kann.«

Sie fuhr wieder zu ihm herum. »Warum nicht? Willst du Norman zur Rede stellen? Willst du mich retten?« Ihr Sarkasmus war bitter und grausam, das wusste sie, aber sie konnte nicht anders. Etwas in ihr war zerbrochen, und sie hatte die Kontrolle verloren, fühlte sich wild, animalisch.

Sie entwand sich seinem Griff, überrascht, dass er es geschehen ließ. Norman hätte in dieser Situation mit einer kräftigen Ohrfeige reagiert. »Aye, das will ich«, erwiderte er und schien angesichts ihrer Aufregung umso ruhiger zu werden. »Ich kann das nicht mehr mit ansehen. Und das werde ich auch nicht. Ich werde nicht mehr zulassen, dass er dir wehtut.«

Verwirrt fing sie an, auf und ab zu gehen. Tränen strömten ihr über die Wangen und ließen ihre Sicht verschwimmen, während er sich nicht vom Fleck rührte. »Warum?«, schluchzte sie. »Warum kümmert dich das?«

»Das weißt du!« Seine Stimme brach. »Weil ich dich liebe. Schon seit Monaten.«

Die Welt schien stillzustehen, und das tat auch Jayne. Noch nie hatte jemand das zu ihr gesagt.

»Ich habe nur so lange tatenlos zugesehen, weil ich versucht habe, deine Wünsche zu respektieren.« Er ging langsam auf sie zu. »Ich habe versucht, dir zu glauben, dass die Ehe heilig ist – auch wenn alles daran falsch läuft. Und dass es mir nicht zusteht, mich einzumischen, egal, wie schwer es ist, das alles mitzuerleben.« Er schob das Kinn vor, als Erinnerungen in ihm aufstiegen und sein Zorn erneut aufflackerte. »Aber heute hat er deutlich gezeigt, dass an dieser Verbindung nichts Heiliges ist. Es gibt keine Ehe mehr, die gerettet werden könnte.«

Sie starrte ihn an, als er die schlichte Wahrheit aussprach, die sie so lange zu leugnen versucht hatte. Sie war ihr Leben lang eine Außenseiterin gewesen, missverstanden und von ihrem Vater verlassen, weshalb sie an ihrer neuen Identität als Normans Frau und Mollys Schwester so verzweifelt festgehalten hatte. Aber nichts davon galt mehr, und als sie David ansah, wurde ihr klar, zu wem sie wirklich gehörte. Es war seit Wochen klar, aber sie hatte es nicht sehen wollen.

Sie stürmte zu ihm, presste ihren Mund auf seine Lippen und schmeckte ihre eigenen Tränen. Er schloss sie sofort in die Arme, und als er sie festhielt, spürte sie eine unglaubliche Energie zwischen ihnen, so stark, dass selbst die Macht ihrer Visionen davor verblasste. Der Rest der Welt existierte nicht mehr, es gab nur noch sie beide und diesen Augenblick.

Ihre Hände waren in seinem Haar, während seine ihren Rücken streichelten, ihre Taille, ihre Hüften ... Dann schoben sie ihren Rock hoch, und umklammert taumelten David und Jayne rückwärts zu dem Tisch, an dem David immer saß, zu der Ecke, die sie inzwischen als seine betrachtete.

Und wo sie die Seine werden wollte, für alle Zeit.

Danach lag sie zitternd in seinen Armen, die Beine noch um ihn geschlagen. Er küsste ihr Gesicht, als wäre es etwas Kostbares und Seltenes. Sie hatte nicht gewusst, dass der Akt auch so sein konnte, dass ihr Körper zu solchem Genuss fähig war, oder dass sie solche Laute von sich kannte – und auch ihn dazu bringen konnte, solche Laute auszustoßen.

Sie sah die Zärtlichkeit in seinen Augen, als er ihr Gesicht umfasste.

»Ich habe mir schon so lange gewünscht, dass das passiert«, sagte er leise. »Und ich habe schon geglaubt, das würde es nie.«

»Ich auch«, flüsterte sie, und das stimmte. Es war Davids Gesicht, das sie vor sich sah, wenn sie abends einschlief, und das in den geheimen Träumen auftauchte, die sie manchmal mitten in der Nacht weckten, wenn Norman neben ihr lag (oder auch nicht). Aber in wachem Zustand hatte sie sich nie erlaubt, etwas anderes als einen Freund in ihm zu sehen, Mollys Verlobten. Und dass er etwas anderes in ihr sehen könnte als Normans kleine, unscheinbare Ehefrau, war undenkbar gewesen. Sie hatte kaum glauben können, dass er sie überhaupt als Frau sah.

Aber seit sie sich nach ihrer Abreise von St. Kilda ein neues Leben auf dieser kleinen schottischen Halbinsel aufbauten, hatte sich ihre Beziehung nach und nach verändert. Sie spürte seine Blicke in ihrem Rücken, wenn sie in der Küche herumlief, seinen Widerwillen, wenn Norman in der Nähe war. In der Kirche steckte er Nachrichten in ihr Gebetsbuch, in denen er sie bat, auf ihn zu warten, damit sie zusammen nach Hause gehen konnten, während Norman zum »Angeln« ging. Ihre Freundschaft spielte sich vor aller Augen ab, aber sie hatte eine zweite Ebene bekommen; etwas Zartes und Sanftes, das in den ruhigen Momenten zwischen ihnen gewachsen war.

»Ich liebe dich, Jayne.«

»Ich liebe dich auch«, flüsterte sie, und er küsste sie erneut zärtlich.

Ein Geräusch von draußen ließ beide hochfahren, und sie sahen, dass die Haustür noch offen stand. Es war nur ein Eichhörnchen, das von einem Ast gesprungen war, aber wenn irgendjemand vorbeikam … Weiter hinten in der Straße wohnte nur noch Old Fin, und der schaffte den weiten Weg nicht oft, aber wenn ihn jemand besuchen wollte …

Angst schlich sich in ihre Ungestörtheit, und sie fuhren instinktiv auseinander, brachten ihre Kleidung in Ordnung und versuchten alle Spuren der Leidenschaft, die sie überkommen hatte, zu beseitigen.

Doch als David seinen Gürtel zuzog, begegneten sich ihre Blicke. Er wirkte gelassen und glücklich. »Also …« Er lächelte. »Was jetzt?«

»Wie, was jetzt?«

»Aye, wie gehen wir damit um? Wann sagen wir es ihm?«

Der Raum schien sich um sie herum zusammenzuziehen.

Jayne rutschte vom Tisch, zog ihren Rock herunter und strich sich sorgfältig die Haare glatt. Sie sah David an und spürte ihr Herz heftig schlagen. Mit der körperlichen Distanz kehrte ihre kühle Gelassenheit zurück, und sie fand ihre Balance wieder. »Was?«

Davids Lächeln erlosch. »Dass du ihn verlässt.«

Schweigen machte sich breit.

Sie wandte sich ab. »Ich … ich muss den richtigen Moment abwarten.«

Wieder spürte sie seinen Blick in ihrem Rücken. »Wie wäre es mit jetzt gleich? Du könntest jetzt packen, dann wärst du bereit, auszuziehen, wenn er zurückkommt. Wir können es ihm zusammen sagen und dann gehen. Ich will nicht, dass er dir etwas antut.«

Sie lachte erschrocken auf. »Jetzt?«

»Aye.«

»Und wo soll ich dann hin?«

»Zu uns.« Er zuckte mit den Schultern. »Wohin sonst?«

»Zu euch? Du glaubst ernsthaft, Archie und Christina wären damit einverstanden, dass eine verheiratete Frau bei ihnen wohnt? Mit dir?«

Er zögerte. »Nun, ich würde es ihnen natürlich erklären müssen … Aber alle wissen, was Norman für ein Mensch ist. Und wer würde dir nach dem, was heute passiert ist, einen Vorwurf machen, wenn du ihn verlässt? Ich glaube, die anderen würde es mehr überraschen, wenn du bleibst!«

Für ihn war alles so einfach. Er wollte sich sofort in ihr gemeinsames Happy End stürzen – aber sie war mit Norman verheiratet, so schlimm er als Ehemann auch sein mochte.

»Ich muss darüber nachdenken, David. Es ist nicht so einfach, wie du es darstellst.«

Er hielt kurz den Atem an, registrierte ihre zunehmende Kühle. »Doch, Jayne, so einfach ist es. Es könnte gar nicht einfacher sein. Er liebt dich nicht. Er respektiert dich nicht. Er beschützt dich nicht. Es tut mir leid, es so direkt sagen zu müssen, aber du musst die Dinge sehen, wie sie sind. Du stehst an einer Weggabelung und musst dich für eine Richtung entscheiden. Wir wissen beide, dass dieser Tag irgendwann kommen musste.«

Seine Worte taten ihr weh, auch wenn sie wusste, dass sie wahr waren. »Das mag sein, aber wie ich schon gesagt habe: Ich kann nicht jetzt gleich gehen. Ich muss nachdenken.«

»Aber über was? Willst du wirklich weiter in Angst leben? Er hat dich schon so weit gebracht, dass du es für normal hältst, geschlagen und verletzt zu werden! Aber das ist es nicht. Und wir wissen beide, dass er weit gefährlicher ist, als die Leute denken.«

Sie wich seinem Blick aus. Wie viele Male hatte er dieses Thema schon aufgebracht? »Wenn du auf Frank anspielst …«

»Natürlich! Norman ist der Einzige, der für diese Nacht kein Alibi hat. Du hast bei der Polizei für ihn gelogen, und jetzt muss ein unschuldiger Mann, Donald McKinnon, den Kopf dafür hinhalten!«

»David, ich habe dir schon gesagt, dass Norman, trotz all seiner Fehler, Frank nicht getötet hat.«

Er warf verzweifelt die Arme hoch. »Das *weißt* du nicht!«

»Doch! Ich versichere dir, dass es nichts ändert, wenn ich der Polizei sage, dass er in jener Nacht nicht nach Hause gekommen ist.«

»Für Donald und Mhairi würde es viel ändern«, fuhr er sie an.

Jayne schluckte. »Aye … Vielleicht«, gab sie zu. »Und es tut mir leid, dass sie mit hineingezogen wurden. Aber das ist nicht Normans Schuld. Die Polizei würde nur ihre Zeit verschwenden, wenn sie sich mit ihm befassen würde. Ich weiß, dass er nicht der Mörder ist.«

Er starrte sie an, und wieder trat der mitleidige Ausdruck in seine Augen. »Nein, darum geht es nicht. Ob die Polizei ihre Zeit verschwendet, ist dir egal. Du weißt, dass du Donald von jedem Verdacht befreien könntest, einfach so« – er schnippte mit den Fingern –, »aber du willst nicht, dass Norman erfährt, dass du in dieser Nacht mit mir zusammen warst, weil du Angst hast, dass er dann versteht, was wirklich zwischen uns ist.«

Jayne wusste, dass er recht hatte. Sie hatte sich zu sehr davor gefürchtet, sich ihre Gefühle für ihn einzugestehen, nicht nur weil sie Angst gehabt hatte, dass er sie nicht erwiderte, sondern auch, weil sie auf ihrer Seite schon viel länger existierten als auf seiner. Die schreckliche, beschämende Wahrheit war, dass sie sich schon zu ihm hingezogen gefühlt hatte, als Molly noch am Leben gewesen war. Aus nächster Nähe eine Liebe mitzuerleben, die sie von ihrem Ehemann nicht bekam, hatte sie dazu gebracht, sich diese Liebe für sich selbst zu wünschen. David zu begehren.

»Das kann ich nicht riskieren«, flüsterte sie. Norman würde sie eher töten, als sie einem anderen Mann zu überlassen. Und dann noch ausgerechnet David.

David schüttelte den Kopf, und ein leises, spöttisches Lachen entfuhr ihm angesichts ihrer Unnachgiebigkeit, ihrer Weigerung, diesen Ort der Angst zu verlassen. »Ich verstehe dich nicht, Jayne. Hier wirst du übersehen, missachtet und unterdrückt. Du lebst in ständiger Angst vor seinen Launen und seinen Fäusten. Dabei verdienst du ein besseres Leben, und ich will der Mann sein, der es dir möglich macht! Aber du willst nicht mit mir kommen.« Seine Stimme brach, so enttäuscht war er.

»Ich bitte doch nur um etwas Zeit, David. Ich weiß, dass du mich liebst, und ich liebe dich auch, aber …« Ihre Stimme erstarb. Wie konnte sie erklären, dass es sicherer war, hierzubleiben, als mit ihm hinauszugehen ans helle Tageslicht? Sie wusste nur, wie man im Schatten lebte.

Sie starrte zu Boden, und Schweigen machte sich breit.

»Also dann …«, murmelte er mutlos. »Du wirst es mir sicher irgendwann mitteilen, wenn du genug hast, oder? Vielleicht nach seinem nächsten Kampf um eine andere Frau. Oder dem nächsten Knochenbruch.«

»David …«

Aber er ging an ihr vorbei und zur Tür hinaus, wo das Eichhörnchen über die Gartenmauer flitzte und die Welt sich weiterdrehte.

28. Kapitel

Jayne

20. April 1931
Lochaline

Old Fin saß mit seinem Akkordeon auf einem Hocker neben dem Kamin in Ma Pegs und Mad Annies Wohnzimmer. Mhairi hatte hier kaum genug Platz, um ihr langes rotes Haar zu schwingen, obwohl die Kinder oben spielten und die meisten Männer sich im Garten verstreut hatten, um Pfeife zu rauchen und den Sonnenuntergang zu genießen.

Auf provisorischen Tischen waren Speisen angerichtet – Pasteten und Roastbeef und ein bunter Trifle, auf den alle sich freuten –, und die Frauen tranken Sherry. Die meisten trugen ihre Sonntagskleidung, bunte Blumenmuster und Spitzenkragen, und hatten sich die Haare in Wellen gelegt. Jayne, die eine Platte mit Speckröllchen hereintrug, betrachtete die Szenerie unter gesenkten Lidern. Die Ehrengäste waren zwar noch nicht angekommen, aber die Party war schon in vollem Gange und die Stimmung der Dorfbewohner so ausgelassen, wie es seit dem Ceilidh, mit dem sie auf St. Kilda zum letzten Mal das Walken der Tweedstoffe gefeiert hatten, nicht mehr vorgekommen war.

So viel hatte sich seitdem verändert. Sie hatten ihre Heimat verlassen und sich hier ein neues Leben aufgebaut. Viel Leid war geschehen – Lornas Tod war immer noch ein schwerer Schock für alle, trotz ihres Verrats. Effie war (auch wenn sie versuchte, es vor den anderen zu verbergen) immer noch wie erstarrt nach ihrer Trennung von Sholto, und Mhairi war zwar voller Lebenskraft, vermisste aber Donald schmerzlich. Doch heute Abend feierten sie ihre kleinen Erfolge. Archie MacQueen konnte wieder ohne Krücken gehen, Mad Annie war zur Vorsitzenden des örtlichen Bowling-Clubs ernannt worden, und das Wichtigste: Eine aus ihren Reihen kehrte endlich zurück.

»Stell sie einfach dort neben dem Räucherschinken ab, Jayne.« Ma Peg lehnte sich zurück, betrachtete die Köstlichkeiten und nickte stolz. Die Party war ihre Idee gewesen.

»Wann, glaubst du, werden sie hier sein?«, fragte Jayne und rieb sich nervös die Hände. Trotz des milden Abends war ihr seltsam kalt, und ihre Arme fühlte sich vom Tragen der Teller und Platten schwer an. Dennoch half sie lieber bei den Vorbereitungen, als mit den anderen herumzustehen und zu plaudern. Alle lächelten und taten, als wäre alles wie immer, aber Jayne wusste, was sie nach dem Aufruhr vor ein paar Tagen über sie dachten. David hatte recht: Sie war schwach und erbärmlich. Wahrscheinlich tat Norman ihnen leid, weil er sie zur Frau hatte.

»Sie können jetzt jeden Moment …«, begann Ma Peg mit einem Blick auf die Uhr auf dem Kaminsims, als draußen Jubel erklang und die Kinder anfingen, die Treppe hinunterzupoltern. »Wenn man vom Teufel spricht«, fügte sie lachend hinzu und klatschte fröhlich in die Hände.

Durchs Fenster sah Jayne ein glänzendes schwarzes Auto, an dem sich bereits die Männer versammelt hatten, um es zu bewundern. Christina und Archie MacQueen stiegen als Erste aus. Sie waren am Nachmittag zu der Pension gefahren, in der die Callaghans abgestiegen waren, weil sie ihre Tochter als Erste und allein in Empfang nehmen wollten.

Jayne lächelte und zuckte kurz zusammen, als sie Floras Gesicht sah. Man vergaß schnell, wie ungewöhnlich schön es war – die hohen Wangenknochen, die perfekt geschwungenen Augenbrauen und natürlich diese strahlend grünen Augen, die auch Floras Bruder besaß. Ihr glänzendes schwarzes Haar hatte sie sich im letzten Herbst, bei ihrer schicksalhaften Fahrt nach Glasgow, zu einem modischen Bob schneiden lassen, aber inzwischen war es wieder gewachsen und umgab weich ihr Gesicht, sodass sie wieder wie das Inselmädchen aussah, das sie alle so gut kannten.

Noch immer trug sie kein Baby in ihren Armen. Und in ihren Augen lag ein Ausdruck von Erschöpfung – als wäre ihre Seele inzwischen uralt geworden.

Hinter Flora stand James, begrüßte die Männer per Handschlag und nahm ihre Komplimente zu seinem Auto entgegen. Seit ihrer Umsiedelung waren motorisierte Fahrzeuge stets eine Quelle der Faszination.

Jetzt trat David aus der Menge hervor, um seine geliebte Schwester zu umarmen. Sie hatten sich beide verändert seit ihrer letzten Begegnung. Flora war dünner geworden, und David … Floras fragender Gesichtsausdruck, als sie ihrem Bruder in die Augen sah, entging Jayne nicht. Sie fragte ihn etwas, und er nickte, aber Floras Blick blieb skeptisch, auch wenn der Moment schnell verstrich.

Jayne wandte sich ab und betrachtete den Tisch, üppig gedeckt mit allem, was ihnen zur Verfügung stand. Keiner von ihnen war reich, aber sie besaßen ihre Gemeinschaft, Unterstützung, Liebe und Freundschaft. Sie würden einander weiterhin aushelfen, so wie sie es immer getan hatten.

Sie stützte sich auf die Tischplatte, weil sie spürte, dass ihre Glieder noch schwerer wurden, und plötzlich wusste sie, was das zu bedeuten hatte. Es lag nicht an den schweren Platten.

»Bitte nicht«, flüsterte sie in den leeren Raum hinein. »Nicht jetzt.«

Sie schloss die Augen und hob das Gesicht zur Decke, als das Kribbeln begann, goldene Blitze hinter ihren Augenlidern aufzuckten.

Sie sah Grau … Grau und Rot …

Jayne atmete schwer, als die Vision, undeutlich zuerst, an Klarheit gewann. Grün flackerte vor ihrem inneren Auge auf, und sie wandte den Kopf. Was sah sie? Wen?

Die Leute strömten wieder herein, ein unaufhaltsamer Zug ins Innere des Hauses. Irgendwie riss Jayne sich aus ihrem Trancezustand. Es fühlte sich an, als müsse sie sich aus einem Strudel befreien, gegen eine Kraft ankämpfen, die sie hinunterziehen wollte, weg vom Licht …

»… in einem Hotel geheiratet! James hatte alles arrangiert«, ertönte Floras Stimme im Flur.

»Ich dachte immer, ihr würdet in einer Kathedrale heiraten«, erwiderte Mhairi.

»Das dachte ich auch.« Flora lachte. »Aber wir werden auf jeden Fall noch eine große Party machen, zum Ausgleich. Mit Kuchen und Blumen, und Ma wird mir helfen, ein Kleid auszusuchen …«

Auf einmal klang die Stimme laut und klar, und als Jayne sich umdrehte, stand Flora im Türrahmen. »Jayne!« Erfreut lief sie zu ihr. »Ich hatte mich schon gefragt, wo du bist!«

Das überraschte Jayne – niemand fragte sich je, wo sie war. »Wie geht es dir?«, rief Flora und umarmte sie.

Einen Augenblick konnte Jayne nicht sprechen. Sie fühlte sich elend, aber im Vergleich zu dem, was Flora in den letzten acht Monaten durchgemacht hatte … »Großartig. Auch wenn das Leben hier nicht so glamourös oder aufregend ist wie bei dir.«

Das waren natürlich nicht die richtigen Worte.

»Wenn es aufregend war, dann auf die falsche Weise.« Flora verzog das Gesicht und griff nach Mhairis Hand. Von ihren Eltern hatte sie bestimmt erfahren, dass jeder hier über alles Bescheid wusste. Es gab keine Geheimnisse mehr unter den St. Kildaern.

Nun ja, fast keine.

Jayne sah sich nach David um, aber er war nirgendwo zu entdecken. Genauso gewissenhaft, wie er früher in der Küche immer auf sie aufgepasst hatte, hielt er sich jetzt von ihr fern. Er hatte ihr keine Nachricht mehr in ihrem Gebetsbuch hinterlassen oder sie auf dem Heimweg begleitet. Sie war allein in der Küche, wenn sie kochte, starrte schweigend auf den Platz am Küchentisch, der nun leer war, wo sie aber immer noch ihrer beider Schatten vor sich sah. Sie hatte nicht nur den Mann verloren, den sie liebte, sondern auch ihren besten Freund.

Der Raum hatte sich schnell wieder gefüllt, alle schenkten sich etwas zu trinken ein. Die Kinder strichen um das Essen herum, nun, da das Fest offiziell begonnen hatte. James wirkte überwältigt und erfreut, weil er so offen in der Mitte der Dorfbewohner aufgenommen wurde. Alle wollten von seiner Nahtoderfahrung in Grönland hören.

»Flora, du bist wieder da!«

Jayne drehte sich um, als sie Normans Stimme hörte, und sah, wie er zu Flora ging, um sie zu begrüßen.

»Du meine Güte, Norman!«, rief Flora lachend aus, als sie seine Wunden und das blaue Auge sah. »Hast du mit einem Bären gekämpft?«

»So ungefähr«, erwiderte er grinsend.

Jayne erstarrte bei seiner lockeren Antwort. Als ob das alles ein Spaß wäre. Lustig. Es war ihm noch nicht einmal peinlich vor seiner Frau. Er hatte sich nicht bei ihr entschuldigt für das, was passiert war, so, als beträfe es sie gar nicht. An jenem Abend war er nach Hause gekommen in der Erwartung, sein Abendessen auf dem Tisch zu finden – natürlich hatte es keins gegeben, sie war schließlich beim Metzger nicht bedient worden –, und hatte ihr nicht einmal erklärt, wie er zu den Wunden gekommen war, die sie versorgen musste.

Sie konnte nicht länger so tun, als ob sie von nichts wüsste, und ihm die andere Wange hinhalten, auch wenn das bisher gut funktioniert hatte. Ihm war klar, dass sie Bescheid wusste – und es war ihm egal. Seine demonstrative Geringschätzung ihrer Gefühle war so offensichtlich, dass sie sich innerlich wie erstarrt fühlte. Tot.

»Und was habe ich da gehört über eine Rückkehr nach St. Kilda morgen Abend?«, fragte Flora, als Effie mit einem Glas Sherry zu ihr kam.

»Ah, na ja, das ist so eine Sache.« Effie verdrehte die Augen.

»Hängt es mit einer guten Nachricht über dich und Sholto zusammen?«, fragte Flora hoffnungsvoll.

Effies Lächeln verschwand. »Nicht ganz.«

»Oh, Eff.« Flora legte ihr eine Hand auf den Arm. »Ich hatte gehofft …«

»Wir müssen den Tatsachen ins Auge sehen, Flora. Sholto und ich stammen aus unterschiedlichen Welten.«

»Aber …« Flora, die selbst einen reichen Mann geheiratet hatte, wollte Effie widersprechen, das war Jayne klar. Doch dann schien sie es sich anders zu überlegen und nickte nur. »Pa sagt, dass sich inzwischen noch andere entschlossen haben, mitzukommen?«

»Aye, es scheint so. Ich, Mhairi, Angus, Fin, David und Mad Annie … Old Fin will auch, aber Ma Peg sagt, die Überfahrt wäre zu anstrengend für ihn.« Effie zuckte mit den Schultern. »Wir werden sehen.«

»Fährst du auch mit, Jayne?«, versuchte Flora, sie ins Gespräch zu ziehen.

Jayne blickte zu Norman. »Äh, nein. Das ist nicht notwendig«, murmelte sie.

»Wer redet schon von Notwendigkeit«, erwiderte Flora. »Willst du nicht unsere alte Heimat wiedersehen?«

»Wir müssen arbeiten«, erklärte Norman düster. »Können uns den Verdienstausfall nicht leisten.«

»Norman ist jetzt stellvertretender Direktor beim Forstbetrieb«, sagte Jayne, gerade als David sich an ihrer kleinen Gruppe vorbeidrängte. Er musste die kleine Angeberei gehört haben, und als ihre Blicke sich trafen, erschrak sie über das, was sie in seinen Augen sah: Bestürzung, die sich in etwas wie Abscheu verwandelte.

»Tatsächlich?«, fragte Flora beeindruckt. »Du wirst es weit bringen, Norman.«

»Vielleicht nicht so weit – und vor allem nicht so schnell – wie du, Flora«, gab Norman zu und wirkte leicht verärgert darüber, dass ihr Glanz ihn überstrahlte. »Man muss sich am eigenen Schopf aus dem Sumpf ziehen.«

»Und was ist der Anlass für diese Reise?«, wandte sich Flora wieder an Effie.

»MacLeod hat dem Grafen die Inselgruppe verkauft.«

»Jetzt? Tja, nach dem, was mit Mathieson passiert ist, überrascht es mich nicht, dass er sie loswerden wollte.« Flora verdrehte abschätzig die Augen. Es spielte keine Rolle, dass der Mann tot war; ihre Verachtung blieb.

»Aye, und zu diesem Anlass planen sie eine Art feierliche Übergabe.«

»Und haben dich dazu eingeladen?«, fragte Flora verwirrt.

Effie nickte.

»Aber warum ausgerechnet dich, Eff? Wenn du und Sholto nicht mehr zusammen seid?«

Effie zögerte. Dieser Frage, die alle ihr stellten, wich sie seit Wochen aus. »Sagen wir einfach, ich helfe ihnen dabei, etwas zu finden.«

»Ich glaub's nicht!«, stöhnte Flora. »Braucht er ein wertvolles Vogelei für seine Sammlung, und nur du kannst es ihm beschaffen?«

»Ich helfe nicht dem Grafen, sondern MacLeod. Und nein, er sucht etwas anderes.«

Jayne spürte, dass Norman sich neben ihr aufrichtete. »Und das wäre?«, fragte er.

»Das kann ich nicht sagen«, erwiderte Effie. »Ich bin zur Geheimhaltung verpflichtet.«

»Ach komm, gib uns einen Hinweis«, bat Mhairi und legte die Hände zusammen wie zum Gebet.

»Ich wünschte, das könnte ich, aber ich habe versprochen, dass ich nicht verrate, was er sucht, bis es sicher verwahrt ist.«

»Aber uns kannst du es doch sagen!«, beharrte Norman.

»Ich halte mein Wort.« Effie zuckte mit den Schultern. »Tut mir leid.«

»Lächerlich!«, murmelte Norman und verschwand.

Flora grinste. »Ich sehe schon, er ist so brummig wie eh und je … Oh, Entschuldigung, Jayne. Das war nicht böse gemeint.«

»Schon gut. Er ist immer noch der Alte.«

Aber das stimmte nicht. Norman war schlimmer geworden, seit sie aufs Festland gezogen waren, gab sich nun all seinen Lastern und Abgründen hin. Das Angebot an Möglichkeiten hatte ihm Chancen eröffnet – aber die Entscheidungen, die er traf, waren alles andere als klug.

Jayne sah zu, wie ihr Mann den Raum durchquerte, um sich noch einen Drink zu holen. Er war beinahe einen Kopf größer als alle anderen Männer, und deshalb nicht zu übersehen. Am Tisch stellte er sich neben David, der kurz aufsah, während er ein Stück Pastete auf seinen Teller legte. Norman sagte etwas zu ihm, und zu Jaynes Erstaunen stellte David daraufhin seinen Teller ab und ließ Norman mitten im Satz stehen.

Norman sah ihm verblüfft nach, dann verfinsterte sich sein Gesicht. Er blickte sich um, ob jemand die Szene beobachtet hatte. Jayne wandte sich schnell wieder den Frauen zu und spürte, dass er sie ansah.

»… als ich ging, gab es keinerlei Anzeichen für das, was sie tun würde. Sie wirkte … gefasst. Wir sind nicht im Streit auseinandergegangen.«

Ging es um Lorna? Jayne beugte sich vor und sah, dass Mhairi eine Hand auf Floras Arm legte.

»Du darfst dir keine Vorwürfe machen«, sagte Mhairi. »Du hast nichts falsch gemacht, als du ihr nachgereist bist. Sie haben dir Lügen erzählt und dir dein Baby weggenommen. Sie zu verfolgen, war das Einzige, was du tun konntest. Lorna war diejenige, die mit dem leben musste, was sie getan hatte, und … nun, die Tatsache, dass sie es nicht konnte, zeigt, dass sie immer noch ein Fünkchen Menschlichkeit in sich hatte.«

Flora nickte, getröstet von den Worten ihrer Freundin.

»Es gibt keine Entschuldigung für das, was sie getan hat, aber wir haben beide auch ihre freundliche Seite erlebt. Sie war kein Ungeheuer. Im Gegensatz zu Mary.«

»Apropos Mary – was ist aus ihr geworden?«, fragte Effie.

»Keine Sorge, sie kommt heute Abend nicht. Sie weiß, dass sie hier nicht willkommen wäre.«

»Warte …« Mhairi sah sie verblüfft an. »Du meinst, sie ist hier? In Schottland?«

»Aye. Sie wohnt in derselben Pension wie wir, am Ende der Straße.«

Jayne beobachtete, wie Mhairi sich unwillkürlich die Hände auf den Bauch legte, der jetzt nicht mehr zu übersehen war. Ihr skandalöser Zustand war für jeden erkennbar, auch wenn die St. Kildaer dafür sorgten, dass sie im Dorf nicht unter scharfen Kommentaren leiden musste. Aber wenn Mary einer Scheidung zustimmte …

»Also«, sagte Effie gequält, »dann ist das Baby …?«

»Er ist bei ihr.« Zum ersten Mal, seit sie durch diese Tür getreten war, schien Floras fröhliche Fassade zu bröckeln. »Wir … haben eine Abmachung getroffen.«

»Eine Abmachung?« Effie runzelte die Stirn.

Flora seufzte tief. »Wir mussten akzeptieren, dass wir nicht beweisen können, dass … dass Struan wirklich unser Sohn ist. Alle Papiere … Geburtsurkunde, Pass, die Erfassung bei der Evakuierung … alles ist auf den Namen McKinnon ausgestellt. Donald und Mary gelten als seine Eltern. Lorna hätte als Zeugin aussagen können, aber … nun ja, diese Chance ist mit ihr gestorben.«

Flora war ernst geworden. Alle konnten sich vorstellen, wie sie während der acht Monate gelitten hatte, in denen sie versucht hatten, ihr Kind zurückzubekommen.

Jayne trat angespannt von einem Bein aufs andere. Das Kribbeln wurde stärker, zog sich nun durch ihren ganzen

Körper, und sie wusste, dass sie sich schon bald nicht mehr würde bewegen können. Die Vision war unaufhaltsam, sie würde sich ihr beugen müssen – und sie musste hier raus. Wenn die anderen merkten, was mit ihr geschah, würden sie sofort verstehen, was es bedeutete, und dann wäre es mit der Party schnell vorbei …

»Aber was kann Mary davon abhalten, wieder zu verschwinden? Noch einmal auf ein Schiff zu steigen?«, fragte Effie besorgt.

»James hat ein Geschäft mit ihr gemacht. Ein finanzielles. Ohne Lorna hat Mary niemanden, der auf das Baby aufpasst, und keine Möglichkeit, Geld zu verdienen. Sie hat das Geld von der Ambra, das sie Donald gestohlen hat, aber das wird nicht ewig reichen – deshalb zahlt James ihr einen sehr großzügigen monatlichen Betrag, wenn sie in unserer Nähe wohnt. Ohne Beweise oder Zeugen können wir die Dokumente nicht ändern, damit sie das Baby als unseres ausweisen – und Mary lässt auch nicht zu, dass wir es adoptieren. Deshalb ist unsere einzige Option, sie dafür zu bezahlen, dass sie mit ihm in unserem Leben bleibt. James wird ihr in Glasgow eine Wohnung in unserem Stadtteil kaufen, und wir werden Struan täglich besuchen dürfen. Aber wir können ihn nicht unseren Sohn nennen oder ihn bei uns haben.«

Farben flimmerten vor Jaynes Augen: Grau. Rot. Grün. Eine ausgestreckte Hand, die Finger gekrümmt.

Sie wich einen Schritt zurück.

»Und … und wird euch das reichen?«, fragte Mhairi entsetzt.

»Was bleibt uns anderes übrig? Wir können entweder ein bisschen von ihm haben oder gar nichts.« Flora zuckte mit den Schultern. »Auf dem Schiff haben wir ihr und dem Baby auf dem Rückweg eine Erste-Klasse-Suite besorgt und ihr einen Vorgeschmack darauf gegeben, was für eine Art Leben wir ihr und dem Baby bieten können.«

»Ich wette, dafür hat sie euch aus der Hand gefressen, was?«, höhnte Mhairi.

»Aye. Nachdem wir ihr klargemacht hatten, dass sie keine andere Möglichkeit hat.«

Jaynes Panik wuchs, als ihre Sicht anfing zu verschwimmen. »Bitte entschuldigt mich«, murmelte sie. »Ich muss nur kurz etwas erledigen …«

Schnell wandte sie sich ab und bahnte sich einen Weg durch die Menge. Sie musste nach draußen – frische Luft schnappen, einen Ort finden, an dem sie allein sein konnte. Doch überall waren so viele Menschen. War das der Grund, warum die Energie diesmal stärker zu sein schien als sonst – weil das Opfer hier war, ganz in ihrer Nähe? Sie hatte sich gefragt, warum sie Lornas Tod nicht vorhergesehen hatte. Jaynes Gabe hatte immer für alle Mitglieder ihrer Gemeinschaft gegolten, deshalb hatte sie es sich nur damit erklären können, dass die Entfernung zwischen ihnen zu diesem Zeitpunkt zu groß gewesen war.

Diese Erklärung würde aber auch bedeuten, dass die Person, die in wenigen Tagen sterben würde, hier unter den Anwesenden war.

Sie taumelte nach draußen. Viele Menschen standen im Vorgarten, wo man den Sonnenuntergang beobachten konnte, deshalb ging sie hinter das Haus und lehnte sich dort an die Wand, lehnte den Kopf zurück, als sie spürte, dass die Vision anfing, sich ungehindert vor ihr auszubreiten. Sie war so klar und deutlich …

»Da bist du ja!«

O Gott, nein. Sie wurde ins Hier und Jetzt zurückgezogen.

»Was machst du hier draußen? Was hast du?«

Sie öffnete die Augen und sah, dass Norman auf sie zukam.

»Nichts. Ich brauchte nur etwas frische Luft«, murmelte sie. »Ein bisschen zu viel Sherry.«

Das Gesicht fing an, vor ihrem inneren Auge Form anzunehmen, die Augen noch schwarze Höhlen …

»Und da fragen sich die Leute, warum ich mich für dich schäme«, murrte er mit angewidertem Blick. »Geh heim, bevor du dich zum Affen machst.«

»Aye … das werde ich«, murmelte sie. Wie konnte sie ihn dazu bringen, von hier zu verschwinden? Ihre letzte Vision hatte starke Auswirkungen auf sie gehabt. Wenn ihm klar wurde, was mit ihr los war, würde er wissen wollen, wen es betraf, und es ihm zu sagen, war eine Grenze, die sie nie überschreiten würde. »Was … was brauchst du?«

»Von dir? Nichts!«, fuhr er sie an. »Ich bin nur gekommen, um dir zu sagen, dass ich doch nach St. Kilda fahre.«

Sie runzelte verwirrt die Stirn. »Aber der Lohn …«

»Mein Einkommen ist gut genug, um auf einen Tageslohn verzichten zu können, und ich weiß nicht, wann sich wieder eine Gelegenheit ergibt. Ich werde die Chance nutzen, zumal die Überfahrt nichts kostet.«

Das ergab keinen Sinn. Er hatte absolut kein Interesse daran gezeigt, in die Heimat zurückzukehren, als die Männer im Pub die Idee aufgebracht hatten, dass mehrere Dorfbewohner mitfahren könnten. Aber das war nicht der richtige Moment, um darüber zu diskutieren. Er musste hier weg.

»Du hast recht«, murmelte sie. »Du solltest fahren.«

»Ich bin nicht gekommen, um dich um Erlaubnis zu bitten, Frau! Ich sage es dir nur aus Höflichkeit, mehr nicht.«

Aus Höflichkeit? Als wäre er ein Gentleman? Allein der Gedanke hätte Jayne zum Lachen bringen können, aber das konnte sie schon nicht mehr. Außerdem war er bereits verschwunden.

Sie sank in sich zusammen, als das Bild sich endlich vollständig vor ihr entfaltete. Es zeigte ihr kein Wann, kein Wo, kein Warum und kein Wie. Aber ein Gesicht.

Wieder ein schreckliches Geheimnis, das sie bewahren musste.

29. Kapitel

Jayne saß auf dem Felsen und blickte hinaus auf das silbrig schimmernde Wasser, den Brief auf ihrem Schoß. Er war gestern gekommen, aber wegen all der Vorbereitungen für Floras Willkommensfeier hatte sie ihn erst geöffnet, als sie spätabends nach Hause gekommen war. Sie verstand immer noch nicht, warum gerade sie ihn bekommen hatte, und hatte sich vor Tagesanbruch aus dem Bett geschlichen und war hierhergekommen, um besser nachdenken zu können. Hier war ihr Lieblingsplatz, ein geheimer Ort, an den sie sich zurückziehen konnte, wenn es ihr mit Norman zu viel wurde. Nicht einmal David hatte sie jemals mit hierhergebracht.

David.

Sie vermisste ihn so sehr, dass es körperlich wehtat. Gestern Abend hatte er ihr kein einziges Mal in die Augen gesehen, und sie hatte sich zutiefst einsam gefühlt, weil sie in einem vollen Haus gewesen war und der einzige Mensch, der ihr wirklich etwas bedeutete, sie ignorierte. Sie vermisste sein entspanntes Lächeln und ihre lockeren Gespräche auf dem abendlichen Nachhauseweg, ihre beiden Schatten vor sich auf der Straße. Aber nicht nur ihre freundlichen alltäglichen Begegnungen kamen ihr in den Sinn, sondern auch die Leidenschaft, die an jenem Nachmittag in der Küche aus ihnen hervorgebrochen war und sie beide überrascht hatte. Das konnte sie nicht vergessen.

Zusammen hätten sie alles haben, alles füreinander sein können.

Aber sie hatte ihr eigenes Glück verhindert.

Sie verstand, dass er wütend war. Von außen betrachtet ergab ihre Reaktion keinen Sinn, das wusste sie, aber niemand, nicht einmal David, würde jemals verstehen können, was in ihr vorging. Die Last ihrer sogenannten Gabe hielt sie von allen anderen fern, ungeachtet ihres eigenen Wunschs, dazuzugehören. Mehr zu wissen, als sie wissen sollte, und einen Tod vorherzusehen, dessen Opfer sie kannte, war ein Fluch.

Aber diesmal war es anders. Sie allein wusste etwas, und auch wenn sie den Ausgang der Dinge nicht beeinflussen konnte, hatte sie die Zeit auf ihrer Seite. Sie konnte etwas Positives bewirken.

Sie hatte die ganze Nacht wachgelegen und sich ihre nächsten Schritte überlegt, während Norman neben ihr geschlafen hatte. Er war spät nach Hause gekommen, hatte nach Bier gestunken und war beinahe sofort und ohne sich auszuziehen in den Schlaf gefallen. Wagte sie es zu handeln?

Sie würde mutig, entschlossen und tapfer sein müssen – alles Eigenschaften, die sie nicht besaß –, und sie musste sich schnell entscheiden. Die Sonne ging bereits auf. Wenn sie rechtzeitig da sein wollte, musste sie jetzt aufbrechen.

Sie betrachtete einen Schwarm von Delfinen, die durch das silberne Wasser des Fjords glitten, unbeeindruckt von allem außer dem Gedanken an ihre nächste Mahlzeit – und auf einmal wurde Jayne klar, dass ihr ein größeres Schicksal bestimmt war. Mehr, als nur zu existieren. Den Tod konnte sie zwar nicht aufhalten, aber sie konnte anderen helfen, wirklich zu leben.

Sie erhob sich von ihrem Felsen und ging los.

Es gab etwas, das sie tun konnte.

Neun Stunden später saß Jayne im Bus am Fenster und krallte nervös die Finger in ihren Rock, während sich das grüne Fahrzeug die Küstenstraße entlangschlängelte und schließlich wieder in die Dorfstraße einbog. Sie war sich sicher gewesen, dass sie zu spät kommen würde, die Zeit war knapper gewesen als erwartet, die Entfernungen größer als gedacht. Sie war nicht so welterfahren wie Effie, die schon in ganz Schottland herumgekommen war, oder selbst Mhairi und erst recht Flora, die schon die halbe Welt bereist hatte.

Aber die elfenbeinfarbene Jacht lag noch am Kai, die Segel um die hohen Masten gewickelt, und viele Menschen hatten sich davor versammelt, um zum Abschied zu winken. Es verblüffte Jayne, wie vertraut ihr der Anblick des Schiffes war, obwohl es schon beinahe ein Jahr her war, dass sie es zuletzt gesehen hatte. Erinnerungen stürmten auf sie ein: Effie – in den Kleidern ihres Bruders, mit aufgerollten Seilen über der Schulter –, die den Grafen und seinen Sohn über die Hänge führte, auf der Suche nach Vogeleiern; die auffälligen Kerben im Gras auf Boreray als Zeichen dafür, dass Donald gestürzt war; Lorna, die alle Dorfbewohner um sich versammelte, um ihnen die Nachricht von der

Evakuierung zu überbringen; und Flora, die mit einem roten Tuch um die Taille über die Hügel rannte und ein Geheimnis hütete ... So vieles war damals innerhalb weniger Tage geschehen, als die Jacht im Mai des letzten Jahres in der Village Bay gelegen hatte. Und die Folgen dieser Ereignisse reichten bis in die Gegenwart.

Mehr, als irgendjemand ahnen konnte.

Der Bus hielt vor dem Gemüseladen, die Türen öffneten sich.

»Bereit?«, fragte sie ihre Begleitung.

»Aye.«

Sie stiegen aus und sahen sich in der Menge nach den St. Kildaern um. Norman war schnell zu entdecken, er redete auf der anderen Straßenseite mit einem Fischer, aber Jayne hielt sich von ihm fern. Er würde nur wütend werden, weil sie am frühen Morgen verschwunden war. Christina und Rachel unterhielten sich mit Mad Annie. Die Schicht in der Fabrik war gerade zu Ende, und die Frauen eilten so aufgeregt umher, als würden sie ihre Söhne in den Krieg schicken und nicht nur ihren Nachbarn hinterherwinken, die schon in zwei Tagen wieder zurückkehren würden.

MacLeods Skipper schätzte die Segelzeit, der Wind- und Wettervorhersage zufolge, auf etwa acht Stunden. Sie würden über Nacht unterwegs sein und hoffentlich kurz nach Sonnenaufgang die Insel erreichen. Wenn alles gut ging, würden sie morgen Abend wieder ablegen und am darauffolgenden Morgen zurück sein. Es würde strapaziös werden, selbst auf einer Luxusjacht.

MacLeod hatte es so eingerichtet, dass er mit dem Grafen und seinem Pfarrer auf dem Dumfries-Schiff reiste, damit die Dorfbewohner auf seinem eigenen Platz fanden, und dennoch gab es nicht genug Schlafkojen für alle. Einige Passagiere würden sich einfach irgendwo hinlegen müssen. Aber niemand beklagte sich. Die Vorfreude der St. Kildaer, auf ihre Heimatinsel zurückzukehren, war mit jedem Tag gestiegen und erreichte jetzt ihren Höhepunkt. Sie würden auch auf Nägeln schlafen, wenn es sein musste.

Jayne sah etwas Rotes in der Menge aufblitzen. »Mhairi!«, rief sie.

Die junge Frau drehte sich um, und ihr blieb der Mund offen stehen, als sie sah, wer neben Jayne stand.

»… Donald?«

Im nächsten Augenblick strömten Tränen über ihre Wangen, als er sich durch die Menge zu ihr drängte und sie hochhob und herumwirbelte, wobei Mhairi ungläubig sein Gesicht umfasste. Zuzusehen, wie sich ihre Blicke fanden, erinnerte Jayne daran, wie David sie angesehen hatte.

»Aber wie… wieso bist du hier?«, schluchzte Mhairi. »Das verstehe ich nicht!«

»Jayne ist heute Morgen mit den ersten Bus nach Oban gekommen«, antwortete er. »Sie hat ihre Aussage geändert. Ich stehe offiziell nicht mehr unter Verdacht!«

Mhairi war kurz davor, einen Jubelschrei auszustoßen, aber Jayne legte ihr rasch einen Finger auf die Lippen. »Nicht jetzt«, flüsterte sie. »Du musst es für dich behalten, bis wir zurück sind.«

»Aber …« Ein besorgter Ausdruck trat in Mhairis graue Augen.

»Wenn irgendjemand fragt, sag einfach, dass Donald für die Ermittlungen nicht mehr von Interesse ist. Im Moment gibt es nichts weiter dazu zu sagen.« Jayne warf einen Blick zu Norman, um sich zu vergewissern, dass er immer noch außer Hörweite war. Donald und Mhairi folgten ihrem Blick und verstanden, was das für ihren Ehemann bedeutete – und für Jayne, falls Norman zu früh merkte, dass sich sein Alibi-Status geändert hatte.

»Ich verstehe«, flüsterte Mhairi feierlich. »Wir werden kein Wort verraten.«

»Donald?«, rief Fin MacQueen. »Sehe ich richtig?«

Die Neuigkeit sprach sich herum, und nach und nach kamen alle anderen herbei. Das war eine gute Nachricht – und der perfekte Zeitpunkt.

Jayne hielt nach David Ausschau. Er stand bei seinem Vater, der ihm Instruktionen gab zu etwas, das er auf der Insel tun sollte. Die Hände in den Hosentaschen, stand er da, hörte zu und nickte immer wieder. Viele Dorfbewohner wollten, dass auf der Insel etwas überprüft, ersetzt oder repariert wurde. Mad Annie hatte für Mary Gillies ein paar Blumen dabei, um sie auf die Gräber ihrer Kinder zu legen.

Jayne beobachtete, wie David mit dem Fuß über den Boden scharrte. Sie wünschte sich, zu ihm gehen und mit ihm reden zu können, locker zu plaudern, wie sie es früher immer getan hatten. Aber inzwischen hatte sich alles geändert, und sie glaubte nicht, dass sie das verbergen konnte. Sie durfte nicht riskieren, dass die anderen die Kluft bemerkten, die sich zwischen ihnen aufgetan hatte.

Sie blickte wieder zu Donald und Mhairi, die dicht beieinanderstanden, während Donald willkommen geheißen wurde. Niemanden schien zu stören, dass er den Arm um eine Frau gelegt hatte, mit der er nicht verheiratet war. Anscheinend war allen klar, dass die Liebe, die sie verband, wahrhaftiger war als die schlechte Ehe, die ihn gefesselt hatte.

Sie blickte wieder zu David. Galt dasselbe für sie beide? Würden ihre Freunde und Nachbarn auch ihre Liebe akzeptieren? Oder hatte ihre Versöhnlichkeit Grenzen, die Scham, die ihre Gemeinschaft verkraften konnte?

Nun, da Mary wieder im Land war, bestand wenigstens die Hoffnung, dass Donald die Scheidung bekam, die er sich so sehr wünschte. Vielleicht ließe sich mit Mary über seine Freiheit verhandeln, so wie James und Flora es wegen des Kindes getan hatten. Oder würde Mary ihn lieber als Geisel halten, Mhairi als gefallene Frau darstellen und ihr Kind mit dem Makel der Illegitimität belasten? Wäre das ihr letzter Racheakt als verschmähte Ehefrau?

Nicht dass es darauf jetzt noch ankam. Egal, was Mary tat, die Würfel waren bereits gefallen, und alles würde genau so kommen, wie das Schicksal es wollte.

Jayne wusste es bereits.

Und alle anderen würden es auch bald erfahren.

30. Kapitel

Das Wasser glitzerte rosarot, als die Sonne hinter dem Horizont verschwand. Jayne saß an Deck, die Knie an die Brust gezogen, und spürte, wie der Wind durch ihre Haare fuhr. Sie hatte ihren Zopf gelöst, wollte sich frei fühlen in den Elementen. Ohne Fesseln.

Sie war nicht allein. Die meisten Dorfbewohner waren auch hier oben. David, Donald und Mhairi, Angus und Fin MacKinnon, Effie, Mad Annie – niemand konnte auf den Wellen des Atlantiks schlafen, niemand wollte womöglich den ersten Blick auf die Heimat verpassen. Nur Norman blieb unter Deck, schlief in MacLeods Federbett.

Darüber, Jayne an Bord vorzufinden, war er alles andere als erfreut gewesen. Er war noch verärgert über ihre Abwesenheit am Morgen, als er aus seinem Alkoholnebel erwacht war und kein Frühstück vorgefunden hatte. Und er machte ihr Vorwürfe, weil sie jetzt zwei Löhne verloren … Jayne hatte nur mit den Schultern gezuckt und gesagt, dass auch sie ihre Heimat wiedersehen wollte. Ihre trotzige Haltung war nicht unbemerkt geblieben, und sie wusste, dass er vorhatte, sie später zu bestrafen. Einstweilen war sie aber in Gesellschaft und damit sicher.

Sie betrachtete den Horizont, eine klare, unbewegliche Linie, auch wenn das Schiff sich auf dem Wasser hob und senkte, angetrieben von den geblähten Segeln.

»Ist das …?«, fragte Donald plötzlich und ging auf die Knie, um genauer hinzusehen. »Ist sie das?«

Die Dorfbewohner folgten seinem ausgestreckten Zeigefinger mit den Blicken. Ein blasser, verschwommener Fleck war auszumachen, in weiter Ferne, der immer deutlicher und schärfer wurde, je näher sie kamen.

Jayne konnte den Blick nicht davon lösen, und ihr Herz klopfte schneller, während sie durch die Wellen pflügten. Das Schicksal rief – sie konnte es spüren.

»Da ist es!« Mad Annie zog ihr Taschentuch aus der Rocktasche und winkte, als erwarte sie, dass St. Kilda reagierte. Die anderen jubelten und winkten ebenfalls. Sie wussten, dass es lächerlich war, mussten aber irgendetwas mit ihren Händen anfangen. Wie ein alter Hund, der sich bei der Rückkehr seines Herrn hochrappelt, erhob sich ihre Heimatinsel langsam am Horizont.

Nach dem ersten flüchtigen Blick dauerte es noch zwei Stunden, bis die gesamte Insel deutlich vor ihnen lag. Elegant und majestätisch wic die Mauern einer Kathedrale ragten die Felsspitzen auf, wie ein schwarzes Diadem über dem blauen Wasser. Als sie näher kamen, tauchten Felsnadeln auf wie Wachposten, vom Meer umtost, und die verstreuten Landmassen des Archipels – Dún, Boreray und Soay – scharten sich um die Insel Hirta wie eine kleine Schafherde. Als sie in die von Seetang bedeckte Bucht einfuhren, verdunkelte sich der Himmel von Seevögeln, und sie konnten die Geräusche ihrer Vergangenheit hören. Nicht die sanften Melodien der Singvögel auf dem Festland, sondern eine wilde Kakofonie von schrillen Schreien und mörderischem Kreischen. Der Klang der Heimat.

Jayne sah, wie Effie sich aufrichtete, das Seil um ihre Hüfte geschlungen, und die Klippen betrachtete, die einst ihr Spielplatz gewesen waren. Angus machte einen frechen Kommentar in ihre Richtung – offenbar ging es um eine Art Wette, denn schon im nächsten Augenblick schüttelte sie ihm mit ernstem Gesichtsausdruck die Hand.

»Norman, du bist wach!«, rief Angus fröhlich, als ein dunkler, zerzauster Schopf am oberen Ende der Treppe auftauchte.

»Wie sollte ich denn schlafen bei dem Krach?«, murmelte Norman und setzte sich neben Jayne. Sein Atem roch sauer, und er sah furchtbar wild aus – sein blaues Auge hatte sich inzwischen gelblich verfärbt, und er hatte noch verschorfte Wunden im Gesicht. »Man könnte meinen, ihr hättet diese Insel noch nie gesehen.«

David sah kurz zu ihnen herüber, wandte sich aber schnell wieder ab, als Jayne versuchte, seinen Blick aufzufangen.

»Wenn es dich so ungerührt lässt, wieder hier zu sein, Norman, warum bist du dann überhaupt mitgekommen?«, fragte sie. Das war provokativ, beinahe streitsüchtig. Aber sie rief sich in Erinnerung, dass sie mutig, entschlossen und tapfer sein musste. Und sie unbedingt herausfinden musste, warum er hier war.

Norman sah sie an. »Du hast eine ziemlich große Klappe im Moment, Jayne«, sagte er laut. »Hast du deine Tage?«

David fuhr herum, und Jayne spürte, dass sie vor Verlegenheit errötete. Norman schmunzelte, er hatte sein Ziel erreicht.

Sie segelten jetzt an Boreray vorbei, und die Crew begann, die Segel einzuholen, sodass sie langsam in die Village Bay glitten. Das Wasser wurde ruhiger, und der Wind ließ nach, als die Klippen sie umschlossen und wie in einer liebvollen Umarmung willkommen hießen. Die Dorfbewohner versammelten sich an der Reling, und Jayne hielt den Atem an, als sie den ersten Blick auf das Dorf erhaschte. Die Steinhäuser sahen noch genauso aus, wie sie sie zurückgelassen hatten: wie auf dem Schlachtfeld vergessene Soldaten.

Schweigen legte sich über das Schiff. In Jaynes Augen brannten Tränen, als sie dort ihre eigenen Geister sah: Mad Annie strickend auf der Mauer, Ma Peg auf einem Stuhl vor ihrer Haustür beim Wollekardieren … weiße Leintücher, die auf den langen Parzellen, die bis zum Strand hinunterreichten, an der Leine flatterten … Angus und Fin beim Reparieren eines Dachs … Männer, die das Ruderboot an Land zogen, und Kinder, die barfuß zwischen den Cleits umherrannten … rauchende Schornsteine und goldene Vierecke von Licht in den dunklen Cottages, Mondlicht, das auf die dunklen Wiesen fiel … Effie an einem Seil … Mhairi und Flora, die zusammen am Strand tanzten, Lorna beim Waschen der Verbände am Bach … Molly und David, die sich auf einem Pfad küssten … und Jayne selbst, die beim Sonnenuntergang auf einem Felsen saß, eine versilberte Silhouette, die keine blauen Flecken erkennen ließ.

Das alles sah sie, all die Leben, die hier gelebt worden waren, und ihr war, als würde ihr Gelächter noch im Tal widerhallen, Gesang aus der Kirche schallen, ihre Rufe aus dem Schnee aufklingen wie stiebende Funken.

Eine andere Jacht lag schon vor Anker, und die Gestalten am Strand sagten ihnen, dass die Lairds und der Pfarrer bereits angekommen waren. Einer der Köpfe schimmerte golden.

Effie, die neben Jayne stand, erstarrte. »Nein«, flüsterte sie, »was macht *er* denn hier?«

Jayne spürte den Sand zwischen ihren Zehen, als sie durch das seichte Wasser watete, den Rock über den Knien zusammengerafft. Die anderen vor ihnen schüttelten schon MacLeod und dem Grafen die Hand; der Pfarrer hielt seine Bibel fest umklammert und war bereit. Es herrschte eine feierliche Atmosphäre, als ginge es um mehr als nur eine Übertragung von Eigentumsrechten.

Effie war an ihrer Seite. Jayne sah, dass Sholto schluckte, weil sie nicht den Kopf hob, sondern versuchte, seinem Blick auszuweichen, darauf konzentriert, dass ihr Seil nicht nass wurde.

»Wusstest du, dass er auch da ist, Effie?«, fragte sie ruhig.

»Nein«, antwortete Effie leise, und es klang hoffnungslos und schmerzerfüllt. Wäre sie mitgekommen, wenn sie es gewusst hätte? »Was für einen Eindruck macht er?«

»Er wirkt nervös … beobachtet dich.« Jayne versuchte zu sprechen, ohne die Lippen zu bewegen.

Sie betraten den trockenen Sand und gingen auf die Lairds und den Pfarrer zu, die auf sie warteten.

»Und das ist Mrs Ferguson, Normans Frau«, stellte Donald Jayne vor, als Sir John ihr die Hand schüttelte.

»Wir geht es Ihnen, Mrs Ferguson?«

»Sir«, sagte sie mit einem Kopfnicken und sah aus dem Augenwinkel, dass David sie beobachtete. Norman war auch bereits am Strand, die Hosen immer noch bis über die Knie aufgerollt, und blickte zu den Hängen hinauf.

»Und das ist Miss Gillies, die Sie … bereits kennen«, fuhr Donald zögernd fort.

Effie blieb mit einem Seufzen stehen und nickte ihnen zu. »Ihre Lordschaften.« Sie trug wieder die Tweedhosen ihres Bruders. Nostalgie? Oder war es einfach praktisch?

»Effie«, sagte Sir John warm. »Unser Ehrengast!«

Effie runzelte die Stirn, genau wie Norman, der sich umgedreht hatte und sie ansah. »So würde ich es nicht nennen, Sir«, widersprach sie.

»O doch. Ihnen haben wir es zu verdanken, dass wir heute hier versammelt sind.«

»Wirklich?«, fragte Donald neugierig. »Und warum?«

Alle lauschten aufmerksam. Der genaue Grund für ihre Heimkehr war nicht genannt worden, nur dass Effie den beiden helfen sollte, etwas zu finden. Aber MacLeod tippte sich nur nachdenklich an die Nasenspitze. »Alles zu seiner Zeit, versprochen.«

»Hallo, Effie«, sagte Sholto.

Effie blickte zu ihm hinüber. »… Hallo, Sir.«

Sholto zuckte zusammen. Alle taten das. Jayne sah, wie ein schmerzlicher Ausdruck über sein Gesicht huschte, als Effie anfing, den Strand zu überqueren, und auf die grasbewachsene Parzelle ihres ehemaligen Zuhauses zuging. Einen Augenblick rührte sich niemand, aber dann machten sich die anderen ebenfalls auf den Weg und gingen auf die Cottages zu, die sie so gut kannten. Norman führte die Gruppe an.

»Wollen wir zur Kirche gehen, die Herren?«, fragte der Pfarrer. »Solange die Dorfbewohner sich hier umsehen, können wir die Segnungen aussprechen.«

Sholto und MacLeod sahen unruhig zu, wie Effie durch das Gras stapfte, doch beide nickten widerstrebend. »Natürlich.«

Jaynes Stimmung hob sich, als sie durch das saftige Gras barfuß auf ihr Cottage zuging – alle hatten ihre Stiefel auf der Jacht gelassen –, überwältigt von dem intensiven Gefühl des Nachhausekommens. Sie schmeckte die salzige Brise, spürte den vertrauten Wind an ihren Haaren zerren. Das Rauschen der Wellen und die Schreie der Vögel erfüllten ihren Geist und verdrängten beinahe alle anderen Gedanken, sodass sie fast vergessen konnte, was ihr bevorstand.

Die Tür von Nummer zwei war immer noch geschlossen. Sie hatte angenommen, dass Norman vorausgegangen war, aber als sie die Tür aufstieß, spürte die dieselbe Leere wie am Morgen ihrer Abreise. Völlige Verlassenheit. Niemand lebte hier, und hier hatte auch nie jemand geliebt.

Sie ging hinein und starrte in die nackten Räume, in denen nichts mehr auf die Fergusons hindeutete. Aber auch wenn sie frei von Möbeln waren, waren sie nicht frei von Erinnerungen. Niemand würde je erfahren, wie Norman Jayne gegen diese Wand gestoßen oder jene Tür geschleudert hatte, als sie vergeblich versucht hatte zu fliehen. Die Wanne, in der er ihr einst den Kopf unter Wasser gedrückt hatte, stand nun hinter dem Haus.

Sie blieb in der Tür zu Mollys Kammer stehen, dem Raum, in dem sie gestorben war. Mit geschlossenen Augen versuchte sie, ihre Anwesenheit zu spüren. Doch der Geist des Mädchens war jetzt befreit, weit fort von hier, und an seiner Stelle spürte Jayne etwas anderes – Dunkelheit, die wie schwarze Rauchschwaden in ihr aufstieg, und die erst verschwinden würde, wenn *es* vollbracht war. Jayne wusste, dass ihre Zeit begrenzt war, dass die Uhr bereits tickte.

Bald war es so weit, das wusste sie. Die Träume wurden immer drängender, schienen sich in ihr aufzustauen, und sie merkte, dass der Augenblick nahte, hatte auch einen Ruck gespürt, als sie den Sand betreten hatte, das Gras – den Boden, auf dem es geschehen würde.

Sie ging zurück zum Eingang und lehnte sich an den Türrahmen, wie sie es früher immer getan hatte, und sah ihren Nachbarn zu. Angus und Fin MacKinnon überprüften die Stahlbänder, mit denen das Dach vor starkem Wind geschützt wurde. Eins hatte sich offenbar gelockert, und sie zogen es gemeinsam fest. Mad Annie saß auf der Mauer, rauchte Pfeife und baumelte mit den Beinen, während sie ihr Cottage betrachtete, als wäre es ein Kind, von dem sie nicht wusste, ob ihm eine Umarmung oder eine ordentliche Schelte zustand. David fegte vor Ma Pegs Tür, das musste er ihr wohl versprochen haben. Das war immer eine seiner Aufgaben gewesen. Alte Gewohnheiten wurde man wohl nur schwer los.

Genau wie die, ihn zu lieben.

Sie blickte zu Lornas Cottage hinüber, ganz am anderen Ende der Straße. Es stand ein wenig abseits, zwischen den beiden Blackhouses, die sie einst als medizinischen Lagerraum und als Praxis benutzt hatte. Das Dach war wegen seiner exponierten Lage in schlechtem Zustand, und das Cottage machte einen verlorenen, melancholischen Eindruck, als wüsste es über das Schicksal seiner Besitzerin Bescheid.

David ging wieder hinein, und Jayne spürte das heftige Verlangen, mit ihm zu reden. Wenn sie sich schon nicht angemessen erklären konnte, musste sie sich wenigstens für ihre Zurückweisung entschuldigen, als er ihr alles versprochen hatte.

Sie ging schnell den Pfad entlang, auf dem ihr jeder Schritt noch vertraut war, warf im Vorbeigehen einen Blick in das Fenster von Nummer fünf, das ehemalige Zuhause von Effie und Robert Gillies, und erkannte dort zwei Gestalten. Seit Effie am Strand vor Sholto geradezu geflohen war, hatte Jayne sie nicht mehr gesehen. Sie hatte angenommen, Sholto sei mit seinem Vater und MacLeod in die Kirche gegangen, um der offiziellen Zeremonie beizuwohnen, auf der die Lairds bestanden, aber …

Sie blieb abrupt stehen. Nein, das war eben nicht Sholto gewesen. Und während sie sich das flüchtig wahrgenommene Bild noch einmal in Erinnerung rief, hörte sie ein Geräusch. Sie wusste nur zu gut, wie sich ein Kampf anhörte, deshalb drehte sie sich um und rannte zurück ins Cottage.

»Wo ist es?«, knurrte Norman.

»Norman!«, stieß Jayne entsetzt hervor. »Was machst du da?«

Er drehte sich um, und sie sah den finsteren Ausdruck in seinen Augen, den sie nur allzu gut kannte. Er hatte Effie gegen die Wand gedrückt, verdrehte ihr den Arm hinter ihrem Rücken. Sie wimmerte vor Schmerz, als er an ihrem Handgelenk zog, als wollte er ihr den Arm brechen. Jayne wusste genau, wie weh das tat. Im Laufe der Jahre hatte er mit ihr viele Male dasselbe gemacht, aber so direkt mit anzusehen, wie er es jemand anderem antat … Und ausgerechnet der kleinen Effie! Sie war stark, aber gegen einen Mann von Normans Größe hatte sie keine Chance.

Norman sah sie grimmig an, schien sich aber wegen ihrer Anwesenheit keine Sorgen zu machen. »Hau ab, Jayne«, knurrte er. »Das hier geht dich nichts an.«

Aber Jayne reagierte nicht auf seine Befehle. Diesmal nicht.

»Lass sie in Ruhe. Lass sie los.«

»Hau ab, hab ich gesagt! Sonst bereust du noch, dass du heute Morgen aufgewacht bist!«

Sie spürte, dass sie anfing zu zittern. Seine Drohungen, die ihr so vertraut waren, lösten einen Reflex in ihr aus. Sie wusste, wann es Zeit war, sich in Sicherheit zu bringen, und das war es … *Dreh dich um. Lauf.*

Sie trat vor. Zwei Schritte.

Norman kniff wütend die Augen zusammen. Eine Konfrontation bahnte sich seit Tagen an, und Jayne wusste genau, was passieren würde, wenn sie ihn so provozierte. Bis jetzt war ihr immer klar gewesen, dass sie in der Gegenwart anderer sicher war – aber wenn er Effie so etwas antat, würde er vor ihr auch nicht zögern, Jayne zu schlagen. Sie waren beide in Gefahr.

Langsam hob Jayne in einer Geste der Ergebung die Hände. »Sag mir nur, was du von ihr willst, Norman«, sagte sie, so ruhig sie konnte.

»Das weiß sie!«, schnaubte er und zog so heftig an Effies Arm, dass sie aufschrie.

»Wirklich, Eff?« Jaynes Stimme schwankte leicht, aber sie wusste, dass sie ihren Ehemann besänftigen musste. Nie war er so gefährlich, wie wenn er sich in die Enge getrieben fühlte, so wie jetzt. Dass er eine seiner Nachbarinnen so hinter seine Fassade der Respektabilität blicken und sein wahres Ich erkennen ließ, konnte nur eins bedeuten: Er hatte nichts mehr zu verlieren.

»Ich sage ihm gar nichts!«, stieß Effie mit zusammengebissenen Zähnen hervor.

Sie schrie auf, als er ihren Arm herumriss und in einem unnatürlichen Winkel festhielt, so lange, bis Effies Knie nachgaben und sie zu Boden fiel.

»Effie, sag es ihm!«, flehte Jayne. »Was auch immer es ist, das hier ist es nicht wert!«

»Das kannst du nicht wissen«, stöhnte Effie.

»Doch, das weiß ich. *Wirklich* … Bitte gib ihm einfach, was er will. Bitte. Vertrau mir. Was auch immer es ist, gib es ihm.«

Norman presste sein Gesicht an Effies Ohr. »Hör auf

sie«, sagte er höhnisch. »Ausnahmsweise sagt sie mal was Vernünftiges.«

Effies schwere Atemzüge hallten in dem leeren Raum wider. Sie keuchte heftig bei dem Versuch, den Schmerz auszuhalten, aber Norman verdrehte ihr den Arm noch etwas mehr, und noch ein bisschen … Gleich würde er ihr den Knochen brechen.

»Gut«, stieß sie hervor. »Gut!«

»Wo ist es?«, zischte Norman drohend.

Eine Träne rollte über Effies Wange. »Im Tintenteich«, flüsterte sie. »Ich habe es in den Tintenteich geworfen.«

Jayne sah, wie Norman sich entspannte. Sie hatte keine Ahnung, was Effie versteckt hatte, aber der Tintenteich war drüben in der Glen Bay, ein merkwürdig dunkler, kleiner Tümpel, in dem das Wasser schwarz glänzte wie eine Ölschicht. Niemand konnte dieses Phänomen erklären, die Dorfbewohner vermuteten, dass es das Fett von Vögeln oder Lanolin aus dem Fell von Schafen war, das über die Wasserläufe irgendwie seinen Weg hierher fand.

Norman ließ Effies Arm los und stieß sie so hefig von sich, dass sie ausgestreckt auf dem Boden landete. Jayne sprang zu ihr und zog das Mädchen in die fragile Sicherheit ihrer Arme. Jetzt erst sah sie, dass Effie eine böse Schramme an der Wange hatte.

Ihr Ehemann starrte sie beide an, und seine Brust hob und senkte sich, während er sich langsam beruhigte. »Nicht … ein einziges … Wort«, drohte er und zeigte mit dem Finger auf sie.

»Natürlich nicht«, flüsterte Jayne, bevor Effie antworten

konnte, und schloss die Arme etwas enger um sie in einer stummen Warnung. »Niemals. Du kannst mir vertrauen, Norman.«

Er schien ihr direkt in die Seele zu blicken, ihre ganze Angst und Zerrissenheit zu erkennen. »Aye, aber sorg dafür, dass *sie* es auch kapiert«, knurrte er. Noch einmal richtete er seine Aufmerksamkeit auf Effie. »Es kann immer noch schlimmer werden, meine Kleine. Für dich *und* deine Lieben. Wir alle wissen, was mit Poppit passiert ist, nicht wahr?«

Effie zuckte zusammen, und Jayne spürte ihr Zittern – vor Wut, nicht vor Angst. Effie war eine Kämpferin. »Ich sorge dafür, dass sie es versteht, Norman«, sagte sie schnell.

Stille trat ein, als Norman sich mit der Hand durch die Haare fuhr und sein Hemd glattzog. Dann verließ er das Cottage. Einen Augenblick rührte sich keine der beiden Frauen. Es war kaum zu glauben, was gerade passiert war – dass ihre fröhliche Heimkehr so getrübt wurde, an einem friedlichen Tag solche Gewalt ausgebrochen war.

Effie wand sich aus Jaynes Armen. »Wir müssen ihn aufhalten«, stieß sie hervor.

»Nein.«

»Doch, Jayne! Wir können nicht zulassen, dass er das tut!«

»Doch, das können wir. Lass ihn einfach gehen. Lass ihn tun, was er tun muss. Es spielt keine Rolle.«

Aber Effie verstand sie falsch. »Wie kannst du das sagen?« Sie sah Jayne fassungslos an, und Jayne wusste, was sie dachte. Es war dasselbe, was auch David nicht verstanden hatte: Warum war Jayne in all den Jahren bei Norman geblieben? Aber darauf gab es keine einfache Antwort. Das Überleben hatte viele Gesichter.

»Was will er sich holen, Effie?«

Effie wandte sich ab und rieb sich den schmerzenden Arm. »Das soll ein Geheimnis bleiben.«

»Und das wird es auch«, antwortete Jayne und sah sie an. »Was ist es, was Norman so unbedingt haben will, dass er dir so wehtut?«

Aber Effie hörte ihr nicht zu, sondern schüttelte den Kopf. »Wie konntest du mich dazu zwingen, es ihm einfach zu sagen?«

»Es war die einzige Möglichkeit, ihn aufzuhalten«, antwortete Jayne schlicht. »Was will er?«

Effie seufzte und senkte den Blick. Sie wirkte erschöpft. »Sir Rorys Mor Horn«, sagte sie schließlich.

»Was ist das?«

»Ein Artefakt, das MacLeod gehört. Mathieson hat es letzten Sommer gestohlen und hierhergebracht. Der Diebstahl wurde geheim gehalten. Vielleicht aus Aberglauben oder so.«

Jayne schloss einen Moment die Augen, als ihr Verdacht sich bestätigte. Wenn Frank Mathieson das Horn gestohlen hatte, der Diebstahl aber geheim gehalten worden war, dann gab es nur eine Möglichkeit, wie ihr Ehemann davon hatte erfahren können: Norman war der dritte Mann, der nach Ansicht der Polizei zu dem Schmugglerring gehörte. Sie dachte an die letzten Tage auf der Insel, als die beiden Männer die Hügel abgesucht und in jedem Cleit nachgesehen hatten, angeblich im Auftrag des Landlords … und an die letzte Nacht, in der Norman nicht nach Hause gekommen war.

»Norman hat Frank Mathieson umgebracht«, sagte Effie und stand auf, ohne Jayne aus den Augen zu lassen.

»Nein.« Das Wort war heraus, bevor Jayne sich zurückhalten konnte.

»Aye, Jayne«, sagte Effie teilnahmsvoll. »Ich weiß, das ist nicht leicht für dich. Auch wenn er ein grober Kerl ist, ist er immer noch dein Mann. Aber Diebe haben keine Ehre, und Norman ist einer. Ich habe ihn gesehen, als er in MacLeods Bibliothek in Dunvegan herumgeschlichen ist. Ich vermute, da wollte er herausfinden, ob das Horn gefunden und zurückgebracht worden war. Er muss geglaubt haben, dass Frank ihn hereingelegt oder sein Wort gebrochen hatte, und darüber sind die beiden in einen Streit geraten …« Ihre Stimme brach, als ihr etwas einfiel. »Am Morgen unserer Abfahrt habe ich ihn getroffen, als er aus der Glen Bay zurückkam – als er Poppit getötet hat. Er war der Letzte auf der Insel, weißt du nicht mehr? Er hat dafür gesorgt, dass niemand die Leiche finden konnte.«

Jayne schüttelte den Kopf. »Nein«, wiederholte sie.

Effie hob eine Augenbraue. »Donald ist nur hier, weil du der Polizei gesagt hast, dass Norman in jener letzten Nacht nicht zu Hause war. Jayne, alle wissen, dass er es war, aber du …«

»Hallo?« Jemand klopfte an die Tür. »Effie, bist du hier? Ich muss mit dir reden.«

Effie und Jayne erstarrten, als sie die Stimme erkannten. Einen Augenblick später stand Sholto in der Tür zum

Schlafzimmer. Er sah sie an, sah die Angst in ihren Gesichtern, Effies Wunde an der Wange und ihre zerrauften Kleider. »Mein Gott, was ist passiert?«

Effie sah in die blauen Augen des Mannes, den sie liebte, und in diesem Moment war es für Norman vorbei, das war Jayne klar.

»Da ist etwas, was wir dir sagen müssen.«

»Er kann es nicht mit uns allen aufnehmen«, sagte David mit loderndem Blick, als die Männer sich um ihn scharten.

Doch, das konnte er, dachte Jayne und betrachtete die Versammelten. Es waren nicht viele: Sholto, Donald, Angus und Fin. Jayne glaubte nicht, dass man, was das Kämpfen anging, auf den Grafen, MacLeod oder den Pfarrer zählen konnte, aber wenigstens verkörperten sie Autorität und ließen die Gruppe größer erscheinen.

Sie sah von ihrem Platz auf der Mauer aus zu. Effie hatte klar und verständlich berichtet, was sie wusste, und an diesen Tatsachen konnte Jayne nichts ändern. Norman hatte endlich sein wahres Gesicht gezeigt.

David warf immer wieder Blicke in ihre Richtung, führte aber die Jagd an, getrieben von einer Wut, die schon lange vor den neuesten Erkenntnissen bestanden hatte. Einige Dorfbewohner hatten Norman gesehen, der schon auf dem Weg in die Glen Bay war. Die Männer hatten beschlossen, zum Tintenteich zu gehen und ihn dort zu stellen. Er war ein großer Mann und zudem voller Wut, aber selbst er, so glaubten sie, kam nicht gegen neun andere an. Mit Effies Seil konnten sie ihn fesseln und dann im Laderaum des

Schiffes aufs Festland bringen und dort der Polizei übergeben.

»Also los!«, rief David und ging voran in Richtung des Am Blaid-Bergkamms. Mad Annie und Mhairi – die kein Risiko eingehen wollte – blieben zurück, als sie anfingen, den steilen Hang zu erklimmen. Sie kamen schnell vorwärts; acht Monate in einer nur leicht hügeligen Landschaft konnten dem durch jahrzehntelanges Wandern in dieser Gegend trainierten Muskelgedächtnis nichts anhaben, vom Erbe ihrer Vorfahren ganz zu schweigen. Sie waren gesund und stark, und der Boden unter ihren nackten Füßen war ihnen vertraut. Die Dorfmänner und Sholto hatten den Grafen, MacLeod und den Pfarrer schnell überholt.

Effie, die neben Jayne ging, warf ihr immer wieder besorgte Blicke zu, als fürchtete sie, Jayne könnte jeden Moment zusammenbrechen.

»Ich sehe ihn«, sagte Angus, als sie den Bergkamm erreichten, und zeigte auf einen hellen Punkt – Normans weißes Hemd, das sich vom dunkleren Gras abhob. »Da.«

Jayne schaute ins Tal hinunter. MacLeods braune Schafe, eine alte Rasse, grasten jetzt auf den Hängen, sodass sich ein ganz anderer Anblick bot als im Jahr zuvor. Selbst hier an diesem abgelegenen Flecken mitten im Atlantik ging das Leben offensichtlich weiter.

Sie erblickte ihren Mann, der schnell voranschritt, ohne zu merken, dass sie ihm folgten, und dachte daran, wie wütend er sein würde, wenn er merkte, dass sie sein Geheimnis verraten hatte. Aber jetzt wusste sie, dass die Schläge, die er für sie vorsah, sie nicht mehr treffen konnten.

David kam zurück. »Bleibt hier«, wies er die Frauen an, aber er sah dabei nur Jayne an.

»Ganz sicher nicht«, murmelte Effie und ging um ihn herum, während die Dorfmänner über den Bergkamm stiegen, um sich Norman auf der anderen Seite zu nähern. Sie wollten sich den Überraschungseffekt zunutze machen. Es würde weit einfacher sein, Norman zu überwältigen, wenn er sie nicht schon von Weitem sah.

Auch Jayne rannte hinter ihnen her.

Der Tintenteich lag in einer Senke auf der Nordwestseite unterhalb eines Felsvorsprungs. Von oben konnte man ihn nicht sehen, da die Klippen zum Meer hin steil abfielen, sodass die Heidelandschaft aussah, als würde sie sich ohne Unterbrechung bis zur Küste erstrecken. Aber die Dorfbewohner kannten die Gegend. Sie hätten den Weg auch im Dunkeln gefunden, wenn es nötig gewesen wäre.

Es war schlau von Effie, das Horn dort hinzubringen, dachte Jayne. Die Cleits waren offensichtliche Verstecke, und auch wenn es ungefähr zweitausend Stück davon gab, hätten Frank und Norman es in den letzten Tagen und Nächten gemeinsam schaffen können, alle abzusuchen und das Horn zu finden. Jayne konnte sich die wachsende Wut und das gegenseitige Misstrauen der beiden Männer in jener letzten Nacht vorstellen, als ihre Suche in den Cleits erfolglos geblieben war.

Sie sah, wie sich der Abstand zu Norman immer mehr verringerte – David führte die Gruppe an, Angus folgte ihm auf den Fersen –, und ihr Herzschlag beschleunigte sich, denn sie wusste, dass dies ihr Abschied war. Nicht von

Angesicht zu Angesicht, sondern aus der Ferne. Ihr Mann würde ihr nie wieder wehtun.

Er kam jetzt um den Felsvorsprung herum, blieb dort stehen und blickte hinunter in den tintenschwarzen Teich, versuchte, das Horn von oben auszumachen. Eine Weile stand er still da, während er das dunkle Wasser nach einer helleren Stelle absuchte.

Plötzlich spannte er sich an, aufmerksam wie ein Jagdhund angesichts der Beute. Er bewegte sich seitwärts. Hatte er das Horn gefunden? Abrupt richtete er sich auf, und sie erkannte seine Freude – sogar aus der Ferne durchschaute sie ihn. Gleich würde er sich holen, wozu er gekommen war.

Das war sein letzter Sieg, dachte sie und sah, wie David und Angus sich näherten. Sie waren vielleicht noch dreißig Meter von ihm entfernt und bewegten sich lautlos auf ihn zu. Sie waren Jäger, sie alle – auch Norman, denn plötzlich drehte er sich um. Er hatte die Blicke in seinem Rücken gespürt.

»Bleib stehen, Norman!«, schrie David. »Keinen Schritt weiter!«

Norman erstarrte, als er die Gruppe auf sich zukommen sah. Und als er sah, dass *sie* hinter den anderen herlief, wurde ihm klar, dass das Spiel vorbei war.

Nur eine Person sah er nicht.

Er fing an zu lachen, ein wahnsinniges Lachen, das schließlich zu einem Brüllen anschwoll. Jayne blieb abrupt stehen, als sie spürte, in welchem Ausmaß seine Wut hervorbrach, nun, da er nicht mehr still sein, sein wahres Gesicht nicht mehr verbergen musste.

Wie hatte sie diesen Mann überleben können?

»Mach keine Dummheiten, Norman«, warnte Angus, während er auf ihn zuging. Er war der einzige Inselbewohner, der in seiner Körpergröße an Norman heranreichte.

Norman sah zu, wie die anderen Männer ausschwärmten und sich um ihn herum in Stellung brachten. Er konnte nicht an ihnen vorbei, um zurück in Richtung Anlegestelle zu gehen, und hinter ihm waren nur die Klippen. Es war vorbei. Seine Drohungen gegen sie und Effie waren ins Leere gelaufen, und er war enttarnt. Von der Insel kam er nicht weg. Es gab keinen Ausweg.

»Gib einfach auf, Norman. Wir wissen alles!«, rief David atemlos und verlangsamte seine Schritte. Er war jetzt weniger als zwei Meter von seinem Feind entfernt – dem Mann, der seinem Glück zweimal im Weg gestanden hatte; einmal bei Molly, dann bei Jayne. »Wir wissen, was du getan hast. Du hast Frank getötet.«

Jayne sah den Ausdruck, der über das Gesicht ihres Mannes huschte. Er suchte immer noch einen Fluchtweg.

»Und was hast *du* vor, David?«, fragte Norman höhnisch, als er merkte, dass David keine Angst hatte. »Willst wohl derjenige sein, der mich aufhält, was?«

»Aye.«

»Na dann, nur zu, du Schwergewicht«, forderte Norman ihn heraus. »Gib's mir! Lass uns sehen, ob du ein paar Punkte gewinnen kannst.«

Aber David lachte nur. »Ich brauche keine Punkte zu gewinnen, Norman.« Er lächelte kalt. »Ich nehme einfach deine Frau … Sie liebt mich.«

Jayne erschauerte, als David eine Wahrheit aussprach, von der sie geglaubt hatte, dass sie nie ans Licht kommen würde. Vielleicht hatte er das auch geglaubt. Aber sein Plan ging auf, als Norman, völlig überrumpelt, ungläubig zu Jayne blickte. Ihm war nie in den Sinn gekommen, dass sie ihn betrügen könnte. Er hatte sie nie zu etwas anderem als zur bloßen Existenz fähig gehalten. Zum reinen Überleben. Für ihn war sie nur ein Objekt.

»Es stimmt, Norman«, rief sie. »Ich liebe ihn! Und ich hasse dich!«

Hoffentlich waren das meine letzten Worte an ihn, dachte sie und zitterte, als sie sah, wie sich neue Wut in ihm aufbaute. Wären sie jetzt allein gewesen, dann hätte er sie getötet, das wusste sie.

»Du Schlampe«, zischte er.

»Nenn sie nicht so!«, knurrte David und trat vor. Norman ballte die Hände zu Fäusten, als er endlich die Reaktion bekam, die er wollte. Er holte zum Schlag aus – ohne zu merken, dass jemand hinter ihm auftauchte: Effie kletterte die Felsen hinauf.

»Ich hab's!«, rief sie triumphierend, in triefenden Kleidern und mit nassem Haar, und hielt das Horn hoch. Sie musste hinter ihm in den Teich geglitten sein, ohne dass er es bemerkt hatte.

Norman drehte sich um, aber irgendetwas geschah, Jayne konnte es nicht genau sehen. Er blieb mit dem Fuß irgendwo hängen oder stolperte in der Hast, verlor das Gleichgewicht in seiner kriegerischen Pose … Er fing an, mit den Armen zu rudern. Seine breiten, kräftigen Arme, die Jayne so viel Schaden zugefügt hatten, schwangen nutzlos durch die Luft, konnten ihn weder halten noch seinen Sturz über die Kante verhindern.

Im nächsten Augenblick war Norman fort – einfach verschwunden in Richtung des schwarzen Beckens.

Jayne wusste, dass Norman auf dem Felsen aufgeschlagen war, noch bevor sie um den Hügel herumgegangen war und seinen ausgestreckten Arm sah, die Handfläche nach oben, die Finger gekrümmt und voller Blut.

Effie schrie, konnte nicht fassen, was sich so schnell und direkt vor ihren Augen ereignet hatte.

Aber Jayne blieb vollkommen still, während sie spürte, wie sich endlich die dunklen Schatten von ihr lösten, nun, da eingetreten war, was sie vorhergesehen hatte.

31. Kapitel

Die Männer brauchten mehrere Stunden, um Normans Leiche aus der Glen Bay zurück in die Village Bay zu bringen. Stark im Leben bedeutete schwer im Tod, und sie mussten sich beim Tragen abwechseln. Jayne verbrachte die Zeit mit dem Pfarrer in der Kirche, wo sie beteten und darüber sprachen, was als Nächstes geschah. Er versicherte ihr, dass es genug zuverlässige Zeugen für den Unfall gab – und ihr war klar, dass er mit »zuverlässig« die Zeugen »von Rang« meinte, nämlich die Lairds – sodass der Todesfall kein Misstrauen erregen konnte. Es war ein bürokratischer Akt, Normans Ableben drüben auf dem Festland registrieren zu lassen, mehr nicht.

Sie hatte entschieden, dass er hier neben Molly begraben werden sollte, seiner lieben Schwester und – wie Jayne glaubte – dem einzigen Menschen auf der Welt, den er je geliebt hatte. Der Coffin-Cleit war der einzige Cleit, der vor der Evakuierung nicht leer geräumt worden war, und es war noch genug Holz darin, um einen Sarg daraus bauen zu können. Donald, Angus und Fin übernahmen diese Aufgabe, Sholto und David hoben das Grab aus.

Jayne setzte sich auf ihren Felsen und betrachtete – so wie sie es immer getan hatte – die Seevögel, die nach Fischen tauchten, aber jetzt waren ihre Hände untätig, ohne eine Strickarbeit, um ihre Nerven zu beruhigen.

Sie hörte Stimmen und wusste, dass die Mädchen kamen. Seit dem Unfall schwirrten Effie und Mhairi um sie herum wie Schmetterlinge, hatten ihr Wasser gebracht und ihr die Hand gehalten. Alle standen unter Schock. Bei aller Wut über Normans Tat und auf den Menschen, als der er sich entpuppt hatte – das, was passiert war, hatte niemand gewollt. Keinen Augenblick hätten sie sich vorstellen können, dass ihre Jagd mit einem Todesfall enden würde.

Aller Augen ruhten auf Jayne, denn die anderen glaubten, der Schock müsse für sie noch größer sein, und wussten nicht, dass sie mehrere Tage Zeit gehabt hatte, um sich auf das Kommende vorzubereiten. Pläne zu machen. Alles war jetzt perfekt geregelt, das Geheimnis endlich gelüftet, aber sie hatte beschlossen, dass Normans Tod nicht umsonst gewesen sein sollte. Ihre Aussage bei der Polizei zu ändern, war nur der erste Schritt gewesen.

»Wussten wir es doch, dass wir dich hier finden!« Mhairi setzte sich neben sie und lehnte den Kopf an ihre Schulter.

»Aber natürlich.« Jayne lächelte. »Wo sollte ich denn sonst sein? Das hier war immer mein sicherer Platz.«

Die Mädchen sahen sie bei diesen deutlichen Worten überrascht an. Nie zuvor war sie so offen gewesen. Diese Stelle als ihren sicheren Platz zu bezeichnen, hieß, dass es woanders nicht sicher für sie gewesen war. Aber jetzt gab es nichts mehr, was sie verschleiern musste. Alle wussten jetzt, welche Schrecken sich in ihrem Zuhause verborgen hatten, und dass ihr Ehemann mit eiserner Faust über sie geherrscht hatte.

»Sind sie bereit?«, fragte sie, weil ihr klar war, warum die beiden zu ihr gekommen waren. Die Sonne ging langsam unter, der dramatische Tag neigte sich seinem Ende zu. Die von Blut und Tränen erfüllten Stunden waren vorbei.

Effie nickte und drückte mitfühlend Jaynes Arm. Der Pfarrer hatte heute unerwartet viel zu tun gehabt.

»Also dann«, sagte sie, raffte ihren Rock zusammen und stand auf. Es musste jetzt durchgestanden werden.

Effie und Mhairi flankierten sie wie Brautjungfern und nahmen sie bei den Händen, als sie zurück ins Dorf gingen, barfuß durchs hohe Gras. Jayne spürte die glatten Steine an ihren Fußsohlen, den Wind in ihrem offenen Haar, und fühlte sich von den Naturelementen der Heimat getröstet.

Sie gingen schweigend die Straße entlang, vorbei an ihren ehemaligen Häusern, deren Türen noch ein letztes Mal offen standen. Sie bogen in den engen Gang zwischen den Häusern von Ma Peg und den Big Gillies ein und kamen unterhalb des Friedhofs wieder heraus. Die Mauer, die die Begräbnisstätte umschloss, hatte auch den Stürmen des letzten Winters getrotzt, so wie sie es seit Generationen tat; der Wind fand hier keine Winkel, in denen er sich verfangen konnte. Auch wenn die Insel jetzt verlassen war, die Dächer der Cleits bald einstürzen und die Cottagetüren verrotten und aus ihren Angeln fallen würden – diese Mauern würden immer standhalten, das wusste Jayne. Sie hatte es in jener letzten Nacht gespürt, als sie in ihrem Schutz unter dem Sternenhimmel gelegen hatte, mit David an ihrer Seite und Molly unter sich in der Erde. Dieser Ort gehörte den Menschen und der Natur.

Die Männer und Mad Annie hatten sich in einem feierlichen Halbkreis zu beiden Seiten des Pfarrers aufgestellt, der eine Bibel in der Hand hielt, Normans Sarg zu seinen Füßen vor dem frisch ausgehobenen Grab. Die Gesichter der Männer waren noch gerötet von der harten Arbeit, und Jayne sah den Kummer in ihren Augen, wenn auch keine Tränen, als sie sich auf die andere Seite des Grabes stellte.

Tiefes Schweigen senkte sich über die ohnehin schon stille Runde, und alle falteten die Hände.

»*Gepriesen sei der Gott und Vater unseres Herrn Jesus Christus, Vater der Erbarmungen und Gott allen Trostes …*«, begann der Pfarrer.

Jayne schloss die Augen, spürte die Gegenwart der Inseltöchter, die ihr jetzt näher waren, als sie es zu Normans Lebzeiten je zugelassen hatte.

War es vorbei?

War es wirklich vorbei?

»*Alle eure Sorgen werft auf ihn, denn er sorgt für euch …*«, intonierte der Pfarrer.

Jayne öffnete die Augen und begegnete Davids Blick. Sie war durch das finstere Tal des Todes gewandert, aber jetzt sah sie ein Licht auf der anderen Seite.

Es war vorbei …

Fast.

32. Kapitel

Jayne stand in dem kleinen Garten vor der Pension. Man hatte sie natürlich hereingebeten, aber was sie zu sagen hatte, war nicht für die Ohren aller bestimmt.

»Du wolltest mich sprechen?«

Sie drehte sich um und sah eine Gestalt, die sich dunkel gegen das Licht der Eingangsveranda abhob. »Aye.«

Eine Pause trat ein, als Jayne auf die Worte wartete, die nun kommen mussten.

»Es hat mir leidgetan, von deinem Verlust zu hören.«

»Danke.«

Jayne war nicht direkt nach Ankunft der Jacht hierhergekommen. Sie hatte gewusst, dass sich die Nachricht von Normans Tod schnell herumsprechen würde – wieder eine St.-Kilda-Tragödie, ein neuer Skandal auf dieser winzigen, abgelegenen Insel der Äußeren Hebriden –, und gewollt, dass sie ihr vorauseilte. »Ich weiß, dass du dich fragst, warum ich hier bin, deshalb komme ich gleich zum Punkt. Ich möchte dir sagen, dass ich vor zwei Tagen meine Zeugenaussage geändert habe.«

»Ach ja?«

»Aye. Das habe ich getan. Ich bin nach Oban gefahren und habe dort ausgesagt, dass Norman in der Nacht, als Frank Mathieson getötet wurde, nicht nach Hause gekommen ist.«

Wieder herrschte Schweigen. »Und warum hast du das getan, nach so langer Zeit?«

»Weil es gegenüber Donald nicht fair war, dass er weiterhin unter Verdacht stand, obwohl ich wusste, dass er es nicht getan hat.«

»Ich verstehe.«

»Ich hatte lange Zeit Angst vor Norman, weißt du, aber dann habe ich eingesehen, dass es keinen Grund mehr gab, ihm ein Alibi zu geben. Nachdem ich geträumt hatte, dass er sterben würde.«

Ihre Andeutung wurde schweigend aufgenommen: Jayne hatte Normans Tod vorhergesehen.

Natürlich. Das tat sie immer. Alle wussten das – sie dachten nur nicht immer daran.

»Nun«, sagte ihr Gegenüber, »es ist ein Jammer, dass wir erst erkannt haben, zu was er fähig war, als es zu spät war.«

»Aye.« Jayne seufzte, wandte aber den Blick nicht ab. »Wir glauben immer, einander gut zu kennen, nur weil wir jahrelang Tür an Tür gelebt haben. Aber jeder kann ein Geheimnis haben. Selbst da draußen.«

»Da hast du vermutlich recht.«

»Flora hatte eins. Mhairi auch, und Lorna – Gott hab sie selig – und du natürlich … Ich weiß, was du getan hast, Mary.«

Die Augen der anderen blitzten. »Alle wissen das! Es ist kein Verbrechen, sich ein Kind zu wünschen, wenn man keins bekommen kann …«

»Aber es ist ein Verbrechen, eins zu stehlen.«

»Ich habe das Kind nicht gestohlen! Flora hat mir den Kleinen selbst in die Arme gelegt.«

»Aber nur, weil du und Lorna ihr erzählt hattet, James wäre tot. Du hast Flora vorgemacht, sie wäre in einer ausweglosen Situation, ohne jede Möglichkeit, den Kleinen zu ernähren. Genau wie du jetzt selbst nicht in der Lage bist, ihn zu ernähren, ohne Lorna.«

Mary konnte ihre Wut kaum im Zaum halten. »Es war eine Lösung, mit der wir alle leben konnten, das ist alles! Und mehr habe ich dazu nicht zu sagen. Es muss dir nicht gefallen. Es hat nichts mit dir zu tun.«

Sie wollte zurück ins Haus.

»Wirklich nicht?«

Mary drehte sich wieder zu ihr herum. »Was soll das heißen?«

»Ich habe dir gerade gesagt, dass ich alles weiß.«

»Es spielt keine Rolle mehr. Es ist mir egal, wenn alle mich hassen. Das Einzige, was zählt, ist das, was man beweisen kann!«

»Ich rede nicht über das Baby.«

Mary wurde plötzlich ganz still, und die Feindseligkeit in ihren Augen wich langsam einem anderen Ausdruck: Angst.

»Ich weiß, dass du es warst.« Jayne sah sie mit festem Blick an. »Norman hat Frank nicht getötet. Das warst du.«

Sie tat das nicht, um den Ruf ihres verstorbenen Ehemanns zu retten. Den hatte Norman sich selbst ruiniert. Und er hatte so viel Schuld auf sich geladen, dass es nichts änderte, wenn sie die anderen in einem einzigen Punkt über seine Unschuld aufklärte. Niemand würde mehr ein freundliches Urteil über ihn fällen, wenn die St. Kildaer ihre Erinnerungen von Generation zu Generation weitergaben. Aber einigen konnte sie mit der Wahrheit helfen – der Wahrheit, dass nicht Norman der Mörder war.

»Und wie kommst du zu dieser Erkenntnis?« Marys Stimme klang jetzt ruhiger.

»So, wie ich auch zu der Erkenntnis gekommen bin, dass Norman nicht mit uns zurückkommen würde. Ich habe es gesehen, bevor es passierte – und auch während es passierte. In der letzten Nacht vor der Evakuierung habe ich auf dem Friedhof geschlafen. Du bist direkt an mir vorbeigelaufen, Mary.«

Mary zögerte. »Ich habe viele Zeugen, die ausgesagt haben, dass ich in jener Nacht im Bett lag – und nicht einmal in der Verfassung war, bis zur Küche zu gehen, geschweige denn den ganzen Weg über die Insel zu laufen, um einen Menschen zu töten!«

»Glaubst du wirklich, diese Aussagen haben Bestand? Denkst du, Christina MacQueen unterstützt dich noch, nun, da sie weiß, dass du Floras Baby gestohlen hast? Oder Rachel, nachdem du versucht hast, Mhairi ihr Kind wegzunehmen? Annie würde dich eher umbringen. Ma Peg, Effie … alle hassen dich. Und deine Geliebte, deine Zeugin, Verbündete und dein Alibi, sie ist tot.«

Mary atmete schwer, aber sie war eine Kämpferin und wusste, wie man zurückschlägt. »Niemand wird dir glauben, weil du eine *Vision* hattest! Bevor sie mich für eine

Mörderin halten, werden sie eher glauben, dass du eine Hexe bist.«

»Da könntest du recht haben.« Jayne nickte. Sie wusste, dass die Menschen entweder skeptisch waren, was ihre Gabe anging, oder abergläubisch. »Und es stimmt, meine Visionen sind nicht immer eindeutig. Manchmal dauert es lange, bis ich verstehe, was ich sehe, und ich sehe nicht immer alles – oder jeden – in der Todesszene. Aber in diesem Fall hatte ich ein wenig Hilfe.«

Mary sah sie aus schmalen Augen an. »Hilfe?«

»Wusstest du, dass Lorna ein schriftliches Geständnis abgelegt hat, bevor sie starb?«

»Was?«, krächzte Mary.

»In der Nacht, in der sie die Tabletten nahm, hat sie mir einen Brief geschickt, in dem steht, dass sie Flora und nicht dich von einem Kind entbunden hat. Sie hat zugegeben, dass sie Floras Wehen vorzeitig eingeleitet hat, und dass sie das Neugeborene dann den ganzen Weg ins Dorf getragen hat, um es in deine Arme zu legen. Sie hat dir erzählt, dass Mathieson sie gesehen hatte, und dass er bereits von Floras und Mhairis Schwangerschaften wusste … und dass er allen verraten würde, was du und Lorna getan habt.«

Mary schnappte nach Luft. »Nein … Das ist nicht wahr … Sie hätte mich nie so hintergangen.«

»Sie konnte nicht mit dem leben, was du getan hast! Das Baby zu nehmen, war eine Sache – aber einem Mann den Schädel zu brechen, ihn zu erstechen? Sie hatte nie zugestimmt, bei einem Mord mitzumachen!«

Marys Augen weiteten sich, als sie ihre Zukunft in sich zusammenfallen sah.

»Dafür wirst du büßen müssen, Mary. Du hast Frank Mathieson kaltblütig ermordet, während er betrunken und wehrlos war.«

»Nein!«

»Doch. Der Brief beweist es. Ich habe der Polizei bereits gesagt, dass ich in jener Nacht da draußen war, mit David als Zeugen – aber sie wissen noch nicht, was ich dort gesehen habe: Lorna, die mit dem Baby zurückkam. Und was ich gehört habe: Schreie. Mathieson, der damit drohte, allen zu sagen, dass das Baby nicht deins war!«

»Dann muss sie es getan haben!« Mary schluchzte vor Verzweiflung. »Ich lag im Bett! Andere haben mich gesehen …«

»Du lagst nur im Bett, als Leute kamen, um dich und das Baby zu besuchen – während Mhairi Flora geholfen hat, nach Hause zu kommen. Sie konnte kaum gehen, aber du, Mary, konntest in kürzester Zeit den Berg hinauf- und wieder hinunterlaufen. Du hast Mathieson zum Schweigen gebracht, bevor er wieder zu Bewusstsein kam.«

Mary starrte sie mit leerem Blick an. Sie hatte jede Hoffnung verloren. Sie hatte keine Verbündeten, niemanden, der sie in Schutz nahm.

»Was wirst du tun?«, fragte sie schließlich.

Jayne holte tief Luft. »Norman die Schuld geben.«

Sie ließ ihre Worte in der Luft hängen.

»Warum?«, stammelte Mary verblüfft.

»Weil er tot ist, und es spielt wirklich keine Rolle mehr,

wenn die Leute denken, dass ein grausamer Mann von einem anderen grausamen Mann getötet worden ist.«

»Aber warum willst du das tun?«

»Weil du im Gegenzug zwei Dinge für mich tun wirst.« Jayne sah ihr fest in die Augen. »Du hast immer noch die Chance auf ein Leben, Mary.«

Auch wenn es kein glückliches sein würde.

Epilog

13. Mai 1931
Rose Cottage, Dumfries House

»Dürfen wir reinkommen?«

Jayne streckte den Kopf zur Tür herein. Das Schlafzimmer des Cottages war den ganzen Vormittag voller Frauen gewesen, die aufgeregt hin- und herliefen – vor allem Mad Annie, die nichts mehr liebte als Hochzeiten. Die Männer hatten derweil unten bei Robert gewartet, seinen Gemüsegarten und den Blick auf das Herrenhaus bewundert. Aber jetzt waren die Gäste vorausgegangen, und Effie stand allein da und betrachtete sich im Spiegel, so wie Jayne es fünf Jahre zuvor getan hatte.

Alle hatten sich mit dem Anblick ihres »Wildfangs« in weißem Chiffon und mit Satinschuhen an den Füßen schwergetan. Schon das Brautkleid war für eine Person, die während ihrer ersten achtzehn Lebensjahre versucht hatte zu ignorieren, dass sie ein Mädchen war, irritierend genug, aber die Krone … Fanny hatte sie als »Tiara« bezeichnet, als sie vom Herrenhaus herübergekommen war, um Effie zu frisieren, und alle hinausgeschickt, um »in Ruhe arbeiten« zu können.

»Oh!«, stieß Jayne bewundernd hervor, als Effie sich nervös zu ihr umdrehte.

»Geht das so?«

»Ob das *geht*?« Jayne legte verzückt die Hände vor der Brust zusammen. »Effie, du bist eine Schönheit!«

»Lass sehen!«, rief Flora ungeduldig hinter ihr und öffnete die Tür weiter. »Oh! Du siehst aus wie eine Prinzessin!«

»Tja, immerhin heiratet sie einen zukünftigen Grafen.« Jayne lachte, und Flora und Mhairi betraten das Zimmer.

»Du siehst aus wie eine Fee!«, rief Mhairi, hob den zarten Schleier an und ließ ihn wieder hinunterflattern.

Effie sah sie mit großen Augen an. »Träume ich? Ich fühle mich wie in einem Traum.«

»Es ist noch besser, Eff.« Mhairi ergriff ihre Hand. »Es ist das Leben, das immer für dich bestimmt war.«

Die vier Inseltöchter standen einen Augenblick stumm da, die Brautjungfern in pfirsichfarbener Seide mit Sträußen von kleinen, cremefarbenen Rosen.

»Wie sind wir nur hier gelandet?«, fragte Effie halb lachend, halb weinend. Es waren Freudentränen.

Seit der Graf sie eingeladen hatte, als sein »Ehrengast« auf seiner Jacht zurückzusegeln, war Sholto nicht von ihrer Seite gewichen. In einer Notsituation hatte er die Pflicht über sein eigenes Wohl gestellt, aber seine Mutter, die sich eine Zeit lang »mehr tot als lebendig« gefühlt hatte, wie sie sagte, wollte für ihren Sohn nicht das gleiche Schicksal – und hatte ihn schließlich dazu gedrängt, Effie zurückzugewinnen. In den Wochen nach der Trennung hatte sie mitangesehen, wie Sholto zu einem Schatten seiner selbst geworden war, ohne jede Freude und jedes Interesse, und als er nach Edinburgh geflohen war, als Lady Sibyl »vorbeikam«, und erst nach ihrer Abreise zurückkehren wollte, war der Gräfin klar geworden, dass sich eine standesgemäße Ehe nicht erzwingen ließ. Was den Grafen anging, so hatte ihn beeindruckt, wie hilfsbereit Effie sich gegenüber seinen engen Freunden, den MacLeods, verhalten hatte, obwohl man sie aus der Familie hatte verbannen wollen. »Unter einem ärmlichen Mantel kann ein reiches Herz schlagen«, besagte ein schottisches Sprichwort. Außerdem hatte Sholto schon immer eine Schwäche für ihr »Temperament« gehabt, und auch ihr Abenteuer auf dem Loch Dunvegan, das immer mehr zur Legende wurde, gefiel ihm.

»Der Fischer kann erst von seinem Glück berichten, wenn das Jahr zu Ende ist«, zitierte Jayne und zuckte mit den Schultern.

»Willst du etwa behaupten, das Jahr wäre glücklich für uns gewesen?« Effie lachte, und die anderen fielen mit ein. Hatten sie jemals zuvor so viel gelitten? Und dennoch war es auf den Tag genau ein Jahr her, dass Effie Sholto auf der Dorfstraße auf Hirta zum ersten Mal gesehen hatte – und nur eine Stunde später, im Zuge einer Wette, in sein Boot gesprungen war. Damit hatten die Dinge ihren Lauf genommen.

»Ich würde sagen, am Ende hat sich alles gelohnt«, sagte Flora lächelnd, ergriff Jaynes Hand und zog die Freundin zu sich und den anderen. »Weißt du, Jayne, letzten Sommer beim Vögel-Rupfen habe ich zu Eff und Mhairi gesagt, dass wir für alle Zeit Inseltöchter bleiben würden, wohin es uns auch verschlägt: ob nach Dumfries House, Lochaline, Glasgow, Paris oder Québec … Es spielt keine Rolle. Wir sind Schwestern.«

Jayne spürte die Wärme in ihren Worten. Bald würde Flora wirklich ihre Schwester sein, nicht nur im Geiste, und

Jayne musste an das Mädchen denken, das sie bereits wie eine Schwester geliebt hatte. Molly zu verlieren, war für das Dorf ein schwerer Schlag gewesen, eine Tragödie für Norman und David und eine persönliche Katastrophe für sie selbst. Erst durch diesen Vorfall war alles in Gang gekommen. Wäre Molly nicht gestorben, hätte Lorna vielleicht nie die für die Evakuierung nötige Zustimmung gefunden. David hätte sich mit Molly verlobt, nicht mit Jayne … Manchmal überkamen Jayne Schuldgefühle, weil sie nun das Leben lebte, das Molly verwehrt geblieben war. Aber David argumentierte dagegen: Ihre Liebe schloss Molly mit ein und hielt die Erinnerung an sie lebendig.

»Ich habe damals auch gesagt, dass das, was wir drei tun, niemals jemand erfahren wird … Aber jetzt muss es heißen, was wir *vier* tun, wird niemals jemand erfahren.«

»Aye.« Mhairi nickte und griff ebenfalls nach Jaynes Hand. »Was du für uns getan hast …«

»Es war die einzige Möglichkeit, aus so viel Unrecht Glück entstehen zu lassen«, antwortete Jayne.

Wie sie es vereinbart hatten, war Mary verschwunden, sobald die Scheidungs- und Adoptionsformalitäten erledigt waren. Niemand wusste, wohin sie gegangen war, und es kümmerte auch niemanden. Mary war verbannt.

Jaynes Welt hingegen hatte sich entfaltet wie eine Blume, hatte Farben und Formen angenommen, war jetzt voller Leben. David liebte Jayne, sie hatte Freundinnen – echte Freundinnen – und fühlte sich zum ersten Mal seit vielen Jahren sicher.

Sie sah, dass Mhairi die Hand auf ihren runden Bauch

legte. Donald und sie würden in ein paar Wochen im Stillen heiraten, hierherziehen und sich in aller Ehrbarkeit niederlassen. Sholto hatte Donald die Position des Wildhüters auf seinem Anwesen angeboten, und Donald hatte die Stelle angenommen. Huw Felton arbeitete jetzt für den Duke of Argyll, und Effie fürchtete, dass sie der Grund dafür war. Doch Sholto fand, dass es so besser für ihn war, wenn er sie wirklich nicht vergessen konnte. Archie Baird-Hamilton hatte seine Niederlage mit Fassung getragen und ihnen ein Hochzeitsgeschenk geschickt, bevor er sich aufgemacht hatte in die Wildnis Kenias.

Draußen ertönte Hufgetrappel, und Flora lief zum Fenster. »Sie ist hier.«

Effie raffte ihren langen Rock, verließ das Schlafzimmer und stieg vorsichtig die schmale Treppe hinunter. Ihr Vater wartete allein im Wohnzimmer auf sie. Er trug seinen Sonntagsanzug, und jemand hatte ihm eine Rose aus dem Garten ins Knopfloch gesteckt.

Er hielt den Atem an, als Effie in strahlendem Weiß den Raum betrat, eine glitzernde Diamantentiara im Haar. Es dauerte einen Augenblick, bis er Worte fand.

»Deine Mutter wäre stolz auf dich, Lass«, sagte er schließlich. »Genau wie ich.«

Er reichte ihr den Arm, und Vater und Tochter traten hinaus in den frühlingshaften Sonnenschein, wo die kleine Kutsche wartete. Der Graf hatte ihnen für die kurze Fahrt seinen Bentley angeboten, aber Effie zog es vor, in ihren letzten Augenblicken als unverheiratete Frau den Wind im Gesicht zu spüren. Am liebsten wäre sie zu Fuß gegangen.

Nur Floras entsetzter Einwurf, damit würde sie ihr Kleid ruinieren, hatte sie davon überzeugt, dass der Ponywagen ein angemessener Kompromiss war.

Jayne, Mhairi und Flora halfen Effie beim Einsteigen mit ihrem langen, empfindlichen Kleid, dann nahmen sie hinten auf der Holzbank Platz.

»Wir dürfen diese Racker nicht vergessen.« Robert schnippte mit den Fingern, und schon sprangen Slipper und Socks, mit pfirsichfarbenen Halsbändern, hinein. »Sitz«, befahl er, während er sie hinter den Ohren kraulte, dann schloss er den Wagenschlag und nahm neben seiner Tochter Platz.

Der Kutscher schüttelte sanft die Zügel, und die Pferde setzten sich langsam in Richtung der Kapelle in Bewegung. Alle schwiegen beim prächtigen Anblick von Dumfries House im strahlenden Sonnenlicht. Die Gärten standen in voller Blüte, und das Licht brach sich in der Fontäne des Springbrunnens, sodass es aussah, als glitzerten darin unzählige Diamanten.

Es fühlte sich wie ein Ende an, aber sie wussten, dass es nur der erste von vielen Neuanfängen war. Nicht nur für Flora und Mhairi, sondern auch für Jayne, die bald zum zweiten Mal vor den Altar treten würde. David hatte ihr einen Antrag gemacht.

Nur allzu schnell erreichten sie das von altem Gemäuer umgebene und mit uralten Eiben bestandene Kirchenareal. Die Blumenkinder warteten ungeduldig mit ihren Müttern Rachel, Christina und Big Mary vor der Kapelle, aber als sie Effie als Braut sahen, erstarrten sie alle.

»Oh!«, riefen die Frauen wie aus einem Mund – genau, wie die Brautjungfern es getan hatten –, als die Kutsche anhielt und die Passagiere ausstiegen, allen voran die Hunde.

»Was für eine Schönheit du bist«, sagte Christina lächelnd und strich Effie sanft über die Wange.

»Eine wunderschöne Braut«, stimmte Rachel ihr zu.

»Ist er schon hier?«, fragte Effie nervös, während Mhairi und Flora ihr den Schleier zurechtzupften.

»Ob er schon hier ist?« Rachel lachte. »Der arme Mann läuft hier seit zwanzig Minuten nervös auf und ab!«

Während Flora und Mhairi vorsichtig die Schleppe ausbreiteten, legte Jayne den Brautstrauß in Effies zitternde Hände. »So«, sagte sie zufrieden und hielt die Hände der Braut einen Augenblick beruhigend fest. »Alles in Ordnung mit dir?«

Effie nickte, obwohl sie verängstigt wirkte. »Ich fühle mich nur ... nicht ganz nach mir selbst«, murmelte sie.

»Der Schleier über den Augen ist am Anfang irritierend«, erklärte Jayne ruhig. »Aber das dauert nicht lange. Nur solange du auf den Altar zugehst. Dann wird er gehoben.«

Effie nickte, aber Jayne wusste, dass ihre Freundin viel lieber Hosen und ein Seil über der Schulter getragen hätte. Wahrscheinlich fühlte sich auch die Tiara fremd an.

»Jetzt beeil dich«, sagte Big Mary und schob die Kinder hinter Effie in Position. »Der Pfarrer wartet.«

»Wir setzen uns hinter die Kinder, falls sie sich nicht benehmen«, sagte Rachel hastig, als in der Kapelle die Orgel erklang und die Türen geöffnet wurden.

Jayne, Mhairi und Flora stellten sich hinter Effie, und alle Gäste drehten sich zu ihnen um und lächelten, vor allem, als sie die Hunde zu Roberts Füßen entdeckten. Die St. Kildaer saßen auf der linken Seite, Sholtos Familie und Freunde auf der rechten, und das Personal hatte sich vor den Wänden aufgereiht.

Robert bot seiner Tochter den Arm, und gemeinsam gingen sie hinein. Jayne konnte Sholto sehen, der am Ende des Ganges stand, groß, golden und sichtlich verliebt. Seine Erleichterung, als er seine Braut erblickte, war unverkennbar. Und sein Stolz auch.

»Bereit?«, flüsterte Effies Vater nervös, als die Eröffnungsmusik endete und die ersten Takte von Pachelbels Kanon in D-Dur erklang. Robert machte den ersten Schritt …

»Nein!«, sagte Effie plötzlich.

Jayne wurde flau im Magen. *Was?*

Einige der Gäste hatten es auch gehört und machten entsetzte Gesichter. Sholto erstarrte.

»Effie!«, flüsterte Jayne verzweifelt, doch dann wurde Effie kleiner, weil sie aus ihren Satinschuhen geschlüpft war. Nun stand sie fest mit nackten Füßen auf dem kalten Steinboden und verband sich mit dem Augenblick. Dem Ort.

Ihrer neuen Heimat.

Sholto – der sie beobachtete – strahlte.

Und die Braut strahlte auch. »*Jetzt* bin ich bereit.«

Danksagung

Da wären wir also. Am Ende. Und wenn ich ehrlich bin, muss ich zugeben, dass ich mir nicht ganz sicher war, dass dieser Tag jemals kommen würde. Das war mein erster Versuch, eine Serie zu schreiben, und wie bei jeder kreativen Tätigkeit lernt man auch hier durch Erfahrung. Was habe ich gelernt? Zum einen: Geschichten, die in der Gegenwart spielen, sind als Serie am schwierigsten zu schreiben (gute Entscheidung, Karen). Redaktionelle Maßnahmen, die für Buch eins getroffen wurden, müssen auch in allen weiteren Bänden Bestand haben – aber ich war noch nie jemand, der Herausforderungen scheut, und habe es absolut *geliebt*. Aus anderen Blickwinkeln auf bekannte Szenen zurückzuschauen, war faszinierend für mich, Fakten schrittweise einzuführen, Spannung aufzubauen und Charaktere aus mehr als nur einer Sichtweise zu entwickeln. Ich weiß, dass ich auf jeden Fall noch weitere Serien schreiben werde, aber selbst wenn die einzelnen Teile innerhalb einer gemeinsamen Welt nur lose aufeinander aufbauen, sollten sie dann direkt nacheinander veröffentlicht werden, damit wir nicht so lange auf die Fortsetzung warten müssen. Meine Mutter ist seit Erscheinen des ersten Bandes wütend auf mich wegen des Cliffhangers am Ende, und ich hoffe wirklich, dass die Enthüllungen und Antworten in diesem letzten Band endlich dazu führen, dass sie mir verzeiht!

Ich bin so traurig, mich von den Inseltöchtern verabschieden zu müssen! Sie haben vier Jahre lang in meinem Geist gelebt und werden bestimmt nie ganz daraus verschwinden. Wie Sie wissen, sind es völlig frei erfundene Charaktere, aber ich habe sorgfältig recherchiert, um sicherzugehen, dass ich ihr Leben auf St. Kilda – und darüber hinaus – so wirklich und wahrhaftig darstelle wie nur möglich. Es war ein solches Privileg, ein verlorenes Land besuchen und der Fantasie freien Lauf lassen zu können, um es auf diesen Seiten auferstehen zu lassen! Es war eine große Freude, in diesem letzten Band noch einmal mit allen Charakteren vereint zu sein, und bei der finalen Bearbeitung habe ich mir gewünscht, noch mehr Zeit mit ihnen verbringen zu können. Aber es gibt noch andere Welten zu entdecken, und ich bin so glücklich damit, wo und wie wir die Figuren hier zurücklassen: vereint an einem Ort, voller Freude und mit lächelnden Gesichtern und nackten Füßen!

Ich danke Ihnen allen, dass Sie mich auf dieser Reise begleitet haben. Ihre Liebe für diese Serie hat mich immer getragen, wenn ich mich am Anfang eines neuen Bandes mutlos fühlte und mich fragte, wie um aller Welt ich alle Stränge miteinander verknüpfen sollte. Ich musste jede Figur Seite für Seite kennenlernen und nach ihren Geschichten graben – nichts war von Anfang an klar –, aber ich wusste, dass ich Sie nicht im Stich lassen konnte. Sie haben darauf vertraut, dass weitere Abenteuer geschehen und schließlich alle Fragen beantwortet würden, und ich hoffe, dass Sie jetzt rundum zufrieden sind. Besuchen Sie mich gerne in den sozialen Medien und teilen Sie Ihre Gedanken mit mir. Ich freue mich immer zu erfahren, was gut ankommt und was nicht.

Wie Sie inzwischen wissen, steht ein mächtiges Team brillanter Menschen hinter mir. Ich schreibe die Geschichten, aber sie machen sie zu Büchern. Zusammen haben wir in fünfzehn Jahren achtundzwanzig wunderbare Werke veröffentlicht. Dazu braucht es Geduld, Respekt und Vertrauen. In jedem Buch stecken viel Arbeit und Mühe, unzählige Überarbeitungen, monatelange Überlegungen zum Titel – passt das Cover und fängt der Slogan die Stimmung ein? Wir alle legen großen Wert darauf, dass jedes Buch so gut wie möglich wird, und das Pan-Macmillan-Team ist absolut erstklassig: Ellah Mwale, Stu Dwyer, James Annal, Lucy Grainger, Claire Evans, Natasha Tulett, Chloe Davies, Melissa Bond und meine Textredakteurin Camilla Rockwood – ihr alle seid nicht nur brillant in euren Jobs, sondern auch großartige Menschen! Mit euch zu arbeiten, fühlt sich nicht wie Arbeit an. Danke für absolut alles.

Meiner Lektorin, Gillian Green, und der Verlagsleiterin Lucy Hale danke ich, weil sie mir das Vertrauen geschenkt haben, meine Kreativität auszuweiten. Als unsere Zusammenarbeit begann, war die St.-Kilda-Idee noch vage, aber eure Zuversicht hat mich in dem Glauben bestärkt, dass ich es schaffen kann, und das habe ich nun auch. Dafür bin ich euch ewig dankbar, und auch Pan Macmillan insgesamt – dafür, dass ihr in mir etwas erkannt habt, als mein erstes Manuskript auf einem Schreibtisch in Kings Cross landete.

Und schließlich – Amanda Preston, meine wunderbare Agentin. Wir sind so sehr auf derselben Wellenlänge, dass wir sogar die gleichen Sachen im Kleiderschrank haben! Für dich nur drei Worte: Hör – niemals – auf!

Autorin

Karen Swan arbeitete lange als Modejournalistin für Zeitschriften wie *Vogue*, *Tatler* und *YOU*. Heute lebt sie mit ihrer Familie im englischen Sussex und schreibt Romane. »Das verborgene Herz« ist der vierte Band ihrer Serie »Die Inseltöchter«, die auf wahren historischen Ereignissen basiert. Dazu inspiriert wurde die Autorin von ihren schottischen Wurzeln: Die Familie ihres Vaters stammt von der Isle of Skye und zog später in die Highlands, wo Karen Swan als Kind zahlreiche Weihnachtsfeste und Sommerurlaube verbrachte.

Karen Swan im Goldmann Verlag:

Ein Geschenk von Tiffany. Roman
Ein Geschenk zum Verlieben. Roman
Ein Weihnachtskuss für Clementine. Roman
Winterküsse im Schnee. Roman
Winterglücksmomente. Roman
Sternenwinternacht. Roman
Winterwundertage. Roman
Das Funkeln einer Winternacht. Roman
Der Glanz einer Sternennacht. Roman
Der Zauber eines Wintertages. Roman
Winterträume im Schnee. Roman
Ein Geschenk zur Winterzeit. Roman
Schneeflockenträume. Roman

Sommerhaus mit Meerblick. Roman
Ein Sommer in den Hamptons. Roman
Sterne über Rom. Roman
Eine Insel zum Verlieben. Roman
Das Leuchten eines Sommers. Roman
Sommerträume am Meer. Roman
Sommer im Paradies. Roman
Sommernächte in Paris. Roman

Die Inseltöchter – Der letzte Sommer. Roman
Die Inseltöchter – Die gestohlenen Stunden. Roman
Die Inseltöchter – Der verlorene Liebhaber. Roman
Die Inseltöchter – Das verborgene Herz. Roman

(Alle auch als E-Book erhältlich)

Eine Insel voller Geheimnisse, eine widerwillige Braut, eine verbotene Liebe

Noch mehr gute Bücher, Inspirationen und Information unter penguin.de und auf den Penguin-Social-Media-Kanälen